曼陀罗悬疑馆
给您最好看的原创悬疑小说

血钥侦缉档案

火红森林 著

贵州出版集团
贵州人民出版社

图书在版编目（CIP）数据

凶罪迷城. I, 血钥侦缉档案 / 火红森林著. -- 贵阳 : 贵州人民出版社, 2017.2

ISBN 978-7-221-13903-0

Ⅰ. ①凶… Ⅱ. ①火… Ⅲ. ①推理小说－中国－当代 Ⅳ. ①I247.5

中国版本图书馆CIP数据核字(2017)第034362号

书　　名　凶罪迷城. I, 血钥侦缉档案
著　　者　火红森林

出 版 人　苏　桦
总 策 划　陈继光
责任编辑　陈继光　胡　洋
封面设计　源画设计
装帧设计　唐锡璋
出版发行　贵州出版集团　贵州人民出版社
社　　址　贵阳市观山湖区会展东路SOHO办公区A座　邮编550081
印　　刷　长沙鸿发印务实业有限公司（长沙黄花工业园三号　邮编410137）
规　　格　787 x 1092毫米 1/16
字　　数　380千字
印　　张　23
版　　次　2017年5月第1版
印　　次　2017年5月第1次印刷
书　　号　ISBN 978-7-221-13903-0
定　　价　42.00元

目录

CONTENTS

第一卷　血钥迷踪篇

第二卷　灵魂使徒篇

第一卷

血钥迷踪篇

» 序章　复活的死者

陈严惊恐地看着眼前的中年男子，一身肥肉在麻绳的捆绑下仍控制不住地颤抖着。

为什么？怎么可能？

陈严脑海里反复嘶吼着这两句话，因为眼前的这个人分明在一周前已经死在他眼前。

没错，就是被他亲手杀死的。

如果不是被他发现“那件东西”，如果他可以像以前那样老老实实地为自己做事，陈严恐怕不会痛下杀手——至少短期内不会。

陈严清晰地记得他被毒死前痛苦的表情，冰冷僵硬的身躯，断然没有诈尸假死的可能性。

可是，眼前这个人是怎么回事！

一模一样的五官和身材，熟悉的、标志性的假笑，还有那身西服，不就是出事那天穿的……

“陈总，您好像很惊讶啊。”

——连声音和语气都一模一样！

陈严崩溃了，他拼命想要挣脱束缚，被捆严实的身躯可笑地扭动着。

而眼前的男人却好像并不在意陈严的挣扎，他拖了张椅子，在陈严面前坐了下来。房顶的简陋吊灯把他的脸照得苍白又透着诡异。

“我跟了您那么多年，替您做了不少见不得人的勾当。虽然知道您迟早会灭口，我也悄悄做了防范，可没想到还是被您算计了，真是厉害啊。”

说着，这个男人自顾自地鼓了两下掌，似乎在表示称赞。而此时的陈严却只是绝望地瞪着对方，他已放弃了挣扎。

“我知道您想问什么，我怎么还会活着是吗？”男人似笑非笑地看着陈严，“呵呵，当然是为了拿到那样东西，所以从黄泉回来找您了。”

果然是因为那个！

陈严身体又开始不受控制地抖了起来，被堵住的嘴里不断发出“呜呜”声。

“您是不是想说，只要放了您，您就告诉我那东西藏在哪里？”

男人摘下眼镜，掏出眼镜布擦起了镜片。

“可是啊，我又怎么知道您会说实话呢？说不定又被您算计了，论老奸巨猾，我可是比不过您啊。”

陈严又开始“呜呜”喊了起来，似乎想辩解，但眼前这个男人并没有让他说话的打算。

“我想了个办法，可以让您对我说实话。”

男人收起了眼镜，慢慢把脸贴到陈严面前，陈严猛然发现他的脸开始扭曲如鬼魅，黑血从眼角流淌而出，瞳孔也变得浑浊灰白，而此时自己的身体像被冻结般无法移动分毫。

只听这个男人用一种极其诡异的音调吐出了几个字：

“把您的脑子给我吧。”

这也是陈严在这个世上听到的最后一句话。

……

H集团地下车库。

陈严仰面躺倒在自己爱车的驾驶座上，已毫无气息。

» 第一章　风云突变

“最新消息，H集团总裁陈严今天早上被发现在公司车库暴毙，身体并无外伤，法医正在鉴定其死因，具体警方正在进一步调查中。

“据悉，陈严的秘书吴学冰在其出事一周前神秘失踪，此前陈严正配合警方追查其下落。有传言称陈严与走私集团有往来，案件不排除有涉黑可能性。”

叶喻关掉新闻，不禁犹豫起今天要不要去公司。毫无疑问，今天公司肯定一团乱——自家公司总裁出事，谁都没心思上班的吧？

说来也讽刺，作为大型网络新闻媒体集团总裁的陈严自己倒成了头条新闻——而且不是什么好新闻，恐怕近几个月这个话题都会成为其他媒体的好料。

此外，其他媒体报道的时候还总是有意无意地提“H集团与走私集团有往来”的内容，这点让叶喻尤为不爽。

可恶，明明是没有证实的消息，这帮人还有没有职业道德啊……

叶喻恨恨地想着，一边也开始为自己的职业前景担忧起来。如果媒体报道持续渲染H集团CEO涉黑，别说影响公司股价，整个公司迟早会垮掉。

而自己作为一个刚毕业的菜鸟记者，很可能面临失业。

H集团虽为大公司，但口碑在行业中却并不怎么样，主要还是因为CEO陈严做事经常不择手段，得罪了不少同行。而且最近几月H集团接连完成了数项吞并项目，过程顺利地让人咋舌，有传言陈严在吞并过程中用了些特别手段。

在这次事件的报道中，其他媒体竟然连“暴毙”一词都用出来了，可见所谓媒体报道的客观公正也是因人而异的。

“丁零零……”

突然响起的手机把叶喻的思绪拉了回来，拿起一看，上面跳着主任的名字。

“喂，你在哪里？快来公司！”电话那头似乎很嘈杂，主任几乎是在吼着说话。

“哦，好的，我在路上了，马上到！”

叶喻心虚地应和着，迅速穿上外套准备出门。

“到了来会议室找我！”没等叶喻回答，主任便挂了电话。

看来事情比想象中更棘手啊。叶喻想着便上了自己的车，往公司飞驰而去。

到公司后叶喻发现倒是没想象中那么乱，只是此起彼伏的电话铃声和员工们不安的神色多少透露出这家公司正经历着重大变故。

叶喻放下包，直奔会议室。

推开门，只见主任黑着脸沉默地看着他。叶喻不禁心里暗暗发怵，自己每次犯错时主任都会露出这种表情。

正要开口，却突然瞥见主任对面还坐着一个人，一个陌生的年轻人。

这人年纪似乎和叶喻差不多大，五官清秀，瘦削的身材在一身黑色制服的映衬下倒显得精神与挺拔。此时的他正抬头看向叶喻，礼貌地笑了笑。然而，虽说他脸上是笑着，但叶喻却总觉得……他眼睛里完全没有笑意，漆黑的眸子似乎透射出一股说不出的冷峻。

叶喻被盯得有点不自在，不知为何，这位年轻人长得虽然白净，但却有种特别的强大气场，让他有点不敢直视对方。

“你自己闯了什么祸？快给我老老实实交代！”主任果然开始吼了。

闯祸？闯什么祸？迟到也算闯祸？？

“老大，我不明白。”叶喻怯怯地说。

“没闯祸？没闯祸为什么警察找上门了！”主任几乎开始咆哮了。

警察？哪里有警察？叶喻左右扫了一圈会议室，最后视线落在对面的年轻人身上。

不会吧！他是警察？那身制服也不像啊。

年轻人似乎看出了叶喻的疑惑，笑了一下，开口说道：

“王主任您先别激动，他并没闯祸，我只是有些事想向他确认一下。”年轻人站了起来，缓缓走到叶喻面前，“而且，虽然是赵局长和您打的招呼，但我并不是警察。”

说话间，年轻人向叶喻伸出了手。

“初次见面，敝姓楼，楼兰的楼，来自特别事务调查局。”

特别事务调查局……这是什么机构？新成立的？

叶喻愣了一下，随即意识到自己的失礼，赶紧伸手回握了对方。

“您好您好，我叫……”

话没说完，叶喻突然感到了一股奇怪的感觉直冲脑门，他很难形容这种感觉，似乎有什么……想钻入他的脑袋……

等等……什么情况？

叶喻几乎是本能地抗拒着这种入侵感，这让他的脑袋瞬间像要爆炸般难受。

出去……滚出去！！

叶喻在脑海里嘶吼着，然而这种感觉却完全无视他的意志，从四面八方陆续侵蚀而来。从他的四肢，到胸腔，沿着脊髓往他的大脑奔腾而去，试图敲破他的抵抗，钻入灵魂深处。

这种对抗所产生的撕扯感让叶喻觉得自己快疯了，神智也有些模糊了起来……

就在叶喻快要放弃抵抗的时候，他突然感到自己的身体似乎从各处涌出了一股股能量细流，交缠着汇入大脑。

能量越聚越多，渐渐形成一股能量风暴，开始如风卷残云一般迅速驱逐入侵者。

叶喻不再抵抗，任由这股风暴在自己身体里将那种奇怪感觉一一绞杀。

几乎是瞬间，那股入侵感已被这场能量风暴清除殆尽。

猛然回神，叶喻已是满头冷汗，刚刚那番较量在现实中其实只是一瞬间的事，却让他像经历了场战役一般虚脱。

抬眼，看见面前的漆黑眼眸正目不转睛地盯着自己。

“你怎么了？”

“啊，没，没什么！楼长官您好！”

叶喻意识到了自己的失态，连忙握紧了一下对方的手，还略有点夸张地上下摇动着。

“我叫叶喻，树叶的叶，比喻的喻，不是那个‘业余’哦，我是专业记者。”

“呵呵，叶喻吗……人和名字都非常有趣，我记住你了。”

年轻人微笑着松开了手。

“我们局其实独立于公安系统，但由于平时不常出现在公众场合，你们不清楚也是情有可原的，所以这次来特意让赵局长打了声招呼。”年轻人转身向王主任说道，“我想和这位叶记者单独聊聊，不知王主任可否行个方便？”

“当然方便，您请随意！”王主任听到并不是手下闯了祸，也就放了心，都不知道先前赵局长到底关照了些什么，让他有这样的想法。

他嘱咐了叶喻两句，便离开会议室，关上了门。

会议室静了下来，叶喻不由感到略微紧张。眼前这位楼长官虽然看上去年轻，却可以让公安局局长亲自来打招呼协助，估计来头不小。

“坐吧。”

叶喻战战兢兢地坐了下来，心里完全没底。

“你看下这张照片。”年轻人说着，轻轻转动了下手上的金属手环，叶喻面前出现了一个虚拟屏幕。

近年来，这种手环式智能设备已经逐渐面世，不但可以当手机使用，还可随时随地拉出一个虚拟屏办公，更重要的是，它能读取佩戴者的DNA及脉搏，确保仅该所有者才可以解锁使用，这无疑大大提高了信息的安全性及隐私性。

只不过这东西造价昂贵，不是普通人用得起的，他们陈总就有一个，叶喻却是第一次亲眼见到。

但此时的叶喻已经没有心情对这东西表示惊叹了，他的全部注意力都被屏幕上的照片所吸引，脸上的不安也全变成了惊讶。

熟悉的身材，熟悉的穿着，熟悉的表情……没人会比他更熟悉照片上的人了。

因为照片上的那人，正是叶喻自己。

“这张照片是在你们CEO陈严的手环里发现的。”

年轻人意味深长地看着叶喻，慢慢说道。

“也是他出事前拍的最后一张照片。”

» 第二章 嫌疑人

叶喻冷汗都下来了。

什么意思？为什么他们公司大boss会拍他的照片？他只是个刚进公司的毛头小记者，和老板面都没见过几次啊！

而且……“出事前拍的最后一张照片”？

叶喻定睛看了看这张照片，背景似乎是在公司楼下，照片上的自己背着背包，一脸风尘仆仆的样子，似乎刚从外面采访回来。从衣着上看，蓝色休闲外套加牛仔裤，这正是自己昨天的打扮。昨天因为有个紧急外出任务，赶回公司貌似都快晚上十点了。

如果按这位楼长官的说法，也就是说陈严是昨晚出事的？而且出事前不久曾遇见过自己？

叶喻仔细回想了昨晚回公司时的情形，完全没有遇上陈严的印象，不过也可能因为自己太累没注意到。

“这是……怎么回事？”叶喻从震惊中回过神，将疑惑的目光投向楼长官，希望对方能给予解释。

“陈严的死亡时间大约在昨晚十点十五分左右，从监控摄像的资料来看，陈严是在九点三十分离开办公室的，九点三十五分左右走出公司一楼北门，往副楼方向走去，推测其正打算前往副楼车库。然而奇怪的是，副楼及地下车库的摄像头却并未拍摄到他的身影，而且园区出入口的摄像头也没有拍到陈严离开园区的画面。”

“可是第二天早上陈严却被发现死在了副楼地下车库中。”叶喻接口说道，“这的确很奇怪，像是凭空出现在那里一般。”

H集团总部在本市拥有一个独立园区，其中共有主楼及副楼两幢建筑。主楼是幢二十四层办公大厦，陈严的办公室位于顶层。一楼大厅设有南北两个大门，其中北门正对副楼，而副楼距离主楼仅五十米左右的距离，共三层，主要设施为员工食堂及仓库。车库就位于副楼地下一层，且仅能通过副楼入口前往。

“对了，那这张照片是什么时候拍的？”

“这张照片拍摄时间是昨晚九点四十五分，也就是陈严离开主楼北门摄像头的监控范围，到推测其死亡时间的那段空白期间。”楼长官缓缓说道。

“可是……这很奇怪啊！”叶喻愈发一头雾水，他清楚地记得昨晚他是从主楼南门进入的，这张照片所显示的背景也是与他的记忆吻合。

“这张照片拍摄地点是主楼南门附近，而陈总在九点三十五分就已经离开主楼北门前往副楼车库，且不说这十分钟的时间差，南门与北门根本是两个方向，从北门往外直走便可到达副楼，根本不需要经过南门。除非……”

“除非？”楼长官观察着叶喻的表情，似乎在等他的答案。

这个答案叶喻实在说不出口……原本应该在十分钟前从北门前往车库的陈严，却出现在完全反方向的南门。唯一可能的解释是，他是故意绕回去拍照的。

一个大型集团公司的大老板，特意守着门口，偷拍了一张新人小记者的照片——没错，从照片的角度来看，应该是躲在角落中“偷拍”的——光是想象一下那位满身肥肉的老板猫着腰、眯着眼睛偷拍自己的情景，叶喻就已经汗毛直竖了。

“长官，是不是……哪里搞错了啊？比如说，这张照片其实不是陈总拍的？”

“不太可能，”楼长官直截了当说道，“照片的信息显示拍摄自陈严的手环，而这种手环仅能在验证佩戴者的DNA及脉搏的前提下运作，这张照片我们也是用了特殊方法暴力破解才得到的。”

“那……会不会是陈总，额……正好随便溜达到南门附近，无意中误操作，恰好拍到了？”叶喻还在“垂死挣扎”。

“呵呵，理论上是有这种可能，但你觉得会有人反复查看一张误拍的照片，而且不舍得删吗？”楼长官的语气带着些许戏谑，“根据手环记录的信息，你这张照片被查看了十几次。”

我……勒……个……去！！

叶喻快疯了，突然有种分分钟辞职的冲动。

“楼长官，您到底想说什么?”叶喻扶着额头，已经不想说话了。

其实叶喻已经意识到了，有个大问题之前一直没有提——陈严的死因。

新闻中只说没发现致命外伤，并未交代真正的死因。但如果只是普通的意外或突发疾病，这位楼长官是不会那么仔细地分析监控资料的，而且，还暴力破解陈严的私人手环……要知道，这个时代人们对隐私非常关注，即使是警方人员，随意做这种事说不定也会惹上官司。

以一名记者的职业敏感，叶喻便已明白恐怕陈严的死另有内情，难道是他杀？

话说回来，因为这张陈严临死前拍的照片和诡异行为，自己该不会被当成嫌疑人了吧？

想到这里，叶喻忍不住开口问道：

“长官，陈总的死因到底是……？”

似乎早就料到叶喻会那么问，楼长官从虚拟屏上又调出一份报告展现在他面前。

“这是陈严的尸检报告，你自己看看吧。”

“身体并未发现任何物理性损伤……直接死因是……外部刺激导致的应激性休克？”

叶喻一脸疑惑：“那是什么意思？”

“简单点说，他就是被吓死的。”

楼长官淡淡地说道：“他临死前应该突然见到了非常可怕的事物，导致瞬间休克并身亡。而且，根据现场的情况来看，陈严尸体的表情恐惧到了扭曲的程度，更印证了法医鉴定结果。”

“不过为了不给你带来心理阴影，我就不放现场照片了。”说着，楼长官便收起了虚拟屏。

叶喻松了口气，要是给他看了现场照片，再联想到陈严之前偷拍自己的画面，那恐怕是天天做噩梦的节奏。

“楼长官，虽然陈总手环里有我照片，但我真的什么都不知道啊。当天回公司后我在办公室一个人加班到半夜才走，公司里的监控录像都可以证明的。”叶喻为自己辩解道。

“这个我已经从监控看到了，所以我只是过来稍微了解下情况而已。”楼长官起身，“现在也了解得差不多了，我该告辞了。”

叶喻也赶忙站了起来，犹豫了一下，问道：“楼长官，这件事虽然有不少蹊跷的地方，但陈总的直接死因是惊吓所致，应该算是意外吧？”

“呵呵，是普通意外的话就不会要我出马了。”楼长官轻轻勾了下嘴角，起身说道。

“这是……什么意思？”

“对了，今天我和你的谈话内容不要透露给第三人，为了你自己好。”说完，楼长官便不再理会叶喻，推开会议室大门走了出去。

“啊，那当然！您放心！”

叶喻当然不会说，要是被公司的人知道他们老板收藏了一张他的“玉照”，还是偷拍的，他在公司还怎么混啊。

走出会议室，只见王主任正笑脸盈盈地要送楼长官离开，叶喻看着那位楼长官的身影，回想着他先前说的那番话，越发觉得这个人很不一般。

特别事务调查局……到底是什么样的机构？

正想着，忽见楼长官回头直直看着他，唇齿微启，迅速说了句什么话。

叶喻诧异，而主任却好像完全没有注意到身边楼长官的突然举动。

是唇语。叶喻心想。同时迅速做出了解读。

“会……议……会议室？”

难道刚才会议室里还躲着第三人？

叶喻瞬间紧张了起来，连忙看向会议室门口，却并未发现有任何人出现。等到再回头，楼长官已经离开了办公室。

» 第三章 暗号

难道自己看错了？

叶喻无法理解楼长官刚才的举动到底什么意思，但他还是决定去会议室看看。

叶喻小心翼翼地推开会议室的门，往里面瞧了瞧。

这是个封闭式会议室，面积不大，稍微扫一眼便一览无余。

空无一人。

叶喻走进会议室，顺手关上了门。

厚重的大门将办公室的嘈杂挡在了外面，会议室隔音效果不错，此时的叶喻几乎能听到自己心跳的声音——

而这个声音的节奏开始有些加速。

如果有人藏在这个办公室里，那么唯一的藏身地点只可能在那个地方……

叶喻缓缓靠近会议桌，深吸了一口气，猛然俯身看向桌底！

什么都没有。

“呼……”叶喻松了一口气，看来的确是自己想多了。

正准备起身，突然眼角瞥到一样东西。

等一下，那是什么？

就在刚才楼长官坐的座位扶手上，似乎有东西正发着绿色的荧光。

叶喻赶紧爬过去仔细查看，发现那是一行字，不知是用什么物质写上去的，发着光的同时，正以肉眼可见的速度迅速消散着。

“（56K，67X，97L）10:00PM”

那是一个时间点，和一个……坐标？

刚才楼长官是提示我看这个？叶喻疑惑。

荧光字迹渐渐消失殆尽，没有留下半点痕迹，而叶喻已经把这个坐标和时间牢牢记在了心里。

回到自己办公桌，叶喻已经没了上班的心情。

自家老板蹊跷的死因，死前诡异的行为，一个神秘长官的到访，还有会议室那条隐藏暗号……叶喻感到有些头脑发胀。

“啧啧，我说叶大记者你怎么黑着张脸啊，难道被王主任臭骂啦?”一旁的张小花嬉皮笑脸地揶揄道。

张小花本名当然不叫小花，真名其实叫张嘉，虽然身材看上去瘦弱又长着一张娃娃脸，但人家确确实实是个纯爷们。小花称呼的来历主要由于他负责娱乐新闻，派到的任务经常是挖明星的花边消息——也就是俗称的狗仔队，故被赐名“张小花”。一开始他对“小花”这个称呼十分抗拒，号称自己也是很有新闻理想的，不会一直甘于做狗仔队，不过随着称呼的人越来越多，他也只能作罢。

小花当初是与叶喻同期作为应届生进入公司的，虽然负责不同板块，但两个人兴趣相投，关系非常好，互相耍贱开玩笑那是常事。

不过今天叶喻可没心情和他玩笑，他心不在焉地“嗯”了一声，脑袋里还在重温着先前发生的那些事。

“你怎么了？”察觉到叶喻的不对劲，小花收起笑容，关切地问道，“王主任那个人脾气虽然挺暴躁的，不过也对事不对人，你别太往心里去。”

“放心吧，我没事的，又不是第一次被他骂了。”叶喻笑着拍了拍小花，又恢复了一贯洒脱的态度。

“那就好。”小花稍稍放了心，“对了，刚才和你一起开会的那个黑衣帅哥是谁啊？看王主任对他点头哈腰的，来头应该不小。你们聊了些什么？”

小花的职业病又犯了。

“那个人……额……好像是王主任的客户，具体我也不太清楚，他就随便问了些我之前报道的一些细节。”叶喻随口扯了一句，含糊地敷衍道。

他倒不是怕小花散播些什么，只是这件事诡异的地方太多，他不太想把其他人牵扯进来，尤其是自己的好兄弟。

看见叶喻不愿多说，小花也就识趣地不再追问，转了个话题：“今天陈总的事闹得沸沸扬扬，你别看公司里表面平静，实际上已经乱作一团了。”

“怎么说？”

“喏，你看外面。”小花往窗外努了努嘴。

叶喻靠近窗户向楼下望了望，发现园区门口黑压压挤满了大批人马，被公司保安队堵在外面，门口连直播车都开来了，似乎都是他们的记者同行。

之前进公司的时候叶喻也看到了不少其他媒体记者，但好像没现在那么多，难道……他们得到了些什么消息？

“刚刚不久前警方公布了陈总的死因。”小花故作神秘地说道，“你猜猜，是什么？”

是被吓死的。叶喻心里默默吐槽着。

不过表面上他还是装出好奇的样子配合了一下：“哦？是什么原因？”

“官方说法是外部刺激导致的休克。可是他身上即没有外伤，又没有中毒，这个刺激只能是精神层面的，也就是说——”小花靠近叶喻，摆出一脸惊恐的样子，“他是被吓死的！”

我已经知道了……叶喻心里继续默默吐槽。

可能是对叶喻平静的反应不太满意，小花不甘心地继续说道：“听说陈总被发现时表情无比恐惧，你说，我们陈总也是见过世面的人，有什么东西可以把他吓死？于是就有传言说，我们公司闹……”

“停停停！你当讲鬼故事啊！”叶喻其实很怕听这些神神道道的事，连忙打断小花。

“哈哈哈，公司里都传遍了哦，外面那些记者大概也是得到了消息才都赶过来采访的，高层们都已经焦头烂额啦。”小花看到叶喻慌张的样子，心满意足地笑了。

听到这些，又联想到之前陈严偷拍自己的事，叶喻更加不想待在办公室了。

今天还是早点回去吧。

和小花打了个招呼，叶喻便找了个外出采访的借口，向刚送完客回来的主任请示了下，主任想也没想就答应了，估计今天也没心情管他。

叶喻背起背包，赶紧逃离了公司。

开车回到住所，已经快下午一点了。

自从大学毕业后，叶喻就从父母家搬了出来，一个人租住在一间小公寓里。虽然平时得自己照顾自己，但也好在多了不少自由。

叶喻停好车，走进公寓。

工作日午间的公寓大厅几乎空无一人，门卫在警卫室打着瞌睡，压根没注意到叶喻的归来。

正准备上楼，突然一个穿风衣的男人猛地从楼梯口冲了出来，把躲闪不及的叶喻差点撞翻。

“啊，对不起……”男人连忙扶住叶喻，用沙哑的声音道歉。

一阵男用香水味飘来，似乎是这个男人身上传来的。

还没等叶喻开口，一股似曾相识的感觉猛然涌上脑袋。

又来了！！

这正是叶喻今天上午在会议室里感觉到的那股入侵感，只是似乎没上午那样强烈。

叶喻这次倒没有感到惊慌，因为他知道这股感觉马上就会被驱逐出去。

果然，相同的情况再次上演，而且这次更为迅速。只是瞬间，那股入侵感便被自己身体里的能量风暴清除得干干净净。

“嗯……我没事……”叶喻稳了下身体，抬头说道。

男人似乎愣了一下，还没等叶喻看清他的脸，便压下头上的鸭舌帽，匆匆离去。

这个人身上的香水味有点熟悉……好像……在哪里闻到过？

不过叶喻一时也记不起来，便不再多想，上楼走回自己的房间。

开门进屋，叶喻把包一扔便把自己埋进了沙发。这一上午经历了太多奇怪的事情，他想静静，好好整理下思绪。

陈严作为一个做事不择手段的大公司总裁，却在自己公司被离奇吓死了，对于自己这个公司新人来说，高层变故本来和他关系不大，但因为一张照片导致自己被直接牵扯了进来，还被一个神秘长官叫去问话……这到底是什么情况啊，早知道昨天不加班了！

说实在的，作为公司新人，他与陈严几乎没有直接接触，老板的那位吴秘书倒是接触过几次，因为有时会提交一些文件让他转交老板签署。

叶喻脑海中浮现出那位带着金丝边眼镜，脸上永远挂着礼貌的笑容，打扮一丝不苟的吴秘书形象。叶喻对他印象并不差，因为那位吴秘书不论对谁都是彬彬有礼非常绅士的样子，即便面对他这样的菜鸟小记者也从不摆架子。不过听说他好像已经失踪一个多礼拜了，不知道现在是吉是凶。

相对来说，他对陈严的印象倒非常一般。陈严的做事手段狠辣他一直有耳闻，仇家肯定不少，就算被人用什么方法谋杀了，他也丝毫不觉得奇怪，只是他不理解，为什么陈严要在那天拍他的照片，而且还反复查看。

叶喻直起身子，冷静下来的他突然想到一个问题。

如果，只是如果，陈严因为……某些原因……想要获取他的个人照片，凭他的能力绝对有办法弄到自己更好更清晰的照片，根本用不着选择在晚上昏暗的条件下偷拍。此外，他也实在想不出还有什么理由要让陈严“收藏”自己的照片，毕竟自己只是公司新人，与大老板毫无交集。

那么问题来了，陈严为什么非要在那个时间、那个地点偷拍自己呢？

叶喻很确定自己当时的打扮、携带的物品和平时没什么两样，没有什么值得特意拍的地方。这样的话是不是有种可能性——那张照片要拍的，其实不是自己。

叶喻觉得有些微微发寒，要是真如自己推论的那样，当天陈严要拍的恐怕是隐藏在他背后的其他东西，自己只是恰好入镜了而已，他反复查看的其实也是在照片背景中的那个东西。

» 第四章　寻

叶喻突然很想再查看一下那张关键照片，当时可能因为过于震惊而没仔细看照片背景。但是照片在那位楼长官手里，而自己也没他的联系方式，要怎么样才能找到他呢……

问王主任吗？叶喻想着，但又马上被自己否定了。

不，不行，王主任一定会询问自己找楼长官的原因，但又不可能告诉他真实情况，照片的事必须保密。而且自己毕竟和楼长官只是一面之缘，实在也编不出什么其他理由来要对方的联系方式。

挺麻烦啊……叶喻靠着沙发，盯着天花板发呆。

"特别事务调查局……吗？"

叶喻起身，随手轻点了一下手边的茶几，一块屏幕亮了起来。

"下午好，叶。欢迎回来，需要我做什么吗？"

在这个时代，在路边随便点点墙壁都可能亮起个屏幕，在家具上有显示屏已经没啥稀奇的了。而个人电脑也已全面云端化、高智能化，它能以网络为载体，通过任意终端与主人互动，可以说是无处不在的真正"电脑管家"。

"帮我查一个叫'特别事务调查局'的机构。"叶喻打算先通过网络收集一下这个组织的信息，如果他们是国家机构，那么在网上一定会有线索。

"收到。正在查询中……搜索到一项匹配结果，正在为您展示。"

屏幕中出现了一个网站地址。

"额……原来他们还有官网啊。"

看这个网址的后缀，是国家机构的专用域名，应该是官网没错。叶喻连忙打开了这个网站。

"欢迎来到特别事务调查局官方网站。"

随着一句悦耳的问候，一个如手掌般大小的女性小人从屏幕中悄然走出，向叶喻微微笑着。

"我是您的网站向导小颜，请问有什么可以帮您的吗？"

这是一个由全息技术呈现的虚拟向导，黑色长发，身材窈窕，五官十分精致，穿着一身制服，脸上挂着让人如沐春风般的笑容。

如今日新月异的技术革新已经可以使得这种虚拟向导脱离复杂的设备载体，而且更加智能与逼真，与其对话感知几乎与真人无异。为了提升用户体验，几乎所有网站都会配备这样一个虚拟向导。

这位小颜身上的黑色制服和当初楼长官穿得非常相似，看来真是找对了。

“嗯……能不能介绍一下你们部门？”

叶喻打算先了解一下这个神秘部门。

“特别事务调查局是直接隶属于中央的特管部门，总局共下设四大分局，分管全国各大片区。主要针对一些特殊事务进行辅助调查工作。”小颜的声音与她的笑容一样让人舒服。“请问您还有什么问题吗？”

啊？这就完了？？叶喻讶异，这说了等于没说嘛。

“能不能告诉我，你们所谓的‘特殊事务’是指什么呢？”

“非常抱歉哦，小颜无法回答您，这超出了小颜的知识范围。”小颜露出了抱歉的表情，柔声说道。

看来这个问题设置了敏感屏蔽。

“……那你们局里有没有一位姓楼的长官？额……我有事想联系他。”

“啊，真的很抱歉，小颜没有查询内部人员的权限哦。您可以在网站留言，小颜会尽快为您转达给相关负责的工作人员。”

叶喻无语。这种官方说法一看就知道在传达“不可说”的意思，即便留言给对方，多半也不会给自己想要的答复。

叶喻又随意看了一下网站的其他内容，无非是些领导慰问之类的官方公告，没什么特别有用的价值。

“请问您还有什么问题吗？”小颜又露出了灿烂的笑容。

“唉……暂时没有了。”叶喻无奈地说道。

“好的哦，如果您还有些其他想了解的，可以告诉小颜并留下您的联系方式，我们的工作人员会在十五个工作日内给您答复。”

叶喻只好留了言，提交自己的联系方式，希望楼长官能看到——如果他真的在这个部门的话。

关了网站，小颜随即走回屏幕，消失不见。

叶喻靠在沙发上，陷入了沉思。

能够直属于中央管辖，这个“特别事务调查局”果然不一般，如果要尽快联系上那位楼长官，恐怕……只有一个办法了。

叶喻脑海中浮现出了留在会议室里的那条隐藏暗号，那个像坐标一样的数字，（56K，67X，97L）10:00PM。

如果那个数字是楼长官特意留下的话……叶喻思忖着，随即做了个决定。

“帮我定位下这个坐标。”叶喻对电脑下了指令，并迅速输入了那串数字。

“收到。正在定位中……”电脑迅速做出了反应，而屏幕上地图的显示范围也随着搜索进度，渐渐缩小。

“定位完成，正在为您显示。”那串数字果然是个确切的地理坐标。

展现在叶喻眼前的，是个复古酒吧的外景图。门口店牌上写着——“Memories”，似乎是这家酒吧的名字。

“坐标地点在本市XX路X号，该位置上有个小型酒吧，其营业时间为晚间22：00至次日凌晨5：00。”

叶喻记得那条暗号还写了“10：00PM”这个时间点，正好与这家酒吧开始营业的时间相符，这样的话基本没差了——那条暗号的意思，应该是让自己在晚上十点去这家酒吧。叶喻推测。

“呵，这个楼长官也挺有意思的，想要和我喝一杯直说不就行了，还搞什么暗号，神神秘秘的。”叶喻又往沙发上一躺，顺便低头看了下手表，时间还早得很，他决定先洗个澡好好睡一觉，晚上才有精神赴约。

如果这个时候的叶喻知道后来所发生的事，恐怕打死他都不会去的，不过那都是后话了。

———

而在这个城市的某个黑暗角落，一场风暴正悄悄酝酿着。

“他们好像已经察觉了什么，你那件事是不是出了什么纰漏？”一个女人的声音率先响起。

“不可能，我的作战很成功。”回答的是个男人。

“只是……”，男人顿了下，“发生了一些无关紧要的小意外，但这不会影响我们的整体计划。”

“你确定？”女人的声音充满了质疑。

“哼，当然确定！”男人语气有些不满，“我已经将一切线索都抹去，他们不可能查到什么的。”

女人轻哼了一声：“其他人暂且不说，但那个男人可是个狐狸，有任何小差错就可能被他葬送我们整个计划，你最好小心再小心。”

“你放心，不管是谁，只要敢妨碍我们的计划，我会用尽一切手段干掉他。”男人低声恶狠狠地说道。

“呵，那就好，我们可是对你充满期望呢。”女人用轻松的口吻说道，可是话里却透出森森寒意，“更何况，还为了那个人的重生，不是吗？”

“……”

男人良久无语。

“不早了，我先回去了，期待你的表现哦。”说完，女人便飘然离去。

“如果被那些人察觉，事情倒变得有点棘手了……”男人默默自言自语道，声音带着一丝焦虑，但转瞬又变得决然而坚定，“呵呵，就算出了些差错，纠正回来不就行了？为了那个人，牺牲一切都在所不惜！”

男人掏出了一张照片，阴冷地笑了一下，随即点燃，往地上一扔便离开了。

照片上，叶喻的笑脸在火焰的映衬下忽明忽暗，最终被火苗吞噬殆尽。

» 第五章　陷阱

时针指向晚上十点整，叶喻站在“Memories”酒吧门口，有点犹豫。

正如下午查到的那样，这家酒吧的确不大。复古的木屋建筑造型，装修成了中世纪西方酒窖的风格。酒吧虽属于闹市区，但由于隐藏在一个小巷子里，叶喻一路开车找过来颇费了一番工夫。

好不容易找到，却发现这家酒吧门窗紧闭，没有门侍，没有招揽，没有人气——至少外面看来是这样。如果不是门口挂着的“营业中”木牌，叶喻差点认为这家酒吧已经关门大吉了。

楼长官会不会在里面呢？叶喻深吸一口气，推门进入。

“啊，欢迎光临。”

刚进门，一声柔媚的招呼声便吸引了叶喻的注意力。只见一个二三十岁左右的美丽女子正向他款款走来。

“这位小哥，我们店刚开始营业，客人还不多，您随便找个您喜欢的位置坐吧。想喝些什么？”

这是一位非常有魅力的女性，棕色微卷的长发，一双好看的凤眼流露出妩媚柔和的眼神，皮肤细腻白净，身上的紧身白T恤和牛仔裤虽然简单，但却完美地勾勒出她风韵高挑的身姿。然而更让人觉得舒服的是她的气质与笑容，没有任何风尘气，且极具亲和力，叶喻瞬间便对她颇有好感。

“先给我来杯啤酒吧，谢谢。”叶喻在吧台找了个位置，坐了下来。酒吧里只有三三两两几位客人，叶喻扫了两眼，并没有发现楼长官的身影。

人还没到吗？是不是我来早了？叶喻默默想着。

“阿琪，给这位小哥上一杯招牌啤酒。”这位女性在叶喻旁边坐了下来，向吧台内的酒保扬了扬手，那位叫阿琪的小伙子应了一声，便去准备了。

这家酒吧的内部装修延续其外部的风格，完全是中世纪西欧的感觉。吧台内一排古朴的木质酒桶颇为惹眼；吧台对面的墙壁上挂着数排木质红酒架，上面整齐地摆放着各式红酒；店里各处内饰雕琢着细致的西式花纹，连桌椅也是中古样式，配上店里轻柔的音乐与淡黄色的灯光，给人安宁舒适的感觉。

“我是这里的老板，叫我穆姐就行。”穆姐笑着对叶喻说道，“看你很眼生呀，第一次来吗？”

“对，我以前没来过，这次是别人约我来这里的。”叶喻顿了一下，“不过，他似乎还没到。”

可能人家太忙了，毕竟当官的。叶喻暗自想到。不过出于记者的职业习惯，他倒不介意在等人的时间里和这位美女老板聊聊天，说不定还能得到一些有用的情报。

“穆姐，您这家店好难找啊，我可是费了好久才找到。”

“哈哈哈，第一次来的客人总是这么说，因为我们酒吧的位置的确比较偏，不过他们下次来就会轻车熟路了。”

“这么说，您这回头客还不少啊。”联想到店门口“萧条”的样子，叶喻有些意外。

“那当然咯，因为我们店有‘特别演出’呢，在别的地方可看不到哦。”穆姐用略带神秘的口吻说道。

“特别演出？那是……？”穆姐的话激起了叶喻的好奇心。

“等到午夜十二点你就知道啦。你别看现在店里人少，到了十一点半左右人就都来了。”穆姐故意卖了个关子，顺手接过阿琪递过来的啤酒，推到叶喻面前，“尝尝看吧，这可是我们店特制的招牌啤酒，口感相当不错哦。”

神秘的“特别演出”……难道楼长官为了这个才把我约到这里的？

叶喻暂时压下心中的好奇，拿起酒杯抿了一口，麦芽的香气带着些许苦味从嘴里蔓延开来，同时却又混杂着一丝似有若无的特殊甜味，叶喻无法形容那是什么味道，但啤酒在这种甜味的调和下却表现出极佳的口感，令人忍不住想多喝几口。

“好喝！”叶喻由衷地夸赞。

“哈哈，我就说不错吧，来这里的客人几乎每个都会点上一杯哦。”穆姐看上去很高兴，“看在小哥今天是第一次来，这杯就算我请你的好了。”

“那太谢谢您了。”叶喻连忙道谢，“对了，有个人不知道您认不认识。”

如果说这家店回头客比较多的话，说不定那位楼长官也是这里的常客，穆姐会不会认识他呢？

“你说吧，只要我记得。”穆姐爽快地答应了。

“那个人年纪看上去和我差不多大，黑色短发，身材偏瘦，身高比我稍微矮一点，大概一米七八的样子，皮肤比较白，五官很清秀，但眼神比较……嗯……凌厉吧，感觉有点冷的样子。”

“哦，你说的是小楼吧？”穆姐马上接口说道。

“您真的认识他？”叶喻对这个意外收获有些惊喜。

“他是这里的常客哦，而且又是个显眼的帅哥，想不留印象都难呢。你是他的朋友吗？”

“额……算是吧，是他约我到这里的。”叶喻有点心虚，“对了，您和他很熟吗？”

“哈哈，很熟倒也说不上，不过也会稍微聊两句，他特别喜欢这里的啤酒，每次来总会点上一杯，然后坐在角落安静地一个人喝。我倒是第一次听说他约了别人一起来呢。”穆姐撑着脸颊，用一种带着试探的笑容瞧着叶喻。

“啊……原来如此，其实我和他也是刚刚认识，普通朋友而已。”叶喻被她看得有点不好意思，赶紧低头又喝了几口啤酒。

啤酒的香味在舌尖持续扩散，让叶喻稍微有点恍惚，似乎后劲有点足。

奇怪，自己的酒量什么时候变得那么差了？

“这样啊，不过你能陪陪他也好，每次看他在角落一个人喝酒，总觉得挺孤单的。”穆姐将视线移向酒吧右方的一个角落，喃喃说道。

店内陆续又有其他客人走了进来，向穆姐打着招呼，似乎都是店里的熟客。

“哎穆姐，这位小哥很眼生啊？”一位大胡子客人好奇地看着叶喻。

“人家可是第一次来哦，得好好招待招待。”穆姐笑道。

“哦，明白明白。”那位客人用一种意味深长的眼神打量了一下叶喻，令后者有点不舒服。

“小哥加油，我看好你哦。”大胡子自说自话地走过来拍了拍叶喻的肩膀，然后笑着走开了。

加油？什么意思……叶喻感到莫名其妙，却也不想深究，他感觉自己的头已经开始晕了。

“穆姐您忙吧，我……我自己一个人等就行了。”

说着，叶喻想起身坐到角落里，却发现双腿如灌了铅般无法挪动分毫，脑袋也愈发迷糊了起来。

不至于吧……才喝了这么点酒就醉了？

“那好吧，你有什么需要随时叫我。”穆姐站起身，“话说回来，小楼也好久没来了呢。见到他后帮我带句问候吧，就说……”

穆姐的声音似乎变得遥远和模糊起来，叶喻的视线也开始无法集中。

“您……您……说什么……我……”

话没说完，“噗通”一声，叶喻已趴倒在吧台，不省人事。

“就说，如果你死了的话，都是他的责任。”亲切的笑容消失不见，穆姐的眼神突然变得如冰霜般冷漠。

说着，她向旁边示意了一下，几个高大健壮的男人迅速把叶喻扶起，拖进吧台里的工作间中。

“呵呵，又一个吗？有好戏看了。”有几个客人注意到了吧台的动静，用一种带着同情又期待的口吻低声说道，然后继续谈笑喝酒。

店里又恢复了轻松愉快的气氛，好像刚才什么都没发生过。

» 第六章　大逃杀

喧闹，尖叫，重金属摇滚乐……

各种嘈杂的声音由远及近，渐渐充斥在耳边，蔓延到四周。

好吵……头好痛……

叶喻不由皱起了眉头。

怎么回事……我在哪里？

对了，我按照那个暗号去酒吧找楼长官了，然后……那个叫穆姐的女人……那杯酒……

叶喻猛然睁开眼睛。

眼前的射灯让他又马上眯起眼睛，把头偏向一边。

那杯酒有问题！

叶喻瞬间意识到自己的处境恐怕不妙，等眼睛适应灯光后，他愣住了。

人，满眼的人。

这里似乎是个地下空间，眼前这群人有男有女，在迷离又暧昧的灯光下，有的人挥舞双手，兴奋地号叫；有的人疯狂地扭动着身躯，在重金属摇滚节奏中摇摆。这里所有人的表情都充斥着变态的狂热，目光中流露出一种期待又难以言状的欲望，而他们目光集中的对象——正是自己。

叶喻想站起来，却发现自己无法挪动分毫。只见自己正被铐在一张铁椅上，赤膊上身，双手和双脚分别被麻绳用一种奇怪的绳结捆得结结实实，整个人似乎置身于一个约半个篮球场大小、四米多高的巨型舞台中央。

这是……怎么回事！我刚才不是在那家小酒吧吗？

惶恐中，叶喻看到一位身着兔女郎服装的妖艳美女扭动着婀娜的身姿，向台上款款走来，台下爆发出一阵欢呼声。

“女士们先生们，欢迎来到惊险刺激的‘记忆大逃杀’表演现场！”

台下的欢呼震耳欲聋。

“作为Memories的保留节目想必大家都非常期待！今天，有一位全新的面孔来到了现场，参与这项生死挑战！”

记忆大逃杀？生死挑战？？

“可能有些第一次来的客人不清楚挑战规则，在这里让我先向大家解释一下。”兔女郎妩媚一笑，朱唇轻启，开始叙述起来。

“大家请看舞台中央！”兔女郎将手臂一挥，聚光灯齐齐照向叶喻，他被灯光晃得睁不开眼。

“正如大家所见，我们的挑战者手脚均被这种复杂绳结捆住，无法动弹，而在他的下方……”兔女郎又将手臂指向脚下的舞台，灯光应声散开，舞台开始发生了变化。只见原本白色的舞台渐渐变得透明起来，露出了隐藏在里面的东西。

那是一个庞大的水池……不，其实整个舞台就是个巨大的透明水箱。叶喻正置身于这个巨大水箱的顶部。

“这个水箱深达4.5米，我们的挑战者在挑战开始后会被抛入这个水箱，当然，他的手脚还是被绑住的。他需要迅速挣脱手脚上的绳结，在被淹死前逃出水箱！”

“只不过……”兔女郎故意停了一下，观察着场下观众的反应，缓缓说道，“他只有30秒时间可以逃脱哦，至于30秒后嘛……”

“啪”的一声，一盏射灯映出这个水箱的右方角落，人群中霎时发出一阵惊呼。

那是一条饥饿的大白鲨，被一排极粗的铁栏隔离在水箱角落中。

叶喻毛骨悚然。透过透明箱顶，只见那鲨鱼庞大的身躯正不断冲击着铁栏，叶喻甚至能感觉到脚下的震动，那森森白牙似乎随时就要将这铁栏咬断。

“挑战开始30秒后，我们就会放出这条大白鲨，如果那时我们的挑战者还在水箱里的话……那就要自求多福咯。”

人群又开始号叫起来，似乎非常期待鲨鱼将叶喻撕碎的画面。

“你们这群疯子！！谁要参加这种挑战啊！这根本就是屠杀！快放了我！！”叶喻愤怒地吼叫着，拼命挣扎，希望能从椅子上挣脱开来，然而这一切都是徒劳。

“啊，对了，差点忘记说！”兔女郎似乎想起了什么，调皮地眨了眨眼，补充道，“挑战者手上捆的绳结虽然复杂，但却有一种特殊方法可以10秒内全部解开哦。”

兔女郎转身对着叶喻，用手指了指自己的脑袋，用一种撒娇的口吻说道：“至于这个方法嘛，它就在这里。”

什么意思？这女人疯了？

“呵呵，这个方法就在我的脑子里哦，但人家才不会告诉你呢。除非……”

兔女郎扭着腰肢，慢慢踱到叶喻身后，伸出白皙的手臂柔柔地抱住了他，俯身在叶喻耳边用一种诱惑的口吻轻轻说道："除非……你能读取我的记忆。"

读取记忆？这女人果然疯了！

"你们到底是谁？为什么要这样做！还有……那个楼长官呢？你们是一伙的吗？"

"哎呀，这个时候你还在想着别人呢。"兔女郎冰凉的指尖在叶喻上身慢慢来回游动着，令后者不由自主地起了鸡皮疙瘩，"给你留的时间不多了哦，再不用那个能力，你可就完蛋啦！"

"什么能力？我根本不知道你在说什么！！"叶喻已经凌乱了。

"不用再装啦。喏，'血钥石'不就在你身上吗？"兔女郎拨弄了一下叶喻胸前的一个挂饰，叶喻这才发现自己脖子上多了块红色石头。

这块石头只有拇指般大小，通体血红却泛着奇异的五彩光泽，被一根皮绳串着，挂在自己胸前。

这是什么？叶喻完全不记得自己带过这个东西。

"好啦，时间到！"兔女郎笑着起身，"祝你好运咯。"说着便走回了舞台前方。

"我们的挑战者已经准备好了！等待他的，究竟是逃出升天，还是被淹死，抑或是……被鲨鱼撕碎的命运呢？现在，让我们欣赏这位小鲜肉的最终表现吧！"兔女郎的话音刚落，全场掀起一阵暴风般的欢呼声，所有人都疯狂了。

"放开我！你们这帮疯子！！杀人犯！！！"没有人理会叶喻那绝望的喊叫。

舞台上空猛然亮起了一个数字：30，那是能留给叶喻活命的倒计时。

而在这瞬间，叶喻所坐位置的下方猛然打开了一个缺口，叶喻连人带椅跌落入了水箱中。

现场观众瞬间沸腾。

落水激起的水流猛然灌入耳朵，将叶喻与嘈杂的外界隔离开来，铁椅束缚带也随即自动解脱。叶喻被灌了几口水，挣扎着爬起，想先解开手上的绳结。

不能就这么坐以待毙！！

麻绳死死地绑着，叶喻低下头开始用牙齿咬。

"20秒！"场外观众兴奋地喊着。

叶喻身边渐渐弥漫起丝丝血水，而麻绳却毫无解开的迹象。

不行！咬不开！

叶喻放弃了咬绳子，试着平衡身体，想要借助椅子跳回箱顶，然而由于双手双脚被牢牢绑着，试了两次均以失败告终。

“10秒！”

不要，我不要就这么死了！一定还有办法的！

“除非你用那个能力，读取我的记忆哦。”兔女郎的话突然回荡在叶喻脑海里。

读取记忆？超能力？我怎么可能有！！

叶喻低头看着胸前的红色石头，奇异的五彩光泽在水下更加耀眼，这个东西到底是做什么用的？

“5！4！3！……”观众们已经开始最后的倒计时。

焦急、紧张、攀爬……

叶喻做着最后的挣扎，他感到氧气正大量消耗，自己快撑不住了……

“0！”

随着倒计时的结束，叶喻安静的水下世界中响起了末路的钟声——那是铁栏被打开的声音。

叶喻不再挣扎，因为已经没有必要了。解除束缚的鲨鱼迅速游出，向他冲了过来，叶喻看到的最后一个画面，便是鲨鱼那满嘴利刃般的尖牙。

呵呵……这一切都是你的计划吗？

姓楼的，我做鬼都不会放过你！

叶喻苦笑了一下，绝望地闭上了眼睛。

» 第七章　神秘组织

世界瞬间寂静。

3秒……5秒……7秒……

被撕裂的痛感迟迟没有到来，甚至连水下的压迫感也陡然消失。

已经到极限的叶喻猛然吸了口气，却发现……竟然可以正常呼吸！

叶喻慢慢睁开眼睛，没有水，没有鲨鱼，没有麻绳，自己正靠在一把皮椅上。眼前看到的是个普通休息室，和一个眼熟的背影。

“欢迎回来。”背影缓缓转过身，一双漆黑眸子似笑非笑地看着叶喻。“听说你在找我？”

“姓楼的！！”叶喻瞬间激动起来，想站起身却发现使不上力，又跌坐回皮椅上。

白净清秀的脸庞，淡定的眼神，还有那身黑色制服，眼前的男人正是那位楼长官。

“哈哈哈，楼玥，看来这小子把你当仇人了。”旁边传来一个女人的声音，叶喻一看，竟然是穆姐，后者正靠着墙，掩嘴笑着，一副幸灾乐祸的样子。

“我很抱歉，给你带来这么一段不愉快的体验。”楼玥没有理会穆姐的调侃，“但请你相信，我并没有恶意。”

这是怎么回事？！果然是这个人搞的鬼吗！

叶喻强忍着往他脸上招呼一拳的冲动，咬牙说道：“你最好给我解释清楚！”

“刚刚你见到的，其实是虚拟现实。”楼玥从一旁拖了把椅子，坐到叶喻面前，“换句话说，我们用了点办法，让你以为你正置身于我们设计好的场景里。”

“虚拟现实？也就是说刚才那一切是假的？怎么可能！”叶喻清晰地记得水下的压迫感，手脚被捆住的疼痛，兔女郎耳边的轻语，无比真实。

“不信吗，你可以看看现在的时间哦。”穆姐在一边轻笑道。

叶喻赶忙看向手表，晚上十点四十五分。

他是晚上十点到达酒吧的，和穆姐喝酒聊天差不多十五分钟左右，也就是说从失去意识到现在才半个小时？

再看看自己身上仍穿着原先的衣服，并没有赤膊，衣服也是干燥的。

“这……这到底是……”叶喻完全无法理解。

“你知道人是怎么感知这个世界的吗？”楼玥没有直接回答叶喻，反而抛出了个问题。

“不就是靠身体各种感官吗？”叶喻有点莫名其妙。

“可以这么理解。我们之所以能看到这个世界，是因为眼睛接收到了外部景物的反射光；之所以能听到声音，是因为耳朵接收到了声波。我们的各种身体器官相当于一个个信号接收器，他们将接收到的各种信号传达给大脑，因此我们的脑中才会反映出这个世界。”

“但如果说，我将这种信号半路截和了呢？”楼玥突然话锋一转。

“什么意思？”

“如果我隔绝了所有现实世界信号，直接将一些特定的信号传达给你的所有感官，比如说你眼睛接收的反射光是我安排的；耳朵听到的声波是我指定的；身体触觉细胞接收到的感知信号是我控制的……那么是不是可以说你脑海中所反映的这个世界，就是我制造的呢？”

“这……”叶喻语塞，“这种事……真的做得到吗？”

“呵呵，这个世界真实的技术发展总远远超出民众的认知。这种技术不但存在，而且已经进化了好几代了。”楼玥站了起来，靠近叶喻，“现在，只需要一个小小的控制器，就能实现。”

只见他伸手，将叶喻脖子上的一条链子取了下来。那是一个银质项链，上面串着一个金属环状物体，像一枚戒指。“这个便是你刚才那场‘幻境’的源头，我们通过这个控制器，暂时隔绝了你的感官，并将那些场景的信号传达给你，所以你的脑中才会生动地呈现那些场景，犹如身临其境。”楼玥说道

“当然，如果突然切换了真实世界的信号，这种突兀感会立刻让你察觉到不对劲，所以我们才需要那杯酒让你暂时失去意识。”楼玥将金属环交给了一旁的穆姐，坐回了椅子。

叶喻惊讶得说不出话来，这些已完全超出了他的认知，然而更加让他瞠目结舌的是接下来对方的叙述。

“其实人脑是非常强大的，它不仅是个接收并处理信号的终端，其在活动时所发出的脑波还可控制其他事物。但通常来说人的脑波信号非常微弱，现今的技

术只是通过读取脑波的活动，借由机器设备变相实现控制。

“这样的话，我们不妨再想得深入一些，如果某个人的脑波足够强大，强大到可以脱离机器辅助，甚至能直接侵入他人大脑的程度，那么他感知他人大脑的活动或者对其干预也是可以做到的。而人类的记忆便是大脑活动的一种。”

“那也就是说……他能读取别人的记忆！”叶喻脱口而出，他突然联想到先前那场‘幻境’中那位兔女郎对他说的话，“这怎么可能！”

“不仅仅是‘读取’，从理论上来说，‘写入’甚至‘擦除’也是可以做到的，就好像对电脑存储介质进行操作那样。”楼玥淡淡说道，“当然，这对大脑的负荷非常大，尤其是后面两项。”

一直以来人脑是保存个体隐私的最终壁垒，也是人们安全感的凭依，要是这个“安全壁垒”一旦被攻陷，那种情景……简直不敢想象！叶喻不由开始冒冷汗。

“难道世界上真的有人脑波能强大到这种地步吗？！”

“普通人类当然是做不到的，不然这世界早乱套了。”楼玥轻笑了一下，但随即正色道，“不过……如果有一种增幅器可以加强这种脑波，那就另当别论了。”

“增幅器？”

“是的，比如说……这种血钥石。”说着，楼玥轻轻转动手环，一个虚拟显示屏出现在叶喻面前，一颗拇指般大小、通体血红色石头的动态图像映在了屏幕上，石头表面流溢着奇异的五彩光泽。

叶喻睁大了眼，这不正是自己在“幻境”中看到过的那颗吗！

“这种石头是目前所知唯一能超幅增强人类脑波的物质，而且这种物质原本不存在于这个星球上。”

“你是说……来自太空？”

“没错。它是由陨石带来的。”楼玥收起虚拟屏，“十年前，一伙盗墓贼在一个古墓中发现了它们，从墓中的壁画记载来看，它们是距今一千七百多年前降在我国境内的一场陨石雨留下的残骸，在当时作为天降异宝被当地贵族制作成首饰，并随其他陪葬品一起下葬。”

“等等，你说‘它们’？难道墓穴里发现的这种石头还不止一颗？”

“是的，当时一共发现了七件由这种石头做成的首饰，被那伙盗墓贼瓜分殆尽。然而他们后来才在偶然情况下发现了这种石头的奇异之处，毫无疑问，这种石头的价值无可估量，他们为了相互抢夺掀起了一系列腥风血雨。再后来，国家介入了进来，开始尽全力回收血钥石。”

能控制他人记忆的石头，一旦落到别有用心的人手里恐怕会演变成一场灾难，也难怪国家会果断出手。

“好在知晓血钥石秘密的人还在可控范围内，国家顺利回收了七颗中的四颗，然而，剩下的三颗却像消失了一般怎么也找不到。有说法是可能流落到了国外，也可能……被别有用心的人或组织藏起来了。但不论是哪种可能，这都会给国家安全带来极大的隐患。由于事关重大，国家决定不惜任何代价回收剩余的三颗血钥石，因此成立了一个特别组织。”

“特别事务调查局……”叶喻接口说道，“你们就是追查这种血钥石的特别组织，对吗？”

楼玥轻轻点头道：“我是特别事务调查局东区分局局长楼玥，旁边这位是穆云，我们的高级调查官。对外宣称上，我们只是一个调查辅助机构，但实际上追查血钥石的下落并将其回收才是我们目前的主要任务。”

一个秘密调查机构吗……确实，因为血钥石的特殊性，这种事没法大张旗鼓地搜查。

“可你还是没告诉我你们为什么要对我做这些事，你们说的这一切和我有什么关系？”虽然知道了对方的来历，但一想到这些人先前把自己当猴一样耍，叶喻不由有些窝火。

“那是测试，为了证明你的清白。”楼玥抬眼直视叶喻，漆黑眼眸中闪过一丝凌厉之色，“一切的起始，就是陈严出事当晚拍的那张照片。”

» 第八章　反常的举动

“你说陈总拍我的那张照片？”叶喻不解，“我当时就说过了，那天我没与他有过任何当面接触，监控录像就能够证明我的清白。”

“有些事，并不需要亲自动手。就比如说，让陈严也经历一场如你先前所经历的那种幻境。”楼玥道，“只要想办法令其暂时昏睡，并置于相对封闭环境中，通过控制器操控就很容易达成，而发现陈严尸体的汽车正是一个极佳的实施环境。”

陈严的死因是外部刺激导致的瞬间休克，简单来说是被吓死的。想起自己之前的亲身经历，叶喻相信这种幻境的确能带来一定刺激，但刺激到让人休克的地步就有些牵强了。

“如果仅仅是虚拟现实环境的刺激，直接让人休克致死的可能性其实很小。”还没等叶喻发问，楼玥便直接开了口，同时从手环中调出了一个屏幕，上面显示的似乎是一个报告，“但对于一个短期内严重超负荷的大脑来说，这种刺激足够了。”

“这个是陈严大脑的检测报告，上面表明他的大脑在近段时间内进行了密集的超负荷运作，已经到了崩溃的临界点。”一旁的穆姐解释道。

“这个……说明什么？我不明白。”

“呵呵，既然你知道我们局的特殊性，那么就应该想到一般的刑事案件是不会找到我们的。之所以我们会介入，那自然是与血钥石有关系。”穆姐靠了过来，轻坐在叶喻旁边的扶手上，手顺势搭在椅背，笑着对叶喻说道。

穆姐身上淡淡香水味袭来，令叶喻有些心猿意马，不由心跳加速，连忙红着脸把身体往旁边挪了挪。

“这是过度使用血钥石的后遗症。”楼玥一语道破，“使用血钥石是要付出代价的，它在大幅增强人的脑波的同时，也会给大脑带来极大负荷，如果短期内连续使用，那么大脑会变得极其脆弱，适时加以刺激就会令其崩溃。”

“也就是说，陈严的死是被人精心策划过的，而凶手很可能与血钥石有关？”

“其实，我们在几个月前就开始关注陈严了。想必你也知道，从今年2月起，在短短3个月的时间里，H集团连续完成了数项吞并项目，过程异常顺利。我们接到消息说，陈严在这过程中掌握了被吞并方的几位重要人物的机密隐私，从而顺利要挟对方完成吞并。而这些信息，无一例外都是在陈严与这些人物会面后迅速获取的。”穆姐调笑的神情渐渐隐去，语气也变得严肃起来。

“就好像……他在会面时直接读取了对方的记忆那样？”

“至少上层是这样怀疑的，因为可能与血钥石有关，所以要求我们秘密对他展开调查。而我们在调查中也的确发现了一些端倪。”楼玥在虚拟屏上调出了几张照片，似乎都是陈严的资料照。

“前三张是陈严去年合作活动时的照片，而后面的几张是陈严在今年几项吞并会议上的资料照片。你有没有发现这其中有什么值得注意的地方？”

叶喻定睛细细观察照片，感觉每张似乎都差不多，不外乎是一些握手合影之类的动作，陈严表情自然，照片背景也比较单调，没什么特别的地方，穿着上似乎也……咦？等等……

“能否把后面几张照片中陈严的手部放大一下？”叶喻注意到了一些东西，“他手上那枚戒指，似乎是……”

“虽然是菜鸟记者，但你的观察力还不错。”楼玥眼中闪过一丝赞赏，随即放大了陈严的手部特写。

在那几张吞并会议的照片中，陈严右手食指上似乎带着枚红宝石戒指，虽然照片无法明显展现其光泽，但从颜色上看，与血钥石有几分相像。

“那枚戒指，你们有没有调查过？”叶喻看向楼玥。

“那枚戒指是去年年底时，陈严通过某种渠道拿到的。我们没有查到任何关于这枚戒指的交易记录，推测是通过黑市购得。但由于这是陈严的私人物品，要是在没有证据的情况下直接要求调查，一来不符合法规，二来也怕打草惊蛇，所以我原本想借由吴学冰失踪案的契机与他直接会面，可惜晚了一步。”

“他在与你会面前夕出了事。那，他死后你们有没有找到那枚戒指？”

“被拿走了。”楼玥一贯波澜不惊的表情中蒙上了些许阴影，“就在陈严出事当晚。”

虚拟屏上出现了一段监控录像。“这是陈严当时从主楼北门走出的画面，可以看到他手上还带着那枚戒指。然而在发现尸体的现场，那枚戒指却消失了。我们仔细搜查了现场及整个园区，都没有发现戒指的踪影。”

“也就是说，有人在现场偷偷拿走了那枚貌似血钥石的戒指，而那个人很可能就是凶手？”

“是的。”楼玥抬起眼眸，“不过，凶手的计划在执行过程中，出现了一些意料外的状况，导致露出了尾巴。”

“意外状况？”

“就是陈严的反常举动。”楼玥调整了一下手环，虚拟屏展示出H集团总部园区的三维图像。

“让我们还原一下当时的场景。九点三十分，陈严从办公室出发，五分钟后出现在主楼一层大厅北门，走出门后便离开了监控摄像范围，我们只能看到他是往副楼方向走去。”

屏幕上显现出了陈严行动的路线图，并在一旁做了时间标注，看上去一目了然。

“主楼与副楼之间的路并没有监控，我们并不知道陈严在这段路上发生了什么，但根据后来所掌握的情况，能确认三点事实：首先，陈严离开主楼北门后，副楼及地下车库监控录像并未拍到陈严进入的画面；其次，陈严在九点四十五分的时候在南门附近拍了张照片，并反复查看；最后，陈严的尸体在副楼地下车库的自己车中被发现。”

“等等，按照你列出来的几点事实来看，有个明显的矛盾。副楼及地下车库的监控录像既然没有拍到陈严当天进入的画面，那为何陈严的尸体会凭空出现在地下车库的车中？这不合理啊！”

“一切看似不合理的现象其实都可以找到合理解释。我们知道的只是监控摄像头没有拍到，但并不表示陈严没有进入。”

楼玥又调动了一下手环，屏幕上副楼及地下车库的板块画面被放大了，三维建筑透视化，内部出现了数个红点。

“这些是副楼和地下车库中监控摄像头部署的位置。主要分布在门口、大厅、电梯等主要通道，并不是很密集。从理论上说，只要熟悉摄像头的部署，想要成功躲开监控进入车库是有可能的。”

“而这块区域是陈严的专用停车位。”画面中有一块位置被突显了出来，可以看到的是这块区域附近并没有红点。“陈严专用停车位附近并没有安装摄像头，不管是出于什么原因，从结果上来看，我们无法通过监控得知陈严是如何进入车内的。”

“既然车位附近没有监控，但通往车位的路上总应该有吧？”

“通往陈严车位的线路有两条。第一是通过副楼大厅的电梯下到地下车库，第二便是通过副楼的消防楼梯进入车库，这两条路线上均有监控摄像头。如果走电梯，那肯定会被电梯内的摄像头拍到；那这样一来，陈严进入车库的唯一途径，就只有消防楼梯这一个。”

“可是消防楼梯上也有监控探头，如果从这条路线走也是可能被拍到的，除非……”

“除非陈严自己特意躲避着摄像头。”楼玥给出了答案。

» 第九章　驱逐体质

“会不会是陈严被人威胁或弄晕了，身不由己？”叶喻无法理解为什么陈严会有如此奇怪的举动，提出了一个假设。

“想躲过摄像头不是那么容易的。陈严若被人胁迫，熟悉监控部署的他有的是办法让摄像头拍到自己；他被人弄晕后再带进去就更不可能了，要拖着一个失去意识的人避开摄像头难度非常大，更何况陈严还是个两百多斤的成年人。”

“所以只可能是陈严自己有意识地躲吗……可是他为什么要这么做？难道……他认为有人通过摄像头在监视他？”叶喻已经找不出什么其他理由了，这已经是唯一的解释。

“只能这样认为。让我们再联系一下陈严之前另一个奇怪举动。”楼玥操作手环，调出了叶喻先前见到过的那张自己被偷拍的照片，“原本应该直接从北门前往副楼的陈严，却临时改变了线路，绕回到南门偷拍了一张照片。你觉得是什么原因导致他那么做？”

“嗯……他进副楼前发现了什么人？”

“而且陈严并不想被那人看到。”楼玥补充道，“但他非常在意那人的一举一动，所以才绕回南门偷拍并反复查看照片。这样一来，他特意绕开监控的行为也能得到解释，对于脑神经已十分敏感的陈严来说，他会认为摄像头可能成为那人的‘眼睛’，为避免对方发现自己，他下意识躲开了所有摄像头。”

“但陈严最终还是被人设计并死在了自己的车里……”

“是的，因此陈严特意躲避并偷拍的那个人是凶手的嫌疑变得非常大。”楼玥道，“凶手为了能在完成计划后及时回收血钥石，必然会提前隐藏在现场附近。然而他没料到的是自己不慎被陈严发现了，还被后者拍了照片，这便是他最大的失误。”

叶喻一下子紧张起来，连忙说道：“关于这张照片，会不会拍的不是我，而是背景中的其他东西呢？我完全没有理由杀陈严啊！”

楼玥没有回答，而是将照片中的一角放大了，只见照片背景中赫然还有一个人影，似乎穿着风衣，戴着鸭舌帽，看不清脸部。

叶喻愣了一下，这身影……貌似有点眼熟？

“我在拿到这张照片的时候就发现了照片中其实隐藏着两个人，而且我本来已基本将你排除，毕竟你是在陈严走出主楼十分钟后才从另一个方向出现的，从逻辑上来说他当时尾随的应该不是你。但考虑到你和那个隐藏的人出现在同一场景里，为了向你确认一些事情，所以才有我们的那次会面。”

“等一下，你刚才说‘本来’？”叶喻注意到楼玥的措辞，“也就是说你后来还是怀疑我了？？”

“对，就在今天上午与你会面之后。”楼玥表情淡淡的，看不出什么情绪。

“你怎么确认我是不是有问题？就凭这些推测？说到底，你们并没有直接证据证明你们的说法，而且所谓虚拟现实杀人也好，血钥石也罢，也没有任何线索遗留在现场啊？”被莫名当成嫌疑犯，叶喻显得有些激动。

“线索并不是没有，还记得之前你喝的那杯啤酒吗？”楼玥起身走向一旁的茶水桌，倒了两杯咖啡，伸手递了一杯给叶喻。

叶喻看了看，愣是没敢接。

“放心，这次没下药。”楼玥嘴角微微上扬，戏谑地看着对方。

叶喻被看得有点窘迫，犹犹豫豫地接过了杯子，但完全没有喝的打算。

楼玥也不在意，坐下喝了口咖啡，继续说道。

“对于‘虚拟现实’杀人，我先前已经提到过，必须同时具备三个必要条件才可能实施。第一，实施环境需要相对封闭，尽可能减少外部干扰；第二，实施对象的脑部必须已经到了某种负荷临界点，才能够被‘引爆’；第三，要让实施对象暂时失去意识，以便实现无缝对接。第一和第二点已经符合，至于这第三点，我们也有证据证明。”

“我们其实在陈严体内检测到微量麻醉成分，同时，还发现一个小细节。”穆姐起身在旁边的墙壁上点出了一个屏幕，调出一张照片。

这是一张手部特写，貌似是陈严尸检的照片。叶喻仔细看了一下，发现右手食指根部有个非常小的红点，似乎是……针眼？

“这个红点所在的位置，原本应该是那枚疑似血钥石戒指佩戴的地方吧，难道说戒指里被人藏着麻醉针？”

“哈哈哈，你的观察力和推理能力真不错，做记者可惜了，要不要考虑来我们局当个见习调查官呀。”穆姐笑了起来，顺手往叶喻头上赞许地揉了揉。

叶喻连忙稳住手里的咖啡杯，一脸尴尬：“那……就算这些条件都符合，那么最关键的，虚拟现实的控制器呢？你们现场不是也没发现吗？”

“如你刚才所见，那种控制器可以仅仅是个饰品大小，而现场唯一遗失的物品就是那枚戒指。”楼玥没有再说下去。

“戒指的指环……难道那个戒指就是一个完整的作案工具？”叶喻恍然大悟。

楼玥轻轻点了点头，放下咖啡杯。

“好吧，就算陈严的确是被人设计用虚拟现实杀死的，那么你为什么后来又怀疑我？为什么要引我来这里对我做这些？”

“这自然是有理由的。”楼玥转动手环，叶喻面前的虚拟屏上出现了一组数据，以及一些复杂曲线。

“这是你在之前那个幻境过程中的脑电波曲线，由于幻境的设置都是我们安排的，因此我们可以看到在相应情景下你的脑部动作，从而判断你对某些事物的真实反应。”

“某些事物？”

“是的，如果你接触过或者使用过血钥石，那么一定会对幻境中‘读取记忆’及血钥石的场景有所反应，这些都会通过脑波活动真实展现出来。”

“你们是怀疑我和血钥石有关？”叶喻想到幻境中的自己那种无助又绝望的感觉，心中不由有些不满，“我当时根本不知道有血钥石这种东西，更不可能对这些有反应。何况你们既然手里有真正的血钥石，直接搜我的脑不就行了？又何必大费周章？”

“因为你是特别的。这也是为什么我后来怀疑上了你。”楼玥直视着叶喻，眼眸中似有一道光闪过，“你有驱逐体质。”

“驱逐体质？”叶喻听得云里雾里，“那是什么？”

楼玥看着手中的咖啡杯沉默了一会儿，似乎在考虑怎么解释，但很快便收回视线，开口说道：“你知道人体自身有一套免疫系统，如果外来物质入侵体内，会触发排异反应，我们的细胞会想方设法将外来者驱逐出去。同样的道理，外部脑波如果想要干涉我们的大脑，同样会激起我们的排异反应，只是由于其特殊性，这种反应并非如常规身体排异那么明显，而且大多数人并不能抵御这种脑波入侵。”

“然而……”楼玥话锋一转，视线投向叶喻，“有一类人群体质非常特殊，他们的免疫系统几乎能完美抵御外部脑波入侵，将其驱逐，即便对方有血钥石的辅助也无法干预他们的大脑，我们称这类人为驱逐者。但驱逐者非常稀有，在人群中比例不足万分之一。”

“自从血钥石的特性被发现以来，考虑到国家安全，上头希望一些重要的政要也具备如驱逐者般的免疫体质，以抵御不可预估的外部脑波干预。要知道，目前还有三颗血钥石尚不在国家控制中，如果被别有用心的组织利用，后果不堪设想。因此这些年国家投入了大量资源秘密进行脑波免疫药物的研发，也得到了一定成果，虽然不如驱逐者的免疫系统那样完美，但至少能在一定时间内做到基本的抵御。”楼玥端起咖啡杯，喝了一口说道。

“那你们也通过这种药物具备了一定抵抗性吗？”叶喻问道。

“我们的人多少都具备了一定的脑波抵御能力。而且一旦知道血钥石的特性，是人都会心存一定恐慌不是吗？”楼玥垂下眼睛，“毕竟每个人都有不想被他人知晓的秘密。”

“顺着这个思路讲，如果有其他组织拿到血钥石，也必定会有与我们同样的想法。”开口的是一旁的穆姐。

“因为怕被读脑，所以也会拼命想办法获取这种驱逐体质以让自己更安全？”

“是的，但反过来说，如果某人具备这种抵抗能力，而且又不是天生驱逐者的话……”穆姐顿了一下，“那么他与血钥石有关的可能性就非常大。”

这种推论倒也合情合理……叶喻思忖着。不过……等一下，他们刚才说我也具备“驱逐体质”！

叶喻突然想到了些什么，紧张地问道：“你们怎么会知道我有这种抵抗能力？难道……你们已经尝试读过我的脑？”

“你说对了。”楼玥眼睛抬都没抬，“就在今天与你会面的时候。”

» 第十章 暗杀者

叶喻猛然想起当初感到的那股入侵感，原来当时就被眼前这个男人搜脑了！

“你……你凭什么这么做？”叶喻有些恼怒，声音也不自觉地大了起来。

“为了找到那张关键照片背景中的可疑人。”楼玥一脸淡定，“你与他同时出现在一个场景，虽然你自己没意识到，但或许你潜藏的记忆里面会有这个人的线索。”

“可惜的是我还没进到你的大脑就被驱逐出来了，不过倒让我意外发现了一个驱逐者，也算是个不错的收获。”楼玥继续喝着咖啡，完全无视叶喻的愤怒。

“即便要调查，你也不能随便侵入别人大脑啊！难道当时你把我们办公室所有人都搜了一遍？”

“我需要纠正你两点。首先，即便血钥石能增强人的脑波，但要准确实施对他人脑部入侵，还需要身体作为接触媒介，即我必须要直接碰到对方才行；其次，使用血钥石会对大脑造成很大负荷，如果我当时像你说的搜了那么多人的话，那我现在恐怕已经和陈严一个下场。”说完楼玥叹了口气，似乎对方提了个很蠢的问题。

“那你后来对我做的一切，都是为了鉴别我是不是天生驱逐者？”叶喻努力克制着自己的情绪。

“对。”楼玥的回答简洁干脆。

“……”

叶喻还想说什么，却也一时不知道该如何开口。虽然他在幻境中的表现已经证明了自己的清白，而且作为驱逐者他不必担心自己的“安全堡垒”被人攻破，但抵抗脑波入侵时的那种痛苦感受仍让他记忆犹新。

说起入侵感……嗯？等等，这种感受好像还不止一次？

叶喻突然想到下午回住处时的那段小插曲，那个穿风衣撞到他的男人。

风衣……鸭舌帽……那副身材和打扮，怎么感觉和陈严拍到的那张照片背景中那名隐藏人物很像？

叶喻犹豫了一下，最后还是决定将下午在公寓里发生的情况告诉楼玥，而随着叶喻的叙述，楼玥的表情却慢慢变得严肃起来。

“啧，事情恐怕有变。”一旁的穆姐神色凝重地低声说道。

“……是的。”楼玥点点头，随即看向叶喻，语气不容辩驳，“今晚你留在这里，而且从现在起24小时内，你不能再回那个公寓。”

“为什么……？”叶喻问道。

“你还不明白自己的处境吗？”楼玥面色严峻，“你有麻烦了。”

叶喻被盯得冷汗直冒，能让先前一直表现淡然的楼玥露出如此表情，恐怕他口中的“麻烦”还不小。

“如果你今天下午遇到的那个风衣男尝试搜你的脑，那么毫无疑问，这个人手上有血钥石。”楼玥站起身说道，“而且从目前得到的线索来看，他就是照片中隐藏人的可能性极大，如此一来他搜你大脑的目的恐怕和我一样，就是确认你脑中是否有当时现场关于他的记忆。”

“然而他却被我的身体‘驱逐’了，并没有成功……”

“是的，他也因此发现了你的驱逐体质，而这点恰恰会至你于极度危险中。”楼玥正色道。

“这是…什么意思？”

“原因很简单，如果一个普通人知晓了血钥石可以让人读取记忆的特性，而他又遇见了一个可能拥有血钥石的人，他的第一反应会怎么做？”楼玥抱起双臂，等着叶喻的回答。

“远离他，避免与他的任何接触。”叶喻不假思索地说道。

“如果无法避免呢？”

“这……”叶喻犹豫了一会，话到嘴边又咽了下去，陷入了沉默。

“会恨不得杀了他。”楼玥替他说出了那个答案，“人为了保护自己内心深处的秘密，往往会选择最极端的方式。”

叶喻没有说话，他已经知道自己将面临什么了。

拥有驱逐体质的人除了那种万中无一的天生驱逐者外，便是曾服用过短期免疫血钥石药物的人，也就是说是与血钥石相关的人。而叶喻虽然作为天生驱逐者，但在对方眼里恐怕另一种的可能性更大，更何况对方还认为自己在陈严出事当晚看到了他。如果那个风衣男就是陈严案的凶手，以其行事手段来看，自己毫无疑问将是对方下一个暗杀对象。

想到这里，叶喻不由沮丧起来，说到底一切的起因还是因为昨晚的加班，如果当时不回公司的话，自己还能够过着平平静静的小记者生活，不至于陷入那么深的麻烦中。

然而叶喻的生活已经注定无法平静了。

“咚咚咚…”，休息室里响起了急促的敲门声，进来的正是叶喻之前见过的那位叫阿琪的酒保。

“穆姐，出事了。”阿琪的神色有些紧张，“赶快看一下新闻吧！”说着便点开了墙上的屏幕。

“最新消息，十五分钟前，也就是今天晚间十一点三十分左右，我市位于xx路的一幢公寓大楼发生一起爆炸事件，爆炸源为公寓三楼302房间，初步推测原因为瓦斯泄漏。爆炸引起的大火蔓延至整个楼层，目前公寓人员已紧急疏散，尚不知晓是否有人员伤亡……”

叶喻猛地站起，呆呆地盯着画面，身体忍不住开始颤抖。

屏幕上的实时画面中火光冲天，人们四散逃离，消防车一辆接着一辆到达现场喷着水柱。画面上那被熊熊大火包围的，正是叶喻所住的公寓，而爆炸源302室，就是他的房间。

“这是……我的……”震惊的叶喻已经不知道该说什么了。

“啧……已经开始动手了吗？”楼玥眉头紧锁，但随即突然想到了什么，转向叶喻问道，“你今天开车过来的？车在哪儿？”

“是的……就停在酒吧对面街区的露天停车场，怎么了？”

楼玥与身边的穆姐交换了一下眼色，后者心领神会，立即带着阿琪冲出了房间。

“你暂时就待在这家酒吧，不要接触任何其他人，也不要告诉别人你在哪里。”楼玥转头看向叶喻，毫不客气地命令道。

“这……到底是……怎么会变成这样？？”突遭变故的叶喻崩溃不已，“竟然已经找到我住的地方来了……那、那我的家人他们……！！”

“你放心，你家人那边我会设法保护，但为了他们的安全，你近期最好不要和他们，包括你的其他亲朋好友有任何接触。”楼玥看着叶喻，冷静地说道。“至于你公司那边，我会替你安排……”

话音未落，突然一声巨响响起，整个房间也随之震动了一下，似乎是从酒吧外不远处传来的。

“糟了！”楼玥脸色一变，转身冲出房间。

看到楼玥的举动，叶喻一下子不知所措，只好跟着冲出了房间，但没跟几步就看到楼玥停在酒吧大门口，迎面走来的是穆姐和那位阿琪，两人样子略显狼狈，但神色镇定。

“坏消息。车炸了，被做了手脚。”穆姐拍了拍身上的灰尘，看向楼玥身后的叶喻。

叶喻一愣，随即苦笑。好家伙，不但了炸房子，连自己的车也炸了吗？那个人还真是要赶尽杀绝的节奏。

楼玥眉间微皱，走上前问道：“你们没受伤吧？”

穆姐轻轻摇了摇头，走进酒吧，向店里的几个“客人”做了个手势。那些“客人”似乎早就在等待穆姐的指示，纷纷应声而动，不一会儿，酒吧大厅就只剩下叶喻他们四个。

“我们靠近前对车进行了扫描，及时发现了定时炸弹，可惜发现时已来不及拆除。”穆姐关上门，转身对楼玥说道，“但炸弹非常粗糙，除了定时外并没有其他控制装置，凶手看来没有做精密作案规划，应该是临时起意动手的。”

这样看来，那个暗杀者只是根据自己以往的作息时间，提前对房中瓦斯做了手脚；同时为防万一，还在车上安了定时炸弹。要是今天不是临时打算来酒吧，自己恐怕在劫难逃……想到这里，叶喻不禁有些后怕。

“不过……好消息还是有的。”穆姐扬了扬手中的手机说道。

“发现了新线索。”

» 第十一章　线索

“线索？在他的车上？”楼玥问道。

“没错。”穆姐点点头，按了一下手机屏，将一张汽车的全息图像投影了出来，叶喻一眼便认出这是自己的车。

“这是我们刚才对那辆汽车的立体扫描图像。”穆姐调整着画面，将汽车油箱区域翻转放大，一个简易微型定时炸弹赫然出现在油箱底部。

那是个硬币般大小的引爆装置，连接着一个小型计时器，然而值得注意的是，这个金属盘中间印了一个诡异的图案，似乎是用红色油漆喷上去的。

只见图案整体呈正圆形，六芒星底纹中架着一把权杖，杖顶是一只眼睛的形状。一条蛇沿着杖柄盘桓而上，死死咬住杖顶的那只眼睛，鲜血从眼角处流淌下来，更增添了其诡异恐怖的感觉。

“圣颜会？”楼玥双眼微眯，“他们不是销声匿迹很久了吗？”

圣颜会……好像有点耳熟？叶喻努力回想着，突然记起来了。

那是几年前被国家取缔的一个邪教团体，信奉西方神话中的某个邪神，教义无非是“得永生”之类的蛊惑之词，但实质却是搜刮教徒的财产，不少教徒被洗脑最后搞得家破人亡。于是国家出手将其一锅端，首脑及主要干部均被判刑，当时事情闹得还挺大，但之后这个组织便没有了任何消息。圣颜会的标志便是这个诡异的“蛇咬眼”图案，但怎么会出现在这里？难道……他们死灰复燃了？

“我让手下们去查了，应该能很快得到结果。”穆姐收起全息图像，对楼玥说道，“从现在的情况来看，不排除这个组织卷土重来的可能。而且，他们极有可能掌握着血钥石。”

楼玥微微点头说：“圣颜会的首脑和干部都还在牢里，应该没法兴风作浪，但也可能有漏网之鱼。从那些前教徒开始查吧，尤其是被洗脑较深的那些。”

圣颜会被取缔后，国家对那些被洗脑的教徒进行了改造教育，不少人幡然醒悟后回归社会正常生活，但也不排除有个别教徒继续秘密活动。

“另外……”楼玥轻轻托着下巴，补充道，“再查一下陈严周围有没有和圣颜会有关的人或线索。”

从现在情况看，暗杀叶喻的人应该就是陈严案的凶手，从陈严周边关系查起相对比较合理。

“你今天就在这里休息，明早我来找你。”楼玥对一旁的叶喻说道。

“那爆炸的事……警方需不需要我做笔录什么的？”叶喻担心地问道。

“这些不用你操心，我会摆平。”说罢，楼玥冲一旁的阿琪示意了一下，后者便上前带领叶喻去员工寝室。

也好……干脆什么都不去想了吧。

一夜之间，自己的房、车都被炸了，工作暂时没法继续不说，连人身安全都受到威胁，巨大的变故让叶喻有些头痛，索性选择逃避，先睡一觉再说。

叶喻揉了揉太阳穴，便跟着阿琪离开了大厅，只剩下楼玥与穆姐两人。

“以我的经验来看，仅凭圣颜会那帮人应该没能力搞出这些事，而且这次还牵扯到血钥石……”穆姐双手抱肘，靠着吧台，“你说，会不会和他们有关系？”

“呵，我倒希望和他们有关系。”楼玥微微握拳，眼神少有地流露出一丝凶狠，“我还有笔账要找他们算。”

说罢，便转身推开酒吧大门，头也不回地离开了。

穆姐望着楼玥的背影，轻轻叹了口气。

第二天早上九点，叶喻顶着对熊猫眼出现在“Memories”酒吧大厅，那样子一看便知昨晚几乎没睡。虽说想要逃避，但毕竟遭遇了那么大的事，即便叶喻的心再宽，当晚也只能辗转反侧。

早上的酒吧空空荡荡的，但他却意外发现楼玥已经坐在那里了。

“准备一下，和我回趟局里。”楼玥抬眼看了一眼叶喻，便起身往酒吧外走去。叶喻赶紧披上外套，跟了出去。

酒吧门口停着一辆车，司机正是阿琪，不过却没有看到穆姐的身影。

“回你们局干什么？”叶喻顺口问道。

“去了就知道了。”说着楼玥便上了车，叶喻也只好跟着钻了进去。

一路上，阿琪和楼玥默契地保持了沉默。叶喻几次想开口问自己今后该怎么办，但一看到楼玥那略显严肃的侧脸，也只好识趣地闭了嘴。不知怎么的，虽然楼玥的表情还是一贯的冷静，但叶喻总觉得对方好像有些心事。

早上的路况还不错，即便在闹市区也几乎一路畅行无阻。没过多久，叶喻他们的车便停在了市中心一座宏伟建筑面前。

叶喻看到眼前的建筑，不由略感意外：“原来你们局在市政大楼办公啊？”

“不然你以为呢。”楼玥冷冷地瞥了叶喻一眼，便与阿琪下了车。

我还以为在某个秘密地下基地什么的……电视里不都那么演？叶喻心里默默吐槽了一句，脚下却也不敢磨蹭，赶紧跟在两人后面。

“哎呀，这不是楼局长吗？难得见你回来一次。”刚下车，只见迎面走来一行人，其中一个微胖的中年男子正笑脸盈盈地快步走向楼玥，热情地向他打着招呼。

“是赵局长啊，好久不见，最近麻烦您不少，还没来得及好好向您道谢呢。”楼玥原本淡漠冷峻的表情瞬间换上了春风般的笑容，迎上去和对方握了握手，风格变换如此之快看得叶喻瞠目结舌。

果然，在官场混的都是人精啊！叶喻暗自感叹道。

不过刚才楼玥称对方“赵局长”？叶喻又看了看那位中年男子，瞬间想起来他不就是那位市公安局局长吗？市政大楼里入驻着不少机构，公安总部自然也在里面。叶喻不禁为自己的迟钝懊恼了一下，怎么说自己都是个记者，竟然连公安局局长都差点认不出来。

“哪里哪里，楼局长年轻有为，之前很多事还多亏了你呢！”赵局长的语气里满是赞赏，“对了，这位是你们局的新同志吗？”他注意到了楼玥身后的叶喻。

叶喻愣了愣，不安地瞄向楼玥。只见楼玥面不改色，继续笑道：“是啊，带他来办点手续。”

“能让楼局长亲自带来，看来很器重你嘛！”赵局长伸手拍了拍叶喻的肩膀，“小伙子不错啊！”

“啊？啊……是，谢谢赵局长！”叶喻条件反射地应和着，脑子却有些转不过来。

“呵呵，那我就不打扰你们了，下次有机会一起吃个饭吧。”赵局长转身对楼玥笑着说道。

“一定一定。”楼玥的笑容无比真诚。

寒暄完毕，两队人马便各自离开。楼玥表情又恢复了一贯的淡漠，身上的气场立马从春天频道切换成了秋冬。

变脸速度真是堪比翻书……叶喻心中吐槽了一下，同时回想着刚才的对话。

新同志？来办手续？这啥情况？

叶喻看了一眼走在前面的楼玥，后者完全没有要解释的意思，只好悄悄咨询一旁的阿琪。

“具体我也不太清楚，不过楼局长应该有自己的打算，你就按他说的做吧。”阿琪含糊地回答了一句。

见问不出什么来，叶喻也只好作罢，忐忑地跟着两人进了市政大楼。

刷卡，坐电梯，上楼……一路又遇到一些人向楼玥打招呼，似乎每个人都对他的出现感到惊讶。

“我说，你们老大是不是不太回局里啊？”叶喻又忍不住小声问阿琪，“怎么这里的人都像看到了稀客一样。”

“楼局长确实不怎么回这里，市政大楼的办公室主要是一些后勤文职人员，因为我们局的特殊性，在外面据点的时间比较多。”阿琪回答道。

叶喻还没来得及追问，面前的楼玥便停住了脚步。只见面前是一块封闭式办公区域，门口的标示牌写着几个醒目大字——“特别事务调查局东区分局”。

“进来吧。”楼玥回头，面无表情地看向叶喻，“带你认识新同事。”

啥?

这次轮到叶喻惊讶得说不出话了。新同事？这里的？？等等，我昨天还是H集团的正式记者好吗？不，现在也是啊!

“局长，您终于回来啦。”

还没等叶喻发问，一声轻柔悦耳的女声便从楼玥身后传来。

“小颜，那份文件已经到了吗？”楼玥转向对方，轻声问道。

小颜？这名字好耳熟……声音也好像在哪儿听到过……

“刚刚到，总局已经同意了。”只见那位小颜从办公区走了出来，站在叶喻面前冲着他微微一笑，“你就是叶喻吧？你好，我叫辛玉颜，你可以叫我小颜哦，很高兴认识你。”

“啊，我想起来了！你，你不就是那位……”叶喻一见到对方，就猛然意识到为何觉得熟悉了。黑色长发，让人如沐春风般的笑容，窈窕精致的五官和身姿，还有与楼玥如出一辙的黑色制服……这不就是特别事务调查局官网的那位虚拟向导吗!

见到叶喻如此错愕的神情，小颜不由得掩嘴笑了起来：“看来你还记得我呀。没错哦，我们官网的虚拟向导的确是以我为原型的，我不但是楼局长的助理，同时还是官网的管理员，之前你拜托我提交的留言，我都有好好带到哦！”说罢还有意无意地看了一眼楼玥，后者表情依旧波澜不惊。

叶喻脸上微微发烫，尴尬地不知该说些什么，只好低着头吞吞吐吐地应和道：“原……原来如此，你……你好……”

“啊对了……”小颜似乎又想起了些什么，“局长，有不少流程文件还等着您批示呢，堆积了好久了，您看是不是……”

“……好，我知道了。”楼玥轻轻叹了口气，似乎很是无奈，“小颜，先带他去会客室，我处理完文件后过来。阿琪，替他先去办点手续。”

阿琪点了点头便走开了，楼玥交代完也径自朝办公区的另一个方向走去，貌似那边是他的办公室。

于是门口只剩下一脸茫然的叶喻和那位小颜。

“啊……等……等等！这到底是……”

反应过来的叶喻连忙想要叫住楼玥，只是此时后者已经连人影都见不着了。

“呵呵，别担心，等下局长会来和你解释的。”小颜看着叶喻迷茫的样子，意味深长地笑道。

“先跟我进来吧，我想……你会喜欢这里的。”

》 第十二章　局

什么情况？？

叶喻一头雾水，但也只好暂且跟着小颜走进办公区，向会客室走去。

整个办公区似乎不大，人也不多，叶喻稍微瞄了几眼，也就看到七八个人。这些人有男有女，都穿着统一的黑色制服，在办公桌前忙碌着，看到小颜带叶喻走进来，不由抬头望向他们。

“小颜，难道这位就是……？”一个戴着黑框眼镜，脸蛋有些胖嘟嘟的年轻女孩好奇地瞧着叶喻。

“对，就是他哦。”小颜俏皮地眨了眨眼。

一听到小颜的回答，这位眼镜女孩有些兴奋地站起身，快步走到叶喻面前，一把握住了叶喻的手并上下摇动着：“你好你好！我叫方萌，别人都叫我萌萌，我是局里的数据分析师。”

“你……你好，我叫叶喻，我是……”还没等叶喻说完，办公室里其余人也呼啦一下围了上来，这种突如其来的明星级待遇让叶喻有些不知所措。

“听说你是驱逐者？好厉害啊！”

“有你在，我们的调查应该会轻松很多吧！”

“我们之前就听说过你啦！没想到那么快就看到了真人！”

“大家好，很高兴见到大家……”叶喻一边努力回应着，一边环视着众人。这间办公室的人似乎都围了过来，除了一个埋头在角落电脑堆里的少年。

“哦对了，坐在前面那位戴着耳机的，是我们局里首席网络调查官——阿修同学，代号‘冰狐’。”萌萌显然注意到了叶喻的视线，热情地介绍道，“别看他年纪轻轻，他以前可是位国内顶尖黑客呢，论技术能力绝对在业界数一数二！阿修，快来和新同事打个招呼！”

萌萌冲着对方喊道，只见角落里的那位少年磨蹭着摘下耳机，从屏幕后伸出半个脑袋，向叶喻扬了扬手，算是打过招呼了。

“哈哈，他性格比较怕生啦，不要介意哦。”萌萌略带抱歉地笑道，“我们这儿好久没来新人啦，你能加入我们实在太好了！”

“是……是吗……可我其实……”叶喻尴尬地笑着，还没等他说完，四周便又开始七嘴八舌议论开来，看着他们欣喜不已的样子，叶喻也只好生生把“我是个记者”这几字吞了下去。

“好啦好啦，先让人家休息一会儿啦，等会儿局长也会过来哦。”小颜笑着替叶喻解了围。

一听到局长也来了，众人顿时闭了嘴，赶紧回到自己的座位，开始忙活了。叶喻不由松了一口气，看来楼玥在这里威信还挺高的。

不过貌似这里每个人都已经知道自己是驱逐者了，这也是自己受到如此欢迎的原因吗？

小颜看到叶喻发愣的表情，不仅莞尔，柔声说道：“局里的大家都很喜欢你呢！”

“就因为我是少见的驱逐者？”叶喻轻叹了口气。

“哈哈，一方面是；另一方面也因为我们局的特殊性，已经很久没有来新人啦，况且大家都是年轻人，很容易自来熟。”小颜掩嘴笑道，“其实在这里办公的同事只是一部分，还有不少调查官主要在外部活动。”

就比如穆姐她们吗？叶喻心想。

“而且……大家那么喜欢你，可能也因为想起了那个人吧……”小颜的笑容暗淡了一瞬，目光投向远处，似乎在自言自语，眼神隐约中有一丝哀伤闪过。

“嗯？什么？”叶喻有点摸不着头脑。

“没什么啦，来，我带你去会客室吧。”小颜又恢复了灿烂的笑脸，继续向前。叶喻也只好暂时放下疑惑，跟了上去。

会客室在办公区外围一角，小颜领叶喻坐了进去，帮他倒上了水。“先在这里等一会儿吧，局长稍后就来。”说完便要离开。

“那个……小颜……”叶喻叫住了对方。小颜停下了脚步，转过身来。

“虽然这样说可能对你们不太好意思，但这当中应该有些误会吧？我并没有要加入你们的打算，现在的我还是一名职业记者。”

小颜垂下视线，默然不语，气氛一时有些凝固。

叶喻尴尬，心想该不会自己说错话了吧？正要道歉，只听小颜轻轻开了口。

“我虽然并不清楚局长到底是怎么想的，但请相信他这样做总有他的理由。而且以他的原则，是不会随意把不相关的人牵扯进局里的。”小颜顿了一下，抬起目光看着叶喻，“我个人觉得，他应该是在保护你吧。”

“保护我？”

“是的，但这也是我个人的猜测，具体你还是直接问局长吧。”小颜笑了起来，“放心，我们局长从来不强人所难，如果你实在不愿意的话，他应该会尊重你的选择。”

话音刚落，会客室门口就响起了脚步声，随后门被打开，走进来的正是楼玥。

“局长，文件那么快就批完了？”小颜有些惊讶。

楼玥缓缓摇头，视线投向叶喻：“处理了一部分，剩下的等这里的事办完再说。”

小颜心领神会，便也不多说，转身走出会客室，轻轻带上了门。

于是会客室里只剩下楼玥和叶喻两个人。

楼玥沉默不语，叶喻也不知该如何开口，气氛又陷入了尴尬。

楼玥的视线在叶喻脸上停留了一会儿，随后移开了目光，在叶喻对面的沙发上坐了下来，率先打破了僵局。

“我知道你想问什么，今天带你来的确是办入职手续的。”楼玥的话开门见山，“我希望你能成为特别事务调查局的一员，至少暂时是。”

“为什么突然要我加入你们？”叶喻抛出了疑问。

“为了给你一道‘护身符’。”楼玥轻轻靠着沙发，手指交叉摆在身前，缓缓说道，“你现在正被一个危险组织盯上，而我们目前的人手也无法做到24小时守着你，所以这样做是最好的处理方式。”

“我不明白……”

楼玥微微低头想了一下说：“这样说吧，姑且不论对方发现了你的‘驱逐体质’，你之所以被人盯上，从根本上来说是对方怕你泄露他的身份，所以才慌不择路，制造爆炸急于灭口。”

讽刺的是，正是对方的灭口举动反而让他暴露了……叶喻心里默默感叹。

“从陈严的案子来看，对方费尽心思制造意外假象，暗地策划夺取血钥石，势必是不想引起官方的注意。如果你是国家官员身份，那对方多少会有些顾忌，毕竟如果你出事，国家一定会引起重视彻查此事，这无疑会对他是极为不利的。所以你加入我们的话，对方不敢动你，至少短时间内不敢。

“另外，和我们在一起行动多少比你一个人有安全保障，但这样做对外也需要名义，所以我安排了一个助理调查官的职位给你。”

叶喻垂下眼帘，看着手中的茶杯，心中纠结不已。

他明白楼玥的确是出于保护他的考虑，如果换作别人，能成为国家官员并受到庇护，欢喜还来不及呢。但叶喻偏偏是个非常有职业理想的人，当初为了能一圆自己的记者梦，从实习起没少吃苦头，好不容易成为真正的职业记者，却因为这种无妄之灾硬生生放弃自己一直以来的追求，这让他非常难受。

楼玥的目光从叶喻脸上扫过，后者纠结的表情全部落入眼中。

"话说回来，虽然官员的身份的确能暂时震慑对方，但我也不能百分百保证对方不会就此罢手，所以最彻底的解决办法就是赶快抓到他们。"楼玥轻轻叹了口气，"事情解决后，如果你想回去继续当记者，我会替你安排。"

"真的吗？那太好了！"听到对方的回答，叶喻稍稍安了心，"对了，如果我加入你们，需要我做什么呢？"

"对外名义上，你是我的助理调查官，但实际上你不需要负责具体的案件，只要在这里协助做些外围文职工作即可。如果你打算今后做回普通记者，我不建议你涉入局里事务太深。"楼玥严肃地说道，"即便这次的安排是总局临时特批的，但要是你知道太多事，我不能保证你到时候能走得了。"

"这我明白，所有关于血钥石相关的事我也会严格保密。"叶喻连忙答应，他心中也清楚这些秘密是决不能散播出去的。

楼玥轻轻点头，随即起身："后续手续阿琪和小颜会帮你办好，你只要协助签字即可，后天正式报到；至于你公司方面，我会替你打点。"

"啊对了，那我现在该住哪里呢？"叶喻突然想到一个问题，以自己现在的处境来看断然不能住回父母家，临时找房子也不现实，可以说是真正"无家可归"的状态。

"小颜会帮你安排。"楼玥淡淡抛下一句话，便开门走出了会客室。

在某家地下办公室里，穆姐正皱着眉头看着一份档案。

档案照片上显示的是一位光头男子，三十多岁，小眼厚唇，脸形微胖，一副皮笑肉不笑的表情，即便只是普通证件照，却也难掩脸上流露出的痞气。

"金彪，道上号称'虎哥'，以前曾在圣颜会某个骨干下面当过打手，专门教训那些'不听话'的教徒，手段凶狠。"旁边的一位青年向穆姐解释着，"圣颜会被取缔后，他被判刑入狱，但由于表现良好，去年提前释放了，之后一直处于无业状态。"

穆姐放下档案，看向青年，"你们查到他和陈严之间有什么关联吗？"

青年点了点头说："金彪自出狱后似乎混迹于黑道，有传闻他在做走私生意，收入一直不稳定，然而从去年年底起，我们却发现他账户上每月固定被打入一大笔钱，打款人都是一个叫李丽的女人。"青年将一份文档递给穆姐，"而这个李丽，正是陈严的情妇之一。"

穆姐接过文档，稍微翻了翻："这个李丽只是一个刚入行不久的八线模特，不可能有那么多钱，恐怕每个月打款给金彪的另有其人。她只有陈严一个金主吗？"

"是的，所以我们怀疑陈严正是借着李丽的账户给金彪打款。而且……"青年停顿了一下，"开始打款的时间和陈严拿到那枚戒指的时期比较接近。"

"你刚才提到说金彪有可能在做走私生意，难道陈严是通过金彪拿到那枚戒指的？"穆姐手臂交叉，靠着椅背，低头思忖着，"但就算陈严通过金彪的黑市渠道拿到了戒指，照理说也应该一次性付清才对，这种每月打款的情况更像是被敲诈了。"

"但是从上月起打款却中断了。"青年补充道，"如果真的是敲诈的话，恐怕金彪不会善罢甘休。"

"这个金彪现在人在哪里？"穆姐抬头问道。

青年的脸上浮现出一丝懊恼。

"他失踪了，就在陈严出事的当天。"

» 第十三章　探寻

“叮咚……叮咚叮咚……”

随着急促的门铃，某间高档公寓的房门终于应声开启，一位睡眼惺忪的年轻女子探出头，一脸不满地看着眼前的两男一女。

“我还以为是快递来了呢，一大早敲门还让不让人睡了？”女子貌似刚被吵醒，有些发脾气。

“你是李丽吗？”面前的一个中年男子开口问道。

“是我，你们谁啊？”

“我是市刑警队的，我姓黄；旁边两位是我们合作部门的调查官。”中年男子亮了亮证件，“我们正就陈严死亡案进行调查，希望你能协助配合。”

一听到陈严案，李丽立即警觉了起来：“陈严的死不是意外吗？和我有什么关系？我什么都不知道！”说着便急忙想要关门，却被面前的那位美丽女性一把拦住。

“你放心，我们只是来了解一下情况的，不会耽误你很久。”这位美丽女性柔和地笑着，“我姓穆，后面这位小伙子是我的助手。”

李丽还想关门，但门板被这位女性单手牢牢抓住，任凭李丽如何使劲都纹丝不动。

真看不出来这个姓穆的女人力气那么大！试了几次，李丽便放弃了。

“好吧，你们进来吧，我还要补觉，就给你们十分钟！”李丽怒气冲冲地甩下一句话，便走向了客厅。

穆姐微微一笑，带着阿琪与黄警官进了屋子。

“你们想要问什么？快说！”李丽双手抱肘，往沙发上一坐，脸上写满了不耐烦。

穆姐递给李丽一张照片：“请问你认识这个人吗？”

照片上是一个年轻男子，黑色短发国字脸，皮肤有点黑。

李丽看了一眼，撇了撇嘴干脆地说道：“不认识。”

“哦？不认识他为什么每个月往他账上打那么多钱呢？”穆姐看着对方，轻笑着说道。

李丽一愣，似乎有些慌张，连忙改口："啊，我想起来了，他是金彪嘛！一下子没认出来，他是我老乡，以前还蛮熟的，前阵子他手头有点紧，问我借钱来着。"

"你自己做模特的收入也没多少，哪来的那么多钱借给他？"黄警官语气严肃，"你最好说实话。"

"你敢小瞧我！我一场走秀的钱可比你三个月工资还高呢！"李丽好像被激怒了，直起身子冲着黄警官发火，但视线却逃避似的移向一边。

黄警官还想追问，却被一旁的穆姐用眼神制止了。

"呵呵，就算你有那么多钱好了。"穆姐的笑容依然亲切，看不出丝毫攻击性，但接下来却话锋一转，直逼对方，"不过……你为什么要借钱给一个你根本不认识的人呢？"

"什么意思？你刚才没听见吗？我和金彪很熟才借钱给他的！"李丽怒目圆睁，语气也愈发不友善起来。

"那就奇怪了。"穆姐也不恼，呵呵一笑，顺手收回照片，"你和他很熟的话，怎么会连他长相都认错？"穆姐的神情带着些许戏谑，"这上面的，根本不是金彪。"

李丽露出惊讶的神情，随即意识到自己被人摆了一道，于是双手紧握，干脆低头不语。

"我相信你和陈严案没有直接关联，但你要是一直说谎，那我恐怕就不那么看了哦。"穆姐直视着李丽，语气虽然柔和，却透露着一种不容拒绝的压迫感。

现场陷入沉默，穆姐等人也不催促，静静等待着李丽的回答。

"唉……既然陈严都不在了，那我也没什么好隐瞒了。"似乎再也受不了这种压迫感，三分钟后，李丽的心理防线终于被击溃，她长叹一声，松开双臂，无力地靠在了沙发上。

"我的确不认识金彪。那些钱，是陈严借我的账户打给他的。"李丽点起一支烟，看向对面三人，"为了堵他的口。"

"堵他的口？也就是说陈严有把柄落在金彪手上？"一旁的黄警官问道。

"具体我也不清楚，只是有天偶尔听到陈严发火，说这个金彪贪得无厌，虽然给他带来了宝贝，但竟然敢借此敲诈他。"

"宝贝？"穆姐眉间一皱。

"就是陈严今年新戴的那枚红宝石戒指，好像是从走私途径拿到的。陈严可爱惜了，连我都不让碰。”李丽吸了一口烟，脸上流露出不屑，“估计是看到陈严那么喜欢那枚戒指，金彪觉得钱收得少了吧，所以大概用走私之类理由敲诈他。”

穆姐与阿琪交换了下眼神，后者点了点头，将一张戒指照片展示给李丽并说道：“是这枚吗？”

李丽看了一眼，便肯定地点了点头。

“我们发现上个月起你的账户便没有向金彪打款了，是陈严不愿意付了吗？”阿琪追问道。

“是的，陈严说受够金彪了，便中断了打款。”李丽厌恶地皱起眉头，恨恨说道，“但接下来的日子里，我却成了挡箭牌，那个金彪联系不上陈严，就来打电话骚扰我，你说他和陈严之间的纠纷关我什么事？于是我就把他拉黑名单了。没想到前几天他竟然用公用电话打过来要钱，实在是阴魂不散！”

“前几天？具体几号？”穆姐敏锐地察觉到了关键信息。

“我看看通话记录。”李丽拿出手机翻看着，“5月2日下午三点一刻，也就是大前天。”

这正是陈严出事的那天！

“阿琪，记一下这个号码。”穆姐起身，对李丽说道，“今天就到这里吧，如果金彪再来骚扰你，请立即通知我们。”随后递上了名片。

“那个……该说的我都说了，陈严的事真的和我没关系啊！”李丽接过名片，不放心地再次澄清道。

“呵呵，我们不会随便冤枉好人的。”穆姐笑着留下一句话，便与另外两位一起离开了房间。

……

公寓楼下，穆姐神情严肃。

“阿琪，定位这个公用电话号码，并查一下5月2日15点15分前后该电话亭附近的监控录像。”说着穆姐转向黄警官，“黄警官，这次还得麻烦你们帮忙协助了。”

“哎，哪里的话，我们都是为了能尽早破案嘛。我现在就回局里帮你们调录像。”黄警官说完便和穆姐她们告别，前往警局安排了。

“穆姐，你认为那个李丽说的可信度有多大？”黄警官走后，阿琪悄悄问道。

“不清楚，既然有线索就先顺着查下去，不过……”穆姐抬头看向楼上，“派个人盯着李丽，一有动作立即通报。”

……

“呼……”窗帘后，李丽小心地窥伺着楼下，直到看见穆姐三人全部离去，才稍稍松了一口气。

李丽走进卧室，仔细锁好门窗，拉上窗帘，从床头柜的夹层取出一只老式手机，拨通了里面唯一的一个号码。

“喂？是我，他们果然来过了，不过我已经按照你交代的说法成功打发了他们哦……嗯嗯，人家的演技也是你教出来的嘛！”李丽声音妩媚，一脸小女人般的幸福表情，与刚才那跛匙的样子简直判若两人。

“话说陈严都已经死了，你什么时候回来呀？人家好想你啊！”李丽噘着嘴，有些嗔怪地对电话那头撒着娇。不过对方的回答似乎并不让他满意，李丽的表情渐渐流露出失望之色。

“那好吧，等这件事结了你就来接我，一言为定哦！”李丽恋恋不舍地挂了电话，伸了个懒腰便躺倒在床上，继续着她的美梦。

入夜，一座普通小区内。

叶喻“啪”的一声打开灯，一间40平方米左右的单人间映入眼帘。

“这是我们局临时外部落脚点之一，以前曾有位前辈暂住过这里，虽然小了点，但基本设施还是很齐全的哦。”小颜微笑着向叶喻介绍，“近段时间你就住下吧，这里还是比较安全的。”

自从之前在局里的谈话完毕后，叶喻就没再看到楼玥，接下来的繁杂手续均是阿琪与小颜协助自己办理，整整忙了一天。眼前这间公寓房坐落于市政大楼不远的一个小区内，也是小颜替自己安排的。

“真是太谢谢你了！”叶喻连忙向小颜道谢，毕竟人家替自己忙里忙外折腾了那么久。

“哈哈，客气什么，大家都要成为同事了。”小颜掩嘴轻笑，“时候也不早了，你早点休息吧，我先走了哦，有事电话联系我吧。”

“那么晚了，要不我送你回去吧？”叶喻有些担心。

“不用不用，放心啦，我们特别事务调查局里的女人没一个好惹的！”小颜调侃道，随后便与叶喻道了别，离开了公寓。

四周恢复了安静，叶喻环顾着房间。

房内设施可以说一目了然，进门左手边是个开放式简易厨房，右手边是卫浴间，其余剩下的便是眼前的一张床、一把椅子和一张书桌。

设施虽然简单，但房间很干净，应该定期有人来打扫，对叶喻来说这点就足够了，只是一些个人用品需要去采购一下。

低头看了看手表，九点四十分，附近的便利店应该还没关吧？

叶喻拿好钱包，仔细锁好门窗，正准备下楼，但又突然像想到了什么似的，停下了脚步。

愣了三秒钟，叶喻叹了口气，转身又开门进了屋，从包里拿出几张随包备用的创可贴，从内部贴住了房间窗户的开口处；锁好门后，又在门底部缝隙贴了一张。

叶喻觉得自己快神经质了，但之前的瓦斯爆炸让他心有余悸，即便这是局里安排的房子，在凶手还未归案的情况下，只能自己多留一个心眼了。

做完这些后，叶喻便径直下楼，前往小区门口的便利店。

便利店离得并不远，走过去也就十分钟左右。叶喻买好东西便快步回了公寓，第一件事便是检查门缝处的创可贴。由于创可贴的材质比较特殊，即便撕下来后再贴上去，两翼多少还是会有些变形，所幸的是，门缝处的那张创可贴依然保持着原状。

叶喻悄悄松了口气，开门进屋，把东西一丢便去检查房内窗户。由于屋子是在二楼，如果有心从外部潜入也是可能的。

卫生间、厨房的窗都没有异状，只剩下床边的大窗户。

叶喻拉开窗帘，细细查看。创可贴两翼牢牢地粘在两边窗框上，也没有被撕扯过的迹象，看来在自己离开的时间内，房间内的确没人进来过。

叶喻这下才彻底放了心，他甚至觉得自己是不是侦探剧看多了，才会那么多疑，不由轻轻捏了捏额头。

还没捏两下，叶喻的动作突然僵住，手指开始微微发抖，心脏猛然狂跳。

只见眼前的窗户上赫然映出了一个人影，正悄无声息地站在叶喻身后。

» 第十四章　来访者

叶喻汗毛都快竖起来了，脊背阵阵发凉，但下一秒他便猛然回头，顺手抡起旁边的背包，想要砸向对方。

但包还没扔出去，便被叶喻自己生生止住了。

只见眼前一个熟悉的身影正靠在门边，盘着双臂，一脸嘲讽地看着自己。这个人正是楼玥。

“你！你什么时候进来的！”惊讶的叶喻连声音都走调了。

“刚刚。”楼玥瞥了叶喻一眼，“有心思玩这种侦探剧小把戏，还不如养成随手关门的习惯。”说罢便伸手，将门“啪嗒”一声关上了。“如果刚才进来的是那位暗杀者，恐怕你已经死了。”

“我……额……对不起。”一想到刚刚自己神经质的举动被对方尽收眼底，叶喻羞愧得恨不得找个地洞钻进去。

“对了，你来这里做什么？”叶喻将手上的包放回桌上，有些局促地小声询问道。

楼玥也不回答，径直走到叶喻面前，将一件东西递给了他。

那是一个手环状的设备，粗看和楼玥手上戴的那个有点像。

“这是什么？”

“临时给你应急用的。”楼玥淡淡说道，“遇到危险说不定可以救你一命。”

叶喻小心地接过。手环整体呈银色，表面光滑，金属质感，感觉像个银手镯，但分量却非常轻，不知是用什么材质做的。

“这个手环中已输入过你的个人信息，确保只能你本人使用。”楼玥向叶喻讲解着，“遇到危急情况按应急键，我们会即时定位，派最近的人员来救你。”

叶喻试着将左手腕套了进去，戴上手环的瞬间指示灯骤然亮起，整条环面上浮现出一些字符，显示初始化进程。与此同时，手环也开始发生不可思议的变化。只见金属环带自动缓缓收缩，直至恰好贴合叶喻的手腕。叶喻甩了两下，手环完全没有松动的迹象。

“这个手环也会读取你的脉搏和脑波，平时这个功能处于休眠状态，但如果你身体和脑波出现异常情况，它会自动激活并通知我们。这是为了防止你被人暗算陷入虚拟现实。”楼玥补充道，“当然，如果你想保护隐私也可以关掉这个功能，但你的安全我就不能保证了。”

想到之前凶手曾给陈严设下过虚拟现实的陷阱，这种防范倒是有必要的，叶喻也就打算任它开着。

“话说回来，我怎么辨别自己是否进入了虚拟现实的幻境呢？”叶喻提出了问题。

“我先前说过，只有在你暂时失去意识的情况下，虚拟世界才可以无缝接入你的脑中。如果你从一段昏睡中醒来，首先要串联自己的记忆，要是有不连贯或者眼前的场景有不合理的地方，就要小心了。”楼玥回答道。

“那万一我真的不小心中了凶手的圈套，要怎么做才可以摆脱呢？”

“理论上来说，只有拔除控制器，或者对方主动解除对你的控制才能让你摆脱虚拟现实，不过……”楼玥嘴角微微勾起，轻笑了一声，“如果有较大外界干扰，也可能让你脱离出来，比如说有人狠狠揍了你一顿。”

额……我还是自己多加小心吧……叶喻暗想。

“最后，这种装置还有一个特别功能，如果不幸遇上恶徒，可以帮你在我们赶来之前顶一阵。”楼玥伸手亮出了自己的手环，只瞬间，环面突然泛起淡淡蓝光，仔细看似乎有电流状的东西在表面流动着。

“这种装置能发出高压电，足以瞬间电倒一个成年人。当然这种电流经过特殊处理，对该手环使用者无效。”

“可是……你是怎么操作的？”叶喻看得一愣一愣的，完全不知道发生了什么。

“很简单，只要想着‘开启电击’就可以了。”手环的蓝光渐渐褪去，楼玥放下手臂，“这种装置既然能读取你的脑波，你自然也能通过脑波控制它。”

“你是说，只要脑袋想想就可以了？”

“没错。现在你就可以试试。”

叶喻屏息凝神，脑海里反复默念着“开启电击”四个字。只见手腕上的手环猛然泛起同样的蓝光和电流，真的能行！

“那关掉它也只要想着关闭电击就行了？”

“对。”

不愧是国家秘密组织，还真有那种特工片里才看得到的设备。叶喻心里由衷赞叹道。

说话间楼玥的视线落到了叶喻的右手臂上，眉头微皱。“你受伤了？”

经楼玥那么一说，叶喻这才察觉自己右手臂火辣辣地疼，一看上面竟然有道血口子，还淌着血，似乎是刚才着急扔包的时候，动作太大不小心划到的。

楼玥轻轻叹了口气，转身从一旁的书桌抽屉里翻出一个医药箱，伸手抓过叶喻的手臂，似乎准备替他处理一下。

“啊，没关系的！我自己来就行了！”叶喻汗颜，条件反射般地挣脱了楼玥的手。

楼玥的手定格了一瞬，眼中掠过一丝不易察觉的复杂神色。

“你不用那么怕我。”楼玥苦笑了一下，“我不会再对你搜脑了，而且以你的体质，我也窥伺不到你的想法。”

“不，我不是这个意思！”见楼玥似乎产生了误会，叶喻急忙澄清道，“只是小伤口而已，实在不想麻烦您……”

“……那好。”楼玥沉默了一会儿，将医药箱放在了桌上，“抽屉里除了医药箱，还常备了一些个人用品，你可以不用去买；另外，冰箱里也有些饮用水和食品；备用棉被在床底。如果你还有什么其他需要，可以联系小颜。”

“好的，谢谢！”叶喻连忙道谢，“对了，楼……额，局长，您似乎对这里很熟？”刚才楼玥说的这些好像连小颜都不知道。

楼玥面无表情地看着他，没有说话。

看到楼玥的反应，叶喻突然觉得自己是不是又说了没过脑子的话？正懊恼着，只听楼玥缓缓开了口：“我以前曾住过这里……之后偶尔也会来。”

之前小颜似乎说过，好像有位前辈也曾暂住过这里？是因为离市政大楼近所以都爱住这吗？叶喻想着，但对方却没有要继续解释的意思。

“你明天休息一天，后天报到时直接找小颜。”楼玥转身走向门口。“对了……”楼玥停了一下，“别忘了随手锁门。”说完便留下一脸尴尬的叶喻，头也不回地大步离开了。

———

“怪物！”

是谁？谁的声音！

“你这个怪物！别靠近我们！”

眼前隐隐出现了一群少年，正围着一位瘦弱男孩指指点点。

叶喻努力聚焦视线，然而画面忽明忽暗，看不真切。

“对不起，我……我不是故意要……”男孩的辩解才刚出口，就被迎面而来的碎石打断了。石子砸破了男孩的额角，鲜血缓缓流淌了下来。

“住口，怪物！滚开！离我们远点！”少年们激动了起来，开始捡起地上的石子砸向男孩。

你们……快住手！

叶喻急忙喊着跑向男孩，试图挡在他身前，然而那些少年们却似乎对叶喻的呼喊充耳不闻，石子穿过叶喻的身体，纷纷落在了男孩那瘦弱的身躯上。

叶喻心中着急，却毫无办法，只能眼睁睁地看着男孩慌忙逃离，越跑越远……

……

“嗡嗡……嗡嗡……”耳边传来手机的震动声，叶喻慢慢睁开眼，有些恍神。

啊……原来是梦吗？为什么会做这样的梦，好奇怪……

叶喻尝试着回忆梦中细节，可是脑海中却一片模糊，索性便不再去想了。

昨天楼玥走后，叶喻仔细锁了门窗，便早早洗漱大睡了一觉，醒来时已经日上三竿。这两天接连的变故已经快让叶喻有些神经衰弱了，这场觉多少补回了一些精神。

叶喻挣扎着爬起身，摸出手机一看，几个未接来电，都是小花打来的；还有一条短信是小颜发过来的。

“手续基本办妥，尽快去H集团办理交接……”叶喻读着短信，脸上神色慢慢复杂起来。他扔下手机，不由叹了一口气。

虽然理智上已经接受了暂时放弃记者职业的现状，但真到了要面对现实时，感情上还是很难放下。

叶喻从实习生起就一直待在H集团，至今也快两年了，周边的同事们都已经熟悉，相处也非常融洽。王主任虽然对自己严厉，但从实习期开始就不少教导自己；还有小花，也是与自己一起从实习时代一路拼过来的好兄弟……叶喻真心舍不得他们。

同事们已经知道自己要走了吗？自己离职得如此突然，实在不知该如何解释……特别是对王主任和小花。

叶喻甩了甩脑袋，拿起手机，翻出小花的号码，却迟迟无法按下拨号键。他真不知道自己该说些什么，难道说自己被人追杀，为了避难才跳槽的？姑且不论对方相不相信，以小花的性格，绝对不可能放下他不管，但要是小花参与进来就可能被连累从而陷入危险中，也是叶喻最不愿看到的。

纠结了老半天，最终还是放弃了打电话。

唉……到时候再说吧，叶喻收起手机，再次选择了逃避。

» 第十五章　暂别旧识

叶喻站在公司主楼门前，呆呆地仰望着二十四层高的办公大楼，踌躇着不敢踏入。

该面对的还是要面对啊……

短短几天时间，自己便遇到如此大的人生变故，这让叶喻不由心生哀叹，却又身不由己，仿佛被一双无形的手推动着前进。

“唉……”

叶喻深深叹了一口气，而就在此时，一个熟悉的声音带着些许怒气，从身边传来：

“叶喻！你这小子总算舍得出现了！这两天一直给我玩失踪，竟然连电话也不接！”

叶喻看都不用看就知道那是小花来了。

果然，小花从主楼大门快步冲了出来，直奔叶喻面前：“为什么突然要走？为什么都不告诉我！你还当我是兄弟吗！”小花虽然嘴上质问着叶喻，但眼睛却隐隐有些泛红，他无法接受对方的不辞而别。

“小花……我们单独聊聊吧。”叶喻叹了口气，走进了主楼，他最终决定还是要给小花一个解释。

会议室里，小花看着叶喻，努力克制着情绪。

“昨天公司突然来了两位官员，直接与人事交涉后，便带走了你的个人档案。我们也是那时才知道你要走。”小花低下头，双手微微握拳，“他们声称是因为你之前出色的报道被官方相中，特聘为助理调查官，但我总觉得哪里不对劲。”

“叶喻，我并不是质疑你的能力，平心而论，如果你有更好的出路，我替你高兴还来不及呢。”小花抬起头看向对方，“可是，最近发生的事情实在太蹊跷了，你的住所和车子刚刚接连被炸，现在又立刻被调走，之前也完全没有和我说过要离职的事……我……我担心你是不是出了什么事。”

不愧是小花，果然很敏锐啊。叶喻垂下了眼帘，心中感动的同时，却也后悔自己没早点给小花一个解释，竟然让好友如此担心。

“之前确实遇到了点事，但好在事情正慢慢解决着。我现在很安全，调去做助理调查官也是出于我的自愿。因为比较突然，没来得及告诉你，真的很抱歉……”

“遇到什么事？为什么突然要放弃当记者？”小花又有些激动了。

叶喻沉默了一会儿。“具体我真的不能说，但请你相信我这样做真的有不得已的理由，而且我并没有放弃当记者。”叶喻抬眼看向小花，“等这件事情过去后，我就会回来，相信我。”

小花直视着叶喻的眼睛，两人互相对视着，一句话都不说。

片刻之后，小花轻轻叹了口气，移开了视线：“我知道了，只要你真的没事，我尊重你的决定。”

叶喻点了点头：“你放心，我现在很好。”

小花起身拉开会议室门，回头说道：“我等会儿替你一起收拾办公桌。”随后便转身离开了。

叶喻望着小花的背影，不由有些难过。这次事情解决后，我会把缘由好好告诉你的。叶喻想着，准备起身离开，会议室却又进来了一个人，正是王主任。

“我就说一句。”王主任脸上看不出什么表情，“国家官员的工作环境和我们公司不一样，你到了那边一定要听领导的话，要学会察言观色，不要乱说话，知道了吗？”

“还有……”王主任顿了一下，“如果那边做得不顺，随时欢迎你回来。”

说罢便转身要走。

“王主任！”叶喻连忙叫住对方，王主任回头，看着叶喻。

“这两年来，谢谢您的教导！”叶喻弯下腰，向王主任恭恭敬敬地鞠了一躬。

王主任别过头，摆了摆手，便走开了。

叶喻起身，鼻子有些发酸，眼眶湿润。他突然有种冲动，干脆不走了，被追杀也无妨，但这种念头最终还是被理智硬生生压了下来。

平复了会心情后，叶喻回到座位上，没有看到小花的身影，但自己的东西已经被收拾了大部分。周边的同事接连过来询问，叶喻也只好用官方说辞搪塞了过去。

收拾好办公桌，办完必要的交接手续后，叶喻便离开了。小花和王主任都没有再出现。

再见了，我会回来的。

公司门口，叶喻捧着箱子，最后回头望了望自己待了两年的大楼，转身离去。

“拿着这些钱，赶紧滚！”眼前这位满身肥肉的男子将一个包裹甩了过来。

金彪打开包，皱着眉头啧了一声：“陈总，怎么才这点？我可是帮您处理了尸体，这种麻烦事可不是谁都愿意接的啊。”

“哼，这几个月我已经给你打了好几十万，足够你躲好一阵了。”肥肉男子瞪了对方一眼，厌恶地撇了撇嘴，“金彪我告诉你，我陈严不吃这套，你敢得寸进尺我让你吃不了兜着走！”

“陈总，咱们也算是一条船上的人了，您这样对我真的好吗？”金彪眯起双眼，皮笑肉不笑地说道，“再说了，这人是你杀的，到头来却搞得我被通缉，要是我被抓了，您说吃不了兜着走的是谁呢？”

陈严脸上的横肉不由得抖了抖，“你敢威胁我？”

“不敢不敢，您的手段可见识过，我可不想落到和吴学冰一个下场。”金彪冷笑道，“您放心，只要再给我一百万，这件事就算过了。至于尸体我早就处理妥当，谁都找不到。”

“呵呵，这倒是实话。”身边突然传来一句低沉的男声，一个眼镜男子从黑暗中缓缓隐出，“就算是我本人，拼凑齐自己的身体也花了好一番工夫呢。”

金彪猛然僵在原地，伸手指着眼前的眼镜男子，指尖控制不住地颤抖起来。“你！你是……吴学冰！怎么可能！你怎么会在这里！？”

吴学冰伸手轻抚了一下脖子上那道触目惊心的血痕，阴冷地说道：“来这里……当然是为了带你下地狱啊。”

“要寻仇去找陈严！”金彪彻底凌乱了，不住地往后退，“和我没有关系！是他……是他杀了你！”

说话间金彪手中一松，包滑落在地，撒出的纸币漫天飞舞，原本包中的美金赫然全部变成了冥币。

“呵呵，找我也没用。”一只冰冷的手突然抓住了金彪的肩膀，陈严不知何时出现在了金彪身后。

只见陈严的嘴角渐渐裂开成一个不可思议的弧度，慢慢贴近金彪的后脑，冷笑道：“因为……我已经死了啊！”

“唔啊啊！！！”

金彪从惨叫中猛然惊醒，不住地喘着粗气，剧烈跳动的心脏似乎还没有从梦魇中缓和过来。

金彪紧张地看向周围，方向盘、照明灯、车窗……原来自己在车里睡着了。

“吓死老子，原来是做梦。”金彪捂着晕眩的脑袋，心有余悸地骂道，“只不过喝了几口，怎么就睡过去了……”说话间金彪摇了摇身边的空酒罐，啧了啧嘴。作为目无法纪的酒鬼，开车喝酒已经是金彪的习惯了。

自从陈严就吴学冰失踪案接受警方调查起，金彪就盘算着尽快逃出去躲一阵。谁知陈严突然暴毙，也不知警方查到了什么，自己莫名成为了杀人通缉犯。在地下室躲了几天后，金彪决定今晚半夜开车逃到外省。

金彪揉着发胀的太阳穴，仔细辨识着窗外景物，只见外面漆黑一片，不知道开到哪里去了。

“我去，这是什么鬼地方？我记得之前是要绕开检查口的……”

还没等金彪反应过来，四周猛然亮起数盏大射灯，照得金彪不由伸手挡在眼前。警笛尖锐的声音从四面八方响起，只见一排警车将金彪所在的车团团围住。

“真倒霉，被条子发现了！”金彪赶紧启动汽车，却发现手上的动作却不太利索，他感觉手指有点麻，难道酒喝多了？

“金彪，你逃不了！”警车上的喇叭响起了警告声。

激动的金彪慌忙转动着方向盘，左右冲撞企图突破包围圈。四周的警车也随之而动，队形变换中，硬生生地将金彪的车逼停了下来。

“老子没杀人！凭什么抓我！”金彪吼道，他突然发现原本围绕着自己的车队，在左前方位置出现了一个缺口，似乎是刚才警车为逼停自己而留下的疏漏。

“你手上已经有两条人命，逃不出法律的制裁！”喇叭里的吼声继续刺激着金彪的神经。

“去你的！老子是冤枉的！”想到自己被抓住后搞不好就要被枪毙，金彪索性心一横，猛踩油门向着前方车队的缺口直冲而去。

只是这一次，警车没有再围上来。没有灯光，没有警笛，所有警车似乎在一瞬间消失殆尽，来不及踩刹车的金彪在最后一刻看到的是迎面而来的围墙与冰冷刺骨的水面。

“嘭——！！”

» 第十六章　下一个死者

“找到了，那个号码对应的公用电话亭。”阿琪走进办公室，对正在研究案卷的穆姐说道，“5月2日15点15分前后该电话亭附近区域的录像也拿到了。”

“很好。”穆姐赞赏地点了点头，“投出来。”

阿琪从便携设备中调出一块虚拟屏，将一段录像投影了出来，在穆姐身边的两位调查官也围了上来仔细观看。

只见画面上呈现出一个狭长的小巷子，看上去像是两幢楼中间的空隙。一个红色封闭式电话亭伫立在巷子中段，紧靠着右侧的大楼，从天色看得出处于下午时分，巷子里几乎没有人。镜头正对着巷子口，视线似乎不高。

“这个电话亭位于本市西郊的两幢废弃大楼中间，附近都是工地，本来没有任何摄像头可以拍到，但幸运的是，当天正好有辆小汽车停在巷口，车上的行车记录仪将当时的情况完整录了下来。”阿琪在一旁解释着，“这也是嫌疑人没有想到的状况吧。”

穆姐微微皱眉，没有说话，而是继续全神贯注地盯着画面。

录像继续播放着，15点13分左右，一名穿着深色风衣的男子突然从巷子口闪现，只见此人头戴鸭舌帽，帽檐压得很低，整张脸几乎全部埋在风衣衣领里面，看不清具体容貌。

男子直奔电话亭，拉开门便钻了进去。三分钟后，男子走出电话亭，低着头毫不停留地按原路离开了。

“从时间上来看，与李丽的通话记录相吻合。因此我们推定正是这个人给李丽打了电话。”阿琪看向穆姐，“根据李丽的口供，给他打电话的就是金彪。”

“看这个人的衣着，与陈严偷拍的那张照片背景中的隐藏人物几乎一模一样！”旁边一位青年调查官兴奋地说道，“这样看来，陈严案的凶手就是金彪！血钥石应该就在他手上。”

“没错。金彪有黑社会前科，同时也在敲诈陈严，从逻辑上来说，陈严躲着他是合理的，这也解释了陈严当初的奇怪举动。”穆姐身边另一位年轻女性调查官附和道，“金彪与陈严因为那枚血钥石戒指产生过纠纷，杀人动机也成立。”

穆姐看着录像画面，双手抱肘，食指轻轻在手臂上点着，似乎在思考什么。

“在没有确切证据前先不要下定论。”穆姐开口道，“当务之急是尽快找到金彪。”

话音刚落，办公室响起了敲门声，进来了一位调查官：“穆姐，刚刚得到的消息，找到金彪的车了。”

“哪里找到的？”穆姐走上前。

“在近郊的水库里。”调查官停顿了下。

“同时找到的，还有金彪的尸体。”

当穆姐与阿琪驱车到达事发地点时已经是上午九点，现场附近已经被警方封锁。出示了相关证件后，一位负责现场的警官便陪同两人进入了现场。

“金彪的车是在六号早上，也就是今天上午8点左右发现的。发现地点在近郊唯一的那座大型水库，连人带车栽在里面。今天凌晨一点左右，有附近居民听到水库那边传来撞击声，到早上便发现水库防护围墙被撞破，车辙延伸至水库内，于是报警。警方打捞后发现金彪的车与尸体。”警官对穆姐两人解释着情况。

“事发时周围有没有目击者？”

“没有，但我们找到了附近公路的监控录像。从录像看，车在今天凌晨零点40分左右出现在水库附近500米左右的公路口，结合附近居民的证词，推测出事时间应该就在此之后。法医初步鉴定金彪的死亡时间也在此范围内。”

“金彪的死因呢？”

“初步判断是溺水，身上并没有致命外伤，警方正在往意外事故的方向调查，但具体还要等尸检报告出来再看。”

“意外事故……”穆姐轻轻托着下巴，“监控有没有拍到车内驾驶者的脸？是否能确定当时在车上的是金彪本人？”

“拍到了。”警官点点头，“录像正好拍到驾驶者的正脸，确认是金彪无误。另外，我们还从金彪的车后备厢里发现了一个包裹，里面有一件深棕色风衣与一顶黑色鸭舌帽。”

“深棕色风衣与鸭舌帽？”阿琪一愣，“难道……”

穆姐轻轻皱起眉头，看向那名警官，问道：“警方检查过死者的随身物品吗？现场打捞出的东西里，有没有……类似戒指一样的东西？”

“这个……倒还真没有。”警官略微思索了一下，给出了否定的答复，“由于当时打捞时水库有过泄洪放水，可能一些小物件都被水流冲走了吧？”

“……”

穆姐沉默了片刻，没有继续追问。她转过头，将视线聚焦在地上的那条明显的车辙上。只见车辙从某段水泥公路边缘突然出现，从农田一路延伸至水库附近的水泥地，冲破防护围墙，直奔水库内部。

“根据车辙显示的信息推测，车是从公路突然拐进水库附近的农田，似乎是想绕道。但中途车突然失控，一头栽进了水库。”一旁的警官解释道，“至于绕道原因，我们推测是为了避开前方的跨省关卡。由于目前金彪正在被警方通缉，正常渠道过关势必会被发现，因此想要绕道逃往外省，但没想到出了事。”

“可是监控拍到金彪的车是在今天零点四十分，但周边居民听到撞车的声响却是在凌晨一点左右，公路距离水库也不过500米的距离，就算走路都走到了，车为什么会开那么久？”

穆姐说着，走到被冲破的水库围墙前的水泥空地，指着一块区域：“这里的车辙非常不自然，从地上的泥土车印来看，车似乎在这片小区域做过来回掉转、停顿，然后突然启动直冲水库围墙，而且……”穆姐的视线沿着车辙看向前方，“从停顿到撞击，整条车辙呈直线，这也是最不正常的地方。”

“这……怎么说？”警官有些不解。

“如果刹车失灵，出于本能反应，驾驶员会立即打方向盘以避免直接撞击，因此车辙一定会是曲线型。”穆姐转身直视警官，“这种情况，更像驾驶者本人故意撞击围墙。”

“你是说……死者是自杀的？”警官显然被穆姐的推论震惊到了。

“是不是自杀还不好说，我需要尽快看到尸检报告……”

穆姐话音未落，只见另一位警官急匆匆赶了过来：“死者的尸检报告出来了，血液中的酒精浓度高达429mg/100ml，属于重度醉酒驾驶。”

“血液酒精浓度竟然那么高！”警官不由惊诧道，“醉成这样产生幻觉也是极有可能的，所以才会有这种异常撞击。这样的话，车辙的问题也能解释得通了。”

“可是明明准备逃亡的人为什么会喝得烂醉如泥？这可不合常理……”穆姐提出了质疑。

“嗯……据我们的调查，金彪似乎有酗酒的恶习，我们这边也有不少他的酒驾记录。”

“……”穆姐似乎若有所思，但并没有继续追问。

“能否将详细的尸检报告同步给到我们？还有现场的详细资料。”旁边的阿琪向警官提出了请求。在得到对方肯定的答复后，阿琪与穆姐两人又拍了些照片，便离开了现场。

“从目前得到的线索，似乎已经可以将整件事描绘出来了。”路上，阿琪开着车，同时整理着思路。

“金彪由于敲诈失败而打算对陈严下手并夺取血钥石，因此谋划了整起事件。5月2日中午金彪从家里出发，下午3点左右来到郊区电话亭打了最后一个胁迫电话给李丽，在遭到拒绝后，于当日晚间正式对陈严实施谋杀并成功夺取血钥石戒指。但他作案时没想到叶喻临时出现，仓促间自己不慎被陈严看到并拍下照片。为了确认当时叶喻是否看到自己，5月3日下午1点左右，他在叶喻的公寓中制造接触，试图用血钥石搜索叶喻大脑，却意外发现叶喻的驱逐体质。慌不择路的金彪随即在当天23时30分左右，对叶喻的公寓和车实施了爆炸，所幸的是叶喻当晚在我们酒吧里而逃过了一劫，而我们也顺着炸弹上的圣颜会标志查到了金彪和李丽。5月5日，我们结合李丽的证词对金彪下达了通缉。6日凌晨，试图逃往外省的金彪因醉酒驾驶将车栽进水库而身亡。”阿琪停顿了一下，“从表面上看，事情的来龙去脉基本上是这样的。”

“呵呵，阿琪，你觉得这件事就那么简单吗？”穆姐轻笑了一声，问道。

“说起来，疑点还是有的……”

阿琪显然有点犹豫：“姑且不论作为黑社会打手的金彪为何能想到如此精密的‘虚拟现实杀人’计划，陈严的那枚戒指就是个最大疑点。根据我们之前的推论，戒指指环是个附带麻醉针的虚拟现实控制装置，整个戒指是个作案工具。如果金彪一开始就将这个杀人工具卖给了陈严，就说明了他早有预谋干掉陈严，但这样一来，就与我们目前得出的作案动机有矛盾，我们之前一直是以金彪勒索不成从而起杀心的方向调查的。”

“除了这些，还有最重要的一点……”穆姐勾起唇角笑了笑，只是语气里没有半分玩笑的成分，“我们的调查实在太顺利了，这本身就不正常。每一步都似乎有人安排好了线索，一环扣一环，将我们的怀疑引向金彪，最后又以这场‘意外’来终结整个事件。”

“您是说，有人刻意误导我们的视线？”

穆姐轻轻点头：“我们最初的方向恐怕就错了。这一切应该都是凶手故意让我们看到的，真正的幕后主使说不定正躲在我们视线范围以外。”

“可是现在金彪死无对证，血钥石也不知所终，我们没有任何其他线索追查下去。”

“我们不妨换下思维，凶手太过刻意制造误导，有时反而会给我们留下真正的线索。阿琪，你想想我们是怎么怀疑到金彪头上的？”

“炸弹上的圣颜会标志……李丽的证言……还有那盘拍到电话亭的行车记录仪的录像！”阿琪恍然大悟，“难道这一切都是幕后真凶刻意布置的？”

“李丽的证言暂且不提，那个拍到疑似金彪的电话亭位于市郊的两座废弃大楼中间，周边人烟稀少，为何会那么巧有一辆车恰好在那天那个时间段，正对着巷子拍到了整个过程？如果凶手就是想要我们看到那段录像，那么那辆车就有很大问题。”

“那我马上安排去查那辆车。对了，会不会李丽就是那个凶手？毕竟电话的线索是这个女人给到我们的。”

“应该不可能，李丽的身高与风衣男差距明显。一般来说身材可以伪装，但身高却完全没有办法。据我判断，李丽应该只是颗棋子。”穆姐眉头紧锁，神情严峻。“而且，如果我没猜错的话，她离金彪的结局也不远了。”

“……难道……凶手要灭口？”阿琪震惊道。

“很可能，毕竟李丽似乎与幕后凶手有关联，这对凶手来说是个定时炸弹，如果我们怀疑到她，并且用血钥石对她搜脑，那么凶手就完全暴露了，所以凶手利用完李丽之后，一定会尽快除掉她。”穆姐轻轻叹了一口气，”其实我刚才已加派人手前往她的住处了，希望……还来得及。”

“那事不宜迟，我们现在就去找她！”阿琪踩下油门，往李丽的公寓飞驰而去。

» 第十七章 疑云笼罩

“滴滴滴……滴滴滴……”

一阵急促的手机铃声将李丽从睡梦中唤醒，李丽皱起眉头，厌恶地瞥了眼挂钟，时针指向早上9点30分。

“谁那么不识抬举一大早打电话过来……不知道老娘凌晨5点才睡吗！”李丽烦躁地咒骂着，却迟迟不肯起身接电话，昨晚的通宵party似乎耗光了她的全部精力。

然而电话铃声却丝毫没有放过她的意思，依然孜孜不倦地鸣叫着。忍无可忍的李丽猛然起身，操起床头柜上的手机就往地上一扔，手机瞬间四分五裂，连电池板都摔了出来，可奇怪的是，刚才那阵铃声依然持续响着。

李丽似乎从迷糊中稍微清醒了一下，她仔细辨别着铃声，声音好像是从床头柜里面传来的。

李丽身体猛然一震，瞬间睡意全无，她急忙翻开床头柜，打开夹层，只见里面那部老式手机屏幕上正闪烁着那个熟悉的号码，铃声正是从这部手机传来的。

“喂喂？亲爱的，是你吗？”李丽急忙接起电话，脸上神色既惊喜又惶恐，“对不起对不起呀！我刚才……嗯……正好没听到。”李丽不住地道歉，生怕对方因为自己的怠慢而不高兴。

“你怎么突然打过来啦？是不是你要回来了？要带我走吗？”李丽一脸兴奋，不住地追问。然而电话那头的回答似乎又让她失望了，李丽有些不高兴。

她嘟起嘴，语气里有些嗔怪：“哼！你明明说好陈严的事解决后就来接我的！现在陈严也死了，警察的视线也不都转移到金彪身上了嘛！你为什么还不回来……”说着故意啜泣了起来，“你骗人……你一直都在骗我！呜呜……”

正当李丽沉浸在哀怨中时，却忽然听见大厅那边响起急促的敲门声。“李丽！李丽你在吗！我们是警察，有重要的事情找你，请你开门！”

李丽一下子慌了神，她赶紧下床将卧室门一把关上。“警察怎么又来找我！他们……他们是不是已经发现了什么？”手忙脚乱的李丽冲着电话那头小声喊道，现在对方已经是她的全部仰仗。

“砰砰砰！”敲门声持续响起，“李丽！请赶快开一下门！你现在很危险！”

门口的黄警官和两位青年调查官正焦急地喊道，他们接到穆姐的通知后第一时间就赶了过来。

“会不会她不在房间里？”黄警官看向身边一位调查官。

“应该不会，我们的人看到她凌晨回来后就没出去过。”那位调查官摇头否定。

“我刚才好像听到里面有动静，李丽应该就在房间里。”旁边另一位调查官说道，“要不我们硬闯吧？”

“这恐怕不妥当……没有搜查证我们不能私自闯进入。”黄警官有些担忧，“再敲敲看吧，可能她还睡着。”

李丽悄悄走到卧室门口，听着外面的动静，愈发不安起来：“他们好像要硬闯进来了，我……我该怎么办？”李丽捧着电话，急得直跺脚，然而在下一秒她的动作就猛然僵住了。

“你……你说什么……”李丽的声音有些颤抖。

“我说，那你就去死吧。”电话那头的男人抛下一句冰冷的话语，便挂断了电话。

一声巨响从李丽房里瞬间爆开，窗户玻璃应声而碎。猝不及防的黄警官三人被突如其来的爆炸震倒，等到勉强爬起，映入眼帘的已是冲天火光。

下了班，叶喻独自一人在大街上漫无目的地闲逛。

来到特别事务调查局已经整整一个礼拜了，这阵子局里似乎出了什么事，人人焦头烂额，偶尔看到穆姐出现也是眉头紧锁，一脸严肃的表情。然而每每叶喻试着向小颜打听情况，得到的答复却往往是笑而不语。

也不知道我的案子怎么样了……有没有查到凶手？叶喻想着。

虽然在特别事务调查局上班，叶喻却几乎接触不到任何关于自己案子的信息，不知是否是楼玥特别关照过的缘故。期间他的唯一工作便是整理源源不断的数据资料，令叶喻着实头疼。

不过即便枯燥，出于职业素养，叶喻还是兢兢业业地将这些资料整理归类，因为他相信楼玥交给他做这些总有他的考量——即便这种考量可能仅仅是不让叶喻无事可做而已。

唉，这种日子何时可以到头啊……

叶喻叹了口气，拿出手机翻动着联系人名单，打算找人吐槽排解下心头的烦闷，可是一想到自己目前的处境，叶喻又只好无奈地放弃了这种想法，现在的他越少接触无关人员越好。

晚上九点的下洋市中心仍旧人头攒动，热闹非凡，对于国际大都市来说，这个时间似乎才是夜生活的开始。叶喻走在大街上，看着人们或三五成群，或两两相伴，谈笑着从自己身边走过；街边林立的高楼在霓虹灯的装点下闪烁着迷离的色彩，街头艺人轻快的萨克斯风与人们的欢声笑语交织成一曲和谐的乐章，一切都是那么繁华。然而叶喻在这熙熙攘攘中感受到的，却是深深的孤单。

作为这座城市土生土长的市民，叶喻却有家难回。自从陷入这一系列事件以来，叶喻的世界完全颠覆，身不由己的他只能选择与亲友们暂时疏离，没人可以倾诉，也不能找人倾诉，就算有再多的苦闷也只能一个人独自消化，自己已经无法回到原来的生活中了。

似乎是下意识地躲避喧闹的人群，叶喻不知不觉地走进了一片安静的老式洋房巷区。下洋市中心仍保留着一片20世纪的这种老式建筑，不过这类建筑很多都被改造成了音乐酒吧，与先前的闹市区不同，这里灯光寥寥，几乎看不到行人。

叶喻漫步在安静的巷子中，正想着心事，耳边忽然隐隐传来一阵女人的歌声。

“你是否一个人在这繁华中享受着孤独心中的苦无人倾诉……”

歌声好像是从某处酒吧中传来的，轻柔、悠扬却又夹杂着伤感，似乎在诱导着叶喻前往一叙。只是此时的叶喻可没打算去泡吧，自从上次在Memories酒吧里被穆姐下了药，他对那种地方多少产生了心理阴影，更何况还有一个神秘凶手隐藏在幕后对自己虎视眈眈，在独自一人的情况下更是不敢去了。

不过，或许是这歌声与此时的心情太过共鸣，被撩拨起心弦的叶喻还是不由自主地迈开脚步，寻找起了歌声的来源。

“……狂风暴雨中我伸出双手试图掌控命运之舵……”

缥缈的歌声断断续续，叶喻仔细分辨着，穿过一条条交错的小巷，像着了魔一般在这片巷区越走越深。

“……太多事情已没有选择在这人来人往的世界我只能一人向着未知的未来走下去……”

歌声突然戛然而止。

叶喻停下脚步，静静地侧耳倾听，然而耳边却是一片寂静，此时的他才猛然发现自己竟然走到了一处陌生的洋房面前。

这是片半废弃的洋房住宅群，左右两侧都是一排排类似建筑，不过似乎已经烂尾，处于荒废状态。正对着叶喻的这幢洋房外墙还刷了一半，房内毫无灯光，完全没有住人的迹象。

“我这是怎么了……”回过神的叶喻摇了摇头，转身准备往回走，却突然发现眼前竟然出现了数条小巷，而他完全不记得自己是从哪条巷子走过来的。

叶喻掏出手机，零格信号，看来也没法查地图导航了，不由轻轻叹了口气。

算了，就随便选一条走吧，总能出去的。叶喻想着，便走进了正对面的一条小巷子。

巷子并不宽，蜿蜒地伸向远方，昏暗的路灯忽闪着，似乎已年久失修，光影变换间将巷子染上了些许诡异阴森的色彩。巷子内没有一丝人烟，异样的安静，伴随着脚步声的，只有叶喻自己越来越快的心跳，这种气氛令他非常不舒服，不由加快了步伐。

拐了几个弯后，巷子前方似乎有了一些光亮，叶喻松了口气，看来总算能出去了，便疾步赶了过去。然而刚出巷口，叶喻却发现眼前的景象无比眼熟，在自己面前的赫然是那幢外墙刷了一半的洋房，自己竟然又绕回来了！

等一下，难道刚才走错了？

疑惑的叶喻又选了右边另外一个巷口走了进去。同样的蜿蜒小道，同样的昏暗路灯，以及同样的终点。

叶喻意识到了不对劲，他赶紧把其他几条小巷全都走了一遍，可是不管他走的是哪条，当他从巷口出来后总会发现自己又回到了起点，这片巷区的时空似乎像扭曲了一般，将叶喻牢牢锁在了里面，一步都踏不出去。

这是怎么回事！叶喻脊背开始发凉。

夜幕的阴云将月光慢慢遮起，四周渐渐暗了下来，忽明忽暗的路灯将周围树影映衬得如张牙舞爪的鬼魅，叶喻感觉黑暗中仿佛有一双双眼睛正暗暗窥视着自己，额头不禁冷汗涟涟。

难不成自己遇上了传说中的“鬼打墙”！

» 第十八章 鬼打墙

在最初的慌乱过后，叶喻停下了脚步。他不再盲目地在巷子里乱窜，开始镇定心神，静静整理思路。

从目前的情况看，自己被困在这片无人的洋房区，原因不明。叶喻是不太相信所谓“鬼打墙”的，从科学上解释，走不出去的唯一可能是有什么人在这片区域设置了什么机关，自己误入后，如果没有识破对方的手法，就会像迷宫一样反复绕回起点，走不出去。不过考虑到这片区域庞大的面积，而且是在市区，最直接的破解方法就是根据手机卫星导航地图走出去，只可惜这里似乎被屏蔽了任何信号。

叶喻低头看了看手表，晚上十点十五分，根据自己走出闹市区的时间与自己的步速推算，这里应该仍属于市中心范围内，可惜由于所在的这片洋房区建筑较为密集，叶喻并未看到有任何标志性的高楼出现在视野范围内，因此也无法推断具体方位。

既然没有可参考的高楼为自己定位，手机也毫无网络信号，到底要怎么才能出去呢？叶喻思忖着。

话说回来，如果真的有人费尽心机将自己引诱过来，并设置机关让自己出不去，那他的目的又是什么呢？

叶喻转身看向面前那幢外墙涂了一半的洋房。阴沉的夜幕下，缺了一半的花园铁门在阵阵微风中摇曳着，发出“吱嘎吱嘎”的响声，一股破败的气息弥漫四周。墙上那些没有窗框的窗户仿佛一双双空洞的眼睛注视着自己，令叶喻有些心里发毛。

所有巷子的终点都是这幢房子，难不成破解“鬼打墙”的机关就藏在这里面？

叶喻往后退了两步，抬起头仰望这幢三层楼高的洋房，突然发现房顶上有个露天阳台。

如果能上到阳台，从这个高度俯视应该可以观察到附近一大片区域，说不定能发现什么机关……如果还是不行，那就只剩下一个办法。叶喻下意识地摸了摸自己手腕上的金属手环，这上面的应急键是自己脱困的最后途径了。

深吸一口气后，叶喻小心翼翼地穿过摇摇欲坠的花园铁门，走到房子正门前，试着推了一把。

吱嘎一声，大门应声开启，似乎并没有锁，弥漫起的灰尘令叶喻不禁咳嗽了起来。

叶喻打开手环上的照明灯，捂着口鼻，往门内稍微探了探。只见房子内部空间不小，门口零落着一些建筑垃圾，房子也没有装修，完全就是毛坯的状态。

叶喻踢开脚边的垃圾，往里面走了两步，玄关附近倒是空空荡荡一览无余，再到里面则是黑漆漆一片，看不真切。

看来已经荒废很久了。叶喻想着，转身用力将大门拉开，好让外面的光线透进屋子，同时在门底部架了块大石头，防止风把门带上。在做好准备工作后，叶喻便蹑手蹑脚地走进屋子，在手环照明灯的帮助下寻找着通往楼上的梯子。

这座洋房虽然面积挺大，但结构却非常简单。没走几步，叶喻便很快发现一楼中央靠右侧墙壁上有道盘旋而上的水泥楼梯，似乎可以通往楼上。

叶喻走了过去，伸脚用力踩了踩，楼梯非常稳固；随后他又站在楼梯底下，往上面探照了一番，发现这道楼梯好像可以直接到达楼顶阳台。

上去看看吧。叶喻随即调整了手环上探照灯的亮度，抬起头小心翼翼地踩着水泥楼梯往阳台走去。

黑暗中，一道人影从角落里悄悄隐现，阴森森地注视着叶喻的背影，咧开嘴无声地冷笑起来，而此刻的叶喻浑然不觉。

……

叶喻顺着楼梯走过二楼、三楼，与底楼一样，这里全都是没有装修过的毛坯，漆黑一片毫无动静，叶喻也没打算每层楼探究，便径直上了阳台。

推开楼顶铁门，一座不小的露天阳台便展现在了叶喻面前。这座阳台似乎也只建造了一半，连护栏都没有，夜晚的北风猛烈地呼啸着，似乎可以把人都吹下去，叶喻不敢靠近阳台边缘，只能站在中央的位置，向正对面的巷子区域远远眺望。

这里的视野的确不错，可以俯视到附近好几条小巷，只可惜因为光线不佳的缘故，每条小巷的走势看得并不太清楚。

仔细观察了许久后，叶喻还是没有任何发现，夜晚阴云下的小巷仿佛被笼罩上了一层黑雾，隐隐约约什么都看不清。

还是没办法吗？叶喻无奈地摇了摇头，看来只能采取最后的手段——找楼玥求救了。

月亮从阴云中缓缓探出了头，将银白色的月光洒了下来。刚按下应急键的叶喻正准备转身离开，忽然无意中瞥到远处的某条小巷似乎诡异地波动了一下。

嗯？难道自己眼花了？

疑惑的叶喻上前一步，从手环中调出一块虚拟屏，对准刚才看到的小巷开始放大对焦。在月光的照耀下，远处的那条小巷渐渐揭开了笼罩的黑雾，石壁反射出银白的色泽，而奇怪的是，似乎有某一段石壁完全没有反光，隐隐约约还呈现出了奇怪的扭曲。

“那是……全息投影？”

叶喻突然恍然大悟。

“原来如此……所谓的‘鬼打墙’，不过就是一出简单的光影陷阱。”

这是一种魔术上常用的障眼法，这些巷子其实有多道出入口，而且互相贯通，只不过有人利用巷道曲折的环境，用全息投影在其他出入口附近做了掩饰，投射出墙壁的样子，在昏暗的环境下根本看不出来，身处巷子中的人只能在不知不觉中按照设计者特定的路线反复绕圈子。不过这种全息投影容易被电磁信号干扰而出现波动，而且毕竟是虚拟影像，无法像真实物品那样具备物理反射特性，因此露出了破绽。

叶喻不由振奋起来，虽然不知是什么人大张旗鼓地安排了这出恶作剧，但现在既然知道了原理，就可以轻而易举地破解掉了。于是他连忙转身走下楼梯，直奔一楼。

然而刚到达底楼，他便立刻发现了不对劲——只见房内漆黑一片，大门不知何时竟然被关上了。

叶喻顿感不妙，急忙冲到大门前用力推拉了几下，但门却似乎被人牢牢锁住，纹丝不动。

糟糕，被暗算了！

叶喻心脏猛然狂跳，难道这座房子里，不止自己一个人？

“目前形势很不乐观。”穆姐看着眼前的黑衣青年，神情严肃，“一周前李丽公寓爆炸案中丧生的那名住户，已经确认是李丽本人，爆炸源位于李丽卧室，从现场留下的碎片痕迹来看，应该是由一枚置于手机中的微型遥控炸弹所致。我们用技术手段还原了现场，以爆炸方位与遇害者的情况推断，李丽当时正手持着那部装有炸弹的手机。”

“这么说，她当时在打电话？”黑衣青年放下手中的文档，抬头看向穆姐，漆黑眼眸中闪过一丝敏锐的光芒，“有没有查过李丽当时的通话记录。”

“查了，没有任何记录。李丽名下只有一个号码，而且现场也发现了她所用的手机残片，从损伤程度来看，炸弹应该不是放在她自己的手机里的。我们推测当时的她在用另外一个秘密手机打电话，而且用的不是她本人的号码，追查起来难度相当大。”

“有没有可能她在用手机上网，并非在打电话？能从现场碎片中查出放置炸弹的手机型号吗？”黑衣青年继续问道。

“从碎片材质推断，似乎是目前市面上早已淘汰的老式手机，这种手机目前已经无法支持任何网段，只能打电话。我们已经联系多家手机厂商排查具体型号，出结果还需要一些时间。”

“另外，那辆拍到风衣人进候车亭的汽车，我们也进行了调查，但答案出乎意料。”穆姐顿了一下，“那辆车是套牌车，而且当时与警方电话联系并寄送录像带的人也不是真正的车主本人，车主前段时间不在国内且手机被盗，应该是真正的凶手做的，目的就是为了混淆我们的视线，将嫌疑集中在金彪身上。”

“这样看来，线索都被掐断了么……”黑衣青年托着下巴，喃喃说道。

穆姐沉默了一会儿，似乎在思考什么，随即缓缓开口：“能放置在手机中的微型炸弹……而且竟然有如此威力，这已经不是普通人可以做到的了，从这一系列事件的行事风格来看，恐怕……是他们又重出江湖了。”

“哼，很好，他们总算按捺不住了。”黑衣青年双拳暗暗握紧，白净清秀的脸庞掠过一丝狰狞，“这次，他们一个都跑不了。”

“穆云，调查李丽所有的社会关系，尤其调查其有没有秘密情人之类的亲密接触者。”只一瞬，黑衣青年的表情便恢复了冷静，开始下达指令，“另外，排查李丽公寓所在区域在事发期间所有通信记录的号码，每个号主都要确认一遍，虽然无法肯定当时李丽是否真的在通话，但这也可能是条重要线索。”

正说着，黑衣青年的手机震动了起来，上面跳着小颜的名字。

“楼局长，有情况。”电话那头的声音略微有些激动。

楼玥听着小颜的报告，眉头渐渐皱起。

“立即确认他的位置，派最近的人过去，我马上赶过来。”楼玥挂了电话，便迅速起身往办公室门口走去。

“怎么了？”见到楼玥的反应，穆姐连忙问道。

“我们的业余调查官似乎遇到了点麻烦。”楼玥头也不回地说道，“我出去一下，你这边继续调查，有最新情况及时通知我。”说完便拉开办公室大门，急匆匆地离开了。

» 第十九章　暗算

漆黑的屋子里死一般寂静，伸手不见五指，叶喻俯着身子，屏息静听着周围的动静。

意识到自己中计的瞬间，叶喻便当机立断关掉手环上的照明灯。从现在的情况来看，来者不善的可能性非常大，说不定自己已经身处陷阱，在黑暗中开灯无疑会被人当靶子。

冷静，冷静下来！

叶喻心中不断默念。他完全不知道暗算自己的是什么人，也无法知晓对方接下来的举动，现在能做的只能是尽力掩盖自己的行踪，为自己争取救援时间。

“噗通，噗通，噗通……”时间缓缓流逝，寂静中，叶喻急促的心跳声如雷点般震动着自己的耳膜，他不禁伸手按住了胸口，可这样的举动似乎没有半点效果。

银白的月光从门缝中隐隐渗了进来，叶喻猛然意识到蹲在门前的自己似乎正好被那薄薄的月光映出了身形，于是赶紧站起身准备挪开。而就在此时，叶喻忽然嗅到了一股似曾相识的男用香水味。

不好！

瞬间反应过来的叶喻条件反射般地往旁边一滚，一股劲风几乎贴着头皮掠过，只听“嘭”的一声，叶喻身后门板似乎被什么钝器重重砸出了一个窟窿。

心绪未定的叶喻急忙起身回头一看，从门窟窿中倾泻而出的月光将一个穿着风衣的人影勾勒了出来，对方手上似乎还拿着把铁锤一样的东西。

“呵，运气挺好。”沙哑的声音从人影那边传来。

这个嗓音，风衣，还有熟悉的香水味……果然是他！叶喻立刻就想起来了，这正是那个曾经在公寓对自己搜脑的男子，也就是杀害陈严的真凶！

不过这个男子却并不打算给叶喻喘息的机会，只见他迅速离开光线范围，重新隐入了黑暗中，似乎想要偷袭。

大感不妙的叶喻只能赶紧离开原地，跌跌撞撞地逃向楼梯方向，企图摸索着躲到二层，可没跑几步叶喻便感觉身后被人猛地一扯，重心不稳的叶喻反手一拉，对方似乎也措手不及，与叶喻一起跌倒在地。

“哐啷……”不远处传来铁锤落地的声音，似乎是男子手中的铁锤不慎被甩了出去，叶喻抓住机会，与男子扭打了起来。

“你到底是什么人！”叶喻吼道。黑暗中叶喻看不清对方，只能凭感觉胡乱地挥拳，反而对方倒是游刃有余，不一会儿就将自己压倒在身下。

缠斗间，男子取出了一件什么东西，叶喻感到脖颈一凉，似乎有钢丝正将自己的咽喉越勒越紧。

“我是什么人？呵呵，等你死了就知道了。”男子冷笑着，将手上的钢丝用力收紧。

叶喻面色渐渐发青，感到呼吸越发困难，他拼命挣扎，却似乎无济于事。

“咳……放开我……”叶喻的意识渐渐模糊，一股绝望涌了上来。

难道就要这么死了？不，我不要！楼玥……

“这个手环还有个特殊功能……”正当生死关头，楼玥的一句话突然浮现在叶喻脑海之中。

电击！开启电击！

左手上的手环猛然亮起幽幽蓝光，叶喻拼劲最后一丝力气，将手环贴到男子裸露的手背上。

“啊！！”随着一声惨叫，叶喻感到脖子上的钢丝一松，男子应声倒地。叶喻急忙扯开脖子上缠绕的钢丝，爬到一边，不住咳嗽起来，大口喘着气。

男子那边似乎没有了声息。叶喻咳了很久，总算恢复了些许。

叶喻挣扎着起身，扭开手环上的照明灯，发现一名风衣男子正面朝下倒在自己眼前，身体还在不断抽搐。

“咳咳……呵……我倒要看看，你究竟是什么人！”叶喻喘着气，摇摇晃晃地走上前想要翻过男子的脸。

然而还没等他看清，突然“砰”的一声，叶喻感觉后脑被人猛砸了一下，瞬间眼前天旋地转，直挺挺地倒在了地上。

“哼，那么快就放松警惕，你和那个人差远了。”恍惚间，一个女人的声音传进耳朵，倒在地上的叶喻只模糊地看见眼前出现了一双红色高跟鞋，随后便失去了意识。

“最后收到定位信号是几点？”楼玥环顾着凌乱的屋子，对一旁的调查探员询问道。

“晚上十一点左右，随后信号就消失了，可能是手环被破坏，或者信号被屏蔽了。”旁边一位大胡子探员立刻答道，“我们是晚上十点半左右接到求救信号的，随后我们立即采取了卫星定位，并且派最近的人员赶来这里。不过……”

“不过什么？”

大胡子探员脸上露出了复杂的神色：“不过……路上被人摆了一道。”

楼玥微微皱眉，转身看向探员。

“从最近的据点赶到这里其实也不过二十分钟左右，但在穿过附近的这片荒废巷区时，陷进了一个人为迷宫，有人在这些巷子的出入口附近用全息影像做了障眼法，因此耽误了点时间，等赶到这座洋房的时候，已经人去楼空。”大胡子探员懊恼地说道。

“全息影像？”楼玥眯起眼睛，“查过设备型号和出处吗？”

大胡子探员犹豫了起来，吞吞吐吐地说道：“这些设备……额……被人安装了自毁系统……我们发现的时候已经……局长，对不起！”

楼玥没有说话，视线集中在房中某处地面上。他走过去蹲下身子，伸手拂过地上的一块深红色的痕迹，放在鼻下轻轻嗅了嗅。

“血。”楼玥低语道，“从凝固程度和颜色上来看，时间应该不会很久。”

楼玥起身，对着身后的几名探员说道：“房中有打斗的痕迹，说明当时房中不止叶喻一个人，虽然脚印被破坏，但他们应该没有走远。”

“我们的人已经在附近搜索了，应该会有消息。”大胡子探员连忙说道。

“抓紧时间再加派一批人手进行密集搜查，尤其注意废置房屋，另外联系警局协助排查。”楼玥双拳紧握，神色阴沉，“虽然现在看来那小子应该还活着，不过再晚点就不一定了……”

“是！”探员们应声而动，匆匆消失在夜色之中。

黑暗……无边的黑暗。

“叶喻……叶喻！你醒醒啊！”

谁在叫我？

“快醒醒，别睡啦！”

耳边的声音渐渐清晰，似乎有点耳熟。

嘶，头好痛……

眼前渐渐出现了一个光点，随后光点缓缓扩大，叶喻努力睁开眼，一个娇俏的身影进入了视线。

“你终于醒啦！”

只见一个女人正对着自己温柔地笑着。

雪白的皮肤，漆黑明亮的大眼睛，娇小粉嫩的嘴唇在瓜子脸上划出了一个恰到好处的弧度，刚看清对方样貌的叶喻大吃一惊，迅速从床上坐起。

“小……小颜！”叶喻结结巴巴地喊道，“我这是……？”

“你别激动，这里是医院。”小颜忽闪着长长的睫毛，笑着说道，“你被坏人打晕了，还好我们局长找到了你，把你救了回来。”

啊……原来是这样……他们总算赶到了吗？

叶喻摸着依旧疼痛的后脑勺，回忆起了当时被人背后暗算的情形。最后看到的高跟鞋……难道那个风衣男还有个女性同伙？

“楼……局长他在哪里？我想见他。”叶喻问道。

小颜微笑着靠了过来，坐在叶喻的病床上，用白皙纤细的手指轻轻点了一下他的额头：“这个时候还想什么局长呀，他可是大忙人，你只要管好你自己，好好休息就行了。”

小颜的笑容仿佛有种魔力，叶喻看着不禁有些恍神。

“你……盯着人家看干什么！”注意到叶喻的眼神，小颜白皙的脸庞隐隐浮上了两道飞霞，娇羞的样子更加显得妩媚动人。

“啊……对……对不起！”突然意识到了自己的失态，叶喻赶紧移开眼神，正了正身子，不过也许是心虚的缘故，动作有些大，后脑不小心“砰”的一声撞到了床板。

“哎呀！”叶喻抱着头，一时间龇牙咧嘴。

“你没事吧！我帮你看看。”小颜花容失色，连忙贴上去轻轻抚摸着叶喻的脑袋。

叶喻感到手臂似乎贴上了两团柔软的东西，似有若无的体香从小颜身上飘来，如瀑布般的黑色长发轻柔地扫过叶喻的脸庞，凉凉的，柔柔的，令叶喻不知不觉起了反应。

“没关系的……我……我没事！不用管我！”叶喻大窘，慌忙抓着被子把身体往旁边挪开，心脏猛烈狂跳。

“真的没事吗？”小颜担心地问道。

“真的没事！对……对了，你怎么会在这里呢？”满脸尴尬的叶喻赶紧岔开话题。

“是局长派我来照顾你的。”小颜站起身，笑着说道，“毕竟是我们的新同事，当然要好好照顾。”

“是吗？他还挺关心我……”

“当然啦，你出事后他可着急了，派了好多人来救你呢。”

“那真是太感谢他了！”想不到平时看上去有点冷漠的楼玥竟然对自己如此关心，叶喻心中不禁有些动容。

“哈哈，当然也有可能是他怕你泄露消息，才要赶紧把你找回来～”

“泄露消息？什么消息？”叶喻一脸茫然。

“当然是血钥石的消息啦。”小颜眨了眨眼，“坏人手上可是有另一颗血钥石呢，万一他们读了你的脑，我们局里关于血钥石的信息不都暴露了吗？”

叶喻的动作猛然僵住，他微微睁大双眼，盯着面前的小颜。

“你说……什么……？”

“我说，万一你被对方读取了记忆，我们不就麻烦了嘛。”小颜露出了温柔天真的笑容。

叶喻愣了两秒，然后像是突然意识到了什么，猛地抄起床边的药盒往小颜扔去，同时迅速站起，做出戒备的姿势。

只见小颜身形一动，轻而易举地避开了飞过来的药盒。

“你不是小颜！”叶喻喊道，“你到底是谁？”

» 第二十章　困

“叶喻！你干什么呀！”面前的小颜眼眶发红，一脸委屈，似乎都快要哭出来了，“我说错了什么吗？”

“你要是真的小颜，就根本不会说出这样的话。”叶喻神情警惕，“她不可能不知道我的体质。”

“体质？”小颜眉头微皱，随即脸色一变，原本无辜的神情瞬间转换成了冷笑，“呵呵，看来我还是太小看你了。”

房间忽然暗了下来，只一瞬间，小颜的身形便开始发生着不可思议的变化。

只见她的指甲开始像枝蔓一般拉长，变得如刀锋般尖利，白皙的皮肤渐渐发青，一道道诡异的暗纹浮上脸颊，同时周身逐渐泛起一片黑雾，由下至上将其裹在里面。“小颜”的眼神变得阴毒无比，死死地盯着叶喻。

叶喻目瞪口呆地看着眼前的“小颜”，身体不由自主地开始发抖，眼前的一切完全超出了他的理解范围。

这是什么情况！怪物吗？

叶喻彻底混乱。

“呵呵呵，就算识破我又怎么样，你今天注定死在这里。”没等叶喻反应过来，“小颜”便以极快的速度冲向前，抽出缠绕着黑雾的利爪，向叶喻迎面就是一挥。

情急之下，叶喻撩起床上的棉被甩向对方，顺势往旁边一滚。棉被瞬间四分五裂，飞扬的棉絮让房间里的视线一时混沌不清，叶喻抓住机会，趁机绕到“小颜”身后，向房门冲去。

“救命啊！有人吗？”

叶喻拼命大吼着，正准备拉开房门逃出去，突然感觉脑后一股劲风袭来，于是慌忙低头，只听“咔嚓”一声，头顶处的门板瞬间被划出了三道泛着黑气的爪印，散落的碎片往脑袋上纷纷砸落，重心不稳的叶喻一屁股坐在了地上。

叶喻挣扎着想要起身，然而还没等他重新站起，便又被一脚踢倒在地上。不知是不是受伤未愈的原因，叶喻感觉浑身使不出力气，面对对方的进攻，他连最基本的防御都做不到。

“呵呵，我说过，你今天难逃一死。”“小颜”左手拖起叶喻的手臂，右手掐住他的脖子，尖利又冒着黑气的指甲穿过叶喻靠着的门板，将叶喻死死固定在上面，动弹不得。

叶喻刚想故技重施，打算用手环电击替自己脱困，却忽然发现左手腕上空空如也。

手环呢？什么时候被取下来的？

叶喻慌了，拼命挣扎，然而这一切似乎都是徒劳的举动。

“你刚才说你有特殊体质？说来听听。”“小颜”冷笑道，“不然我就把你的皮一块块剥下来，亲自来验证。”

叶喻艰难地喘息着，“小颜”的利爪划破了他的颈部，他感觉那些黑雾似乎正顺着伤口，一丝丝地往里面钻，神智也有些模糊起来。

然而走投无路的叶喻此时却突然冷静了下来，他努力维持着自己的意识，脑袋里飞速运转。

眼前的这个人绝对不是小颜，而且这种身体构造和速度……它究竟是人是鬼？不，我不相信有鬼……难道是变种人？这是在拍科幻片吗？呵，我在想什么啊……

叶喻自嘲地笑了笑，但这种笑在“小颜”眼里似乎是种挑衅。

“哼，死到临头还敢嘲笑我，看来得给你点苦头。”“小颜”阴笑着，将左手利爪猛地插过叶喻的手臂，将其钉在门板上。

“啊！！”刺骨的疼痛从手臂上奔袭而至，叶喻不由惨叫了起来。

“我数到三，你再不说我就开始剥你的皮。”“小颜”似乎已经没有了耐心。

“一……”

这种疼痛……那么真实，看来对方也不是全息影像。这太诡异了，完全解释不通！楼玥……如果是你遇到这种情况，会怎么做？

“二……”

“如果你从一段昏睡中醒来，首先要串联自己的记忆，要是有不连贯或者眼前的场景有不合理的地方，就要小心了。”楼玥的声音从脑海中响起。

难道说！

叶喻心一横，迅速做出了决断。

他猛咬了一口自己的舌头，嘴里立即泛起了血腥味，肉体的伤害让叶喻的脑袋清醒了不少，他敏锐地发现面前的场景似乎扭曲了一瞬。

果然如此！

“三！”“小颜”猛地抽出爪子，似乎就要动手。

“我知道了！”叶喻微微偏过脑袋，啐了一口血，冷冷地笑着，“我知道你是什么人了。”

“哦？说说看。”“小颜”收回爪子，饶有兴趣地看着叶喻。

“你不是小颜，或者说你根本不是人。”

“小颜”的脸抽搐了一下。“耍我？我看你是活得不耐烦了！”说罢便又要向叶喻下手。

“虚拟现实。”叶喻淡定地吐出了几个字。

“小颜”的手定格在了半空中，用不可思议的眼神看着叶喻。

“你是假的，场景也是假的，这里所有的一切，全都是虚拟现实做出的幻境。”

“呵呵，何以见得？”“小颜”松开掐着叶喻脖子的手，站起身，不动声色地问道。

“很简单，如此不合常理的情况，如果不是超自然的现象，那就是科学手段设置的陷阱。”叶喻捂着脖子，毫不畏惧地直视对方，“我不信什么超自然，而你又不是全息影像，那么在排除所有其他可能性之后，剩下的，便是唯一真相。当然，你要真是什么鬼怪或者变种人，那我就认命了。”

“嗯哼哼哼……”“小颜”突然阴森森地笑了起来，“你还真是接二连三地给我带来了惊喜呢，我真是对你越来越感兴趣了！”

“不过……”“小颜”偏过头，不无嘲讽地看着叶喻，嘴唇轻启，“才一知半解，就敢在我面前卖弄，你还是太嫩了。”

说罢便伸出利爪，毫不客气地往叶喻胸口划了过去。

“啊！！”叶喻痛得拱起了身子，躺倒在地上。

“虽然是虚拟现实制造出的幻境，但我仍能控制你的痛觉，你知道这意味着什么吗？”“小颜”蹲下身子，把脸慢慢贴近叶喻，狰狞地笑道，“意味着你将在活人地狱里遭受痛苦折磨，求生不得，求死不能！”

“你！你这疯子！”叶喻使出全力推开“小颜”，挣扎着爬起，打开门逃出了房间。即便他心里知道这些都是虚幻的场景，但此时的他也管不了那么多了，只想逃离身后的那只恶魔。

“哈哈哈哈哈，这里的一切都为我控制，你逃不了的！”随着身后“小颜”阴冷的笑声，刚逃出房间的叶喻突然发现，眼前场景又发生了变化。

只见原本畅通的走廊通道上忽然出现了一堵墙，正好堵在叶喻面前，叶喻一惊，慌不择路地逃向旁边一处走廊岔口。然而没走几步便发现是死胡同，又急忙折回走廊，逃向另一侧岔口。

叶喻试着再次咬舌头让自己脱离虚拟现实，但却发现舌头已经发麻了，身体的保护机制似乎不允许他再做出如此自残行为。

叶喻大口喘着粗气，感觉步伐越发沉重，明明拼尽了全力，但似乎依然逃不远。

凭什么……凭什么我要遇到这种事！！一股愤恨渐渐涌上叶喻心头。

自从两周前的那次加班起，被当作嫌犯，被人追杀，房子炸了，车子炸了，工作丢了，从一个满心热情的记者变成了枯燥无聊的资料整理员，这一切凭什么发生在我身上！老天为什么要这么对我，我到底做错了什么！！

叶喻停下脚步，筋疲力尽的他已经跑不动，也不想再跑了。他缓缓转过身，看着悠闲地逼近自己的“小颜”，眼神中第一次露出了怨毒之色。

“我只是一个普通人，为什么你们要一次次把我往死路上逼！”叶喻嘶吼道。

“为什么？呵呵，没有为什么，谁让你运气不好，撞见了不该撞见的事。”“小颜”勾起嘴角，用看蝼蚁一般的眼神看着叶喻。

“陈严出事那天我什么都没撞见！你们完全没有必要特意做这些！”叶喻的情绪有些失控。

“这可不是你说了算。”“小颜”轻哼了一声，“我们‘噬’做事，向来喜欢斩草除根。”

“噬”……那是什么？

似乎是觉得自己透露得太多，“小颜”便不再解释，而是直接出手又是一抓，叶喻腹部瞬间又出现了三道黑色爪印，疼得叶喻直接跪倒下来。

“哈哈哈哈，如果你最后痛死了，说不定对你是种解脱哦！”“小颜”阴森森地逼近叶喻，语气如寒冰刺骨。

“呵呵……呵呵呵……”这一次是叶喻冷笑了起来，只见他低着头，脸上的表情被阴影掩盖着，看不真切。“我与你们无冤无仇，你们却三番两次要置我于死地，呵呵，很好……”

话音未落，叶喻周身的场景突然间诡异地波动了起来，脚边的物件瞬间“砰砰”爆开消散，地面也开始微微震荡。

“你！这是？”“小颜”脸色大变。

叶喻摇晃地站起身，慢慢抬起头，怨恨与愤怒爬满了他充血的双眼，脖子上的青筋条条暴起，只听他咬着牙，一字一句地说道：“我叶喻在此对天发誓，只要还剩一口气，我定将用尽一切手段，让你们付出代价！”

震荡愈演愈烈，一丝又一丝的裂缝如蛛网般蔓延开来，渐渐布满周围空间，整个场景从角落开始，逐渐崩塌。

“你做了什么！”“小颜”显然没有预料到这种情况的发生，一下子慌了神。

“呵呵呵……”叶喻冷笑着，一步一步摇摇晃晃地走向“小颜”，血红的眼眸隐隐透出戾气，“让我们打个赌吧，到底谁会在这里求生不得，求死不能！”

» 第二十一章　变数

崩塌的范围迅速扩大，“小颜”所站的位置也逐步四分五裂，大感不妙的她仓皇转向一边，似乎准备逃走。

而叶喻显然不打算放过她，此次的他身体里仿佛有一头猛兽在横冲直撞，愤怒迅速瓦解着他的理智，一股燥热直冲脑门，即便知道对方只是幻影，但此刻的叶喻满脑子想的只有亲手撕碎她。

叶喻迅速冲向“小颜”，想要拖住对方，而正当这时，叶喻突然隐约听到耳边传来了一声呼喊。

“别动！别过去！”

叶喻感到耳边似乎有呼呼的风声，刚才那声呼喊像是随着风飘过来似的，有些遥远和缥缈，而眼前的场景依旧在崩塌，完全没有任何起风的迹象。

叶喻于是不再理会，继续打算冲向“小颜”，然而他却猛然发现自己被一股无形的力量拖住了身体，一步都走不了。

这是怎么回事？

叶喻挣扎着，想要挣脱这股力量，然而没动两下突然感到脸上像是被重击了一般疼痛。

“这小子，还不老实……”

谁在说话？迷茫的叶喻觉得自己有些晕眩，而眼前的“小颜”也停下了脚步，有些戏谑地看着自己，伸手勾了勾手指，像是在挑衅。

“可恶……什么人？别拦着我！”叶喻吼道，又开始拼命挣扎起来。

似乎又是一击重拳砸在脸上，叶喻瞬间有些眼冒金星。

而与此同时，叶喻眼前的画面也发生了变化，只见崩塌中的场景突然间如冻结般静止住了，一道极粗的裂痕从中央迅速弥漫开来，只一瞬间整个场景便四分五裂。

目瞪口呆的叶喻只能眼睁睁地看着面前的“小颜”和场景碎片一起，化为烟云，消失不见。

“不想死的话，就别过去！”

这一次，耳边的声音不再缥缈遥远，回过神的叶喻赫然发现自己正站在一处高楼楼顶边缘，劲风呼啸着吹过耳畔，刚才只要踏出去一步，便是万劫不复。

“啊！！”叶喻被眼前的情形吓得腿软，只感觉后领被人一拽，便向后仰面躺倒在地上。

“算你运气好，捡回一条命。下次别那么鲁莽了。”一个低沉的男子声音从身边传来，叶喻发现一位身着黑衣，戴着白色面具、身材高大的神秘人正俯视着自己。

“你是谁！”已经是惊弓之鸟的叶喻慌忙向后爬了几步，与面具男拉开距离，警觉地看着对方。

“别怕，如果我想对你下手，刚才就不会救你了。”面具男淡淡说道。

“刚才是你救了我？”

叶喻想起之前在虚拟现实中隐约听到的，似乎就是这个人的声音。

面具男点点头，用脚踢了一下旁边的一小堆金属碎片：“你差一步就要掉下去了，所幸我及时毁掉了控制器。不过好像你自己很想死，拼命要往楼下跳。”

逐渐平静下来的叶喻双眼已经不再泛红，他回想起自己在幻境中的失常举动，不由冷汗涟涟。当时自己到底是怎么了？完全不像平时的自己……还有那时的场景怎么会突然开始崩塌？

“话说回来，想不到你的爆发力还挺强，要不是我揍了你两拳，恐怕拖都拖不住你。”面具男看向叶喻，轻轻笑了声。

叶喻这才觉察到自己的鼻子似乎在滴血，脸颊也红肿了起来，看来这个男人下手还挺重。

“那你又是……什么人？为什么要救我？”叶喻捂着流血的鼻子，抛出了俗套的问题。

“我是什么人不重要。”面具男的回答言简意赅，“救你是因为你很重要。”

“我很重要？”叶喻疑惑道。

“对，因为……”

没等面具男说完，突然从隔壁楼顶传来一声呼喊：“对面楼上有人！”

叶喻转头一看，几个穿着黑色制服的探员正用探灯照向自己，面具男敏锐地躲开了探照灯，靠向一边。

“好像……是叶喻！局长！找到他了！”对面的几人兴奋地喊道，应该是特别事务调查局的同事们。

“看来我得走了。”面具男转向叶喻，“看在我救了你的份上，不要告诉任何人关于我的存在。”

说完，面具男便不再理会一脸呆滞的叶喻，迅速转身跑向楼顶边缘，径直跳了下去。

“等……等一下！”回过神来的叶喻顿时大惊失色，赶忙爬过去往楼下一望，却连人影都没看见，那个面具男仿佛蒸发了一般，在黎明前的黑暗掩护下，消失得无影无踪。

“我还没来得及谢谢你啊。”叶喻喃喃说着，仰面躺倒在地上，他感觉自己浑身的力气都被抽干了，意识也有些游离。

“哐啷——”是楼顶铁门被打开的声音。

“啊！他在那里！”兴奋的声音掺杂着焦急的脚步声，传入叶喻的耳朵。

叶喻眼皮也愈发沉重起来，他感到自己周围似乎一下子围上了很多人。他努力撑开眼，伴随着黎明的第一缕晨曦，他看到了楼玥那张略显苍白的脸。

总算结束了……叶喻微微松了一口气，昏了过去。

“你叫什么名字？”

声音模糊而又遥远。

黑暗中叶喻努力聚焦视线，似乎远远看见有个男人正蹲在一位瘦弱男孩面前，小声询问着什么。

“那你家在哪里？我送你回去吧。”见男孩沉默不语，那个男人又开口问道。

男孩低着头，沉默地摇了摇脑袋。

“唉……那你有没有父母的联系方式？”男人叹了口气。

“……”男孩继续选择沉默。

“这可难办呐……”男人站起身，挠了挠头发，有些为难的样子，“看样子我还是送你到派出所吧，他们应该可以帮你找回家。”

“不！不要送我回去！”男孩猛地抬起头，一把抓住了男人的衣角，不住地央求道，“求求你了……”

“啊？为什么啊？”男人的语气充满了困惑。

“因为……因为……”男孩的声音渐渐缥缈起来，远处的画面也开始渐渐变得模糊。

叶喻努力侧耳倾听，却什么也听不清了。

……

叶喻睁开眼睛，呆呆地望着天花板。

又是梦吗？

头好痛……这里又是哪里？

白色的墙顶，消毒水的气息，手上的吊针……这里是……医院吗？

“你醒了。”身边传来熟悉的声音，叶喻微微别过头，只见一双漆黑的眼睛正直视着自己，在自己旁边坐着的，正是楼玥。

记忆渐渐连接了起来，叶喻想起在楼顶上的情形，最后似乎是被楼玥他们给救了。

“局长……？”叶喻刚一开口，就发现自己周围还围着好几个熟悉的身影——穆姐、阿琪、萌萌、阿修……全是局里的同事。见到叶喻醒来，都不由松了口气。

“你没事真的太好了，你知道吗？我们都担心死啦！”萌萌凑了上来，关切地说道。

“让大家担心真是不好意思，我……昏迷了多久了？”叶喻抱歉地问道。

“你昏睡了整整一天一夜，还一直发高烧，说胡话呢。”穆姐伸手摸了摸叶喻额头，轻轻笑道，“不过还好，退烧针的效果不错。”

“说胡话？”叶喻紧张了起来，“我说了什么？”

“嗯……一会儿说‘不会放过你’啦，一会儿说‘不要靠近我’之类的……完全不知道你在说什么。”萌萌俏皮地笑着，顺手拿起床头柜上一个的苹果，替叶喻削了起来，“我说叶大调查官，你到底做了什么梦啊！”

叶喻有些尴尬，恐怕当时是梦到了幻境中的情景，不知道自己是否还说了其他乱七八糟的话。

正当叶喻不知所措时，忽然听见病房门口传来了一句温柔的声音，替他解了围。

“好啦好啦，人家刚刚醒过来还没恢复呢，那么多人围着会打扰人家休息的，都先出来吧。”

“也对，你就先好好休息吧。”穆姐笑着起身关照了几句，便带着阿琪离开了。

“那我们也不打扰啦，好好养病，多吃点水果，过几天我们再来看你。”萌萌把削好的苹果放在一边，也跟着众人离开了病房。

“大家看到你醒来都很开心呢。”温柔的声音由远及近，只见一个娇俏玲珑的身姿款款走到了自己身边，手上似乎还捧着什么东西，“这是换洗的衣服，特意给你带过来了哦。”

瀑布般的黑色长发，让人如沐春风般的温暖笑容，精致美丽的脸庞……然而如此一个美人在叶喻眼里却突然可怕得宛如恶魔。

叶喻瞳孔猛然收缩，顾不得手背上还插着吊针，条件反射地从床上一把坐起，伸手指着对方吼道：“你！不要过来！！”

小颜懵住了，她捧着衣服，一时不知所措，她不明白叶喻为何看到她会有如此反应。

“怎么了？”楼玥站起身。

“她，她是……”话说了一半，叶喻突然停住了。他转过头看向楼玥，眼神突然变得有些冰冷。

“你到底怎么了？”注意到叶喻表情的变化，楼玥轻轻皱起眉头。

叶喻紧盯着面前的楼玥，不动声色地抓起床边的水果刀，做出防御姿势。

“暗号。”叶喻冷冷地开了口，“说，你我第一次见面时，你留下的暗号。”

» 第二十二章　进化者

楼玥似乎愣了一下，然而随即好像明白了什么。他转身对小颜示意了一下，后者从惊讶中反应了过来，点了点头，放下衣服便离开了病房。

小颜走后，楼玥看着叶喻的眼睛，一字一句地说道："56K，67X，97L，10:00PM，一个坐标和时间点。"

"我宿舍里的医药箱，又是放在哪里？"叶喻眼神仍然戒备。

"医药箱在书桌的抽屉里，里面还有一些个人用品。对了，我那天来宿舍的时候，还有某个蠢货把我当成暗杀者，想要拿包抽我，结果却把自己的手划破了。"楼玥轻哼了一声，"如果你还是觉得我是虚拟现实里的假货，可以继续提问。"

叶喻紧绷的神经渐渐松了下来，刚才对方所说的事的确只有他自己和楼玥两个人才知道，而且从先前串联的记忆来看，眼前出现楼玥也合乎情理。

也许是刚才太过紧张的缘故，松懈下来的叶喻这才开始感觉到身上的疼痛，一下子躺倒在床上，可能先前的动作有些大，扯到了伤口。

"你……身体没事吗？"楼玥的语气满是关心。

"没事……应该没什么大碍了。"叶喻惭愧地说道，"对不起，我似乎太敏感了……对了，刚才对小颜……实在是抱歉。"

"这话你等下当面和她说吧。"楼玥转身，"你刚醒过来，还是再恢复恢复，过两天我再来找你。"说完便准备离开。

"等一下，局长……"叶喻连忙叫住楼玥，"我有话要对您说。"

楼玥回过头，看向叶喻。

"先前遇到了很多奇怪的事，所以刚才会有那样的反应。"叶喻叹了口气，"我想把这些事的前因后果都告诉你，说不定会对你们找凶手有帮助。"

楼玥拖了把椅子重新坐下，脸上恢复了淡然的表情，"你说吧。"

叶喻撑着坐起身子，开始讲述自己从被引到洋房区开始的一系列遭遇。

……

"事情就是这样。"叶喻总结道。

“你是说最后那个虚拟现实自己破碎了？”楼玥思忖着，将视线投向叶喻。

“对的。场景本来就在崩塌，然后瞬间全部碎了，所以我才捡回一条命。再然后你们就来了。”叶喻想起神秘的面具男最后的关照，决定略过被他救的这段不说。

“当时在虚拟现实里发现场景开始波动崩塌的时候，你的身体状态感觉如何？”楼玥又问道。

“嗯……就感觉有点燥热，好像身体里有股能量在爆发……抱歉，那时候的我好像有些失控，一些细节我也记不清了。”叶喻的表情有些纠结。

楼玥低头沉默着，似乎在整理思路。

“局长，难道你觉得当时虚拟现实突然崩塌的原因，和我的身体有关？”叶喻小心地询问道。

“很有可能。”楼玥抬起头，“据我猜测，当时应该是你的‘驱逐者’体质救了你。”

“我的体质？”叶喻挠了挠头，“我的体质不是只能防御外部脑波入侵吗？难不成还能破除虚拟现实控制？”

“从理论上来讲，驱逐者是拥有一套特殊免疫系统的人，而这套免疫系统也并非一成不变，而是会根据所接触的环境不断进化的。”

“进化？”叶喻睁大了眼。

“是的。就好比某种疾病你在得过之后，身体逐渐产生了抗体，从而对其产生了免疫一样。”楼玥解释着，“这种虚拟现实技术从根本上来说，也是通过操纵脑部接收的感官信号，来对你营造‘幻境’的，而你的体质可以将这种人为脑部干扰清除出去，自然也就能破解这种‘幻境’了。”

是这样吗？看来之前在Memories酒吧的遭遇倒也无意间使自己具备了虚拟现实的抵抗力；然后这次，在危急之下这种能力就突然爆发了出来。叶喻恍然大悟。

“当然，因为驱逐者的资料不多，我们对你的体质研究也有限，说不定还其他的隐藏能力是我们不知道的。”楼玥看着叶喻，“但如果我的推断正确，那么你今后应该就此免疫这种虚拟现实陷阱。”

“真的吗？那太好了！”叶喻长舒一口气。说实在的，自从经历过那次被假小颜追杀的‘幻境’以来，叶喻发现自己已经无法完全相信眼前的一切了，要是再这样下去迟早会疯掉，他突然真心感谢爸妈给他生了这样的体质。

“保险起见，稍后你再做个全身检查，身体恢复一些之后可以安排一个测试，证明你是否真的具备虚拟现实免疫。”楼玥补充道。

叶喻点点头，突然又好像想到了些什么，急忙看向楼玥："对了我想起来，'幻境'里面还那个伪装成小颜的人，好像自称他们为……什么……'噬'？"

"噬！"楼玥身体猛地一颤，瞳孔陡然收缩，表情突然变得可怕阴郁，"果然……是他们！"

"局长，你知道他们？"看到一贯冷静的楼玥竟然有些失态，叶喻感到十分惊讶。

"这件事你不必再插手，剩下的一切由我来安排。"楼玥没有回答叶喻的问题，而是不由分说地下了一句命令。

见到楼玥如此决然的样子，叶喻也不好再追问，只能再次点点头。

楼玥起身走向门口："你在这边好好休养，这里很安全，近期不要单独行动。"关照完后便疾步离去。

叶喻回想着刚才楼玥的反应，感到事情恐怕远比自己想象中复杂得多。

"噬"……是个组织吗？他们究竟是什么人？为什么会让楼玥紧张成这样？

叶喻的头又开始胀痛了起来，他于是不再多想，重新躺倒在床上，不一会儿便又迷迷糊糊地睡了过去。

昏暗的空间里隐隐出现了一圈淡黄色的光环。

光环越变越亮，同时逐渐起了变化。只见光环一头缓缓升起了一道白色光柱，随后金、青、赤、黑四道光柱从左至右依次出现，将整个光环包围其中。

然而变化并未停止，这些光柱的形状也开始发生着匪夷所思的改变。金光中，一只威风凛凛的白虎悄然落地；一条苍龙暗影也随着青色光芒盘旋而上，渐渐成形；朱雀张开双翅，从火焰般的赤色光柱里呼啸而出；黑色光柱逐渐沉淀，将玄武的身形缓缓勾勒了出来。而最开始出现的那道白色光柱则开始慢慢旋转，最终幻化成一道阴阳太极象。

此时淡黄色的光环似乎已经耗尽了所有能量，渐渐地暗淡了下去，最后消失不见；而与此同时，五道光柱也正式变化完毕，每条光柱中各自缓缓出现了一个人影。

"嗨哟，我说总局长，您怎么突然有兴致正儿八经地召我们开大会呀，这可不是您的风格。"一个男人的声音带着些许诧异打破了沉默，白虎率先开口。

"废话真多，总局长这样做自然有她的理由。"朱雀的语气充满着鄙夷。

"哈哈，你说话还是那么刻薄，人家说女人老板着脸可是会生皱纹的哦。"

白虎毫不在意，继续调侃道。

朱雀轻哼一声，似乎不愿与对方多费口舌。

“呵呵，好啦好啦。”沉稳的男声响起，只听玄武笑着打着圆场，“我们先听听总局长怎么说吧。”

“今天召集四大分局长开会，是有件非常重要的消息要告知各位。”一声如孩童般稚嫩的女声从‘阴阳太极象’中传来，一位娇小少女的身影从光柱中渐渐隐现。虽说声音听着稚气，但语气却意外地稳重平和，整个人的气场透着一股难以明说的威严，现场几人瞬间闭了嘴，认真地侧耳倾听。

“‘噬’出现了。”少女开门见山。

现场气氛猛然一滞，刚才的话虽然简短，但却如一枚重磅炸弹，所有人脸色都变了。

“他们果然还不死心，打算卷土重来吗？”短暂的沉默过后，白虎咬牙说道。

“具体让楼玥和各位细说吧。”少女向一旁的青龙示意了下。

“前阵子东区出现了一枚疑似血钥石的戒指。”青龙缓缓开口，声音正是楼玥，“我们在追查过程中，察觉有人暗中抢夺戒指并接连制造多起凶案，其中就发现了噬的蛛丝马迹。”

楼玥将近期发生的一系列事件一一道来，其他几位分局长仔细听着，神情愈发严肃起来。

“从行事风格上来看，的确很可能是噬干的好事。”听完楼玥的讲述，朱雀冷静地说道。

“你刚才说，你们局的那位同事在对方制造的虚拟现实中，听到了对方自称噬，会不会是因为固有印象而产生的错听？”白虎分析着，“毕竟三年前的事件对局里每个人影响都很大，有了先入为主的印象后，很容易会对状况的判断产生干扰。”

“不可能。”楼玥的回答直截了当，“他是刚刚特批进来的新人，对三年前的事件一无所知，我之前也刻意不让他接触相关的案件。”

“特批进来的？”

“对。他是之前一系列案件的直接相关者，当时正被人追杀，为了保护他所以临时安排他进局里。”楼玥淡淡说道。

“这……是不是有欠考虑？要保护的话派人盯着就可以了，我们局毕竟特殊，他作为普通人参与进来对他自己也没好处。”白虎有些质疑。

“他不是普通人。”楼玥看向白虎，“他是驱逐者！而且，恐怕已经被噬盯上了。”

白虎似乎吃了一惊，没有说话，其他两位分局长也露出了惊讶的表情。

“这事是我特批的。”这次发言的是那位被尊称为“总局长”的少女，“原本楼玥的意思是尽量不影响那位驱逐者的正常生活，事情过后就放他离去，所以也没有告知各位。但从目前的情况来看，噬也可能意识到了他的特殊体质，他现在的处境相当危险。”

“如果让噬抓到了驱逐者，事情就更加麻烦了。”玄武低声说道，“这对那位驱逐者本身也会是一场灾难。”

“是不是可以对那位驱逐者采取暂时隔离保护？”朱雀提议道，“这不仅仅是为他的安全考虑，更是防止噬拿到他们想要的东西，毕竟仅仅国家官员身份的保护不足以震慑他们。”

“不行。”楼玥立即一口回绝，“现在噬那边并未完全证实他的驱逐者身份，这样做无疑是此地无银三百两；另外，噬的问题也不是短期内能解决的，难道你要一直限制他的人身自由吗？”

“可是，你打算怎么保护他呢？敌在暗我在明，而且对方又是那个噬，很难确保万无一失。”朱雀的话语中满是理性。

“既然他是我的人，我自会确保他的安全。”楼玥的语气毋庸置疑。

“别争了。”一旁的少女开了口，“这件事我会安排。”

说完，少女转头对着另一边的白虎嘱咐道：“兰翊，我需要你协助楼玥一起保护那位驱逐者，以你的能力，我相信不会有问题。”

“总局长您就放心吧，这件事交给我。”兰翊拍拍胸脯，“我会尽我所能协助小玥的，我手上的情报网可是非常广的哦，对吧小玥？”说着兰翊嬉皮笑脸地看向身边的楼玥，被后者直接无视。

“既然噬已出现，而且手上很可能掌握着血钥石，我希望各分局能够齐心协力制定对策，这次一定要将他们彻底瓦解。”少女的态度不容置疑，各分局长亦露出了坚定的神情。

“今天的会先到这里，大家可以开始行动了。”少女的视线一一扫过众人，最后停留在楼玥身上。

“楼玥，你留一下。”

» 第二十三章 隐秘线索

白虎、朱雀、玄武三道光柱渐渐消失，黑暗中只剩下了阴阳太极与青龙的光芒。

“之前你提到过那位叫叶喻的驱逐者体质可能进化的事，为以防万一，我会派人再替他好好检查一遍。”少女说道。

“谢谢您。”楼玥点点头，“不过，我并不希望他今后变成我们的研究对象，他是一个活人，不是实验品。”

“我明白你的想法，所以即便噬对他虎视眈眈，我也没有对他采取强制隔离软禁，我想，如果那个人还在的话，应该也不会同意那样做的。”少女看着楼玥，静静说道。

楼玥双手不由微微握紧，低头不语。

注意到楼玥的反应，少女轻轻叹了口气，“事情已经过去三年了，你要学会慢慢放下，他应该也不希望你这样。”

“虽然我明白必须要向前走，可有些事已经刻在了我的骨髓之中，我不可能放下，一辈子都不可能。”楼玥抬起头，坚定的眼神中似有火焰在熊熊燃烧，“抱歉局长，在这件事上，我恐怕做不到像您那样冷静。”

“你以为我真的像表面看上去那样平静吗？”少女将视线投向远处，眼中掠过一丝哀伤，“这三年来，每当我想起他最后的样子，心中就像瞬间被挖空了那样……对于噬的仇恨，我丝毫不亚于你，甚至比你更甚。”

楼玥没有说话，轻轻别过头。

“那件事我从未忘记过，一刻都没有，可是我更没有忘记自己肩上的责任，这也是为什么我现在坐在这个位置上，就是为了将他未完成的使命进行下去。”少女的眼神恢复了坚定。

“对不起……我刚才说得有些过分了。”楼玥脸上浮现出些许惭愧，轻声说道。

“没关系，但我希望这次对噬的行动中你不会感情用事。”少女的视线重新投向楼玥，“另外，不要随便用那个能力，这也是为你好。”

“我自有分寸。”

“那就好，你回去忙吧。”

光柱渐渐消散，空间归于虚无。

楼玥摘下特制眼镜，沉默了片刻，随后从皮椅上起身，走出了密室。

回到办公室，只见穆姐坐在沙发上，似乎已经等候多时。

“会开完了？”穆姐抬头问道。

楼玥点点头：“找我有事？”

穆姐站起身，递上一份文件：“关于李丽遇害的调查，有进展了。”

叶喻百无聊赖地躺在病床上，看着天花板静静发呆。

经过一段时间的休养，叶喻的身体已经基本无碍，只不过好像局里安排了些补充检查，所以暂时还需要留院继续观察。

虽然身体已经康复，但考虑到自己现在的处境，叶喻也只好选择老老实实地待在这家医院自愿关禁闭，这阵子关下来，叶喻觉得自己都快发霉了。

唉……好无聊。叶喻叹了口气，拿起手边的掌上游戏机，准备再开几局，这也是他在这边为数不多的消遣方式之一。

“咚咚……”门口传来了敲门声，只见一位护士小姐推着餐车进了房间。

“午餐时间到了哦。”护士微笑着，将病号饭放在了桌上。

“好的，谢谢您。”叶喻放下游戏机，连忙道谢，“对了，那个……请问我大概什么时候能出院呢？”

“如果检查没问题的话，应该这周可以出院，具体看你们单位这边安排。”护士的回答有些含糊其辞。

唉……果然还得再待几天啊。叶喻无奈地想着。

“哦，对了。”护士好像想起了什么，从餐车下面拿出一叠衣服，放在了床上，“这是你们单位同事让我带给你的换洗衣服，之前你换下来的脏衣服她也拿去帮你洗了，对你真的很好呢。”

“我的同事？是哪位？”叶喻抬起头，诧异地问道。

护士摇摇头：“我也不知道她叫什么名字，长得很漂亮，头发长长的，眼睛大大的，笑容非常温柔可爱。”

“难道是……”叶喻睁大了眼，“她人现在在哪里？”

“先前还在房间门口，刚走没多久吧？”护士往门口努了努嘴。

“我出去一下！”叶喻一下子从床上爬了起来，穿上鞋就冲出了门，留下一脸诧异的护士小姐在房里干瞪眼。

叶喻跑出走廊，远远看见前方似乎有个熟悉的身影正急匆匆地走开。

“小颜！”叶喻顾不得医院的规定，急忙大喊了一声。

前面的背影似乎愣了一下，随后小心翼翼地转过身看向后方，背影的主人正是小颜本人。

“叶……叶喻……你怎么出来了？”小颜显得有些尴尬。

叶喻赶紧跑上前，喘着气说道：“你……你干嘛急着走啊！我有些话……想要和你说。”

“什……什么事啊？”小颜有些不自然地别过头，不敢看叶喻的眼睛。

“之前……我那么吼你，真的很抱歉！”叶喻一脸歉意地看着小颜，诚恳地说道。

“啊，那件事啊，没关系的，我早忘记啦！”小颜连忙摆手，“事情我听局长说了，这不怪你，你别放在心上。”

“不，是我的错，我不应该那么激动的。”叶喻惭愧道，“那天之后我一直想找机会和你道歉，但都没见着你，我在想你是不是讨厌我了……”

“没有没有！”见到叶喻好像误会了什么，小颜赶紧澄清，“其实……我也是怕你见到我后，想起之前那些可怕的经历……所以想暂时躲一躲，以免刺激到你……”

“放心，我现在已经没事了。”得知自己并没有被对方讨厌，叶喻不由松了口气。

“真的吗？”小颜小心地确认道。

“真的，所以……你没有必要再躲着我了。”叶喻笑着挠了挠头发，“话说回来，我什么时候才可以出院啊？在这里真的闷死了。”

“哈哈，看来你被憋坏了呢。”小颜掩嘴轻笑，“这样吧，我下午带你出去逛逛街透透气怎么样？”

“出去逛街？”

小颜俏皮地眨了眨眼：“很久没人陪我逛街了呢！嗯，就当你上次吼我的赔礼好啦。”

“我当然没问题，只是现在的我身上没有任何防身的东西。”叶喻犹豫着，瞥了眼空荡荡的左手腕，之前的手环被人破坏，现在正在被回收重修中，“而且局长好像也不建议我近期外出。”

“局长是不建议你一个人单独出去，可你身边不是还有我吗？”小颜笑着拍了拍叶喻肩膀，“放心，就算万一有人袭击你，我也会帮你打跑的！”

“你？”叶喻不禁莞尔，“确定没问题吗？”

“别小看我哦，特别事务调查局的女人没一个好惹的！”小颜嘟起嘴嗔笑道。

叶喻笑了笑，显然也没当真，不过在医院待了那么久，能有机会出去放放风倒也的确合他心意。

就去附近逛逛应该没问题吧？叶喻考虑着。再说现在是大白天又是在市中心，人那么多，就算凶手想出手应该也会顾虑重重……

想到这里，叶喻便暂时抛下楼玥的嘱咐，同意了小颜的提议。

周末的下洋市热闹无比，大街上人来人往，人头攒动。下午的阳光懒懒地洒向街道，将周边的景物披上了一层金黄的色泽。

叶喻沐浴着温暖的阳光，呼吸着没有药水味的空气，感觉自己的活力渐渐回到了身体。兴许是被关太久的缘故，在他眼里连那些普通的景致都令人感到无比惬意——当然最令人眼前一亮的风景还是自己身边的那位娇俏女孩。

叶喻偷偷瞄了眼一旁的小颜。休息日的小颜并没有穿那件黑色制服，而是换上了一袭水蓝色的雪纺连衣裙；轻薄的裙摆在微风中激起阵阵涟漪，白皙优美的双腿在薄纱中时隐时现；虽然只是略施淡妆，但精致的五官和清新脱俗的气质却足以赚够回头率，叶喻甚至能感受到路人们阵阵羡慕的目光。

这……算是约会吗？叶喻有些想入非非。

“去那边逛一圈怎么样？”小颜指着一旁的大型商场，笑容天真可爱。

“啊，好的，都随你。”叶喻回过神来，看向小颜所指的方向。

商场吗？果然是女人喜欢的地方。叶喻心中默默感叹了一句，便跟着小颜走了进去。

刚进门，一股各方混杂的香水味便向叶喻阵阵袭来，令后者一时有些头晕，不由皱起了眉头。

“你怎么啦？”小颜注意到叶喻的表情，轻声问道。

“没什么，就是这香水味……有点不习惯。”叶喻捂着鼻子，有些尴尬。

“哈哈，看来你不常来这种地方，一般的商场一楼都是化妆品、香水柜台哦，所以味道会比较杂。”小颜笑着说道。

原来是这样……对了，说到香水味……

叶喻突然想起当初在洋房中与风衣男扭打时，闻到的那股似曾相识的男用香水味，这会不会也是一条线索呢？

想到这里，叶喻心中隐隐有了个主意，便开口问道：“小颜，你对男用香水熟悉吗？”

“还行吧，怎么啦？你想买香水吗？”小颜忽闪着明亮的大眼睛，看向叶喻。

“不，不是。”叶喻解释道，“但我想到了一条之前可能遗漏的线索，说不定可以帮助我们找到那位风衣杀手。”

“真的吗？”小颜诧异道。

“嗯！”叶喻点点头，“不过，我需要你的帮助。”

» 第二十四章　新的嫌疑者

“试试这个。”小颜捧起一瓶香水，往试纸上轻轻一喷，顺手甩了甩，递给了叶喻。

“额……不是。”叶喻放下试纸，摇了摇头。

“那这个呢？”小颜又递过来一张。

叶喻将试纸贴近鼻子，仔细分辨着，脸上又露出了否定的神情。

“也不是这个。”叶喻叹了口气。

根据叶喻先前两次与凶手的接触经验，这名风衣男子似乎惯用这一种香水，而且这种香水叶喻先前接触过，所以才会觉得那么熟悉。叶喻敏锐地觉察到这条线索说不定会成为解开风衣男真面目的钥匙，因此拜托小颜陪自己在商场各个男用香水柜台逐一辨别，试图找出凶手惯用的那种香水。

只是，两人逛遍了周边所有的商场，试用了各种男用香水，似乎都没有找到叶喻记忆中的那种味道。

“叶喻，我们已经把市面上几乎所有的男香型号都试过了，你都没有找到凶手使用的那种吗？”小颜疑惑道。

“真的没有。”叶喻摇摇头，脸上表情不无遗憾。

“会不会……是你记错了呢？”

“不会，这种香水的味道非常特别，如果我闻到一定会马上辨认出来。”叶喻斩钉截铁地说道。

“如果市面上的那些都不是，那剩下的只可能是还没在国内上市的外国香水型号了。”小颜推测道。

的确，只有这种可能。叶喻思忖着。

不过如果这种香水并非是那种随处可见的大路货，那么从概率上来说，同时遇见两个人都使用这种罕见男用香水的可能性其实很小，自己既然闻过这种味道，难道说……风衣男是自己以前认识或接触过的人？

话说回来，之前自己作为记者，接触过的人非常多，其中会用男士香水的人也不在少数，所以也无法肯定到底是其中哪一个人。

思考良久之后，叶喻还是没有答案，于是决定不再纠结，还是先将现有结论告诉楼玥，这或多或少也会对寻找凶手有帮助。

“从现有线索看，这位风衣男子可能惯用一种国内市场上没有的男用香水，以此推断，此人应该比较注重形象，而且有一定经济基础，在社会上应该是白领及以上的人群。另外他还可能是我先前在生活或工作中接触过的人，可以从我的关系网中排查。”叶喻推断道，“小颜，我觉得这条线索还是有价值的，请你尽快通知局长。”

“好的，我马上给楼局长留言。”小颜认真地点了点头，随即拿出手机，给楼玥发了一份简短通报。

“这次总算也没白忙活。”叶喻笑着，顺便瞥了一眼手表，“时候也不早了，看你也累了，要不我们早点回去吧？”

“嗯嗯，都这个时间了，是该回去了，再不回去可要被楼局长骂了！”

叶喻与小颜的身影渐渐消失在人群之中，而在某个隐秘角落，一双阴冷的眼睛注视着两人的背影，轻轻冷笑着，随后悄无声息地隐没在黑暗里。

“看来是得到了好消息呢。”穆姐看着楼玥的表情，意味深长地笑道。

“算是。”楼玥挂了电话，转过身，“小颜和叶喻那边发现了一些线索，似乎可以印证你的推测。”

说着，楼玥将视线移回了投影屏幕，只见画面上正投射着两张照片。其中一张正是之前在公寓爆炸案中丧生的陈严情妇——李丽；而另一位，则是一个戴着金丝边眼镜，气质温文尔雅的中年男子。

“吴学冰，男，43岁，H集团总裁秘书，从今年4月底失踪至今。”穆姐介绍着这个中年男子的资料，“我们查到李丽的确有一个秘密情人，但他们的地下工作做得非常隐秘，我们一直无法确认这个秘密情人的身份，直到……我们发现了某些东西。”

穆姐调出了一张照片，投射在屏幕上。从照片的拍摄角度来看，这张照片似乎是偷拍的。只见照片上的一男一女亲昵地挽着手，似乎刚从酒店里出来；而照片中的女人赫然就是李丽，她旁边的男人虽然戴着墨镜，但从身形和衣着来看，与吴学冰极其相似。

“这些照片刚从陈严生前雇用的私家侦探手上拿到的。”穆姐向楼玥解释道，“陈严应该早就怀疑上了这两人的关系，所以偷偷派了私家侦探调查。除了这张照片外，还找到了一些先前被隐藏起来的开房记录等证据，基本可以肯定李丽的秘密情人就是吴学冰。”

“李丽在爆炸发生时的通话对象也是这个人吗？”楼玥看着照片，提出了新的问题。

“还不能肯定，但极有可能。”穆姐回答道，“爆炸发生时，在李丽所在区段中共有104个号码在当时有通信记录，我们将这些号码进行了逐一排查，其中98个号码很快找到了号主本人，予以排除；剩下的6个号码中，有4个号码当时是号主亲友使用，核实后也予以排除；1个号码并未实名登记，但我们找到了当时与其通话的另一个号主本人，并通过那个号主核实了该号码使用者的信息，最后也排除了嫌疑。只有最后一个号码，通话双方都未进行实名登记，无法查到号主本人。值得注意的是，这两个号码历来的通话对象均只有对方一个，而且爆炸发生后，这两个号均已停机。”

“那么说，如果爆炸当时李丽真的在打电话，那只有可能用的是这个号码，而且从其通话行为来看，这个号码的通话对象极有可能是她的秘密情人——吴学冰？”

穆姐轻轻点了点头。

“能找到吴学冰的行踪吗？”楼玥盯着照片上的男子，开口问道。

穆姐起身递给楼玥一份文件：“吴学冰在陈严出事前一周离奇失踪。从先前警方的资料看，他最后一次出现似乎是在其公寓楼下，失踪当天傍晚有人见到他从自己的单身公寓出门，然后就再也没出现过。”

“单身公寓？他还没有成家吗？”楼玥扫了眼资料问道。

“他有妻子，但尚无子女。他的妻子名叫赵雪，与吴学冰是青梅竹马，但却因为七年前的一场事故变成了植物人，昏迷至今，现在正在国外进行治疗。吴学冰的家境似乎不错，这些年来一直供养着他的妻子做着最好的治疗，也会定期飞去国外看她，即便妻子的病情毫无起色也依然没有离婚。因为他对妻子有情有义的举动，吴学冰在周围人中的口碑一直不错，只是……没想到……”穆姐看着投影屏幕上吴学冰与李丽亲昵的照片，神色复杂。

“吴学冰失踪后，有没有与国外他妻子所在的医院联系过？”

“没有，我们已经查过了，他没有任何电话联络，也没有出现在那里。”穆姐收回视线，重新看向楼玥，“不过，我们在调查中发现了一件奇怪的事。”

“奇怪的事？”楼玥放下手中的资料。

“在吴学冰失踪前一个月，他突然向他妻子所在的那家国外医院汇了一大笔钱，将他妻子接下来两年的治疗费一次性预付了，为此医院方面也很吃惊，这种突然大笔汇款的举动有点反常，就好像……”

“就好像他知道自己接下来会失踪一样？”楼玥接口说道。

“确实如此。自从吴学冰失踪那天起，他的手机就处于关机状态，医院方面也联系不上他，有事只能找其他亲属。据那些亲属反映，他们也始终无法联系到吴学冰，他整个人像是从人间蒸发了一般。”穆姐神色严峻。

“一个大活人不可能平白无故人间蒸发。”楼玥正色道，“吴学冰失踪前除了向医院大笔汇款以外，还有没有什么其他反常举动？”

“没有了。他的行为和往常没有区别，据周围邻居反映，他最后出现的那次神色也十分正常，身边并没有带包，也没有开车，就像只是去附近吃个饭那样。”穆姐叙述道。

“此外，吴学冰失踪前接到的最后一通电话正是陈严打的，但据当时陈严所说，他只是有些工作上的事要关照吴学冰，仅此而已，之后他也没再见过对方。不过现在陈严死无对证，我们也没法再次核实。”

楼玥思考着，没有说话。

“对了，你刚才说小颜他们得到了一个消息，可以印证我对吴学冰的怀疑？”穆姐突然想到了什么，开口问道。

“嗯，据叶喻所说，他在两次与风衣男的接触中，均闻到一股熟悉的男用香水味，而且这种味道的香水比较少见，似乎是国内没有，因此他怀疑风衣男是他以前接触过的人，而且此人比较注重仪表。”楼玥解释着，“这个描述的确与吴学冰的情况符合。据我们调查，吴学冰是一个对自己形象一丝不苟的人，至于他平时用的香水我需要进一步调查。”

“但不管怎么说，这都是个非常有用的线索，想不到叶喻这小子心思还挺细腻，逻辑思维也很强，是个当调查官的料呢！”得知这一消息，穆姐似乎有些欣喜，“话说回来，这次事件过后，你就打算这么放他走了？”

“他的心不在这里，又何必勉强。”楼玥的表情淡淡的，看不出情绪。

“哎，那么好一个苗子，可惜了啊。”穆姐不无遗憾地叹了口气。

“这件事以后再说吧，现在要做的是全力调查吴学冰的下落，此人的嫌疑非常大。”楼玥果断下达了指令，“另外顺便也调查一下他惯用的香水型号，让叶喻那小子再辨认一下。”

“丁零零……”这次是穆姐的手机响了起来。

穆姐接起了电话，然而脸上的表情却随着电话中的报告渐渐阴霾了起来。

“看来你这边得到的不是什么好消息呢。”楼玥看着穆姐，平静地说道。

“恐怕我们不用再费劲搜捕吴学冰了。”穆姐挂了电话，转过身，神色凝重。

“他死了。”

» 第二十五章　供罪陈述

画面剧烈地摇晃着，随着镜头前那只手的摆弄，渐渐趋于稳定。

一张脸出现在了镜头里，接着向后缓缓拉开距离，一个半身人影完整地呈现了出来。只见一位小眼厚唇，脸型微胖的光头男子正在镜头前正襟危坐。

“我叫金彪，刚刚接受国家改造回归社会，还没单位要我，现在靠做些小生意过活。”男子对着镜头开了口，似乎是在自述。

“我在这里要和国家坦白，我被人威胁做了不好的事，希望国家能对我坦白从宽……不……宽大处理！”男子看着镜头，一脸诚恳。

“这是什么。”楼玥看着视频上的光头男人，双眉微颦。

“金彪的自首录像。”一旁阿琪回答道，“刚刚有个匿名邮件发了这段视频给警方。”

楼玥没有说话，继续看了下去。

视频录制得比较粗糙，似乎是手机录的；画面中的背景非常潮湿昏暗，应该是某间狭小的地下室。镜头前的金彪显得有些犹豫，支吾了许久之后，终于再次陈述起来。

“有人杀了人，要我帮忙处理尸体，不然也要杀了我，我没有办法，只好照着办了。”金彪表情有些惶恐，“这个人黑白两道通吃，是个很厉害的人物，我在这里把他供出来，还希望国家能够保护我的安全！”

楼玥脸色渐渐阴沉下来，似乎已经想到了什么。

“这个人，就是H集团总裁——陈严！而他杀的对象就是他的秘书，吴学冰！”金彪果然说出了预料中的答案。

“我亲眼看到陈严在酒里下毒，杀了吴学冰，他还威胁我帮他把尸体分了丢掉，实在是……太恶毒了！我当时不肯，他就说我不办的话他有的是办法搞死我。他在道上的确势力挺大的，我根本弄不过他呀！所以……所以我只能这样做了，吴学冰被切成了好多块……丢到了海里。”

视频接下来的内容，便是金彪供述陈严杀人以及自己协助碎尸抛尸的详细情形。

“4月26日夜里，我开着我那辆车去扔尸体，大概晚上12点左右，我开到市郊最偏远的11号沿海公路。为了到时候扔起来方便，我在家里就已经把吴学冰的尸体提前分了，用麻袋装好，藏在后备厢里。然后我就沿着11号公路每开一段扔一块。还好当时没什么人，没被发现，扔完尸体我就回去了。”

金彪哭丧着脸，一副无辜的样子：“我发誓我说的都是真的，我是被逼的！我帮陈严处理完尸体后，良心一直不安，晚上天天做噩梦！所以我特意录了这段视频把真相说出来，还请长官们明察！”

画面暗了下来，视频到此为止。

“匿名邮件的发送方查过了吗？”穆姐问道。

“查过了，发送这段视频的是个新申请的邮箱，这封邮件设置了定时发送，也就是说如果到了指定时间没有解除设置的话，就会自动发送到预设的地址。”阿琪解释道：“我们推测，这应该是之前金彪担心自己被陈严灭口而特意安排的震慑措施，金彪身亡后，没人解除设置，邮件就被自动发了出来。”

“看来这金彪倒也想得挺周全，毕竟混过黑道的。”穆姐叹了口气，说道，“不过也因为这段供罪陈述，我们终于知道了失踪的吴学冰下落。如果吴学冰真的已经遇害，那么我们目前手中唯一的线索也就化成了泡影。”

“11号沿海公路……”楼玥回味着视频中金彪的陈述，似乎若有所思，“如果我没记错的话，那段公路刚刚才建好，应该还没有对外开放才对。”

“是的。不过也正因为如此，那段路几乎没有人，而且监控探头也还没有安装，对于金彪来说倒是个极好的抛尸地点。怎么了？你是想到什么了吗？”穆姐看着楼玥的表情问道。

“我记得那段公路似乎前阵子好像出过事。阿琪，帮我查一下最近关于11号沿海公路的新闻。”楼玥果断下了指令。

“好的，稍等……有了！还真是。”阿琪十指飞舞，很快便将一张新闻网页投影在楼玥和穆姐面前。只见标题上的几个黑体大字格外醒目——《午夜飙车惊魂撞毁新建公路》。

“4月26日晚11点半左右，有几个毛头小子趁着没人，遛到刚刚完工的11号沿海公路上飙车，没想到出了车祸，将一部分公路设施撞毁了。由于这帮人中有一个家里有点势力，所以当时对公众隐瞒了一段时间，最近才被曝光……嗯？11点半？那不就正好是在金彪所述的抛尸时间之前？”穆姐默念着新闻，似乎突然发现了一个问题。

“当时出事后，救援人员迅速到达了现场，同时封锁附近路段，禁止任何其他车辆靠近，救援工作一直持续到第二天凌晨两点……也就是说，从4月26日晚上11点半至27日凌晨2点之间，金彪根本不可能进入11号公路抛尸，当时也不可能像其所说那样没什么人！”

“事实和金彪的供述产生了矛盾吗？”楼玥低头说道。

“对了，我想起来了……有矛盾的地方还不止这点。”穆姐说着翻出了另一份报告，展示给了楼玥。

“金彪在视频里有供述他把尸块藏在他的车后备厢里，可是之前金彪出事时，警方已经对他的车辆做过全面检测，你看，报告显示警方并没有在后备厢里检测到鲁米诺反应（注：鲁米诺是种化合试剂，能与血液中的血红素发生氧化反应，显出蓝绿色的荧光，法医学上经常用其鉴别经过擦洗，时间很久以前的血痕）；此外，先前在他的住所搜查时也没有发现任何血液痕迹，如果真的像他所说的在家里肢解了尸体的话，那不可能没有痕迹！如此一来，答案只有一个……”

穆姐抬起头，将视线移向楼玥，“金彪彻头彻尾在说谎！！”

“协助毁尸灭迹可不是小罪，即便金彪想要污蔑陈严杀人，也犯不着把自己拖下水，还煞有介事地录制详细的供罪陈述，甚至设置了定时邮件，我觉得这其中一定有问题。”楼玥思忖着。

“不过话说回来，你不觉得这份视频发过来的时机有点巧吗？就在我们刚调查出李丽的秘密情人，将视线移向吴学冰的时候，陈述吴学冰已经被害的供罪视频就发过来了，仔细想想，欲盖弥彰的痕迹其实很明显。”穆姐分析道，“如果吴学冰是故意假借金彪之口以转移视线的话，那么反过来说，他的嫌疑就更大了，毕竟他‘已死’这件事已经打上了问号。”

“但是金彪又为什么要替吴学冰掩饰呢？他们似乎并无交集才对。”阿琪质疑道。

“这也是我所想不通的事。”穆姐盘着手臂，低头沉思着，“是否有其他可能来解释金彪做的这一切呢。”

“会不会……是金彪受到了某种外部蛊惑。”阿琪看向穆姐，提出了另一种假设，“比如说，这些事情是在虚拟现实中经历的，但金彪却信以为真？”

“可我并不认为一场虚拟现实营造的幻境就能让金彪相信自己做了这种事，因为陷入虚拟现实前后所在的环境是相对不变的，像开车外出抛尸这种耗时耗力的事，即便在幻境中经历过了，当金彪脱离虚拟现实后，只要一看当前时间和其所在的环境，就会马上露出破绽。”穆姐冷静地分析道。

“嗯……好像的确有点牵强。”阿琪挠了挠头发，脸上露出困惑之色。

“整件案件似乎少了一块最重要的逻辑拼图，一定有什么是我们没预料到的，如果能得到更多的情报资源就好了。”

楼玥喃喃自语着，三人的讨论一时陷入了瓶颈，而这时楼玥的口袋里突然传出了手机震动的声音。

嗡嗡……嗡嗡……

楼玥掏出手机，看了眼上面显示的名字，眼角略微一抽，随即又不动声色地将手机扔在一边，看样子没打算接。

嗡嗡……嗡嗡……

手机持续震动着，似乎没有消停的意思。

穆姐瞥了一样手机屏幕上的来电姓名，嘴角微微勾起，似笑非笑地调侃道：“我看你还是接吧，不然恐怕会一直震下去。”

楼玥脸上掠过一丝难以察觉的无奈之色，叹了口气，起身拿起电话，按下了接听键。

“我在忙，挂了。”

还没等对方开口，楼玥迅速冷淡地吐出了几个字，说完就准备挂电话。

“唉唉唉！你等一下啊！”电话那头着急地吼道，好像生怕楼玥手快按掉电话，“我有正事！！”

“噗！”一旁的穆姐都快要笑出声了，捂着嘴强忍着背过头，“你继续，我回避一下。”说完赶紧离开了办公室。

“说。”楼玥停下了正准备挂电话的动作，轻轻揉着眉头，一贯平静的表情难得地露出不耐烦的神色。

……

“你说什么？”楼玥脸色一僵，动作瞬间石化。

“我说，我到下洋市啦，现在就在你办公室楼下。”

» 第二十六章　预谋者

晚上九点，叶喻一个人急匆匆地走在回寝室的路上。

他出院了，但却并没有按照楼玥的嘱咐老老实实待在寝室里——他回了一趟家。

自从上次租住的地方发生爆炸后，父母就强烈要求他搬回去住，后来在叶喻的不断坚持下才勉强同意他住在寝室；后来再次遇袭住院后，叶喻就更不敢回家了，但这反而更加激起了家人的担心，为了安抚父母，他才不得不回家一次，当然，这也是在瞒着楼玥的情况下。

唉！有家难回……这帮恶徒到底什么时候才能抓到啊？？叶喻默默地哀怨着。

大街上人来人往，热闹的街道多少给了叶喻一些心理上的安全感。为了尽可能地避免落单而遭到袭击，他刻意绕开了偏僻地段，专走人多的马路。

不管怎么样，至少现在是安全的，旁边人那么多，应该不会有傻帽挑这种闹市区犯罪吧？

正当叶喻这样想着，忽然听到身边有个女人的声音在大声呼喊：

“来人啊！！有人抢包啊！！”

我勒个去！还真有这种傻帽啊！

只见一个瘦小的黑影从叶喻身边狂奔而过，身后紧紧地追着一个中年大妈。

大妈看到愣在原地的叶喻，冲着他气急败坏地吼了起来：“你还愣着干嘛！帮我拦住他啊！！”

“啊……啊！好的！”反应过来的叶喻赶紧箭步追了上去。

或许是由于大街上熙熙攘攘的人群阻碍了那名歹徒的行动速度，使得叶喻得以持续捕捉到对方的身影。只见那道黑影在前方不远处迅速拐入了一条老式弄堂，叶喻连忙紧跟其上，也追了进去。

弄堂里的光线十分昏暗，刚追进去的叶喻隐约看见前方似乎有个影子一晃而过，消失在弄堂转角处。

“看到你了！别想跑！”叶喻立即疾步追了过去，然而追到弄堂转角，却发现眼前空无一人，那道黑影不知道窜到哪里了。

“呼……呼……”叶喻喘着粗气，停下了脚步，开始仔细观察着四周。

这段弄堂有一盏昏黄的路灯，但只能照到路口一小块区域，再里面则昏暗一片，也不知道是不是有另外的出入口。

弄堂里十分安静，叶喻只听见自己的喘息声，眼前连半个人影都没有。可能是自己追得太快的缘故，身后还没有其他支援人员跟上来，连那个大妈也不知道跑到哪里去了……

叶喻打开手环上的照明灯，小心翼翼地一步一步走向前。

照明灯渐渐印出了这段弄堂的底部，叶喻赫然发现前方是封死的，也就是说这段是个死胡同。

叶喻突然想到了什么，同时敏锐地听到身后传来了细微的脚步声。

果然是躲在暗处！

叶喻猛地一回头，却见一柄白刃直冲自己的面门而来，于是急忙把头一偏，刀刃擦着自己的头皮而过，令叶喻霎时惊出了一身冷汗。

“哼哼，你总算落在我手里了，我弟弟的仇，今天可以报了！”

昏暗的光线下，只见一个满脸横肉的黑瘦男子握着一把匕首，正目露凶光地死盯着叶喻，空洞的眼神散发出一股暴戾之气。

“你是故意引我进来的？还有你刚才说报仇什么的……你是不是认错人了啊？”

叶喻一脸莫名，但对方显然没有再做解释的意思，挥舞着匕首就向叶喻砍去。见到这架势，叶喻灵机一动，抬手将手环上的照明灯射向歹徒的眼睛。

歹徒没有料到叶喻会有这样的举动，一下子被灯光迷了眼，条件反射地用手挡在眼前。

叶喻于是抓住机会，趁机绕到歹徒后方，瞬间开启手环上的电击系统，打算给对方来上一发。

然而这歹徒似乎并不打算坐以待毙，只见他握紧匕首反手就往身后一挥，躲闪不及的叶喻小手臂上霎时出现了一道口子，顿时血流不止。

糟糕了！

叶喻顿感不妙，受了伤的他此刻只有一个选择——跑！

于是此时的情形演变成了与刚才截然相反的情况：一个高瘦的年轻男人捂着手臂狼狈逃窜，而身后一个杀红了眼的黑衣歹徒挥着匕首一路狂追。

我最近也……太倒霉了吧！

叶喻简直要疯了，前阵子刚刚才捡回一条命，现在又在被人在身后追杀，什么情况啊！

不过吐槽归吐槽，此刻的叶喻思路十分明确，那就是逃到人多的地方，即便这个歹徒再丧心病狂，应该也没胆子在闹市区当街砍人。

“呼……呼……”爆发过后的叶喻显然有些体力不支，眼看着身后的歹徒越追越近，只能强撑着撒腿狂奔。

拐过几道弯之后，弄堂前方出现了霓虹灯的光亮，出口应该是商业步行街。

太好了！总算到闹市区了！

叶喻大喜，可是还没等叶喻松懈下来，只听周围人群“啊——”地发出惊呼，开始四散逃逸。叶喻转头一看，只见那个歹徒挥着匕首冲进人群，红着眼不依不饶地杀向自己。

什么！

惊慌失措的叶喻赶紧转身打算逃命，可突然觉得脚下一软，直接摔了一个狗啃屎。

这一下可摔得不轻，但叶喻却没时间挣扎，他赶紧撑起身体，试图从地上爬起，可是还没站起就又被四周逃窜的行人撞倒在地。

这次叶喻却怎么都爬不起来了，他感觉四肢的力气似乎都已经在刚才的追逐战中消耗殆尽。他只能勉强转过身，看着已经丧失理智的歹徒越逼越近。

“哼哼……你没想到会落到这种地步吧！”歹徒狰狞地瞪着叶喻，恶狠狠地说道，“今天老子就让你偿命！”

偿命？大哥你脑子没问题吧？我认识你吗？

叶喻内心狂吼着，完全无法理解这歹徒的逻辑。

然而此时的叶喻已经没有心思吐槽了，只看见面前的歹徒猛地举起匕首就要朝自己捅过来。

“啊！！”

发出惨叫声的，是那个黑衣歹徒。

叶喻眼前一花，还没搞清楚发生了什么，下个瞬间就听见歹徒按着手掌惨叫了起来，匕首随着叫声“哐啷”一下掉在了地上。只见歹徒的手上赫然插着根竹签，一下子将手掌整个贯穿。

“哎呀呀，现在的歹徒真是越来越猖狂了啊，竟敢当街砍人。”

一个男人的声音从人群中传了出来，只见一个人影大摇大摆地踱了过来，手里似乎还拿着一串鱼丸。

“看来我得找赵局长好好聊聊了。”

叶喻张大了嘴巴，完全无法理解刚才是怎么回事。倒是面前的歹徒率先反应了过来，转头冲着走来的男子咬牙吼道："是你！刚才是你干的？"

"唔……么有错，使窝。"男子嘴里咬着关东煮，口齿不清地说着，慢慢越走越近，叶喻这才看清对方的样貌。

这是一名身材高大健硕的男子，身着深红色夹克与黑色军裤，配上马丁靴，显得十分干练；头发稍长，扎了一小撮在脑后；面目俊朗，五官如刀刻一般线条分明；长腿之中，似乎可以感觉到肌肉那蕴藏的力量。

最重要的是，虽然此人脸上一副洒脱不羁慵懒的样子，但浑身上下却散发着一股不同于常人的威严气势，在气场上就将歹徒死死压制住了。

歹徒见势不妙，便转身企图逃跑。然而还没等他跑两步，突然一记飞腿将他狠狠踹回了原地。

歹徒倒在地上哀号着，彻底丧失了抵抗能力。

"啧啧，才一脚就倒了，那么弱鸡玩什么砍人啊。"红衣男子将吃完的关东煮竹签顺手往垃圾箱一扔，走过去蹲在歹徒面前，拍了拍他的脸颊，"从牢里出来后，记得洗心革面，好好做人。"

"嘀嘟——嘀嘟——"随着警笛的呼啸声，接报赶来的警察将歹徒拷上并带离了现场；救护车也随之而来，为现场骚乱中受伤的民众提供救援。

"小伙子！谢谢你啊！"

一个中年大妈正满脸感激地向叶喻的方向走来，似乎正是之前那个被抢劫的妇女，她手上捧着手提包，看来东西是被找回来了。

叶喻捂着挨了刀子的手臂，有些不好意思地说道："啊，没事，应该的！毕竟我也算是国家……"

还没等叶喻将"官员"两个字说出来，就看到大妈径直穿过了叶喻身边，直奔他身后而去，看都没看叶喻一眼。

叶喻呆呆地转过身，只见那位中年大妈正满脸讪笑地握着自己身后那位红衣帅哥的手，不住地道谢。

"多亏了你我的包才找回来了！里面可是有一大笔钱呢！太感谢你了！"说着还将帅哥的手上下晃动了很久，迟迟不肯松开。

"呵呵……应该的，应该的……"红衣男子一边礼貌地笑着，一边死命地想把手抽出来。

"要不你给我留个电话吧，下次请你吃饭！"大妈完全没有放手的意思。

"不不不……真的不用那么客气！"红衣男子慌忙摆手，满脸无奈。

"这位女士，请协助我们去趟警局录口供。"一位警官走过来，对着那位妇女要求道。

“就是就是，快去吧，警方需要您的帮助才能将坏人定罪啊。”仿佛抓住了救命稻草一般，红衣男子连忙应和。

大妈终于依依不舍地放开了手，跟着警官离开了现场。红衣男子悄悄松了口气，这才注意到一旁发呆的叶喻。

“那人为什么追杀你？”红衣男子走向前，开口问道。

“额……那个人当街抢劫，我一个人追过去想逮住他，后来把他惹恼了……所以就……”叶喻有些惭愧，不敢直视对方，声音也越来越小。

男子的视线移到了叶喻受伤的手臂上，皱了皱眉，原本慵懒的神情似乎一下子变得严肃了起来。

“手无寸铁，也敢单枪匹马追逐持刀歹徒，你是不要命了吗？”说着，男子伸手抓住叶喻受伤的手臂，仔细查看起来，“还好没有割到动脉，出血不多，算你命大！”

“我……我也是想见义勇为……”叶喻低着头，满腹委屈。

挺身而出追歹徒，差点送了命，不但受害人没有感谢自己，还要被人斥责，这算个什么事啊！

“呵呵，见义勇为？”男子的声音充满嘲讽，“见义勇为的前提是你能保全自己！连自身安全都保证不了谈什么见义勇为？这叫添乱！再说了，你不能报警吗？你当警察干什么吃的！”

男子语气严厉，毫不客气，但又字字在理，叶喻也无可辩驳。

“马上去救护车那边包扎一下！”男子命令道，随后便招呼一旁的医护人员，让他们将叶喻带走。

手臂上的刺痛阵阵袭来，叶喻便也暂时顾不上委屈，跟随医护人员走向救护车。等到再一回头，却发现那名红衣男子已不见踪影，消失在了人群之中。

» 第二十七章　特训

叶喻忐忑地站在楼玥办公室门口，不敢敲门。

一大早，叶喻便接到小颜的通知，说是局长要见自己。心虚的叶喻立马想到昨晚差点被捅死的倒霉遭遇，看来楼玥是知道自己又惹事了，一顿臭骂是少不了的。

叶喻下意识地轻抚了一下包裹着纱布的小手臂，瞬间又想起那位神秘红衣男子的训斥。虽然只是皮肉伤，经过包扎后已基本无碍，也没有伤到动脉，但叶喻心中还是稍微有些后怕，对当时的冲动多少感到后悔。

话说回来，那个红衣男人到底是谁啊……

算了，想那么多也没用，还是直接向楼玥认错道歉吧，……

下定决心的叶喻深吸一口气，敲响了楼玥办公室大门。

“楼局长，是我。”

“进来。”

叶喻低着头，小心翼翼地推开门，正准备说出心中酝酿已久的认错台词，忽然间，他瞥到一个眼熟的人影正坐在楼玥办公桌前。

“哎哟，是你啊。”

听到身后的动静，人影转过头，略带惊讶地看着叶喻。

高大健硕的身姿，线条分明的脸庞，还有那身红色夹克……眼前的男人，正是叶喻昨晚遇见的那名神秘红衣男子。

“你怎么会在这儿？”叶喻惊讶地指着眼前的红衣男子，脱口而出。

“怎么，你们见过？”说话的是楼玥。

“何止见过，还救了他一命呢。”红衣男子站起身，笑着调侃道，“没想到昨天那个不自量力的傻小子，就是你说的那个人啊。”

“到底怎么回事？”楼玥将视线投向愣在门口的叶喻，最终聚焦在后者包着纱布的手臂上，轻轻皱起眉头，“你手臂怎么了？”

“我……我……”叶喻一时语塞。

“还是我来说吧。”红衣男子接口说道。

别！别啊！

叶喻心中一下着急起来，然而还没等他来得及制止，红衣男子便开始向楼玥讲述昨天事件的经过，全然无视叶喻尴尬的表情。

“大致就是这样，具体细节你自己问他好了。”说完，红衣男子幸灾乐祸地瞥了眼叶喻，偷笑着一屁股坐回椅子。

叶喻简直想把脸埋到地底。

“我给你手环，可不是让你逞强用的。”楼玥的脸色果然瞬间阴云密布，平静的语气下，透出的严厉气势简直可以杀人了。

“局长，对不起！”叶喻自知理亏，便也不再辩解，一个劲地低头道歉，“我今后再也不会那么冲动了！真的！”

“哈哈哈哈！”一旁的红衣男子看到叶喻这副样子，笑得更开心了。“有这么个闯祸胚，你也真够呛的，难怪总局长要我来帮你。”

楼玥轻轻叹了口气，冷冷地看着一旁不知所措的叶喻，“驱逐体质么……我看应该是‘惹祸体质’才对。”

“要不这样？”笑够了的红衣男子将身体轻轻靠向椅背，视线在叶喻身上扫了扫，“看在本少爷心情好，我就难得出手帮你训练一下他如何？”说完转过头，向楼玥使了个眼色。

训练？什么意思？叶喻一头雾水。

“也好。”沉思良久之后，楼玥终于开了口，“那这段时间，我就把他交给你了。”

叶喻虽然搞不清状况，但看这两人的样子，隐隐约约有种被卖了的感觉。正打算询问，却见红衣男子起身径直走向自己。

“对了，还没自我介绍呢。”只见红衣男子走到叶喻面前，伸手就往叶喻的肩膀一搭。

“我是特别事务调查局西区分局长，兰翊。从现在开始，你跟我了。”

“还在磨蹭什么？跑起来跑起来！”

兰翊戴着墨镜，跷着二郎腿，舒舒服服地坐在教练棚内，手里正挥舞着教棍指指点点，活脱脱像个奴隶主。

而他的“奴役”对象，此时正独自围绕着这片半个足球场大小的训练场，跑得半条命都快没了。

“呼……我真的……跑……跑不动了……”叶喻哀嚎着，感觉自己整个人都快虚脱了。

然而一旁的“奴隶主”显然没理会他的哀号，继续挥着教棍命令道：“才跑了六圈就不行了？唬谁呢！继续跑！”

烈日下，叶喻感觉自己都快挂了，要是现在刮起一阵风，他估计自己会直接扑街。

恶……恶魔啊！

其实那晚见到这个红衣男子三两下就搞定歹徒时，叶喻便感觉此人绝不是普通人，没想到对方竟然是堂堂特别事务调查局西区分局长。

这还不算，叶喻更没想到的是楼玥竟然莫名其妙地把自己“卖”给了这位兰局长，而对方接手后做的第一件事，便是把自己带到这片调查局内部特训场，直接命令自己跑个十圈，连一句解释都懒得讲。

救命啊……这里难道是魔鬼训练营吗？

叶喻的内心是崩溃的。

“啧啧啧，跑个3000米竟然要花15分40秒。”兰珝瞥了眼秒表，一脸鄙视地看向在一旁吐得昏天黑地的叶喻，“看你这副鸟样，要是参加调查官考试，铁定第一关就被刷下来！”

说着，兰珝走到叶喻身边，将叶喻手腕上的检测器取了下来，边看边摇头：“肌力弱，耐力弱，爆发力尚可，灵敏性一般，稳定性弱……唉，真看不下去了，体能那么差，我说你平时难道不锻炼的吗？”

叶喻已经没有力气说话了，吐完直接瘫坐在地上，样子狼狈不堪。

兰珝一把将叶喻从地上拖了起来，带到阴凉处，顺手往他头上披了一条湿毛巾，等到叶喻恢复了一会儿后，又塞给了他一瓶水。

“看看你，今天这种程度就这副死样子，接下来每天的训练可有的你受了。”兰珝叹了口气，一副哭笑不得的样子。

“什……什么！每天都要来一遍？”叶喻一听，连忙抬起头看着兰珝，夸张地喊道。

“没错，这可是你们楼局长关照的。”兰珝淡定地说道，“为了让你具备基本的防身技能。”

“你说防身技能？那不应该是散打啊，武术啊什么的吗！和跑圈有个毛关系啊！”叶喻有些激动。

“臭小子激动什么。”兰珝伸手往叶喻脑袋上轻拍了一掌，后者立即不敢说话了，“你以为功夫是一天学成的吗？没有体能基础，就算你招式学得再像也是白搭！更何况这次训练的时间又少，以你现阶段的情况，我只能教你一种功夫。”

“什么功夫？”叶喻睁大了眼睛，隐隐有些期待。

“呵呵，一项极其适合你的功夫。”兰翊微微勾起嘴角，慢慢吐出几个字：“逃命神功。”

“啊？”叶喻有点感觉自己被耍了，“你逗我呢。”

又是一记巴掌拍在脑门上，叶喻捂着脑袋，一脸不爽地看着兰翊。

“嗨呀，我堂堂兰翊大爷屈就给你这样的小新人做单独特训，你小子还敢挑三拣四？”兰翊双眼一瞪，手上毫不客气，“兵法有云：‘三十六计，走为上计’，我教你的可是最保命的功夫。”

“嗯……可是……”叶喻支支吾吾，欲言又止。

“呵呵，连个战斗力渣渣的歹徒都斗不过，还差点被人捅死，就你这种体能基础，还想学更高阶的功夫？省省吧！”似乎看出了叶喻的不屑，兰翊面露嘲讽地补充了一句。

叶喻被兰翊的话呛得无言以对，想到当时歹徒追逐战时自己体力不支的狼狈样，突然觉得对方说得也有道理。

“从今天起两周内，你就在这里做封闭式特训，我会根据你的体能水平给你制定特别的训练内容和调养计划。如果没有特殊情况，不准离开这里。”兰翊直接下了命令。

“什么？还要在这里关两周！”

“废话，你当特训是儿戏呢？”兰翊鄙视地说道，“我说你一个大男人怎么那么纠结，该不会是处女座吧？”

叶喻一脸“你怎么知道的”表情，瞬间闭了嘴。

“真是身在福中不知福，你知道有多少人羡慕你有机会被我特训吗？”兰翊撇撇嘴，站起身。

“这次特训时间很少，所以在强度上会有所提升，这段时间将着重强化你的体力，我会尽可能地挖掘你的身体潜能，你要做好心理准备。”

正说着，兰翊的电话响了起来。

兰翊扫了一眼屏幕，抬头对叶喻说道：“今天先回训练寝室好好休整，明早我来找你。”打发完对方后，便转身走开了。

……

“情况还行，这小子的水平在意料之中，接下来几天有得他好受了。”兰翊看着叶喻走远的背影，轻轻摇摇头，对电话那头说道。

“这段时间麻烦你了。”电话中传来楼玥的声音。

“哈哈，对我还客气啥。话说回来，你那边的调查有进展吗？”兰翊笑着询问道，而随着电话那头的描述，兰翊脸上调笑的神情渐渐隐去，露出了难得的严肃之色。

“好，我马上过来。”兰翊挂了电话，拎起外套疾步而去。

» 第二十八章　惑

“刚才这些就是穆云那边调查到的最新情况。”楼玥抬头看向眼前的红衣男子，“你怎么看？”

“所以据你们的推断，吴学冰并没有死，金彪的供罪视频反而提升了吴学冰的嫌疑程度？”听完楼玥的讲述，兰玥倚着办公桌，翻阅着手中的报告文档。

“是的，而且关于吴学冰死亡这件事，目前只有通过金彪的这段视频来间接证明，找不到尸体，再加上没有查到金彪所述情况的任何现场证据，非常可疑。”楼玥冷静地补充道，“只是我们查了金彪和吴学冰的关系，两者并没有直接交集。”

“所以现在的问题，就是金彪不惜背下毁尸灭迹的罪名也要替吴学冰说谎的理由吗？”兰玥轻抚下巴低头思索着，“嗯……有没有一种可能，金彪其实‘并没有说谎’呢？”

“可是现场的证据都指向其不可能实施抛尸计划。”

“不不，我不是这个意思。”兰玥摆了摆手，看向楼玥，“我的意思是，金彪不是主观说谎，而是陈述了错误的事实，带入实际情况来看，也就是说虽然金彪的确没做过分尸抛尸的事，但他自己相信自己做了。”

“你也认为金彪是受了虚拟现实的欺骗？”楼玥挑了挑眉。

“针对现在的矛盾点，只有‘金彪并未主观故意说谎’的这条逻辑才走得通，但我并不认为是因为虚拟现实的影响，从操作上来说几乎不可能。”兰玥继续说道。

“别卖关子，有话直说。”

“呵呵，你可别忘了，现在某邪恶组织手上很可能拥有血钥石。”兰玥笑了笑，意味深长地看着楼玥，“而且这种石头的特性，想必你比我更清楚。”

“噬……”楼玥眼睛微微眯起，似乎瞬间想到了什么，“难道说？”

“血钥石作为脑波增幅器，可不仅限于读取他人记忆而已。”兰玥点头说道，“既然记忆是一种脑部活动，而血钥石又能够使人干预他人大脑，那么从理论上来说，也可以利用血钥石对他人的记忆进行‘擦除’或‘写入’。既然这一系列案件很可能涉及噬，那就不排除他们用了血钥石的可能。”

“所以你认为，是噬他们用血钥石将金彪的记忆修改了，为了让吴学冰摆脱嫌疑？”楼玥抬头看向兰翊，“先不论吴学冰和噬他们存在什么关系，就说用血钥石修改记忆好了，那种行为将会造成极大的大脑后遗症，甚至导致自身记忆错乱，噬他们以前可是吃过亏的。”

“一次失败并不代表他们会就此放弃这种尝试，这次他们敢卷土重来，从某种意义上讲，也是他们先前行为的延续。”兰翊走上前，对楼玥说道，“他们肯定不会只尝试一次，除了金彪外，一定还有其他受害者。如果能查到有其他人也被修改了记忆，那么就能证明我的推断。”

“可是现在这事没有任何头绪，又要怎么找出另一个受害者呢？”楼玥质疑道。

“这个吴学冰说不定就是突破口。”兰翊笑了笑，“虽然我并不知道他是怎么搭上噬的，但如果能查证血钥石戒指与他有直接关联，那么很多事情就都能得到解释，同时还可以顺藤摸瓜找到吴学冰与另一位受害者的踪迹。”

楼玥沉思了片刻，似乎认同了兰翊的观点，“你的情报网比较广，能协助调查吗？”

“哈哈哈，那当然，你以为我特意跑过来就只是帮那小子特训的吗？”兰翊笑着，毫不顾忌地一把搭上了楼玥的肩膀，用力拍了拍，“这件事包在我身上。”

“那就辛苦你了。”楼玥淡淡说着，面无表情把兰翊的爪子从肩上挪开。“另外，叶喻那边也麻烦你照顾下，他是个好苗子，训练归训练，可别把他搞残了。”

“唉，就知道我们楼局长爱惜人才！”兰翊嬉皮笑脸地说着，“我当然有分寸，你就放心吧。”

叶喻看着面前的训练清单，惊恐地张大了嘴。

“你这是要搞残我吗！！！”

整个训练寝室仿佛也随着叶喻的“怒吼”震了一下。

“啧，臭小子，吼什么。”兰翊按着耳朵，将训练清单收了回来，“这可是按照你目前的体能水平，为你量身定制的训练计划。”

“你没搞错吗！这种强度我怎么可能完成？”叶喻抓狂道。

“谁让这次训练时间少呢？想要短时间内达到一定成效，这点训练量可是最基本的！”兰琊毫不让步，“放心，我测算过，这点强度恰好能挖到你的极限，不会搞残你的。”

“可是……可是……”叶喻还想辩解，手上却又被塞了一张清单。

“这又是什么？”

“你这段时间的身体调养计划。”兰琊补充道，“既然训练消耗量很大，自然需要进行调理补充，我为你特别定制了日常餐饮、药膳以及作息安排，保证你的身体能承受训练强度的同时进一步强化体质，这可是多少人求之不得的东西，还不快感谢我！”

叶喻稍微扫了眼膳食列表，发现有好多自己不认识的食材与药材，不由对其靠谱性产生了怀疑。

“这些可是市面上极其稀有的好货，也只有我兰琊大爷才能搞定，你可别不识货哦。”似乎看出了叶喻的疑虑，兰琊勾起嘴角，略显得意地说道，“当然，好东西价格也不便宜，这笔费用需要你来出。”

“这些……要多少钱？”叶喻忐忑地问道。

“还好还好，也就这个数。”兰琊说着伸出五个手指比画了一下。

“五千？”

“哼，怎么可能那么便宜。”兰琊一脸鄙视。

“五万？”

兰琊摇头。

“难道是五十万？”

“五百万。”兰琊淡定地报出了答案，“而且仅仅是材料费哦。”

“五百万？你打劫啊！！”叶喻失声喊道，“卖了我都不够！”

“钱重要还是命重要？”兰琊故意摆出严肃的样子，危言耸听道，“少了这些东西的补充，你可就真要挂在训练场上了。”

“那我不参加训练了行不行？”

“哈哈，行啊，那你就等着噬杀上门，天天提心吊胆吧！”兰琊耸耸肩，一副无所谓的样子。

叶喻一时语塞。

“哎，放心，又不是要你现在拿钱，这些费用我会联系你们楼局长从你工资里慢慢扣的，而且看在你一个新人的份上，人工处理费就免了，你就在特别事务调查局里好好工作还债吧。”兰琊满脸坏笑地拍了拍叶喻肩膀。

恶魔！这家伙绝对是恶魔！

叶喻突然有种想要掐死他的冲动，但事实上却拿对方一点办法都没有，于是只能愤愤不平地默认了这桩“不平等交易”。

“好了别废话了。”看着叶喻哑口无言的样子，兰琊终于露出了“胜利的微笑”。

“从现在起，为你定制的‘地狱式特训’……正式开始！”

“这是？”穆姐接过楼玥递过来的文件，疑惑地翻阅着。

“关于吴学冰的补充资料。”楼玥说道，“是兰琊利用了他的情报网收集到的。”

“没想到这个吴学冰竟然也参加过圣颜会！”穆姐看着文件惊讶道，“隐藏得太深了，我们之前调查时完全没发现。”

“确切来说，是吴学冰的妻子参与过圣颜会，吴学冰顺便也加入了，但本人几乎不过问会中事物。七年前，在其妻子出事后，他便退出了圣颜会，不再参与其任何活动。”楼玥解释道。

“这点就更奇怪了，圣颜会这种邪教组织对其信徒控制非常严格，想进去容易，想退出却几乎不可能，不然他们也不会养了像金彪那样的打手来镇压信徒。这吴学冰竟然可以轻易退出，圣颜会竟然也没找他麻烦？”穆姐托着下巴，看上去有些疑惑。

“圣颜会没找他麻烦的原因，能想到的可能性有两点。第一，也许吴学冰有背景，他们惹不起；第二，吴学冰根本没有退出。”楼玥冷静地分析着，“第一种可能性基本排除，根据调查，吴学冰虽然是商人家庭出身，但也没家大业大到可以震慑圣颜会，他本人也只是H集团的总裁秘书而已；那么剩下的可能性就只有第二种了。”

“他根本没有退出圣颜会吗？可是我们却找不到任何他参与过圣颜会活动的痕迹……”

“痕迹并不是没有，你再看看这个。”楼玥又将一份资料递给了穆姐，“这是吴学冰妻子赵雪的账户近十年来的明细。可以看到从七年前赵雪出事开始，其账户上每隔一段时间都会有一笔来源不明的大款项进出，直到两年前这种活动突然中断了。”

“两年前？那正好是圣颜会被剿灭的时间。”穆姐低语道，“你是怀疑吴学冰暗地里和圣颜会有勾结，利用赵雪的账户洗钱？”

“自从赵雪出事后，她的所有账户均由吴学冰一个人管理，没有任何第三方介入。而且，这笔钱的打款方我们也进行了细挖，虽然经过了几道转手，但我们还是找到了源头，你猜猜是谁？”楼玥将视线移向穆姐。

穆姐疑惑地摇了摇头。

“是金彪。”楼玥道出了答案，“金彪作为圣颜会骨干的手下，其账户也经常被用来做一些见不得人的勾当，同时他本人也会从中牟利。”

“那也就是说，吴学冰和金彪其实是有直接联系的？”

“不止他们两个有联系，还有一个人也是这复杂关系中的一环，而且是个极其关键的角色。”楼玥看着穆姐，正色道。

“那就是前H集团总裁，陈严！”

» 第二十九章　源头

“什么！”听闻楼玥所言，穆姐露出了惊讶的表情，“这到底是？”

“陈严死前，警方曾对其进行过调查，虽然有不少线索指向他曾参与过走私洗钱等违法行为，但都缺少关键证据。这一次我们彻查吴学冰时，发现他藏了不少陈严的犯罪证据。”楼玥直接将穆姐手中的文档翻到了某一页。

“原来先前陈严参与的很多事均假手吴学冰，而后者为了防止某天被陈严灭口，特意留了后手。而在这些犯罪证据中，就有陈严与圣颜会勾结，共同参与走私洗钱的一项。”

“陈严、金彪、吴学冰，还有圣颜会……原来这些人全都互相有关联！”穆姐恍然大悟。

“了解这帮人之间的关系后，让我们再来推敲一下血钥石戒指是怎么到陈严手上的。”楼玥靠向办公椅，十指交叉，开始分析起来。

“陈严是在去年年底得到血钥石戒指的，我们没有查到任何明面上的交易记录，因此这枚戒指要么是他人赠予的，要么就是通过黑市得到的。”

“去年年底陈严通过李丽的账户给金彪打了第一笔钱，数量不小，时间点上恰好与陈严获得血钥石戒指的时间吻合。而且我们后来也查到金彪出狱后，仍在暗地里从事黑市违法交易，所以最合理的推测是陈严通过金彪拿到了血钥石戒指。”穆姐补充道。

楼玥轻轻点头：“那么接下来的问题是，金彪是怎么搞到血钥石戒指的。

说着楼玥拿起手边的第三份文档：“这是金彪近一段时间以来的账户交易信息。金彪作为黑市交易的中间人，自己本身是没有货品的，他所做的也只是利用自身渠道替买家物色货源，从中抽取中介费而已。因此他的账面上必定有进有出，收取买家货款后势必要取出很大一部分款项给到卖家。”

穆姐接过金彪账户文档翻阅了起来，眉头渐渐皱起：“金彪去年年底收取陈严的货款后，竟然没有任何一笔对外转账记录？”

“是的，而且金彪所有隐藏的账户也被彻查了，在陈严那次打款后，其任何一个账户都没有对外大笔转账的记录。不过……”

“不过什么？”穆姐抬头看向楼玥。

“不过，就在去年年底金彪收到陈严打款前不久，金彪的另一个隐藏账户突然莫名地向某个账号汇了一笔钱，而这个账号的主人可是他先前的老同事之一。”楼玥的话指向性已经无比明显。

“赵雪的账户！”穆姐脱口而出，“金彪打款给了吴学冰！”

“没错。”

“按照黑市的交易规则，作为中间人的金彪需要预先收取买方货款，卖方出货后，金彪再将扣除中介费的货款给到卖方。”穆姐低头喃喃自语，“这次陈严向金彪打了货款后，金彪却没有向任何人转出这笔款项，如果他敢私吞货款那应该在当时就逃跑了才对；而在这之前金彪又暗地里向吴学冰汇了一笔钱……”

穆姐突然猛地想到了什么：“难道，这次金彪不再是作为中间人，而是直接的卖方！他向吴学冰汇那笔钱，其实是自己购买血钥石戒指的货款！”

“是的。”楼玥冷静地说道，“这枚血钥石戒指的源头，恐怕就是吴学冰。”

叶喻仰面瘫倒在训练寝室的床上，一动都不想动。

连续那么多天的高强度压榨式集训下来，他浑身肌肉已经酸痛得无以复加，哪怕只是稍微触碰一下就足以让他龇牙咧嘴。

更“不人道”的是，兰珝甚至有时会在叶喻筋疲力尽的时候来个“突然袭击”，说是要训练他应对突发状况的反应，搞得叶喻现在连睡觉时都神经紧绷，时刻防备，整个人都快崩溃了。

这简直是精神肉体双重折磨……楼局长，救命啊！

话说自从自己被关进“地狱集中营”以来，楼玥一次都没来看过他，也没有过问他的事，天晓得对方是不是知道自己在这里忍受着“煎熬”，难道他就那么放心把自己交给兰珝？

正当叶喻心中哀怨着，突然听见门口传来了敲门声。

八成是兰珝过来“巡视”了。叶喻暗想。

“进来，门没锁。”叶喻头都没抬。

“晚餐时间到了哦！”一句轻柔悦耳的女声传了进来，声音语调无比耳熟。

叶喻猛一激灵，顾不上身体的酸痛，连忙爬了起来。

“小颜，你怎么会在这？”

叶喻惊讶地看着眼前熟悉的年轻女子，后者正捧着餐盘看着自己，笑靥如花。

“我们局长让我来看看你，顺便替兰局长给你送晚饭！”小颜小心翼翼地把餐盘放在桌上，转身对叶喻说道。

“真是麻烦你了。对了，楼局长他……知道我在这里的情况吗？”叶喻试探地问道。

“哈哈，那当然。”小颜笑了笑，“楼局长最近比较忙，所以没法亲自来看你，不过他还是一直关注你的情况的哦。”

“能不能和楼局长说一声，让他早点把我‘捞出去’啊？我实在是受不了啊。”叶喻开始诉苦。

看着叶喻愁眉苦脸的样子，小颜不由掩嘴笑道：“局长他也是为你好啦，这次兰局长能出手帮忙，也是卖了我们局长很大的面子，要知道能让他一对一特训指导，那可是多少人求之不得的事情呢。”

要是他们亲身体验过，恐怕就不会那么说了吧？

虽然心中忍不住吐槽了两句，但叶喻还是被激起了好奇：“这位兰局长到底什么来头？为什么有那么多人希望被他特训？”

“你还不知道吗？”小颜微微有些惊讶，“这位兰局长在军界可是声名远扬呢。”

小颜在桌旁坐下，开始娓娓道来。

“兰翊局长出身军事世家，从小就展现出极高的天赋，不但在军事部署上才能出众，他个人的武力值更是超群，是军界远近闻名的天才少年。此外，他们兰家在国内的地位也是举足轻重，拥有极其广阔的资源情报网。”

“你说兰家？”叶喻突然想到了什么，连忙问道，“难道他是兰远锋将军的……”

“他是兰将军的嫡孙。”小颜轻轻点头。

叶喻惊讶地张大了嘴。兰远锋……这个名字何止在军界，连整个国内外都是响当当的大人物，不但英雄事迹数不胜数，还是国内很多军事爱好者的偶像，膜拜者中当然也包括叶喻。

“原来，兰局长的来头那么大！”叶喻惊叹道。

“兰家有一套独到的训练体系，能最大化挖掘人的潜能，同时强化身体体质，也只有特别出众的精英才有资格接受他们的训练。兰局长从小就接受兰远锋将军的亲自督导，他能拥有如此出众的能力，与这套训练体系密不可分。所以呀，你能接受兰局长的亲自特训，真的太令人羡慕啦！”小颜笑着说道。

原来是这样，看来我倒是捡了大便宜啊……

听到小颜的介绍，叶喻心中隐隐有些欣喜，不过一想到自己同时也背上了五百万的债，顿时又恢复了苦瓜脸。

“话说回来，这位兰局长既然背景那么大，为什么不在军界发展，却偏偏要在特别事务调查局下面当个分局长？”叶喻想到了一个问题。

“这个就说来话长了。”小颜用食指轻轻点着脸颊，似乎在考虑怎么表述，“据我所知，兰局长的个性比较洒脱不羁，他非常反感家里擅自给他的安排，所以自己做了这个选择。但也有消息说是因为我们局属于中央直属机构，他被安排过来镀个金，方便以后往中央发展。说法很多，具体我也不好多加猜测。”

说着小颜好像突然想起了什么，赶紧把餐盘端到叶喻面前。

“哎呀，光顾着聊天，饭都快凉了，你快点吃吧！兰局长特意关照了，这些食物、药汤必须全部吃完喝完才行哦。”

那是当然，几十万一顿的东西，就算不小心洒出来一点点也要舔干净啊！

叶喻小心地捧起碗筷，开始狼吞虎咽起来。不得不承认，如果不是兰珝搞来的这堆天价食材药材给身体做补充，叶喻恐怕真的要挂在训练场上了。

也不知道这些东西是怎么调配的，刚吃下去没多久，叶喻便感觉到一股股暖流从胃部迅速扩展到全身，轻柔地舒缓着酸痛的肌肉，同时宛如一道道清泉滋润着叶喻疲惫的身体，在不知不觉中就将整个人的能量渐渐充满。

叶喻放下吃得一干二净的空碗，感觉精力又开始回到了体内，不由惬意地长舒了一口气。

“对了，我这次过来，局长还特意交代了一件任务。”小颜说着，掏出一小瓶香水，往纸巾上稍稍喷了点，伸手递给叶喻，“还记得我们当初逛了好久的商场，去寻找你记忆中的那种特别香水吗？你试试看这个。”

叶喻刚接过纸巾，一股别样的男用香水味就飘了过来。

高雅的琥珀木质香调点缀着些许柑橘的味道，显得既馥郁又清新；然而尤为特别的是，香味中还隐隐散发着一丝清凉的薄荷气息，令整个香调显得别具一格。

“这是……！”一瞬间，这种味道便激起了叶喻脑海中的某块记忆。“没错！那个风衣男身上就是这个味道！你们是怎么找到的？”叶喻连忙抬头问道。

“这的确是一种国外特别版男香，国内没有上市。之前我们得到了一些线索，并且通过一定渠道获取了这款香水。”小颜回答道，“这样看来，局长他们的假设应该是正确的。”

“假设？什么假设？”叶喻敏锐地捕捉到了小颜话语中的隐藏信息。

“哈哈，没什么没什么啦。”似乎意识到自己说漏了嘴，小颜连连摆手，起身走向门口，“时候也不早了，你早点休息吧，我先走了。”

“唉……等、等一下！”叶喻着急地想要追问，却听到一个慵懒的声音从门口响起。

“女孩子不想说的事，就别再啰里啰唆地问了。”

叶喻抬起头，便看到门口堵着一个高大的身影，正一脸不屑地看着自己。

“兰、兰玥！你来干什么？”叶喻有些尴尬，而兰玥却没有理会对方的局促，再次开口说道：

“出来一下，有人找你。”

» 第三十章　控诉者

找我？

叶喻满腹疑窦。知道自己被关在训练营的可没几个人，楼局长刚刚才派小颜来看过自己，难道是爸妈来了？

“请问，是谁找我？”

“看了就知道了。”兰玥似乎无意多解释，示意了一下便转身出了房间。叶喻也只好起身跟了出去。

叶喻与兰玥一起来到间小型会议室，刚推门就看见一位穿着警服、身材微胖的中年男子正在里面正襟危坐，看到兰玥进来，连忙起身笑脸相迎。

“哎呀，劳烦兰局长亲自去叫人，实在是太不好意思啦！”中年男子满脸堆笑地向兰玥寒暄着，同时视线又移到了兰玥身后的叶喻身上，“这位小同志，我们之前应该见过吧？”

“赵……赵局长！”叶喻大感意外，眼前这位中年男人不正是下洋市公安局局长吗？先前楼玥带自己去办手续时，还在市政大楼门口遇见过他。

“看来你还记得我，不错不错。”赵局长走上前和叶喻用力握了握手，“当初见到楼局长亲自带你入职时我就觉得你不是一般人，没想到你还能得到兰局长的单独特训，果真是个精英人才啊！”

“您……过奖了。”叶喻不好意思地应和着，心中的疑惑却更加深了。

市公安局局长亲自来找我？到底什么事啊……

“我们坐下来慢慢聊吧。”兰玥说着，同时转向叶喻，“赵局长有些话要问你，你要如实回答，听见没有？”

叶喻虽然不明所以，但还是老老实实地点了点头。

“唉，不必那么拘谨，只是随便问问了解情况而已。”赵局长笑着看向叶喻，脸上露出关切的神色，“这位小同志是姓叶吧？听说你前阵子在闹市区见义勇为，还受了伤，现在身体情况怎么样？”

“啊……皮肉伤而已，已经没事了。”叶喻惭愧地回答道，“那次也是我自己太大意，做事有些冲动，当时多亏了兰局长及时出手相救，不然后果更加严重呢。”说着还悄悄瞄了一眼旁边的兰珝，只是后者一脸淡然，完全没有被这点马屁打动。

“当时兰局长打电话给我说有歹徒在闹市区公然砍人的时候，我还真是惊出一身冷汗呢，没想到在我们下洋市竟然也会出这种恶性事件。”赵局长收起了笑容，露出些许严肃的神色，“市里领导对这次事件高度重视，即刻启动了紧急预案，不但派遣警队维持秩序，同时连夜对犯人进行了审讯，以排查是否有恐怖袭击的嫌疑。”

“那后来审讯的结果是？”叶喻问道。

“审讯下来基本上排除了恐怖袭击的可能，这名歹徒应该是个人作案，并没有同伙。只是……”赵局长脸上表情忽然阴晴不定。

“只是？”

“只是在审问时，那名歹徒说了一件匪夷所思的事情，所以有些情况我需要向叶同志确认下……”说着，赵局长转头看了一眼身旁的兰珝，似乎有些犹豫。

“无妨，你直接问吧。”兰珝无所谓地说道。

得到了兰珝的许可，赵局长便不再顾忌，对叶喻开门见山地问道。

“我想知道你距今两周前的所有活动情况，包括所在地点、接触人群、是否有证明人，等等一切信息。”

“啊？”叶喻大感莫名。这种问题，简直就像排查自己的不在场证明嘛！难道自己又被当成嫌犯了？？

“呵呵，叶同志你不要紧张。”可能是怕吓到叶喻，赵局长脸上又露出了和蔼的笑容，“你只需实事求是地告诉我就行了，我们只是想参考一下而已。”

“照实说，没事的。”兰珝也开口补充了句。

叶喻虽然不清楚对方肚子里卖的什么药，但从现在的情形看，还是老实回答比较好，于是在稍加回忆后，便开口回答了起来。

“两周前……我应该还在医院里。前阵子我遇到了一些事受了伤，楼局长将我安排在局里指定的医院里疗养，期间除了和局长助理同事辛玉颜一起出门放过风一次之外，我都待在医院里没出来过。医院的护士和监控都可以证明。”

“和辛玉颜同志出门的那次，你们全程是在一起的吗？”

“是的，我们只是去闹市区逛了一圈商场而已，天黑前就赶回医院了，她可以为我做证。”

“看来和我们了解下来的情况一致。”赵局长似乎松了一口气，满意地点了点头。

“请问，这到底是什么情况？”叶喻担心地问道。

“别想太多，不是你的问题，应该是那个歹徒想脱罪，所以才编了那种事吧。”赵局长笑道。

“那种事？”叶喻不解。

“那个歹徒说，你两周前一个晚上把人亲弟弟推河里淹死了，他亲眼看到的，所以要找你寻仇呢。”兰玥瞥了眼叶喻，插嘴道。

“什么？”叶喻瞪大了眼睛，“你们没搞错吧！我怎么可能做这种事！”

“叶同志别激动，别激动。”赵局长赶紧安抚道，“其实我们之前也调查过，他弟弟其实患有忧郁症，当时是自己投河自尽的，现场留有遗书，同时也有目击证人证明，但不知为什么那歹徒一口咬定是你杀了他弟弟，而且言之凿凿，一些细节也描述得非常清楚，所以为保险起见，我们过来当面了解一下情况。”

“难怪当时那人说要找我报仇什么的。可我和那歹徒之前素昧平生，更不认识他弟弟，我有什么理由那么做？”叶喻想起当初那名歹徒的种种言行，心中愈发疑惑不解。

“我们明白，只是那位歹徒似乎对你有莫名的仇恨，在看守所里也一直要求我们来抓你。”赵局长解释道，“因为上头对这个案子非常重视，这事又涉及嫌犯的作案动机，我们必须要彻查，所以只能来询问一下，委屈你了。”

“不好意思赵局长，我刚才有些激动了。我很理解你们的工作，所以您有什么就尽管问吧，毕竟我是清白的。”叶喻的情绪渐渐平复了下来，对赵局长轻声说道，“虽然我并不知道为什么那人一口咬定说我是害死他弟弟的凶手，但我想他一定是认错人了。”

“呵呵，这恐怕不是‘认错人’那么简单呢。”一旁的兰玥在沉默了许久之后，突然冒出了一句话，“或许，那位歹徒自己也是个受害者。”

赵局长和叶喻脸上同时露出了不解的神色，不过兰玥好像没有要解释的意思，而是直接看向赵局长，笑着说道：

“稍后我会联系楼玥一起去看守所会会那个嫌犯，还要麻烦赵局长您……行个方便。”

———

看守所，审讯室内。

一个满脸横肉的黑瘦男子正警惕地看着面前的两位年轻人，戴着手铐的双手微微握紧，其中一只手掌还包着纱布。

“叫什么名字？”两人中一个高大健硕的男子率先开口问道。

“王明。”黑瘦男子吐了两个字，神情依旧紧张。

“9年前因抢劫罪被捕入狱，前不久刚从牢里放出来，在这之前还牵涉多起盗窃案……呵呵，你还真是前科累累呢。”兰翊将一打档案甩到王明面前。

王明低下头，没有说话。

“这一次，竟然敢在闹市区持刀行凶，看来在吃了那么多年牢饭后你还是没学乖啊。”兰翊语气严厉，咄咄逼人。

“那是因为那人该死！”王明猛地抬起头冲兰翊大声吼着，“那人杀了我弟弟！我亲眼看到的！你们这帮警察为什么不抓他？”

“你说的那人是指这位吗？”兰翊拿出叶喻的照片，在王明面前亮了亮。

“没错！化成灰我都认得他！”王明恶狠狠地说道。

“你既然说亲眼看到这人杀了你弟弟，那就具体说来听听。”一直在旁边默默观察的楼玥终于开了口。

“把你知道的，一五一十地告诉我们。”

» 第三十一章　显山露水

“我之前已经跟外面那帮警察说过好几遍了，你要听的话我就再说一次。”王明将目光投向眼前这位身着黑色制服的年轻人，开始了叙述。

“我弟出事的那天晚上，本来约了我一起去喝一杯的，后来左等右等不见人，手机也关机，我就去他厂里找他。到那边听他工友说我弟去了工厂附近的小河边散步，所以我就寻过去了，结果……结果让我远远瞧见那小子把我弟一把推到河里！”王明双眼充满血丝，身体因激动而不断颤抖着。

“我弟根本不会游泳啊！等我冲过去的时候，他已经被河水冲走连人影都没有了。我也不会游泳，不然我就下去救他了！那个混蛋看我追过来就急忙逃跑，我看周围已经有人报警叫了救护车，所以就心一横去追那个凶手，可惜那人逃得太快，追丢了。”王明一脸懊恼。

“那你后来，又是如何再次找到那个凶手的行踪的？”楼玥问道。

“呵呵，说来也是天意。”王明冷笑道，“那天晚上我得到消息说步行街那边来了个富婆购物团，就特意跑去蹲点，打算摸两个皮夹子，但没想到竟然让我发现了那个混账！当时我就突然有了一个想法。”

“所以你就冒着风险上演‘抢劫’戏码，打算引那人单独进弄堂，再顺手干掉他？”兰翊挑了挑眉，“你又如何确信当时他会来追你呢？”

“就算不来追我也会趁乱给他一刀。”王明露出了阴冷的表情，“原本我都快得手了，要不是你的话……”说着，王明直直瞪着兰翊，满脸怨恨。

“你说你当时远远看见你弟弟被推入河中的，那么远的距离，你能看得清凶手的脸吗？”楼玥质疑道，“而且就算你看清了对方的容貌，仅仅一面之缘，你能确定你在出事现场看到的人，就是你后来马路上遇见的那个吗？”

“错不了！”王明一口咬定，“说出来你们可能不信，虽然我只看了一眼，但我知道就是他！那个人的样子就像印在我脑子里似的，一刻都忘不了！

楼玥微微皱眉，与兰翊交换了一下眼色。

“你弟弟出事现场没有其他人看到他行凶吗？”

“应该有人的，可是那帮警察说目击证人指认我弟是自杀的，完全在胡说八道！他们肯定是一伙的！”王明双拳紧握，恨恨地吼道。

“既然你说当时的情形你记得很清楚，那你能回想起你当时从河边回到住所的详细路线吗？具体走的哪条路？周边有什么景物？”兰玥抛出了问题。

“这……我不记得了。”王明似乎放空了一瞬，脸上浮现出迷茫的神色。

“那你还记得当初说你弟弟去河边的那位工友长什么样子吗？”

“额……这个……我也忘了。”王明有些吞吞吐吐。

“你连和你面对面说过话的人都不记得了，又为什么会记得隔了那么远只看了一眼的人长什么样？”

“我就是记得！”王明又激动了起来，“好啊，说来说去你们也和外面那帮警察一样，全都不相信我的话！”

王明咬着牙怒视着面前的两人，脖子上青筋暴起，如果不是被铐在座椅上，恐怕是要扑了上来。

“啪”的一声，几张打印照片扔在了王明面前。王明看到照片的一瞬间便突然安静了下来，脸上露出困惑之色。

“这……这是……？”

“这是你弟弟出事当晚，在你住所附近的监控画面。”兰玥冷冷说道，“那天晚上，你整晚都在露天大排档吃饭喝酒，喝醉后直接趴在了路边，这一切都被马路监控拍了下来。请问已经醉得不省人事的你，又怎么可能去找你弟弟，并且看到行凶现场？”

“不可能！”王明看着照片，满脸不可思议的样子，“这不可能！！我明明记得很清楚，我弟是被人推到河里的！你们一定在骗我，监控是假的！”

“呵呵，就算你不相信这些照片，但大排档的老板和当时的食客都可以做证；另外，你弟弟出事的那个时候，工厂早就下班了，门卫也说没有见过你，所以你又是怎么知道你弟弟去了河边？”

“这……这……我当时到底是？？嘶……头好痛！”迷茫与混乱的表情交织着出现在王明脸上，但随即演化成愤怒。

“假的！这些证据全都是假的！”王明抱着头怒吼着，“你们和凶手也是一伙的！一伙的！”

“看样子是问不出什么了。”兰玥轻轻摇了摇头，伸手按下了桌下的按铃。几个健壮的警员瞬间冲入审讯室中，将已经情绪失控的王明押了下去。

“另一个被篡改记忆的受害者，看来应该就是这个人。”走出审讯室后，兰玥做出了初步论断。

“事件前后的记忆无法顺畅连接，只针对特定的事物具备超越常规的深刻印象，还有回想特定记忆时的头痛……这的确是被修改过记忆的痕迹。”楼玥点头。“看来你之前的推断没错，噬他们果然又开始做这种事了，而且此人是冲动型人格，非常容易被人误导，所以才被选为利用对象，打算借其手杀害叶喻。”

“如此一来，金彪视频一事的逻辑也能够走通，抛尸这件事应该是被修改后的假记忆，吴学冰果然还活着。”兰翊分析道。

“如果吴学冰真的是噬的人，并且策划了这一系列案件的话，那么现在这枚血钥之戒应该还在他手上。”楼玥看向兰翊。

“没错，而且结合我们先前调查到的血钥石戒指来源看，当初陈严拿到戒指这件事本身也可能是吴学冰特意安排的，而他这么做的原因，一定与噬再次复出的目的有直接关联。”

“哼，看来他们之前得到的教训还不够啊！”楼玥冷笑道。

“我认为事情应该没那么简单。”兰翊思忖着，“噬那帮人可不会傻得去做重蹈覆辙这种事，恐怕他们的计划远不止这些。”

“不管他们有什么样的计划，我都会将其逐个粉碎。”楼玥神色坚毅，“既然他们曾改过王明的记忆，那么势必会和他有直接接触，只要一一排查王明近段时间内的接触人群，说不定会有线索。”

“唔……这恐怕要大海捞针了，毕竟王明的社会关系极其复杂。”

“如果实在查不到……那就让我出手好了。”楼玥淡淡补充了一句。

“你……该不会打算？”兰翊听出了楼玥的弦外之音，不由睁大了眼睛，“不行！不许随便用那个能力！你难道忘了前不久刚被上头警告过吗？”

“好不容易抓到噬的尾巴，我可不打算就此放过。”楼玥眼中瞬间闪过凌厉之色，冷冷地说道。

“即便如此，你也不能这样做！你的身体根本……”

“够了。”楼玥打断了兰翊的劝说，“我自有分寸，你不用管那么多。”说完便打算自行离去。

“等等。”

兰翊看着楼玥倔强的样子，沉思了片刻，出声叫住了对方。

“我有一个想法，或许可以引蛇出洞！”

楼玥停下了脚步，转过身。

“一个简单直接的方法，要听听吗？”

“你为什么就不能真正关心一下我？”

副驾驶座上的女人歇斯底里地哭喊着，红肿的双眸泪眼蒙胧。

“我怎么不关心你了？我外面赚的钱不全都给了你吗！结果你竟然把这些钱都给了那帮邪教！”

男子一边开着车，一边焦躁地回应道。

“你不明白！你根本不明白！”女人啜泣着吼道，“你总是各种应酬各种忙！有时好几天都不回来，我伤心难过的时候你在哪里？”

“所以你就特意去入了那种组织？”

“没错！”女人脸上满是哀怨，“至少他们愿意听我说话！不像你！”

“够了！”男人脸上浮现出不耐烦的神色，“你这些话已经啰唆了无数遍了！过不下去就分好了！”

男人冲动地撂了狠话，却没想到激起女人更激烈的反应。

“你果然是要离婚吗！”女人情绪崩溃了，尖叫道，“你说！你是不是外面有人了！是不是！！”

“你神经病！”

女人因激动而扭曲的声音强烈地刺激着男人的神经，注意力被分散的男人全然没有察觉自己已经将车开到了对面车道上，等到回过神来，却见一辆躲闪不及的卡车向自己迎面撞来……

“啊！！”

男人猛地睁开眼，从靠椅上直起身子。

“呵……又是这个梦吗？”男人摘下金丝边眼镜，伸手捏了捏眉间，从心有余悸中渐渐平复了下来。

“都已经七年了啊……”男人习惯性地摸着脖子上的吊坠，轻轻打开夹层，泛黄的照片上，一个美丽端庄的女子正对着自己温柔地笑着。

“小雪，对不起。”男子手指小心地抚过照片，语气中有着挥之不去的愧疚，“不过你放心，用不了多久，我就会让你得到重生，相信我……”

男子脸上很快恢复了冰冷而又坚定的神色，他伸手打开抽屉，从里面取出一瓶包装十分精致的香水，轻轻往身上喷了一些。

男子每天都会用这款香水，不仅仅因为这是他所爱之人最喜欢的香水型号，更是因为这种举动已经成为一种仪式，一种对两人早已消逝的幸福过往的怀念与祭奠。

男子起身走向镜子，整了整笔挺的制服，将几缕在小憩中不慎散落的碎发一丝不苟地梳好，随后转身打开抽屉夹层，将一支微型手枪小心地藏在袖口。

做完准备后，男人冷笑着看了一眼桌面显示屏上的新闻网页。

只见网页上赫然展示着一个黑瘦男人的照片，标题醒目地写着：《闹市砍人案明日公审，开放公众旁听》。

“呵呵，诱饵么。”男人脸上满是嘲讽之色，“我会让你们后悔的。”

说完，男人便关掉显示屏，转身隐入了黑暗之中。

» 第三十二章　潜藏的阴影

“你确定吴学冰会出现吗？”楼玥的语气略有些质疑。

“不确定，但值得一试。”兰翊注视着候审室监控画面，满脸淡定，“噬那帮人做事喜欢斩草除根，而王明又可能与吴学冰有过直接接触，这对他们来说是个潜藏的风险，应该不会放任不管的。”

“其实我并不赞成你用王明做诱饵。”楼玥看着监控中神情紧张的黑瘦男子，轻轻皱起眉头，“毕竟我们不知道对方会做出什么事，风险太大了。”

“但这却是引出他们最直接有效的办法。”兰翊接过话头，“不过你放心，我会亲自对王明进行贴身保护，就算吴学冰出现也无法伤他分毫。对了，你这边准备得如何？”

“我们的人已经对法庭内外进行了全面精密布控，并且掌握了吴学冰的体貌特征，只要他敢出现，必定插翅难逃。”

“那就好。”兰翊点点头，“另外还要防范可能的‘王明第二’，不排除吴学冰会利用记忆修改操纵新的受害者进行袭击。”

“我明白，任何试图靠近王明的可疑分子都会被我们瞬间擒获。另外法院安检极其严格，外部枪械也不可能被带入。”

说着，楼玥瞥了一眼身边的男人，“倒是你，可切记不能离开王明身边半步，对方要是真的出手，肯定不会硬碰硬，必然会使出调虎离山之计。”

“哈哈，这还用得着你提醒？”兰翊笑道，“论兵法我可比你熟悉多了，你就放一百二十个心吧。”

正说着，一位调查官匆匆走了进来，在请示后，上前对楼玥耳语了两句。

“我知道了，派人盯着那人，不要打草惊蛇，一切按计划进行。”楼玥冷静地下达了指令。

调查官点了点头，随即迅速离去。

“怎么了？”兰翊投来了疑问的目光。

“呵呵，说曹操曹操就到。”楼玥嘴角勾勒出一抹冷笑。

“他来了。”

——————

法庭旁听席上人头攒动，座无虚席。

作为治安向来全国数一数二的下洋市，竟然出现了闹市砍人这种骇人听闻的恶性事件，一时间人心惶惶，众说纷纭。

此次事件的受关注程度，从旁听席的上座率可见一斑，即便对入场名额做了限制，依然人数众多，再加上各路主流媒体齐聚一堂，这架势堪比明星见面会。

时间指向下午两点整，随着法庭内警铃的响起，原本有些喧闹的人群随即变得鸦雀无声。威严的法官上台在声明了法庭纪律后，便宣布正式开庭，人们的视线齐刷刷地移向被告席上那名黑瘦男子，简直要把那人从内而外看个透。

而此时，却还有一部分人紧张地注视着另一个对象的一举一动。

“右后方第五排最后一个位置，你的四点钟方向。”穆姐的声音从隐形耳机内传了出来，阿琪装作不经意地转头，用余光瞥了一眼耳机里指示的位置。

只见在他右后方不远处，一个身着深色风衣，头戴鸭舌帽，架着一副墨镜的身影正悄悄隐匿在角落里。

“锁定目标。”阿琪回答道，“需要实施抓捕吗？”

“先不要轻举妄动。”穆姐命令道，“继续盯着他，如果对方有奇怪举动，立即进行控制。”

“了解。”阿琪一边故作轻松地把玩着手机，一边借着屏幕的反光紧紧盯着右后方的风衣人。

庭审流程按部就班地进行中，一个半小时后，法官宣布休庭二十分钟，王明也被暂时押了下去。

旁观席上又嘈杂了起来，人们有的起身上洗手间，有的离席抽烟，而角落中那位风衣人，似乎也有了动作。

“注意，目标离席，1号位跟上。”耳机里又传来了穆姐的指令。

“收到。”阿琪应和着，起身悄悄尾随了出去。

风衣人走得很快，不一会儿便走出了庭外长廊，往右一拐消失在长廊尽头。

阿琪见状快步跟了上去，躲在拐角处远远观察风衣人的一举一动。

只见风衣人停了下来，左右张望了片刻，见四周无人，便从怀里掏出了什么东西，顺手打开右手边的一间房间，躲了进去。

“报告，目标进入东侧走廊的变电室，是否需要跟进？请指示。”阿琪轻声请示道。

“变电室？难道是要切断电源制造骚动？”穆姐轻哼一声，随即果断下达了指令。

“开始抓捕。1号位正面突击，4号5号位协助支援，注意自身安全，也尽量不要伤到对方。”

“明白。”阿琪小心翼翼地摸出配枪，蹑手蹑脚地向目标房间慢慢靠近。

而正在此时，另一则突如其来的消息，如炸弹般打破了指挥室原本井然有序的氛围。

“你说什么？”穆姐眉头紧锁，看着身边刚放下电话的助理调查官。

“刚接到消息，法庭西侧走廊又发现了一个疑似吴学兵的嫌疑人。”调查官复述着，同时立即将西区的监控画面调了出来。

显示屏上，一个同样身着深色风衣，头戴鸭舌帽，架着一副墨镜的身影正大摇大摆地走过，方向似乎正是王明所在的候审室。

“啧，声东击西吗……”穆姐思忖片刻后，随即便下令调动另一队人马派往西区紧跟新目标。

“告知候审室护卫人员，无论发生任何事都不要离开王明身边，我们立即派人前去支援。”穆姐命令道，“1、4、5号位，按原计划实施抓捕。”

阿琪站在东侧走廊变电室门口，小心地听着房内的动静。

自从那风衣人进入变电室已过去片刻，对方一直没有出来，不知在里面搞什么鬼。

阿琪背靠着门边深吸一口气，突然转身猛地一脚踹开了变电室大门。

“不许动！”阿琪举枪闪身冲入房内，大声喝道。

房中空无一人。

“什么！”阿琪大吃一惊，只见狭小的房间中，变电箱醒目地立在了正中央，旁边是一堆卫生杂物，唯独不见先前躲入房中的风衣人身影。

这间房间根本没有窗户，他是怎么消失的？难道之前看错房间了？阿琪脑袋里飞速思索着，同时立即通报了情况。

“紧急情况！目标不在房内，请4号5号位警惕附近人员！”

正说着，阿琪眼角突然瞥到了角落杂物堆中的某样东西。透过杂物堆缝隙，一只黑色皮鞋突兀地出现在了底部，而此时这只皮鞋好像生怕被人发现似的，正小心地往里面缩了半寸。

阿琪不露声色地继续汇报着，表现自然地走了出去，顺手带上了门。

变电室内又恢复了安静。

静默了两分钟后，角落中的杂物堆忽然动了动，一个穿风衣的男人悄悄伸出脑袋张望了下，确认安全后，蹑手蹑脚地从杂物堆后爬了出来。

“呵……差一点就被发现了……”男人舒了口气，站起身拿着手机，对电话那头心有余悸地说道。

“竟然还派人跟踪你，我们的事该不会……”电话里传出一个女人的声音。

“应该不会吧？我明明已经很小心……”

男人话还没说完，突然“砰”的一声，门瞬间又被踢了开来，只见一支黑洞洞的枪口正指着自己的面门，吓得男人把手中的手机都扔到了地上。

“别别别！别杀我！”男人抱着头蹲了下来，鬼哭狼嚎道。

阿琪上前一把将男人的帽子墨镜扯了下来，却看见一张陌生的面孔，眼前的男人完全不是吴学兵。

“你是谁？”阿琪惊讶道。

“我是谁那个黄脸婆不是告诉过你了吗！”男人满脸惶恐，“我就知道，我就知道那个母夜叉发现了我跟艳艳的事，所以雇你来干掉我是不是？她出多少钱？我两倍，哦不，三倍给你！求求你放过我吧！”男人不住求饶着。

与此同时，法庭西侧另一个风衣人也正被一群精明强干的警员压在身下。

“你们谁啊？干什么抓我！”被扯掉帽子墨镜的风衣人紧张地大吼着，帽子下的那张脸，依然不是吴学兵。

“报告指挥中心，我们抓错人了！”风衣人身边的调查官满脸懊恼地汇报着，然而此时的指挥室已经是一片焦头烂额。

“报告！法庭正门也发现一位同样装扮的风衣人！”

“报告！北区也发现一名风衣人，不过……好像是个女的。”

源源不断的新消息如潮水般涌来，穆姐的脸色也越来越难看。

“怎么回事，故意在耍我们吗？”穆姐双拳紧握，却也毫不拖泥带水地迅速做出反应。

“二队前去支援一队，遇到这类打扮的一律进行控制，一个都不要放过，警惕吴学冰趁机浑水摸鱼！”

“可是人太多了，我们的人手恐怕不够，而且已经有媒体注意到我们的情况，事情有些麻烦。”身边的调查官面露难色，轻声提醒着穆姐。

“除了候审室护卫队原地警戒外，其余人员前往支援，不要让可疑分子靠近候审室半步；至于媒体那边我来搞定。”

随着一句冷静又果断的指令，一个瘦削却挺拔的身姿出现在了指挥室，指挥人员见到他的瞬间，脸上便立即浮现出一种发自内心的安心感，原本有些焦躁的气氛顷刻间消散一空。

“各路队伍准备就绪，实行紧急预案。”楼玥指挥着走上前。

“事情恐怕有变。”

» 第三十三章 调虎离山

被告席上，王明低着头，戴着镣铐的双手微微颤抖着，神色紧张地等待着法官的宣判。

今天的审判过程持续了近五个小时，期间似乎因为发生了的骚动，而一度休庭了一段时间。当然，王明并不知道，刚才法庭内外的那场骚动正是因自己而起。

而就在他身后，一位身材高大的男子的视线缓缓掠过王明的背影，随即又警惕地在法庭四周扫视着。

“你这边情况如何？”耳机里传来楼玥的声音。

“目前正常，没有发现可疑分子。”兰翊轻声回复道，“你那边呢？都搞定了吗？”

“全部抓捕完毕。”楼玥说着，扫了眼隔音玻璃后那一整排的“风衣人军团”，淡淡说道，“庭审快结束了，如果那人要出手的话，估计也就观众离场这段时间，你盯紧点，我也会继续派人警戒。”

楼玥放下对讲机，转向身边的穆姐：“穆云，法院各出入口布控好了吗？”

“已经部署完成，庭审结束后，我们将协调人员按批协调群众离场，不会给吴学冰逃跑的机会。”穆姐回答。

“王明下法庭后，就会被送上重型防弹警车直接收押，对吴学冰来说，只要王明一上车，他就没有出手机会了。所以在庭审结束到王明上车这段时间，我们要尤为谨慎。”楼玥细心地补充道。

“放心吧，这次我们不会再被他乱了阵脚。”穆姐眸中厉色闪过，先前那场突如其来的变动似乎让她心里憋了股气。

“对方想必有备而来，别被他影响了情绪。”楼玥提醒了一句，随后将视线移向身边的隔音玻璃，“现在，先让我们会会这帮替身吧。”

审讯室内，“风衣人”成员们蹲在地上，个个低着头，大气不敢出。

这帮人共十几个，有男有女，大部分都是年轻人，而他们的共同点，就是全都身着深色风衣，头戴鸭舌帽，还戴了副墨镜。当然，如今他们的鸭舌帽和墨镜都早已摘了下来，露出了一张张垂头丧气的脸。

“你们为什么统一打扮成这样出现在这里？”穆姐开口问道，“可别和我说是巧合啊！”

“风衣人”们依旧低着头，没有人敢说话。

“呵呵，要知道超过10人团体聚集就算群体性事件。”穆姐冷冷说道，“你们在法院这种地方做出这样的行为，被认为是恐怖分子都不为过，再不老实交代的话，到时候可不是关两天就能解决的事了。”

“我根本不认识他们！”

“我也是被忽悠过来的！相信我！”

……

一听到会被当成恐怖分子，这帮人立刻慌了，纷纷七嘴八舌地辩解道。

“一个个来。”穆姐手势示意了下，随后看向中间一位小眼睛男人——此人正是先前被阿琪在变电室里抓到的那个。

“你先说。”穆姐命令道。

小眼睛男人愣了下，见周围人的目光都集中在自己身上，顿时冷汗涟涟，立马开口交代了起来。

“我也是在一个网络论坛上看到这次活动的，所以来凑个热闹。”小眼睛男人战战兢兢地说道。

“活动？”穆姐皱眉，“什么活动？”

“有个匿名网友在本地大型网络社区上召集了一次快闪行动，要求参与的人统一穿深色风衣，戴鸭舌帽和墨镜，说要来一次特别表演。”男人解释道，“这次审讯不是很受关注吗？很多人觉得这次活动会被媒体报道，说不定会上电视，所以不少人报名了。”（注：“快闪”是新近在国际流行开的一种嬉皮行为，可视为一种短暂的行为艺术。简单地说，就是许多人用网络或其他方式，在一个指定的地点，在明确指定的时间，出人意料的同时做一系列指定行为，然后迅速闪开。）

一旁的风衣人们纷纷附和，看来他们都是被这次活动召集过来的。

“所以你也想趁着这次活动上个电视？”一旁的阿琪看着小眼睛男人，略带嘲讽地补了一句，“那你鬼鬼祟祟地溜到变电室去干什么？”

“额……其实……我……也不是真的想参加什么快闪活动。”男人吞吞吐吐地说着，“我只是借着参加活动的机会躲躲风头，家里那只母老虎盯得实在太紧了。”

“你躲变电室只是为了给情人打电话？不是特意想搞什么花样？”阿琪一脸不相信的表情。

“真的！是真的！”男人急忙辩解，“不信你们可以查通话记录！”

“网上召集的人有没有说让你们现场做出什么特别表演？”穆姐插嘴问道。

“没有，他就说我们只要出现就行，他到时会现场安排，但也没见到有什么人组织。”小眼睛男人怯生生地嘀咕道，“早知道会被警察抓，我打死都不会来。”

“玩快闪也得分清场合，打扮成这副可疑的样子聚集在法院，纯粹作死。”穆姐语气严厉。

风衣人们一听，脸色都变了，不住求饶。

“查一下网络社区上发布快闪活动的那个匿名用户，无论如何要把那人抓出来。”楼玥抬头看了眼时钟，“庭审应该差不多结束了，这帮人先拘留，等今天的事结束了再处置。”说着便走出了审讯室。

“被告人王明犯抢劫罪、故意杀人未遂罪、危害公共安全罪，数罪并罚，一审判处无期徒刑，不得假释。”庭上的法官已经站起身，开始宣读此次庭审结果，“如不服本判决,可在接到判决书的第2天起10日内重新提起上诉。”

“砰！”随着落锤的声音，庭审正式结束，王明面如死灰地被押了下去，旁听席上的观众们也纷纷起身准备离场。

而此刻的指挥室内，所有人都是高度戒备，一双双目光警惕地观察着各路监控画面，生怕漏过一丝细微线索。

“全体注意各出入口位置，对人流实施疏导分批撤离，防止有人故意制造骚乱。”穆姐冷静地指挥着，“同时对羁押王明的房间附近进行重点监控。”

观众们一批批有序撤离，没有可疑人出现，也再没有发生任何突发事件，过程顺利得令人咋舌。

“都没发现目标吗？”随着最后一批观众撤离完毕，穆姐并没有接到任何线索的报告，不由面色严峻起来，“再找找，王明被带走之前不要放松警惕！”

然而直至王明被押上警车离开法院，这场行动中最重要的那个目标——吴学冰，依旧没有出现，甚至连半个影子都没有，这多少让指挥室的气氛有些尴尬。

“看来今天他是不会出现了。”兰翊走进指挥室，看着脸色阴郁的楼玥，耸了耸肩，“还以为他特意找了帮无知民众当替身，是为了趁乱出手呢。”

“他在戏弄我们。”沉默了许久的楼玥终于说话了，“吴学冰根本没打算对王明出手，之所以安排了那场骚动，完全只是想让我们在媒体面前出丑。他真正打算出手的目标恐怕另有他人。”

突然，楼玥像是想起了什么，猛然抬头看向兰翊。

“今天是不是他被放出来的日子？”楼玥突兀地问了一句。

“谁？”兰翊有些不明所以。

“叶喻那小子！”

“今天他的确会集训完毕离开训练营，难道说……？”兰翊瞬间意识到了什么，转向身边的楼玥。

“不妙。”楼玥站起身，“我们中计了！”

叶喻卸下身上的铅条，换上自己的衣服，看着镜中的自己。

比起两周前，自己身形的确壮实了不少，肌肉线条愈发明显，连原先的衣服也有些紧了。

更重要的是，叶喻显著感觉到自己体质的提升，不仅仅是气色有很大的改善，自己的耐力、爆发力都上了好几个档次，现在就算跑个3000米也已经可以面不改色地完成，与当初进基地时那副弱爆了的样子完全不可同日而语。

看来兰翊的特训真的挺有效果啊！叶喻正感叹着，突然听到了轻轻的敲门声。

“叶喻，整理好了吗？”小颜的声音从寝室门口传了进来。

“已经好了！”叶喻赶紧拎起行李打开门，只见小颜已经等在门口了。

“不好意思让你久等了。”叶喻抱歉地说道，“其实不用麻烦你来接的，我自己就可以回去。”

“没事，我也才刚来。”小颜微笑着看着叶喻，“本来今天兰局长他们也会来，但他们被一些事拖住了，所以就换我来为你接风。”

应该是王明公审的事吧？好像媒体还在直播呢。话说这次庭审时间好长啊。叶喻想着，便扛着行李和小颜走出了训练营。

由于训练营地处偏僻市郊，原本叶喻还担心打不到车，不过所幸门恰好停过来一辆出租车，于是赶紧拦了下来。

出租车司机是位年长的老者，虽然头发花白但精神不错，穿着身笔挺的制服，发型梳理得一丝不苟，一看就知道是位专业的老司机。

“师傅，去市政大楼那边。”小颜与叶喻先后坐上后排，对司机说道。

司机点点头，轻轻扫了眼后视镜中叶喻的脸庞，嘴角不露声色地微微勾起，随即启动了汽车，往市中心方向开去。

» 第三十四章　面具下

“还没联系上叶喻吗？”楼玥坐在副驾驶座上，看着眼前拥堵的路况，眉头紧锁。

“还没有，他的手机信号似乎被屏蔽了，完全定位不到。”穆姐开着车，手指不自觉地在方向盘上轻轻点着，脸上露出焦急的神色，“之前得到消息说，他是三个小时前从训练营出发的，理论上应该早就回来了，但就是找不到人。我们已经派人去搜查了，现在还没有结果。”

“在法院里闹出这出戏，原来最终的目的是拖延时间，声东击西吗？”楼玥低头轻声说道，“那小颜呢？她也一直联系不上吗？”

“是的，听说和叶喻一起走的，现在也是同样的情况，定位不到她的信号。”穆姐回答道。

“他们三小时前就出发了。如果真出了什么事，小颜必定会第一时间联系我们，即便通信中断，也会通过其他方式留下痕迹。”

楼玥分析着，随即做出了指示：“马上加派人手进行地毯式排查，同时调取训练营周边路面监控录像，任何一丝线索都不能放过！”

小颜沉默地坐在车上，脸色似乎不太好看；而他身边的叶喻，此刻好像也才刚从瞌睡中惊醒。

“唔，我怎么睡着了？”叶喻揉揉眼睛，有些迷茫地看向窗外，却发现天色已经暗了下来，而四周的景致也非常陌生，完全不是市中心的景象。

“嗯？这……”叶喻话还没说完，就感觉衣角被轻轻拉了一下，转头正看到小颜对自己使了个眼色，轻轻摇了摇头。

叶喻瞬间意识到事情不太对劲，立即闭了嘴。果不其然，小颜悄悄用手机打了一句话，不动声色地展示给叶喻。

“我们中了迷药，司机有问题。”

叶喻心跳猛然加速，立即掏出手机瞄了眼，信号为零。

而且从手机上显示的时间来看，距离当初上车竟已过去三个多小时，现在车已经不知道被开到哪里去了。

“我们现在该怎么做才好？”叶喻也在手机上打了一行字。

小颜的回复很快展现在叶喻眼前：“按手环紧急按钮，找机会跳车。”

跳车？怎么跳？叶喻看着四周昏暗的景致，汽车似乎正飞速地开在一条公路上，现在跳下去无疑是找死。

小颜似乎看出了叶喻的疑惑，于是又补了一句：“看到路牌，前方1000米处有窄桥。”

原来如此，届时车速一定会降下来，倒是跳车的好机会。

叶喻脑袋里飞速思索着，手上也毫不含糊地按下了应急键，同时小心翼翼地观察着前排那位司机的一举一动。

汽车沉默地在公路上飞驰，这位司机似乎并没有发现叶喻他们的小动作，而是继续稳稳地开着车。

“看我手势，数到三后，用电击手环破坏车门锁。”小颜指示着，和叶喻对了一下眼神。

叶喻轻轻点头，不动声色地开启了手环电击系统。

三……

小颜看着越来越近的窄桥，悄悄伸出了三根手指。

二……

叶喻深吸一口气，严阵以待。

一！

看到小颜手势的瞬间，叶喻猛地将手环敲向门锁处，只听“啪”的一声，火花闪过，门锁立即散发出焦煳的味道，叶喻赶紧试着推了一下。

“开了！”叶喻大喜。

然而叶喻似乎是高兴得太早了，只见司机突然一脚踩下油门，车速不降反升，开始朝窄桥狂飙而去。

“不好！他打算直接冲过去！”此时的小颜也不再继续伪装，而是迅速起身通过车窗观察着四周地形。

此时的车正在窄桥边缘飞驰，这段窄桥并不高，而且没有护栏。窄桥下方是片小河，依稀还能看见几个农民正在不远处忙碌。

“叶喻，你会游泳吗？”小颜大吼道。

“会，怎么了？”

“跳下去！就现在！”

“什么？”叶喻看着窄桥下的小河，瞬间有些不知所措。

“没时间了！快！”眼看着车即将驶离窄桥，心急如焚的小颜干脆柳眉一竖，抬脚便将身边还在犹豫不决的叶喻一脚踹了下去。

只听“噗通”一声，桥下传来了有人落水的声音。附近的农民似乎听见了这边的动静，纷纷跑了过来。

正当小颜准备也往下面跳时，突然一个急刹车，惯性之下的小颜猛地一头撞在了车框上，霎时有些眼冒金星。

还没等小颜来得及重新爬起，她突然感到一个冰冷的坚硬物体直抵着自己的后脑。

“别动，不然让你的脑袋开花。”沙哑的声音从身后传来，小颜的动作顿时僵住了。

“呵呵，既然你让他逃了，那就由你来代替他吧。”

阴冷的低语在耳边响起，而下个瞬间小颜便感到后脑一记重击，视线顿时漆黑一片，失去了意识。

“不是让你抓那个姓叶的小子吗？怎么抓了个女的回来？”

昏暗的地下室里，一个身材微微发胖的中年妇女一脸嫌弃地瞧着被捆在角落中昏迷的小颜，对身边那位制服笔挺的老者说道。

“姓叶的逃了，只能抓这个回来。”老者淡淡地解释了一句。

“哼，枉费我花了那么多精力替你易了容，竟然连这种唾手可得的机会都错失了，你还让我们怎么相信你？”妇女冷笑一声，刻薄地说道。

老者轻轻皱眉，好像不太满意这女人的态度，但又似乎有所顾忌，只能保持沉默。

“呵呵，不过你在法院那边倒是安排了出好戏呢。”妇女笑了起来，“你没看见那帮人被耍得团团转的样子，实在太有意思了。”

“看来你在那边玩得很开心啊。”老者略带嘲讽地插了一句。

“我可是作为被那个王明抢了包的受害人上庭的。”妇女白了老者一眼，“如果不是王明身边一直跟着那个兰玥，我倒是可以在那边顺手把王明解决了。”

“那还真是可惜呢。”老者轻哼一声，转身瞥了眼身旁的中年妇女，“话说回来，你打算就这么一直装大妈下去吗？”

“怎么可能！”

中年妇女的声音突然变了，原本有些粗犷的嗓音立马变得娇柔妩媚。

与此同时，随着宽大衣外套内填充物的一点点掉落，中年妇女臃肿的身体渐渐变得玲珑有致，修长苗条。黑色长卷发如瀑布般洒下，而摘下的人皮面具后，一张极其美艳精致的脸庞带着些许冰冷的笑意显露了出来。

仅仅一分钟不到，只见原本普通的“中年大妈”瞬间蜕变成为一位妖艳性感的女人。

发生改变的还不仅仅是外形，连原本属于“中年大妈”的那种市侩感也随着消失不见，取而代之的，是一种柔媚与凌厉交织的强大气场。

“你的粉丝们一定没想到他们朝思暮想的大明星，竟然会伪装成大妈出现在他们身边。”老者淡定地看着眼前的美艳女子，似乎已经见怪不怪。

“作为专业演员，我怎么都得尽职尽力吧。”女人朱唇轻启，性感的双眸秋波暗送，不知有多少男人曾在这一颦一笑间被勾了魂，只可惜她面前的这位老者似乎丝毫不为所动，因为后者心里十分清楚，眼前的女人如罂粟花一般，美丽却又致命。

“话说回来，我先前已经为你们做了那么多，那件事现在进展如何？”老者无意与女人过多纠缠，直接抛出了自己最关心的问题。

“那么急干什么？这需要时间好好研究。”女人不紧不慢地回答道。

“可是……她快等不了啦！”淡然的表情消失不见，老者的脸上隐隐露出焦急的神色。

“所以啊，你得赶紧抓到那个姓叶的。”女人接口说道，“如果他的情况得到证实，那么我们的进度说不定可以得到飞速提升。”

“此话当真？”

“我没必要骗你。”

“可是我的身份已经暴露，他们势必会对我进行通缉，恐怕很难再次行动……”老者有些犹豫。

“呵呵，那就是你自己要想办法解决的事了。”女人无所谓地轻笑一声，“如果你真的想让那个人得到重生的话。”

老者沉默着，脸上阴晴不定。

“好，我会用尽一切手段帮你们抓到他。”老者神色恢复了冷静。

“很好。但我要再重申一遍，他很重要，别伤到他。”女人冷冷地抛下一句话，随即打算离开地下室，但又像想到了什么似的停下了脚步，回头看向老者。

“对了，你的面具也该摘下来了，时间一长恐怕想摘都摘不掉。”说完便扭着腰肢，头也不回地离开了。

“面具吗？呵呵……”老者苦笑了一声，伸手将脸上的人皮面具撕了下来，站到镜子前稍微整理了一下仪容，随后从制服口袋里掏出了一幅金丝边眼镜戴了上去。

镜中出现了一张文质彬彬却又显得有些阴郁的中年男子的脸。

“我的面具早就摘不下来了。”吴学冰对着镜子喃喃自语，脸上掠过一丝苦涩与迷茫，然而下一瞬间便换上了冰霜般的冷漠。

“哼哼哼……既然我的身份已被你们发现，那就没办法了。”吴学冰转身看向角落里依然失去意识的小颜，轻声冷笑。

“不要怪我，为了小雪，我只能牺牲你了。”

» 第三十五章 营救

“怪我，这都怪我！”

叶喻痛苦地将脑袋埋在双手中，连声自责。

“如果我能早点跳车的话，小颜就不会……就不会……”

“别说了，你再自责也无济于事。”一旁的兰珝安慰道，“当务之急，是赶紧查到绑架小颜的那辆车。”

正说着，病房门被打开，楼玥出现在门口。

“有消息了吗？”兰珝问道。

楼玥看了眼病床上沮丧无比的叶喻，偏过头对兰珝微微示意了下，后者心领神会，起身跟着楼玥走出了房间。

“找到绑架的那辆出租车了，在市郊一个偏僻路段。”走廊上，楼玥脸色严峻，“但车上已经空无一人，吴学冰应该已经弃车转移。”

“小颜有在车上留下什么线索吗？”

楼玥轻轻摇头：“没有，但车上发现了血迹，经鉴定是小颜的，所幸血量不多，我们推测她受伤失去行动能力，但应该还活着。”

“既然吴学冰并没有对小颜下杀手，而是选择了绑架，那么他一定会来谈交换条件。”兰珝推测道。

“他的确来谈条件了。”楼玥看向兰珝，“刚刚收到吴学冰发来的一段视频，要我们用某人来换小颜。”

“某人？”兰珝皱眉，“难道是那小子！”

“是的。”楼玥叹了口气，“噬果然已经怀疑上他的体质了。”

“那你打算怎么办？要按照他们说的做吗？”

“不可能！”楼玥的语气斩钉截铁，“我会想办法解救小颜，但决不会用叶喻作交换……”

“让我去！！”

楼玥话音未落，突然身后传来一声焦急的叫喊，只见叶喻不知什么时候已经冲出了病房，刚才两人的对话他似乎全都听到了。

“果然，这一切都是吴秘书……吴学冰干的！”激动之下，叶喻眼中蒙上了一层血丝，“那个香水味我已经想起来了，就是他身上的！既然吴学冰指名要我，那就让我去换小颜！”

“不行！”楼玥双眸隐隐有些怒火，“你别再给我惹事！”

“小颜是因为我而出事的，这种时候我怎么可能像缩头乌龟一样躲在这里！”

“你去了又如何？对方一定会设下圈套，以你的能力又如何能做到全身而退？”

“可是……”

“够了！”楼玥打断了叶喻的争辩，目光突然变得如刀锋般锐利。

“我不会让‘那种事’再次发生……绝不！”楼玥身体微微有些颤抖，低沉的话语似乎是说给对方，但更像是说给自己听的。

“这件事没有商量余地！给我好好待在这里！”还没等叶喻再次说话，楼玥便抛下一句冰冷的指令，疾步离去。

———

作战指挥室中，穆姐正将一段视频展现给面前的楼玥和兰翊两人。

“通过匿名邮件直接发过来的。”穆姐解释道，“你们先看看吧。”

视频的背景是一堵白墙，小颜被绑在一张椅子上，置于镜头正中央，双眼紧闭。从略微起伏的前胸上看，似乎还有呼吸，只是苍白的脸颊与额头的血迹表明她的状况恐怕不太妙。

“既然已经被你们知晓身份，那我也没什么好躲藏了。”

随着一句低沉的男声响起，一个中年男子走入了镜头。

阴郁的脸庞，一丝不苟的发型与西服，加上那副金丝边眼镜，镜头中的男人正是吴学冰。

“我就长话短说吧。这个女人现在在我手上，想要救回她的话，就按我说的做。”吴学冰伸手托起小颜的下颚，直面着镜头，冷笑道，“明天晚上六点，让叶喻那小子一个人到下洋广场中心石狮雕像旁候着。记住，只许他一个人来。”

“当然，要是被我发现有其他人跟来的话，后果自负。”吴学冰阴冷地补充了一句，“给你们留的时间不多了，抓紧吧。”

视频到此为止。

“哼，竟然直接出镜，看样子吴学冰已经走投无路，破罐破摔了。”兰翊看着视频画面，轻轻哼了一声。

“吴学冰已经暴露了，所有证据都指向他，恐怕他自己也清楚再掩饰也已经没有任何意义，只是……我无法理解吴学冰的作案动机，费尽心机搞出那么复杂的一场戏，他的目的到底是什么？”穆姐低头思忖道。

“吴学冰这么做一定是噬授意的，甚至很可能他自己本身就是噬的成员，他的一系列行为必然与噬此次复出的目的有直接关联。”楼玥冷静地分析道。

“他到底有什么目的，这次直接会会他就知道了。”兰翊笑了笑，“难得人家都特意发了邀请，哪有不去的道理，只是你既然不打算让叶喻出马，那想好要用什么办法接招吗？”

“我已经让阿修他们排查发来小颜视频的邮件IP地址，同时对视频画面中的环境做数据分析，我有信心能查出小颜的所在位置。”

“可是对方限制的时间是明晚六点，要是在这之前还是没查出来怎么办？到时候小颜的性命恐怕会危在旦夕。”

楼玥低头沉默着，似乎不愿说出那唯一的答案。

“如果在明晚六点前还无法确认小颜的具体位置，我认为应该就按吴学冰所要求的，让叶喻出马。”兰翊直截了当地道出了解决方式。

“不行！太危险了！”楼玥一口拒绝，“我不会再让我的人落入噬的手里！”

“可你别忘了，小颜也是你的人，难道你就不管她的死活？”

“就算赌上我的性命，我也会把小颜救出来。”楼玥正色道，“我不会让他们任何一个置于危险之中。”

“我觉得你保护得太过了，叶喻并没有你想象中那么弱。”兰翊直视着楼玥的眼睛，“我知道你在顾虑什么，可现在的你似乎已经被过去影响了判断。”

楼玥愣了一下，没有说话。

“再说了，我们并不会让叶喻单打独斗，你、我、穆云，所有的调查局同事都是一个团队，有我们在，一定能在确保叶喻安全的情况下顺利救出小颜。”兰翊宽慰着楼玥，伸手拍了拍他的肩膀。

“我也认为可以让叶喻试一试，我相信他的能力。”这次说话的是穆姐，“现在还有时间，我们可以拟一下完整的营救计划。”

或许是两人的话起了作用，沉思片刻后，楼玥眼中的焦虑渐渐消逝，恢复了如往常般的冷静。

“抱歉，先前是我失态了。”楼玥揉了揉眉间，终于开了口，“叶喻这边，我稍后找他。”

“不用稍后再找，现在就可以说嘛。叶喻，进来吧！”兰珝笑了笑，朝门外喊了一声。

指挥室的门被打开了，站在门口的正是叶喻。

“只要能救出小颜，我什么都愿意做！”叶喻眼中满是坚定。

“这一次，就让我参与行动吧，作为特别事务调查局的真正调查官！”

叶喻神色镇定地站在下洋广场中心石狮雕像旁，视线缓缓扫过面前熙熙攘攘的人群，最后聚焦到对面的钟楼上。

晚上六点……还差两分钟。

“时间快到了，务必小心。”隐形无线耳机内传来了楼玥的关照声。

叶喻收回视线，轻轻应了一声，随后又警惕地看着周围的行人。

“铛……铛……铛……”

对面的钟楼响了六下，叶喻的心不由悬起，他集中起所有精神，静静等待着吴学冰的反馈。

“嗡嗡……嗡嗡……”口袋里的手机突然震动了起来，叶喻赶紧掏出手机一看，一条简略的短信展现在眼前。

“上地铁一号线，荷花路站下，5号站台。”

发信人是串奇怪的数字，看来是经过临时基站伪装的号码。

叶喻不动声色地将短信在胸前的隐藏摄像头前展示了下，同时对着隐形麦克风小声询问道：“现在该怎么办？”

“先照着做。”

耳机内传来了楼玥的指示。叶喻不敢怠慢，随即遵照着短信指示进入了地铁站。

此刻的一号线地铁正值下班高峰，人流量非常密集，叶喻顺着人潮好不容易挤上了地铁，附近的五名便衣也连忙想方设法挤了上去。

“改炎长路下，立即换对面驶来的那辆车，要是赶不上就撕票。”

新一条短信传来了对方突如其来的要求。

炎长路？不就是下一站吗？叶喻抬头看了眼报站牌，但还没等他反应过来，便被车上拥挤的人群冲下了车。

“嘀……嘀……”随着列车蜂鸣声的响起，两名便衣调查官在最后一刻拼尽全力冲入了叶喻所在的反方向列车，而其余三人只能眼睁睁地看着列车从面前呼啸而过。

“报告！2号、4号、5号位跟丢了！”

“2、4、5号赶下一班列车，1号、3号位继续盯着，其他人暂时原地待命！”楼玥迅速做出了反应，“叶喻，你这边有收到新目的地指示吗？”

“还没有……”叶喻紧紧盯着手机屏幕，刚开口，又一条新消息跳了出来，“等等！有了！”

“这一站下，上对面车”

又来？

列车再次进站，一头雾水的叶喻只能遵照指示准备下车。由于有了前车之鉴，这次两位便衣提前挤到了门口，见叶喻一下车便急忙直奔对面列车而去。

“停，回原来的那辆车，不然立即撕票。”

什么！

刚踏下列车的叶喻一看到新跳出来的信息，顿时刹住脚步，还没来得及向楼玥汇报，便被面前急着上车的乘客们“推”回了原先那辆列车。

列车蜂鸣声再次响起，而此时发现不对劲的两名便衣想再赶回来已经不可能了，随着“砰”的一声关门声，叶喻只能无奈地看着仅剩的两名护卫人员被关在门外，望车兴叹。

“不下车你堵门口干什么！神经病！”身旁的一位老阿姨白了叶喻一眼，满脸不耐烦，似乎对叶喻刚才在列车门口发愣的举动很是不满。

然而此时的叶喻也已经没有心情理会了，因为他突然意识到了一个问题。

荷花路，炎长路……前几条消息的指向性全都非常明确，而刚才收到的短信却写的是“这一站下”、“回原来的车”等模糊用词，也就是说对方对自己的一举一动非常清楚，换句话说，对方应该就在自己不远处遥控自己，甚至很可能就在现在这辆列车上！

“叮——！”突然，一阵强烈的电磁干扰噪音从隐形耳机中喷薄而出，另叶喻差点耳膜震破，他一把拉出内置的耳机，觉得自己有些头晕目眩，耳鸣阵阵。

“耳机……好像出了问题。”叶喻揉着耳朵，向麦克风里小声汇报着。

没有任何回音。

“喂喂？能听到吗？”叶喻说着，拿出手机准备给楼玥发条信息，却发现手机已经没有任何信号。

不妙！

似曾相识的情形让叶喻立刻神经紧绷了起来，可就在下一瞬间，叶喻便感到背后被抵了一块硬物。

“咔嚓”一声，似乎是子弹上膛的声音。

一阵特别的男用香水位从身后飘来，叶喻不用回头也知道后面的那位是谁——看来正主终于出现了。

“要是再想用那只手环搞什么花样，我现在就杀了你。”

阴冷的声音从身后响起，使得叶喻摸向左手手腕处的动作陡然定格，看来吴学冰已经察觉了叶喻的意图。

“小颜在哪里？既然我按照约定来了，你赶快放了她！”叶喻咬牙质问道。

“只要你跟我走，我到时候自然会放了她。”吴学冰冷笑着，随即架起别无选择的叶喻下了车，朝着出口走去。

站台上的人们步履匆匆，没有人发现刚刚在他们身边上演了一场阴谋。

» 第三十六章　实

头套被扯了下来。叶喻睁开眼，一个昏暗的废弃工厂展现在面前，而自己正被捆在厂房中央的一张椅子上。

自从被吴学冰押上地铁口附近小巷中的一辆老旧汽车开始，差不多已经过去了一个小时，不知道楼局长他们有没有发现自己留下的线索？叶喻心中暗暗想着。

虽然在吴学冰的监视下没法直接留下明显暗示，但自己在上车时还是趁对方不注意悄悄踢下了一块带漆的车皮，并故意留下了脚印，希望对楼玥他们追查多少有些帮助。

“小颜在哪里？不是说好我来了就放人吗！”叶喻抬头质问面前的阴郁男子。

男子伸出手指轻轻推了一下金丝边眼镜，转头往身后的角落示意了下，只见厂区右侧角落中有一个熟悉的人影匍匐在地，一动不动。

“小颜！你把她怎么了？”叶喻一下子激动了起来，想要起身上前，只是自己的手脚被麻绳捆得结结实实，完全动弹不得。

“要是她出了什么事，我绝对不会放过你！”叶喻怒吼着，愤恨地看着眼前的中年男子。

“呵呵，区区阶下之囚，也敢口出狂言。”吴学冰冷笑着捏起叶喻的下巴，把脸凑了过来，“你倒是说说看，到底要如何不放过我？”

叶喻咬牙怒视着对方，说不出话。

“说大话前先掂量一下自己，不自量力！”吴学冰鄙视地松开了手，“放心，这个女人还活着，只是不太老实，我就喂了她点迷药，让她消停点。”

说着吴学冰拖了张凳子，在叶喻面前坐了下来。

“既然我答应你放了她，那就一定会做到，不过……其他人愿不愿意放那就是另外一回事了。”

“其他人？”

“是的。”吴学冰十指交叉，端坐在靠椅上，直视着叶喻，“老实说，我对你也好，对后面那个女人也罢，没有任何私人恩怨。绑你过来，只是因为那些人对你有兴趣。”

“那些人……难道是噬组织？你是他们的一员？”

“你知道得还挺多的。不过有一点你说错了，我和他们只是合作关系，或者说，只是生意伙伴而已。”

叶喻皱了皱眉：“什么意思？”

“字面意思。”吴学冰摘下金丝边眼镜，掏出眼镜布擦了起来，“我替他们做实验，他们帮我完成心愿，不过互相利用罢了。”

“实验？我不明白。这和你杀了陈严有什么关系？”

“看来你果然什么都不知道啊……”吴学冰叹了口气，“也罢，以那帮人的做事风格，我估计你落在他们手上也是难逃一劫，看在曾经同事一场，我就在他们赶来这里之前和你聊聊吧，让你死也死得明白点。”

说着吴学冰将擦完的眼镜重新戴了上去：“陈严会死也是因为他自己贪得无厌。想必你们也已经查到了，他用那枚戒指做的事。”

“陈严滥用血钥石，导致脑神经极其脆弱。所以你就利用了这点设下虚拟现实的陷阱吓死了他？”

“看来你们对那种石头很了解，那也省得我多费口舌了。”吴学冰笑了笑，“没错，血钥石虽然神奇，但副作用也相当大。陈严在短期内如此频繁使用血钥石，本来就已经活不了多久，我也只是提前送他一程罢了，通过一点小小的刺激。”

吴学冰的表情恢复了冷漠，开始以一副事不关己的口吻叙述了起来。

“其实这场布局很早就已经开始了。陈严得到这枚戒指也是我一手安排的，因为我非常清楚，那个人为满足一己私欲，肯定会疯狂使用这枚戒指。”吴学冰脸上露出不屑之色，“当然，他并不知道这东西有副作用。不过也托他的福，倒是让我们取到了不少有价值的实验数据。”

“实验数据？”

“呵呵，你自己想想，像血钥石那么好的东西，为什么我会不自己藏起来大用特用，而是专程送到陈严这种人渣手上呢？”吴学冰勾起嘴角，面带嘲讽地看着叶喻。

“血钥石……副作用……数据……”叶喻低头思考了一瞬，随后猛然睁大眼睛，“你们在进行人体实验？陈严只是你们的小白鼠？”

“猜到点子上了，不错不错。”吴学冰笑了起来，装模作样地鼓了两下掌。

“血钥石本就不是属于这世间的东西，每次利用都是在消耗使用者的生命，如果不对其进行进化改造，那使用代价就太高了。而要进行人为改造的话，使用者的相关脑波数据是不可或缺的，所以我们才需要像陈严那样的实验品。”

“以你个人的能力不可能进行血钥石改造，只能是噬他们……”叶喻抬头看向吴学冰，“原来这就是你先前所说的合作吗？你在帮助噬物色试验者，收集血钥石的使用数据！”

“是的。而且既然你们知道陈严是中了虚拟现实的陷阱，那想必你们也已经发现这枚血钥之戒的指环中暗藏玄机。”说着，吴学冰从怀里掏出了一枚小小的环状物品。

血红的宝石上泛着五彩的光泽，只一瞬间叶喻就认了出来——这东西无疑就是血钥之戒！

“这枚戒指的指环不但是实现虚拟现实的工具，更是一个微型数据采集器，只要使用者戴上这枚戒指，就能将他的脑波数据同步给我们。”吴学冰收回了戒指，小心地放进了衣袋。

“陈严果然没有辜负我的期望，将自己消耗到了极限，原本我打算等他自己暴毙而亡就找机会回收戒指，可没想到陈严已经被盯上了，为免到时候节外生枝，我只能出手提前了结他，拿回血钥石。”

“陈严出事的那天晚上，他手环中拍到的那个风衣人想必就是你吧。”叶喻直视着对方，试探地问道。

“哼，说起这件事，倒的确出乎了我的意料。”吴学冰哼了一声，将阴冷的视线投向叶喻，“原本我的计划非常完美，如果不是因为你的话。”

“因为我？”

“其实我早就知道只要陈严一死，你们肯定会找上我，所以我提前利用血钥石修改了陈严与金彪的记忆，让他们认为我已死在他们手上，这样一来，只要我找准时机失踪，他们为掩饰罪行自然会变成我的帮手，助我完美脱离嫌疑。而我，也将作为不存在的人毫无顾忌地实行计划。”吴学冰脸上流露出一丝得意的笑容。

“陈严的工作作息非常有规律，那天晚上我算准陈严下班的时间潜入了H集团园区，计划在陈严进入私家车后就遥控启动设备，用‘虚拟现实’干掉他，同时在他的尸体被发现之前回收血钥之戒。公司内的监控探头方位我早就了如指掌，而那个时间段公司也基本没什么人，我本来有信心可以神不知鬼不觉地完成计划，只是没想到……你突然出现了。”

吴学冰轻轻将身体靠向椅背，换了个坐姿，俾睨地俯视着叶喻。

“要躲过公司内的摄像头和巡视的安保人员，就必须按照特定的路线，并踩着时间点行动。在进行这次计划前我做了精密计算，可是千算万算还是没算到，竟然有个毛头小子忽然出现在我的行动线路上，打乱了全盘节奏，让我错失了预设的时间点，从而被陈严发现了我的行踪。”

“所以，那个时候陈严之所以特意绕道跟踪拍摄照片，还有他疑神疑鬼地躲着摄像头的举动……都是因为他看到了本该早已死在他手里的亡魂突然出现在面前！”叶喻恍然大悟，“原来如此，难怪当时陈严的举动那么怪异。”

“呵呵，不过就算陈严再怎么挣扎，在他坐上汽车的那一刻，结局就已经注定了。”眼镜的反光衬着阴森森的笑声，眼前的男人让叶喻从心底阵阵发凉。

“接下来的事你们也应该都知道了，我本想连你一起解决掉以绝后患，不过却意外发现你很特别，可能也正因为这点噬那些人才会对你有兴趣吧。”

“那后来金彪、李丽遇害也是你干的？”

“利用完的棋子就处理掉，这不是很正常吗？”吴学冰摊摊手，一副无所谓的表情，“再说像金彪这种败类，手上染过那么多血腥，根本死不足惜。”

“那李丽呢？她并没有做过伤天害理的事，甚至还为了帮你在警察面前说谎，难道她也该死吗？！”

“有时候愚蠢也是种罪过。”吴学冰满脸冷漠。

“可他们都是活生生的人命啊！”叶喻吼道，“不论如何，你都没有资格玩弄他们的性命！”

“哼哼，连自己的生死都掌控不了的你，竟然还道貌岸然地指责我玩弄别人性命，你不觉得可笑吗？”吴学冰站起身，面带嘲讽地看着叶喻，“好了，该说的我都说得差不多了，在你死之前还有什么要问的吗？”

“你的心愿……”叶喻死死盯着吴学冰的脸，一字一句说道，“噬他们究竟会帮你完成什么心愿，竟可以让你如此出卖灵魂！”

“是重生！”

吴学冰眼中掠过一瞬复杂的神色，有期盼，有欣慰……更有一种近乎病态的狂热。

“这一切，都是为了我的小雪！”

» 第三十七章　心魔

“小雪……是指你妻子赵雪？”叶喻不解，“据我所知，她根本没有死，又何来重生？”

“你懂什么！”吴学冰狠狠瞪了叶喻一眼，“整整在床上躺了七年，人事不知，只能靠机器维持生命，这种状态和死了又有什么区别！”

叶喻一时语塞。

“七年来，我给她做了最好的治疗，甚至还为了支撑高昂的医药费去帮圣颜会那群蠢货洗钱，为陈严做了那么多见不得人的事……可是结果呢，小雪的身体状态还是每况愈下，特别是这两年，再这样下去她根本活不了多久！”吴学冰身体微微有些颤抖，脸上浮现出痛苦与纠结的表情。

“呵呵，可能也是上天可怜我！有一天突然有个女人找到我，说是有办法让小雪获得新生，通过一种特别的方法！”吴学冰的语气意味深长。

“特别的方法？”

吴学冰嘴角勾起一抹冷笑，突然抛出了一个不着边际的问题：“你知道人的个体是如何定义的吗？”

“什么意思？”叶喻不明所以。

“或者这样说吧，有些玄学理论不是号称灵魂和肉体是可以分开的吗？那假设你和某人的灵魂进行互换，你的灵魂进入他人身体，而自己的身体被别人占据，那么对于你来说，哪个才是真正的你？是灵魂主体，还是生理主体？”

“这……”

“呵呵，在我看来决定一个人行为举止、喜怒哀乐的无疑是灵魂！而所谓灵魂的本质不过就是人的思维与记忆的合集——也就是意识，生理肉体仅仅只是承载意识的容器。就好比有个与你DNA完全相同的克隆人，但如果你们的意识完全不同的话，他也不是你，而是另一个独立个体！”

“所以你认为只有意识才能代表一个人？”

“没错！只要保持主体意识不变，即便更换生理肉体容器，你依旧是你！”吴学冰脸上的表情换成了一种扭曲的狂热，“换句话说，如果你的生理容器坏了，那么只要把你的意识移植到新的容器上，你就可以获得重生！甚至……是永生！！”

“无稽之谈！”叶喻的斥责打断了吴学冰的自我陶醉，“记忆和思维依存于人的大脑，一旦大脑不在了，意识也随之消散，除非你能移植整个大脑，但以目前的医学水平来说，大脑一旦离开肉体就会迅速死亡，人体的排异反应也不可能支持大脑移植，你的假设根本不可能实现！”

“谁说我要移植大脑了？”吴学冰低下头，用一种怜悯的眼神俯视着叶喻，“简直愚不可及，我之前都说了那么多，难道你就没有想到有另一种简单的方法可以实现这种事吗？”

“不移植大脑？难道仅仅移植意识？这怎么可能做到！人类的记忆无比庞杂，除了人脑之外根本没有任何其他东西可以承载……”

“那就用其他人脑来承载！”吴学冰粗暴地打断了叶喻的话，猛地从衣袋中掏出那枚血钥之戒，“凭这个东西就能做到！”

“血钥石！”叶喻睁大了眼睛，“难道你想……”

“哼哼哼哼……”吴学冰阴森森地笑了起来，扭曲的表情使得原本阴郁的脸庞显得更加狰狞，“血钥石真的是一个神奇的东西啊，不但能对大脑记忆进行读取、写入，理论上连擦除甚至格式化都能做到！”

吴学冰情绪激动地捏紧了血钥之戒，瞳孔中迸发出一种病态的兴奋。

“你知道吗？只要我能将小雪的全部记忆提取出来，写入一个大脑被格式化过的人体内，那么这个人的大脑将成为小雪意识的‘新容器’，我的小雪将在这个全新的肉体上得到重生！”

“那原来的那个人不就……”

“就死了。”吴学冰冷漠地吐出几个字，“此人的意识就随着大脑的格式化而消亡，相当于一具失去灵魂的行尸走肉。”

“疯子，简直是疯子！”叶喻用不可理喻的眼神看着吴学冰，“这根本就是在杀人！而且你还要读取赵雪的全部记忆！姑且不论你的大脑能否承受如此巨大的信息量，以血钥石的副作用来看，恐怕还没读完你的大脑就会先一步崩溃，更别说后续的擦除和写入！”

“所以才需要对血钥石进行改造！”吴学冰吼道，“虽然凭我个人没法做到，但噬他们可以想办法将血钥石的副作用降到最低！只要能得到充足的实验数据，血钥石改造就能完成，我的小雪就可以在他们的帮助下得到重生！哈哈哈哈哈……”

吴学冰仰面狂笑了起来，整个人似乎陷入了一种癫狂的状态。

“呵，你想得太美了。”叶喻轻笑一声，毫不留情地泼了一盆冷水。

吴学冰停止了狂笑，低下头用冰霜般的眼神瞪着叶喻。

“之前你自己说过，所谓‘意识’是思维与记忆的合集，就算你用血钥石成功移植了赵雪的记忆，但她的‘思维’是无法移植的！而一个人的处世方式、性格很大程度上取决于其思维方式，也就是说即便你将赵雪的全部记忆植入到一个大脑被格式化过的人之中，那个人也并不具备赵雪的‘意识’，根本不可能成为赵雪！”

“愚蠢！”吴学冰脸上满是俾睨，“人的思维往往受到过往经历的影响，外部环境刺激下的经验累加最后形成个体独特的思维方式，而这种经历影响全都是记忆！也就是说记忆与思维根本就是一体的！”

“那你又如何解释那些精神分裂患者？他们不同的人格共享着同样的记忆却拥有完全不同的思维模式！而且人脑的复杂程度远不是你的这些理论能诠释的！”

“住口！”吴学冰怒吼道，“你根本什么都不懂！为了我的小雪，不管希望多渺茫我都要试试！“

叶喻看着眼前这位已经丧失理智的中年男子，突然感到有些悲哀。这个男人因执念而深深陷入心魔，甚至心甘情愿被人利用，现在的他恐怕已经什么都听不进去了。

正当叶喻盘算着接下来要如何脱身，突然瞥见一个人影摇摇晃晃地出现在吴学冰身后，而此时已是疯狂状态的吴学冰似乎浑然不觉。

“嘘——”

人影食指贴近嘴唇，无声地对叶喻示意着，轻轻摇了摇头。

小颜？

阴影中渐渐隐现出一张苍白消瘦的俏脸，不知什么时候小颜已经从昏迷中苏醒，手脚上的麻绳也解了开来。此时的她正握着一根铁管悄悄接近吴学冰身后，像是打算偷袭，只是蹒跚的步伐多少表明迷药的效力还未完全消散。

叶喻立即收回视线，镇定心神，装作若无其事的样子继续与吴学冰周旋。

“既然你们已经收集了那么多数据，那么血钥石改造计划已经完成了？”

“呵呵，快了，只要你能帮上忙的话！”吴学冰冷笑着看着叶喻。

“我？”

吴学冰上前一把揪住了叶喻的头发，将扭曲的脸贴近叶喻：“只要能证明你具有那种特殊体质，你就将是我们的最佳实验品！你的血、你的肉都将成为这次计划的完美催化剂，也将成为小雪重生的最佳祭品！”

“你做梦！我绝不会让你们的计划得逞！”叶喻咬着牙瞪着眼前的男人，眼角余光瞥到男人身后的小颜正缓缓举起铁管，准备下手。

“我们的计划一定会成功，不过在这之前……”吴学冰的神情突然一凛，猛地转身从怀中掏出了什么东西。

不好！！

千钧一发之际，叶喻使出全身力气，连人带椅向吴学冰奋力扑去。

“砰！”

随着枪声的响起，一颗子弹擦着小颜的脸颊从她身边飞过，打在身后的墙壁上。只见吴学冰被叶喻撞倒在地，手中的枪口似乎还冒着丝丝青烟。

愣了一瞬后，小颜猛然回过神来，立即俯下身往旁边一滚。又是“砰”的一声，另一颗子弹随即射在了小颜刚才所在的位置。

“哼，你以为我没发现你在后面？”吴学冰站起身，嘲讽地看着面前的小颜，冷笑道，“既然你那么不老实，就别怪我不客气！”说着便又要举起枪射击。

“住手！！”叶喻拼命扭动着身躯挪向吴学冰，手腕在挣扎中被勒出了道道血痕，渗出的鲜血慢慢染红了麻绳，可惜在被重重束缚的情况下，这些努力完全无济于事，反而在吴学冰眼中显得愈发可笑。

“滚一边去，别碍事！”吴学冰一脚重重踢在叶喻脸上，随后径直走到小颜藏身的设备前，正准备踢开障碍物，突然从一旁窜出道黑影。

“砰！”

子弹完美地击中了黑影，发出“哐啷”一声清脆的响声，吴学冰顿觉不妙，只见所谓的黑影不过是用衣物包裹的金属废料。

说时迟那时快，小颜猛地从后方闪身而出，直扑吴学冰想要夺取手枪，然而还未来得及靠近，突然硬生生定住了。

小颜睁大了眼睛，冷汗从额头渐渐渗出，只见两支黑洞洞的枪口正直指自己的面门。

“你很聪明，还知道计算子弹数量，但你以为我只有一把枪吗？”吴学冰冷笑着将另一把已经没有子弹的枪甩了出去。

糟糕！！

叶喻心中大急，使出全身的力气想要挣脱麻绳的束缚。

手！手快抽出来啊！可恶！！

鲜血沿着叶喻的手腕缓缓流下，叶喻的双眼也在焦急之中渐渐充血，一股燥热感开始在他的胸口急剧堆砌。

“咔嚓——”

是子弹上膛的声音。

“女人，这都是你自己作死，本来还想放过你的。”吴学冰直视面前的小颜，言语中已没有半分温度。

“再见了。”

» 第三十八章　水中月

“给我住手啊！！”

叶喻的怒吼掺杂着绝望，一瞬间，周围的时间似乎被无限放缓。

吴学冰扣动扳机的手指，缓缓出膛的子弹，小颜收缩的瞳孔……一切都像慢动作一般，在叶喻眼中看得真真切切。

而与此同时，一股炙热的能量猛然从叶喻胸中喷薄而出，转眼间如野马般窜至叶喻的五脏六腑。

一根根青筋从叶喻的额头、四肢连连暴起，他的双眼也在充血之下变得血红，霎时爆发的力量让叶喻瞬间扯断了手脚上的麻绳，起身向小颜飞扑而去！

“砰！”

子弹在叶喻右肩上溅出一道血花，随着弹壳爆裂的声音，叶喻抱着小颜扑倒在地。

“什么！”

吴学冰完全没想到自己的子弹竟然击中了重要的实验对象，顿时惊诧万分。

“叶喻！！”小颜花容失色，抱着血流不止的叶喻大声喊道。

“可恶！都是因为你这女人！”吴学冰怒目圆睁，再次举起手枪对准了小颜。

正在这最危急的时刻，厂房大门突然被猛地踢了开来。

“不许动！”

顷刻之间，大批全副武装的特种部队从四面八方涌进厂房，将中央的三人团团围住，几十支枪口齐刷刷地对准吴学冰。

急转直下的情况让吴学冰一时有些愣神，小颜趁机顺手抓起一旁的废弃铁管往吴学冰持枪的手狠狠扔去！

“啊！！”吴学冰吃痛松了手，枪支应声落地。小颜立即起身上前将吴学冰脚边的手枪一脚踢了开来。

然而垂死挣扎的吴学冰并不打算就此投降，已经理智尽失的他猛地抽出腰间的匕首，将近在身边的小颜一把架起，刀刃直指小颜纤细的脖子。

“都别过来！！”吴学冰对围在四周的部队大声咆哮着，“不然我就和这女人同归于尽！”

“局长，要动手吗？”对讲机中，狙击手向楼玥询问道。

“先别动手，让我和他谈谈。”楼玥说着，从包围的部队中走了出来，漆黑的瞳孔中闪烁着凌厉的气势，直视着神情紧张的吴学冰。

“站住！别靠过来！”吴学冰怒吼着。

楼玥停住了脚步，视线移向不远处趴在地上的叶喻。只见叶喻捂着被血染红的右肩喘着粗气，表情痛苦万分。

“你情况怎么样？”楼玥皱了皱眉，轻声问道。

“肩膀中了一枪，不过应该……没伤到要害。”剧痛之下，叶喻的神志略微有些恍惚，经过刚才的爆发之后，他感觉浑身的能量正从四肢往肩膀的伤口慢慢集中，流血的趋势也在减缓，双目的血色已悄悄褪去。

部队里冲出几人将叶喻扶到一边，开始替他做紧急治疗。而此时的吴学冰已经管不上叶喻了，他紧紧地架着小颜，警惕地看着面前的男人；而小颜在看到楼玥的瞬间，脸上便露出了安心的神色。

“你们是怎么找到这里的！”吴学冰狰狞地看着楼玥。

“这还要感谢我们这位‘业余调查官’留下的线索。”楼玥轻轻瞥了眼旁边的叶喻，“要不是他特意留下的车皮与脚印，要锁定车辆进行路线追踪恐怕还不那么容易呢。”

吴学冰表情抽搐了一瞬，露出愤恨的神色：“哼，看来我这次又是栽在那小子身上！”

“你的破绽可不止这个。”楼玥笑了笑，“绑架的视频，发来短信的基站号码……这些自作聪明的举动全部都成为我们锁定这片区域的重要线索。当然，最终把我们引来这里的还是你刚才的枪声。”

吴学冰瞪着楼玥，没有说话。

“说，噬他们在哪里？”楼玥冰冷的视线直射吴学冰瞳孔，”你现在已经成为他们的弃子，再替他们掩饰已经没有任何意义。”

“弃子？呵呵呵呵……”吴学冰神经质地笑了起来，“只要血钥石还在我手上，我就不可能成为弃子！”

“那你觉得以你现在这种处境，他们会来救你吗？”楼玥嘴角勾了勾，不无嘲讽地说道，“而且，你认为你还保得住那枚血钥石吗？”

“我就算死也不会让你们夺走血钥石！”吴学冰激动地大吼，“为了小雪的重生，血钥石是必不可少的！”

“重生？”楼玥眉头一皱。

“他要用血钥石读取赵雪的全部记忆，并植入另一个记忆被清空的无辜者脑内，说是这样能为赵雪的灵魂找到健康的肉体，实现新生。”一旁的叶喻解释道，“之前他们做的这一切，都是为了改造血钥石并降低副作用而进行的实验！”

“荒谬！”楼玥怒视着吴学冰斥责道，“这又是噬他们的说辞吗？”

“荒谬的是你们！我知道你们手上也有血钥石，白白拥有那么神奇的东西却不加以利用，简直暴殄天物！”

“你根本不知道血钥石是多么危险的东西。”楼玥愤怒地打断了吴学冰的论调，“这种东西，根本就不该存在于这世上！”

“为了小雪再危险我也不管！”

“你真的是为了她吗？”兰翊从楼玥身后慢慢走了出来，神情一改往日的慵懒，露出了认真严肃之色，“口口声声说为了赵雪，却没有在她最后的时刻陪在身边，你所做的这一切只不过是虚伪的自我满足罢了！”

“最后的时刻？你什么意思？！”吴学冰睁大了眼睛。

“两天前，赵雪醒了。”兰翊看着吴学冰，一字一句地说道，“不过可惜的是，她醒来不久后突发并发症，就在昨天晚上抢救无效去世了，你所谓的移植灵魂，都是你的一厢情愿而已。”

“不可能！这不可能！！你在骗我！！”吴学冰浑身剧烈颤抖着，完全不顾形象地大声嘶吼，“我不信！！”

“不信的话你可以现在查收语音信箱，自从你失踪后你的家人一直在找你，这两天更是拼命给你留言希望你能看到，可直至赵雪去世，都没有得到你的任何回应。”

吴学冰不敢移开视线，只能一手架着匕首抵着小颜的脖子，另一只手颤抖着掏出口袋中的手机，摸索着打开了语音信箱。

“学冰，小雪醒了！”手机中传出了熟悉的声音，那是吴学冰母亲的留言，“她很想见你，你到底去哪里了？收到的话赶快给我回电话。”

“小雪的情况很不好……学冰，你快点回来吧！不然我怕……唉……”

……

留言一条一条自动播报着，诉说着赵雪越来越严重的病情，听着留言内容的吴学冰脸色也愈发难看。

“嘟——最新消息。”

语音信箱提示着最后一条留言，而这一次留言里并没有传出吴学冰母亲的声音，而是隐隐约约一小片啜泣声。

“学冰……”一个有气无力的女声从手机中传来，吴学冰听到声音的那一刹那，身体猛然一震，这正是让他魂牵梦萦了整整七年的女人——妻子赵雪的声音！

“学冰……对不起……”

然而话没有说完，录音里突然嘈杂一片，随即挂断。

“小雪？小雪！”吴学冰似乎忘记了这只是录音，失控地大吼，同时一只手立即拨通了母亲的电话。

楼玥没有阻止吴学冰的举动，只是将目光轻轻扫过被吴学冰架在身前的小颜，不露声色地摇了摇头。

“喂喂！是学冰吗？你终于回电话了！”电话里传出吴母焦急的声音。

“小雪呢？”吴学冰咆哮着。

“小雪她……她……唉，你终究还是没能见上她最后一面。”

“不！不！不会的！！啊啊啊啊！！！”

吴学冰彻底崩溃了，一把将手机摔了出去，同时左手勒着小颜的脖子，右手朝楼玥他们挥舞着匕首。

“你们！都是因为你们！”巨大的刺激之下，吴学冰残存的最后一丝理智也随之崩塌，“我想起来了，没错！是你们把小雪推到河里，还分尸！是的，是你们杀了小雪！！”

“怎么回事？他在胡说些什么啊！”叶喻一脸愕然。

“使用血钥石修改记忆的副作用。”楼玥叹了口气，“记忆错乱，他疯了。”

“那小颜岂不是很危险！”叶喻看着已经完全疯狂的吴学冰，紧张地看向楼玥，却发现后者一脸淡定。

“既然你们害死了小雪，那我就让这个女人一起陪葬！”吴学冰的脸上写满了暴戾。

“哼，我劝你最好不要这么做。”楼玥轻笑一声，一副不急不躁的样子。

话音未落，小颜突然猛地抓住吴学冰持刀的右手，反手用力一扭，只听一声清脆的“咔嚓”，吴学冰的右手瞬间被折成了一个奇怪的角度，匕首也伴随吴学冰的惨叫声掉落在地。

然而还没等吴学冰回过神来，他便发现眼前的场景猛然翻转。

“嘭！！”随着一记巨大的闷响，吴学冰被小颜以一记过肩摔重重地摔在地上，失去了抵抗能力。

“我早就说过……”已彻底摆脱迷药效力的小颜看着趴在地上呻吟的吴学冰，冷冷地说道，“我们特别事务调查局的女人，没一个好惹的！”

» 第三十九章　悲剧落幕

叶喻呆呆地看着眼前与平时判若两人的小颜，瞠目结舌。

仅仅两秒不到，原本占尽上风的吴学冰就这样被小颜轻松制服，动作如行云流水，凶狠果断，叶喻突然理解楼玥刚才为什么表现如此淡定了。

小颜甩了甩手，将地上的匕首踢开，随后转身跨过伏在地上的吴学冰，走到楼玥面前。

“抱歉局长，先前中了迷药所以拖到现在才出手……给大家带来麻烦了，对不起。”

“没事就好。”楼玥轻轻点了点头。

四周的部队似乎也惊讶于这瞬间的反转，在静默了片刻后才反应了过来，连忙准备围上去铐住地上的吴学冰。

而就在此时，现场又陡生异变。

一支圆形金属物体在众目睽睽之下突然窜入了大部队中央，猛然爆开！一股刺鼻的气体伴随着阵阵白雾瞬间充斥着整个厂房。

“是催泪瓦斯！”楼玥立即做出反应，“打开门窗，全体戒备！”

一片混乱中，吴学冰神情呆滞地爬起身，眼镜也在刚才的搏斗中被甩了出去，白雾里，他恍惚看到一个女人的身影冲他勾了勾手指，转身朝着一个方向飘然而去。

“小雪？是小雪吗……等等我，不要走！”吴学冰木然自语，追随着人影跟了出去。

人影走走停停，似乎在刻意引导着吴学冰，不一会儿两人便走出了白雾区域，进入到一个昏暗的废弃仓库。

“不好意思来晚了，易容花了点时间。”女人停下了脚步，转身看向吴学冰，“没想到那个姓叶的小子竟然引来了那么多救兵呢。不过……所幸还来得及扫尾。”

“小雪？你不是小雪！”吴学冰看着眼前的陌生女子，惶恐地睁大了眼睛。只见对方正举着一把消音手枪，冷笑着指着自己的脑袋。

“这阵子辛苦你了，我们的交易就此结束。”女子柔媚的话语藏着阵阵寒意，“把戒指还回来吧，你可以到阴曹地府里和你的小雪重聚了，再见。”

“住手！”随着一声疾呼，电光火石间，女子手中的枪被突如其来的子弹打落在地。

“什么人！”女子愤怒地看向仓库门口。

一个带着白色面具的黑衣男子正将枪口对着自己。

“做事喜欢斩草除根，果然是你们的风格。”男子走上前，将吴学冰挡在身后。

“你是谁？也是调查局的人吗？”

“呵呵，对于瓮中之鳖来说没必要知道那么多。”男子笑了笑，“你只须知道这次你逃不了了。”

“哼，到底谁是瓮中之鳖还不知道呢。”女人不动声色地说着，背后的左手悄悄摸向腰间。

然而话音未落，仓库外突然传来嘈杂的声音。

“那边有枪声，快！去那看看！”

“啧，被发现了吗。”女子柳眉微皱，在权衡形势后迅速做出了决定。

“虽然我不知道你是什么人，但你会为今天的行为后悔的！”女子死死盯着面具男，后退了一步，指间忽然白光闪过。

“砰”的一声，又是白雾四起，女子瞬间消失不见。

“哼，别想跑！”

面具男子正准备追击，又突然像是意识到了什么似的，猛地停下脚步，一把将跪在地上咳嗽不止的吴学冰拖出瓦斯区域。

“是仓库那里！还有白烟！”

营救部队越追越近，面具男看着意识恍惚的吴学冰，又转身瞥了眼女子消失的方向，轻轻叹了口气，随即重新将身形隐入黑暗之中，匆匆离去。

“报告！在废弃仓库发现吴学冰，周围没有其他人！”赶到的众人立刻将已经神志不清的吴学冰围了起来，同时向楼玥他们进行通报。

不一会儿，楼玥与兰翊随即赶了过来，远远便看见吴学冰呆坐在地，不断自言自语。

“小雪……不，小雪不会死的！我不承认！我不要这样的记忆！血钥石……对了！就用血钥石把我这段记忆改掉好了……”吴学冰惨笑着从口袋里掏出了一枚环状物体，缓缓套上手指。

“血钥之戒！”楼玥瞳孔陡然收缩，立即快步跑上前，”快阻止他！”

然而就在吴学冰套上戒指的那一刹那，戒指上的那枚血红色宝石光泽突然暗淡了下去，下一刻，宝石表面便布上了蛛网般的裂缝，随着一声清脆的爆裂声，血钥石四分五裂，化为齑粉，消散在空气中。

“什么！”

这下震惊的不止楼玥他们，连吴学冰也是满脸错愕。

“血钥石？为什么！！上天啊，你为什么要这么对我！！”吴学冰一把扯下已经没有宝石的指环，狠狠扔了出去，指环摔到地上后闪过一串火花，在自燃中瞬间焚毁。

周围的警员们一拥而上，将已癫狂的吴学冰牢牢控制。

“这到底怎么回事？血钥石没那么脆弱吧？”兰翊讶异。

“只有一个解释。”楼玥做出了初步判断，“这恐怕不是真正的血钥石，而是赝品。”

“赝品？”

“一个具有与真品相似功能的赝品。哼，看来这次噬给我们带来了新的惊喜呢，有意思……”

楼玥转身看向白雾尚未散尽的仓库，双拳慢慢握紧。

“抱歉，岩博士，扫尾时遇到了点麻烦，1号样本没能带回来。”黑暗中传出一个娇柔妩媚的女声。

“呵呵，无妨。”一个有些沧桑的男声响起，“我已经通过控制器遥控销毁掉了，而且这次收集的数据也不少，那份样品也算完成了使命。”

“那个吴学冰大概怎么也想不到，其实他自己也是个实验品呢。”女人冷笑道，”不过从他疯癫的状态来看，这次试验的结果离我们的目标还很远。”

“是的，看来整体计划还得一步步慢慢来。不过这次托吴学冰的福，我们的研究已经有了初步成果，只可惜……”

“可惜那个姓叶的小子，还是没抓到他。”女人的声音不无遗憾，“如果他的确是驱逐者的话，真的会对我们的计划有帮助吗？”

“毋庸置疑。”被称为“岩博士”的男人开口说道，“驱逐者不仅体质非常特殊，脑部潜力也非常巨大，极具研究价值。如果能得到他进行实验分析，我们的目的说不定能够很快达成。”

“看不出来，那个毛头小子竟然那么有用，这也算是我们这次行动的一个意外收获了。”

“不过，仅仅根据吴学冰的说法并不能确认他就是驱逐者，毕竟那边也开发了短期抵御脑部入侵的药物，不排除他是因为服了药才具有脑波入侵的抵抗力。”

“可是那次楼顶上的虚拟现实中，他的表现好像的确有点反常，竟然能反噬幻境，那种事可不是普通人能做到的。”

“所以最好还是能尽快确认他的体质，我对这个实验品可是非常期待呢，呵呵呵……”岩博士有些神经质地笑了笑，“对了，你还没把这件事告知上头吗？”

“没有确认的事我可不敢贸然上报，省得给自己惹麻烦。”女人冷冷地说道，“不过你放心，接下来我自有办法。”

“呵呵，被你盯上的男人该说是幸运呢，还是不幸呢？”岩博士的语气意味深长，“那我就拭目以待了。”

夜幕下，一辆辆警车呼啸着驶入废弃厂区，对现场实行善后工作。

吴学冰被两名健壮的警员押上了警车，此时的他早已不复当初那种衣冠楚楚的样子。凌乱的头发，浑浊的眼睛，虽然脸上已经没有了先前的癫狂，但取而代之的，是一种呆滞与空虚，仿佛灵魂被清空了一般，整个人宛如行尸走肉。

而受伤的叶喻也被火速赶来的救护人员抬上了担架，进行紧急救治。

“他的情况怎么样？”楼玥关切地向医护人员询问道。

“情况比想象中好得多，没有击中要害，而且伤口的血竟然自己止住了，实在是奇迹。”救护医生一脸惊奇的样子，“不过子弹还留在身体里，可能要动个手术。”

“没有生命危险就好。”楼玥低头看着叶喻的脸，悄悄松了口气。

“局长，你们打算如何处理吴学冰？”担架上的叶喻目送着吴学冰被押送离去，转头看向身边的楼玥。

“依法办事。”楼玥面无表情地回答道，“多行不义必自毙，他落到这种地步也是自找的。”

“唉，他费了那么多心思，心甘情愿被噬他们利用，最后却连爱人的最后一面都没见到。”叶喻垂下眼帘，“我并不是为他辩解，只是突然觉得……他也挺可怜的。”

“你同情吴学冰的境遇，又可曾想过那些受害者的境遇呢。”楼玥正色道，“陈严、金彪、李丽……一条条人命就这样轻易被夺走，就为了做所谓的实验，以达成他自私的目的，这种藐视生命的行为是绝对不可饶恕的。”

“对不起，您说得对。”叶喻有些羞愧，“说到底，还是噬他们在背后搞鬼。”

“在他选择成为噬的傀儡的时候，其实结局就已注定。”楼玥抬起头，看着阴沉的夜空。

“人，总是要为自己的行为负责的。”

空中渐渐飘起丝丝细雨，洗礼着这场最终落幕的悲剧。

第一卷

灵魂使徒篇

» 序章　噬忆者

男子斜靠在角落的沙发上，饶有兴趣地看着靠窗那桌的女孩。

这是一家颇具情调的餐厅，午后的暖阳通过大大的落地窗户洒进室内，为那些西式桌椅铺上了一层金色的光芒，显得优雅而精致。店里生意不错却丝毫没有人大声喧闹，一切都是如此恬淡悠闲，而与周围那古典画风有所出入的，倒是角落中这位戴着墨镜、身着黑色朋克系紧身T恤，打扮入时的男子。

“先生，请问您需要续一下咖啡吗？”服务员微笑地走了过来，有礼貌地询问道。

“不用了，谢谢。”男子回答道，目光却没有从窗口那位女孩身上移开。

这是一位长相俊俏的女孩，年纪不大，大概20岁左右的样子。

雪白的皮肤，笔挺的鼻梁，稚气未脱的脸配上略显青涩的表情显得尤为楚楚动人，水汪汪的大眼睛闪烁着星辰般的光芒，不过现在这层光芒似乎因为有心事的缘故，显得有些黯淡。只见她一个人坐在双人桌上，视线在落地窗户外搜寻着什么，又不时低下头查看手机，好像在等什么人。

男子并不认识这位女孩，但这并不妨碍这位女孩成为他的观测对象。

没错，是“观测”。

或许因为无聊，亦或许只是出于个人癖好，男子常常喜欢一个人窝在餐厅角落，观察来来往往的食客，看着他们的表情，听着他们的谈话，推测他们的反应。

男子有种特别的能力，便是听力超乎常人地好。不论四周再多干扰，想听的对话都能听得一清二楚，对于他来说，餐厅好比一个小型剧院，而有时候在这种地方上演的剧情、谈论的故事，可远比电视剧里的有趣多了。

服务员见男子似乎不愿被打扰，便轻轻点头，识趣地离开了。

说起来，男子其实从进餐厅起就已经注意到这位女孩，与周围那些悠闲的食客不同，她的眼中写满了焦虑与不安，男子敏锐地感觉到可能会发生一场有趣的故事，于是便选了一个离女孩不远处的角落，一边悠闲地吃着午餐一边观察，只是直到面前的餐盘扫净，那个女孩所等的人好像还是没来。

桌上的手机骤然响起，女孩脸上闪过一丝期待，然而当她看到手机屏幕上的姓名时，这份期待又迅速消失不见。

“喂？是小燕啊，嗯，我还在等他呢。”电话那头似乎是女孩的闺蜜。

“没事的，再等等吧，大概他比较忙。”女孩垂下了眼帘，显得有些落寞，“放心吧，我已经决定了，今天无论如何……都要问清楚，我也不想再这样下去了。”

男子端起咖啡抿了一口，顺便瞥了眼时钟。

都两个小时了，还真有耐心啊。

男子暗暗想着，看着女孩挂了电话后那副失落的表情，以及她面前早已凉透的菜品，突然有点同情起她来。

哎……估计对方是不会来了。

正当男子放下咖啡杯准备起身闪人，突然看见女孩眼中一道光芒闪过。顺着她的视线，只见落地窗外一位穿着蓝色衬衫、衣冠楚楚的年轻男人疾步而来。

女孩立即挥手向那位年轻男人隔窗轻轻示意着，原本有些忧郁的神色瞬间一扫而空，取而代之的一种发自内心的欢喜与期待。

呵，总算开演了吗？

墨镜男重新靠回沙发，跷起二郎腿，开始欣赏起这出即将上演的“有趣剧目”。

“你来了啊，还没吃饭吧？菜凉了，我让店里热一下……”女孩说着举手打算招呼服务员。

“不用，我吃过了。”衬衫男一屁股坐在女孩对面，丝毫没有为迟到那么久而表示任何歉意，“我等会儿还有点事，你有什么话快点说吧。”

“我……我……”女孩小心翼翼地看着衬衫男的脸色，似乎有些紧张，一时不知该如何开口，支吾了许久都没能说出来。

“要是没事的话我就先走了哦，真的有事。回头给我打电话好了。”衬衫男低头查看着手机，不时回着消息，视线完全没有在女孩身上有所停留。

“等……等一下！”一听衬衫男要走，女孩有点慌了，“我……我这次约你出来，只是想问你一个问题。”

“一个问题？”衬衫男恋恋不舍地将目光从手机屏幕移开，抬起头有些好笑地看着女孩，“我们不是每天都会打电话聊天吗？电话里说不行吗？”

“不，我觉得有些事还是当面问比较好。”女孩深吸一口气，终于下了决心，“我们……也接触那么久了，你……你觉得我们的关系到底是……？”

“朋友。”衬衫男似乎早有准备，直截了当地将女孩的话堵了回去。

“朋……朋友而已吗？”女孩眼中瞬间聚集起了点点泪花。

“对啊，比较聊得来的朋友而已。”

“可是……可是你每天都会找我电话聊天，约会的时候也会牵我的手，说只有我懂你……”

“可我有向你表白过吗？我有说过要和你在一起吗？”衬衫男粗暴地打断了女孩的话，轻轻靠向椅背。虽然他的嘴角微笑着，但眼神中却藏着深深的冷漠，“你想多了，我从来只是把你当普通朋友而已。”

“普通朋友会每天聊到半夜吗？”女孩再也控制不住，眼泪夺眶而出，激动之下声音也带上了哭腔。

“你怎么想那是你的事，我没有必要为你的情绪负责。”衬衫男摊摊手，一副无所谓的样子。

“你……竟然……！”女孩显然没想到对方会说出这样的话，气得浑身发抖。

听闻此言，在一边默默旁观的墨镜男也不禁咂嘴，轻轻摇了摇头。

“问题问完了吗？我得走了。”衬衫男站起身，脸上隐隐有些不耐烦。“当然，你要是今后还想找我聊天，我还是很欢迎的，只是以后别再问这种话了，这真的让我很困扰好吗。”说完就要离去。

“你……有喜欢过我吗？”女孩望着男人的背影，泪眼中似乎闪烁着最后一丝希望，然而这份希望转瞬间就被男人踩得粉碎。

“从来没有。”只听衬衫男头都没有回地吐出一句，脚步没有丝毫停顿，径直离开了餐厅。

哎……真是场无聊的肥皂剧。

目睹了全过程的墨镜男望着女孩埋首痛哭的样子，叹了口气。

“小燕，我……我真是太傻了！”

女孩端着手机，似乎在向闺蜜哭诉，周围的食客们也纷纷投来同情的目光，然而此刻情绪崩溃的女孩已经完全顾不上自己的失态了。

“我真的好难过！小燕，每当想到他对我的好全是假的，全都在骗我，我就……”女孩哭得梨花带雨，“如果能失忆就好了！如果我忘了他的一切，是不是就不会那么痛苦了……呜呜呜……”

“该失忆的不是你啊，傻女人。”

一个男人的声音从身边响起，女孩抹了把眼泪，抬头看向周围，却只见到一个疾步离去的陌生背影。

周末的大街上人流涌动，衬衫男一边讪笑地打着电话，一边穿过人群前往车库。

“不好意思啊小晴，刚才见了个客户，回消息慢了。”衬衫男毫不脸红地随口扯着谎。“哎，没办法，工作太忙了。”

正说着，衬衫男手机的来电转移突然提示着另一通待接电话。

“我等会儿还要去见另一个客户，回去再给你打电话。嗯嗯，乖！先挂了哦。”衬衫男忙不迭地挂了电话，接起另一通来电。

“亲爱的，你已经到酒店啦？先去房间等我吧，就快到了。”衬衫男的脸上满是媚笑，似乎迫不及待地要与电话那头的女人共赴云雨，“嗯嗯，我也很想你哦，一会见。”

挂了电话，衬衫男的表情迅速从阳光热情转化成了一种冷漠轻蔑。

“哼，这帮女人，太好搞定了。”衬衫男不禁冷笑了一声。

他太懂女人心理了，只要在那些单纯又愚蠢的女人陷入迷茫时适时表现出关心理解，并施以小惠，那些女人就会前赴后继地将心掏给他，而她们眼中的崇拜就是填补自己空虚内心的最好食粮。

当然，他最烦遇到那些对自己认真起来的女人，只要一发现有这种迹象，他便会迅速撇清关系。在他看来，只有在自己单身的情况下才能毫不理亏地约会那么多女人，既然已在花丛中游刃有余，那又何必特意找个固定女友束缚自己？

正当衬衫男得意地翻着手机通讯录，打算查找下一个“攻略目标”时，突然迎面撞上了一个戴墨镜的男人，差点把他的手机撞掉。

“啊，不好意思。”对方一把扶住他的手，将手机稳住。

“你走路不长眼……”衬衫男话还没说完，眼神突然猛地失焦，整个人仿佛灵魂被抽空了一般，瞬间变得毫无神采。

“以后你的心得长点眼。”墨镜男子笑了笑，随即没入人群中，消失不见。

人来人往的闹市大街上，衬衫男如木偶般呆立在原地，一动也不动。

» 第一章　凶宅

“昨天下午，本市一男子街头突发疾病，记忆尽失，举止如婴儿……警方通过其最近电话联系人信息寻找其亲友，竟然有17个女子同时出现，均自称是他的女朋友。这新闻什么鬼？”叶喻撇撇嘴，随手将平板电脑递给一旁的张小花，“这世上真的是什么人都有啊。”

“哎哟，下面的网友评论还清一色的‘人生赢家’呢！”小花接过新闻瞄了两眼，“不过这种‘人生赢家’最后还是遭到了报应啊。江湖上不是有句话吗？出来混总是要还的。”

此时的叶喻正悠闲地和小花坐在H集团大厦午餐区咬着包子聊着天，而他的身份已不再是调查官，而是H集团的一名普通记者。

自从那天吴学冰伏法之后，叶喻便入院进行了手术。事实上他伤势的恢复速度堪称奇迹，手术后仅仅两周便几乎痊愈，这点不仅令医生们大跌眼镜，连叶喻自己也颇感意外，各项检查也没查出什么原因来，局里为了保险起见还是硬让他调理了两个月后才准出院。

以前我怎么没发现自己竟然有那么好的身体能力？难道是之前兰翊对自己特训的原因？叶喻自嘲地想着。看来在特别事务调查局的日子虽然经常遭殃住院，但还是有收获的嘛，虽然以后和调查官的世界不会再有交集了……

嗯，应该是不会有了吧？毕竟是自己主动要离开的。

当初会加入特别事务调查局，也是由于受到吴学冰的灭口威胁而采取的临时措施，叶喻原本就打算等这件事过去后就回去当记者，所以出院后便向楼玥提出要走。虽然楼玥一开始并不同意，但最后还是经不住叶喻的坚持，同意放人，而且如先前所承诺的，将他安排回了H集团。

叶喻看了看右手食指上的指环，那是和之前那副电击手环如出一辙，甚至更小巧，功能更全面的特殊装备，也是楼玥在叶喻临走前嘱咐他佩戴的东西。

“噬的威胁并未解除，我也不能保证他们今后是否还会来找你麻烦，这东西先借你戴着，如果遇到危险说不定可以帮到你。”

虽然和特别事务调查局的同事们相处时间不长，但想到他们曾如此真心待自己，甚至还为自己的今后安全考虑，叶喻心头就莫名涌上一股感动和惆怅。

吴学冰已经疯了，血钥之戒也碎了，要继续追查估计很难吧？不知道他们接下来打算怎么办呢？

不过叶喻很快便强制自己不要多想，毕竟在他看来，自己再担心也帮不上忙，那边并不是自己应该待的世界。

“有时间在这聊天，还不如给我出去跑新闻！”一句洪亮的训斥声打断了叶喻的思绪，只见王主任匆匆走了过来，毫不客气地扔给叶喻一份材料。

叶喻赶忙接过材料扫了两眼，一份说明材料，另一份是个新闻通稿。

“千鸿集团近期收购的古宅传闹鬼……新项目进度受阻……”叶喻读着说明材料，发现这似乎是近期网上闹得沸沸扬扬的一则市井怪谈。

千鸿集团是国内数一数二的地产公司，主要投资高档酒店及度假村业务，总部就在下洋市。这次网上传的闹鬼事件，简单来说就是该集团近期在下洋市郊收购了一栋有点年份的花园别墅，打算将其改造成高级酒店，谁料到施工队刚进驻不久就接连出事，一时间闹鬼传言便甚嚣尘上，工程进度也不得不暂缓了下来。

“刚接到上面的要求，让我们去采访写个报道，你去看看吧，有车马费。”王主任说道，“写得正面点，可以参考对方给的通稿。”

王主任的言下之意再明显不过，叶喻就算再菜鸟也瞬间就懂了——不就是让媒体帮忙搞危机公关嘛。

明眼人都看得出来，闹鬼传闻再这么传下去，就算工程顺利实施完毕，对新造的酒店业绩也会有极大影响，毕竟谁会愿意住闹过鬼的酒店呢？所以必须借媒体之口告诉大众那幢房子没有问题，洗刷闹鬼传言。

事实上不少媒体都做过类似的事，只要给钱，而且不是什么影响过于恶劣的事件，一般让媒体以报道之名写点软文粉饰太平也不是难事，所以很多企业一出事就会第一时间联系媒体进行危机公关，这已经是行业内大家心照不宣的事情了。而像叶喻这种有新闻理想的新人记者，虽然对这种软文式报道心感不屑，但以他的地位也只有顺从的份。

“千鸿集团啊，他们负面消息还真不少呢，前阵子也闹出过暴力拆迁的传闻，风评超差。”叶喻看着材料，撇了撇嘴。

“让你去就去，废话那么多干什么？还不快点行动！”王主任一脸不耐烦地开吼了。

“好好，我马上去！”回过神来的叶喻连忙应和道，手忙脚乱地将餐包一口塞进嘴里，向小花悄悄使了个眼色后便抱起材料冲了出去。

小花对着叶喻的背影做了个“深表同情”的表情，随后心虚地瞄了眼在一旁阴沉地盯着自己的王主任，讪笑着放下咖啡杯，也迅速跑去干活了。

当叶喻赶到那栋“闹鬼”的古宅时，已经是下午四点了。阴沉的天色让周围的景致显得有些昏暗，湿闷的空气预示着一场暴风雨的来临。

这天看样子要变脸啊，听说今晚有台风。叶喻抬头看着黑压压的雨云，心里盘算着尽量早去早回。

远远望去，这幢古老的西式花园别墅孤独地矗立在空旷的场地中，别墅周围已经被拆迁一空，貌似也是千鸿集团买下的地。不知是否是心理暗示的作用，叶喻总觉得别墅散发着阵阵阴森的气息，让人看得心里不太舒服。

不管怎么样，先去了解下情况吧。

叶喻镇定心神，背起包走近了别墅，只见别墅花园铁门前已经站着一个黝黑健壮的男人，看着装应该是施工队的人。

“你好，我是H集团的记者，我姓叶……”叶喻刚亮出记者证，话还没说完便被对方给打断了。

“我知道的，来采访的是吧？上头交代过了……”男人伸手和叶喻握了握，“你好，我叫周浩，是这里的施工队队长。来，我带你先去我们办公室吧，坐下来慢慢聊。”

“好的，那就麻烦您了。”见对方如此配合，叶喻也就放了心，看来果然是他们上头打过招呼了。

叶喻跟着周浩走进了花园铁门。这幢别墅占地面积不小，共有三层楼高，是个五千平方米以上的大型别墅。不但建筑风格秉承欧洲复古样式，还附带了一个大型庭院；院内喷泉与花圃围墙上细致地装饰着石雕花纹，布局也花了相当心思，简约而不简单，一看就是出自高人设计。

只是此时的喷泉看上去枯竭已久，而花圃也因为长时间无人打理的缘故，已经是杂草丛生。如此精美的一个庭院如今看上去却笼罩着深深的萧瑟之感，让叶喻不禁感到有些惋惜。

“虽然现在这里看上很破，不过等我们装修完之后，绝对会焕然一新的。”似乎是察觉到了叶喻的遗憾，周浩笑了笑，回头解释了一句。

周浩的长相比较硬朗，国字脸高颧骨再加上一对剑眉，即便是笑着，也让他看上去不是那么和善。

“我听说你们两周前进驻这里后接连出事，具体到底是……？”叶喻小心地试探道。

“死了一个，疯了一个。”周浩的回答直截了当。

“竟然还出过人命？”叶喻咋舌，这点连网上都还没曝出来，看来消息是被千鸿集团封锁了。

“怎么死的？警方有介入吗？”

“死因是心肌梗死。因为算是意外，警方也只是做了常规处理。”周浩淡淡地说着，推开了别墅大门，“具体等办公室里和你详说。”

刚跨入别墅，一股古旧的气息扑面而来，屋内没有开灯，昏暗的光线和空旷的空间让这幢房子更增添了几分诡异。然而更让人奇怪的是，正对大门的墙壁上突兀地挂了一块大黑布，好像将什么东西遮了起来。

“这是什么？”叶喻指着黑布问道。

“这是前主人的画像。”周浩瞥了一眼，迅速移开了视线，“本来打算撤下来的，但东西太大一时没地方摆，就先盖了个布在上面。”

为什么要把画像遮起来呢？叶喻心中有些疑问，不过见对方似乎没有解释的意思，他也就不再追问。

“话说回来，据说这幢房子之前的主人是位老者，已经独自在这住了几十年了，你们是怎么劝服他让出这里的？”叶喻环顾着四周，随口问道。

周浩的神情明显僵了一下，随即转过头背对着叶喻，幽幽地吐了一句：“他……前几个月去世了，后来是他在国外的儿子将房子卖给了我们。”

“啊，是病故吗？”叶喻问道。

“好像是突发过敏引起的衰竭，具体我也不清楚。”周浩貌似不愿就此聊太多，径直上了二楼，顺便岔开了话题，“对了，现在办公室里还来了位客人，等会儿采访时他也会在场，希望你别介意。”

“客人？”

“嗯，上头派来的，好像是什么……风水师？”

风水师？叶喻暗自好笑，难道千鸿集团以为这幢房子出事是因为风水不好？

“没关系的。”虽然内心吐槽了两句，叶喻还是礼貌地表示了不介意，事实上他对那位“风水师”突然感了兴趣，能让千鸿集团出面邀请，估计来头不小。

想到这里，叶喻脑海中不由自主地勾勒出一位身着道袍，手持罗盘，留着山羊胡，一脸高深莫测的道家高人的样子，在他的印象里风水师不都这样？

正当叶喻胡思乱想时，周浩停下了脚步。

“办公室就是这里，请进。”说着周浩便推开了门。

“哟，这就是那位记者吗？”

一句有些轻佻的男声传了出来，叶喻刚走进房间，就见到一位身着黑色朋克系T恤，戴着墨镜，耳朵上不知穿了多少耳环的“非主流”男青年正靠着沙发，跷着二郎腿，上下扫视着自己。

“这位就是刚才和你提过的风水师。”周浩看了一眼墨镜男，面无表情地向叶喻介绍道。

“鄙姓梁，名云霄，可以叫我梁大师哦。”男子摘下墨镜，露出一双明亮而又透出敏锐光芒的眼睛，“很荣幸见到你。”

» 第二章　信

啥，这个“非主流”是风水师？叶喻觉得自己先前的那些想象如玻璃般碎了一地，顿时不知该说什么好。

看着叶喻一脸讶异的表情，梁云霄不由笑了起来：“哈哈哈，你的反应和他们之前的一模一样，真有意思。”

“啊，抱歉。”叶喻这才回过神来，觉得自己有些失礼，“你好，我叫叶喻，是H集团的记者。”

“你是不是本来以为所谓的‘风水师’都是老头子？”梁云霄站起身，慢慢踱向叶喻。

黑色上衣与黑色皮裤，修长而又健壮的身姿，再配上一堆奇奇怪怪的金属装饰品，感觉这人只差背个电吉他就可以去地下酒吧里吼一曲了，竟然还自称风水师？画风完全不对好吗！

“不好意思，和我想象的……的确有点差距。”

“哈哈哈，你以为现在看风水的还会像以前那样，穿着道袍拿着罗盘神神道道的吗？时代早就变了，真正有本事的人其实只需通过眼睛看，就能指点乾坤哦。”

真的假的？

叶喻满腹疑惑，但也懒得追问，对他来说只想早点完成这次报道早点闪人。

“既然叶记者也来了，那我们就开始吧。”周浩顺手关上了门，引导所有人就座，叶喻这才注意到房中除了他们和梁云霄之外，还有其他几副生面孔。

“叶记者，其他几位都是我们施工队的人。”周浩开口介绍了起来。

“这位是陈涛，我们的副队长。”

“哎呀，叶记者，幸会幸会。”一位精瘦却挺精神的男子一脸谄媚地上前递上名片，“本人姓陈，耳东陈，波涛的涛，之前听闻会有H集团这样的大媒体来采访，我就猜想来的一定是位精英，一看果然如此啊！小哥一看就是个大记者，这次报道还请帮我们多美言几句啊！”

呵呵，真会说话。

叶喻接过名片，眼角恰好瞥到一旁的周浩瞪着陈涛，好像有些不满。

“啊，当然，我只是个副队长，报道里还是多写点我们周队吧。”似乎是注意到了周浩的脸色，陈涛皮笑肉不笑地补充了一句，“我相信有我们周队在，一定会把威胁我们的人给揪出来……”

“陈涛！”周浩猛地打断了陈涛的话，后者立马装出一副说漏嘴的样子，耸了耸肩，不说话了。

“威胁？什么威胁？”叶喻捕捉到了陈涛话语中的信息，向周浩投去询问的目光。

“没什么，没什么。”周浩随口敷衍了一句，又开始介绍起下一位队员。

看来这件事没那么简单呢！叶喻默默想着，决定先听下去。

“这位是钱允能，我们的大力士。”

一位浑身肌肉的壮汉向叶喻面无表情地点了点头。

“这位是许严伟，新来的小年轻，主要帮我们记记账。”

一个戴着黑框眼镜，看上去白净文弱的男孩向叶喻紧张地笑了笑：“您……您好……我……我叫……许……许严……”

“唉可以了！结结巴巴的，之前不是介绍过你的名字了吗！”周浩不耐烦地插了嘴，许严伟被这一吼，立刻不敢说话了。

“抱歉，这人胆小怕生，说话都说不清。”周浩笑着向叶喻解释了一句，顺便向周围扫视了两眼，“唉？游勇这小子呢？”

“上茅厕了，他每天都是这个点蹲厕。”钱允能说道。

“哼，只知道吃喝拉撒的废物。”周浩不屑地撇了撇嘴，“不管他了，允能，说下我们现在的情况。”

钱允能点点头，开始了叙述。

“我们是三周前进驻这里的，因为是内部改建的缘故，我们部分施工队员就住在别墅里。第一起事故发生在上个礼拜，出事的是我们的前队员江心。这人心脏本来就不好，在队里也只是做做后勤，然后那天早上我们发现他没起床，去他房间找他的时候发现他突发心脏病死在房间里，身体都凉了。”

“难道他没有随身带药吗？”叶喻问道。

“说来也奇怪，我们发现他尸体时药丸撒了一地，他人就躺在药堆上，明明伸手就可以拿到的但就是没有吃，大概是来不及了吧。”

“那另一个出事的呢？”

“另一个是我们队的工程师李雨辰，这个就更离奇了，原本挺精神的一个小伙，就在江心出事后第三天突然整个人就傻了。”

“傻了？”

“对，其实前一天我就觉得他有点不太对劲，老是声称江心出事当晚看到有黑影从江心房里出来，整个人变得神神道道的，结果没过多久整个人突然变得痴痴傻傻，像被勾了魂似的，后来被送到精神病院了。”

“难道也是突发疾病？”

“谁知道啊，不过那之后我们就觉得这栋房子闹鬼，消息很快就传开了，还吓跑了队里不少人，工程就被暂时压了下来。”

“从你们的描述看，其实也只是李雨辰在出事前有提到所谓黑影的出现，还有什么其他因素让你们觉得是有‘鬼’作祟呢？”叶喻问道。

“其他……额……”钱允能有些吞吞吐吐，目光不断地往周浩那边瞟，叶喻敏锐地捕捉到了这个细节，转头看向周浩。

“你们是不是还发现了其他线索？”

“没有！”周浩矢口否认，视线却不敢和叶喻接触。

有问题啊……看来这帮人瞒了不少事。

叶喻的好奇心被激了起来，虽然上头交代的任务只是做个软文报道，但作为记者的职业敏感告诉叶喻，这当中恐怕有新闻猛料呢。

正当叶喻思忖着要如何向周浩套话，突然门外传来了着急的脚步声，由远及近，似乎直奔办公室而来。

“队长！不好了，又一封幽灵来信！”

随着“砰”的一声，办公室大门被猛地冲开，一个留着板寸头的年轻男子冒冒失失地闯了进来，手里貌似还拿着一张纸。

“喊什么喊！没看到有客人吗！”周浩着急地吼着，准备起身抢过那人手上的东西。

幽灵来信？

叶喻哪肯错过这等线索，眼明手快的他赶紧先一步接过了板寸青年手上的纸片，迅速扫了两眼。

这是一张复古的信纸，泛黄的纸面上用蓝色钢笔端正地写了一行标准宋体：“于暴风雨之夜，再次践行吾之预言。——郑邱”

“这是……？”

“恶作剧而已！”周浩连忙上前一把从叶喻手中夺过信纸，转头瞪了板寸青年一眼，“游勇！你小子是从哪里拿到这东西的？”

“就……就藏在厕所的卫生纸盒里……”这个叫游勇的小伙看着一脸怒容的周浩，又瞧了瞧一旁陌生的叶喻，有些不知所措。

“这位是H新闻集团来的叶记者，游勇，你可不要在人家面前乱说话啊……”最后还是副队长陈涛出来打了圆场，“呵呵，叶记者，这小子也是新来的愣头青，说话有些冒失，你别介意啊！”

叶喻没有理会陈涛的客套，此时的他正在记忆里反复搜索一个人名。

郑邱……郑邱……有点耳熟的名字，好像在哪里听说过……啊！是他？！

“郑邱……就是这幢房子前主人的名字啊！”叶喻终于想起之前翻阅过的资料内容，“他不是前几个月就去世了吗？那这封信又是怎么回事？上面说的预言又是什么？”

周浩脸色阴郁地沉默着，除了梁云霄以外，其他人也都是一副想说又不敢说的样子，周围一时陷入了冷场。

“周……周队……还是把那件事告诉叶记者吧。”一个怯生生的男声带着些许颤音从角落中响起，只见许严伟小心地开了口，“说不定其他人有办法，我真的……好怕……”

“怕就滚！”周浩双眼一瞪，许严伟立即缩了回去，不再敢说话。

“我说周队长，这就是你不对了，我千里迢迢来这里帮你们解决问题，而你们却藏着事不肯说，这也太不合适了吧？”这次说话的是在一旁观察已久的梁云霄，看来他也是被隐瞒的对象，“如果你们没有诚意，那我也就只能告辞，到时候你自己向上面解释吧。”说着便起身要走。

“别，您别！”周浩一看梁云霄要走，突然有些慌了神，急忙劝道。

梁云霄停下脚步，镇定自若地看着周浩。

周浩犹豫了片刻，最后貌似总算下了决心，对钱允能命令道：“允能，把那封信拿出来。”

钱允能点了点头，转身在打开一旁的办公桌抽屉，翻找了片刻，抽出一张与先前游勇手中如出一辙的复古泛黄信纸，交给了周浩。

“这是在施工队进驻这里不久后发现的。”

叶喻从周浩手中接过信纸，一个触目惊心的标题首先映入眼帘——《死亡预告书》。

同样的蓝色钢笔字，同样工整的标准宋体，看来和刚才那封信出自同一人手。

叶喻深吸一口气，轻声念了起来：

死亡预告书

觊觎吾辈财产的卑劣之徒
吾将从地狱重生向汝复仇
破汝心脏
噬汝魂魄
灼汝筋肉
断汝咽喉
啖汝脑髓
碎汝身骨
恶魔们啊
在地狱焰火中
狂欢吧！
嘶吼吧！
挣扎吧！
无人救赎！

——郑邱

» 第三章 暗影

“这封信是怎么被发现的？”叶喻握着信纸，抬头看向钱允能。

“某天早上被摆在周队的办公桌上。”钱允能指着一旁的桌子向叶喻示意了下，“当时我们都以为是什么人的恶作剧，所以都没在意，毕竟这幢房子的前主人早就过世了。直到江心、李雨辰接连出事后，我们才觉得有些不对劲……”

“破汝心脏、噬汝魂魄……心脏病、变痴傻，这不正是对应着信上的说法吗！”叶喻恍然。

“是的，所以队里很多人都说那封信是这里的前主人从阴间寄过来的，他的亡灵还在这幢房子里，还将我们施工队视作霸占他房产的人，要找我们复仇呢。”钱允能虽然一脸镇定地叙述着，但闪烁的眼神还是出卖了他内心的恐惧。

“那这件事有没有告知过警方？”

“没有。之前那两起事件均是意外，就算告诉警方有这封信也无济于事，还可能引来媒体添油加醋，影响我们的工作，所以周队的意思是谁都不准说。”

“可后来你们还是暂时停工了。”

“毕竟队里连续两个人出事，闹鬼的传闻也传了开来，上头迫于压力暂时让我们停工了几天，但眼看着工期紧迫，所以又命令我们明天就开工。”

“然后立刻就收到一封警告信吗，感觉像是盯上了你们似的。”叶喻托着下巴分析着，“我个人不觉得是鬼魂作祟，一定是有人不想让你们开工才特意搞出这些事。”

“哼，肯定是有人故意捣鬼！”周浩一拳狠狠拍在了桌上，目光有意无意地扫过陈涛，后者一如既往地媚笑着，只是这种笑容在周浩眼里多了层其他意味。

“唉，先别激动嘛。”梁云霄笑着摆摆手说道，“事情我算大致了解了，既然你们老大请我来看看这里的风水，那先等我巡视完，你们再下结论也不迟。”

周浩脸上隐隐露出不屑，看来他似乎并不信什么风水之说，但碍于上头的面子，也只能顺着梁云霄的意思来。

“行，那就先请梁大师帮忙指点指点，等您巡视完一圈再说。叶记者，您要不也一起逛逛吧，方便您收集点照片素材。”周浩向叶喻询问道。

叶喻点点头，他原本也正有此意，于是便起身和梁云霄一起走出了房间。

“其他人就先自己回房收拾收拾，明天照常开工！”周浩看着周围的众人命令道。

“啊？还是要开工吗？那预告信……”

“闭嘴！”角落中的许严伟刚刚咕哝了几个字，便瞬间被周浩的怒斥打断，“要是怕，现在就滚！再啰嗦我揍你！”

许严伟身体一抖，立马噤声，在他眼里周浩可比幽灵可怕多了。

其他人也不敢有任何异议，纷纷低头各自散开了。周浩面无表情地扫了眼空无一人的办公室，“砰”地锁上了门。

———————

叶喻下了楼，在底楼大厅中四处观摩。

之前进门时比较匆忙没有留意，如今仔细一看，叶喻不仅被其内部华丽的装饰所震惊。整个别墅的装修风格参考西方宫廷样式，年代的久远丝毫无法掩饰其精致与大气，整个屋子不但建筑样式非常考究，内饰也堪称精品，墙上那幅临摹米开朗琪罗《创世纪》局部的壁画尤为瞩目，看样子这里的前主人比较青睐西洋文化。

只是屋内由于家具物品被搬走了大半而显得有些空旷，昏暗的光线下，壁画上那些人物画像似乎在默默地注视着来者，诡异的感觉让叶喻隐隐有些窒息。

“你觉得这些画有灵魂吗？”

突如其来的话语着实让叶喻吓了一跳，转身发现梁云霄不知什么时候站在了自己身边，正目不转睛地盯着壁画看。

“灵魂吗……”叶喻将视线投向壁画，“只要是人亲自绘制的作品，无论技法表现如何，作者个人的情感印记总会或多或少流露出来，我认为这便是画作的‘灵魂’所在。这些壁画虽然在技法上不算精致，但看得出是有人一笔一画用心画出来的，从这点来说，它是有灵魂的。”

“呵呵，看来你对艺术了解不少啊，那你知道通常意义上人类的灵魂又到底是指什么吗？”梁云霄有些玩味地看向叶喻。

“嗯……也许是思维与记忆的合集？”叶喻脑海中突然浮现出当初吴学冰与自己的对话。

“那思维与记忆在本质上来说又是什么呢？”

“本质……？我不明白。”叶喻不解。

“人通过脑部神经元的活动，才产生了记忆与思维，而这些脑电波统统都是能量，所以所谓灵魂的本质，其实是一种能量。”梁云霄开始滔滔不绝起来。

“这世上万物都是能量转换的产物，从这点意义上来说，万物皆有灵，只是这种灵因为其能量的正负而有‘正灵’和‘恶灵’之说。”

叶喻有点迷茫，但还是继续听了下去。

“在一个环境中‘正灵’占上风能让人心神愉悦，行事顺利；反之，则诸事不顺，甚至影响人的正常行为，人们常说的‘恶灵上身’其实就是人被负能量吞噬心智的结果。而有本事的风水师便是通过观测环境中事物的灵魂能量的正负来推定凶吉。”

“那你又是如何观测灵魂能量的正负呢？”叶喻问道。

“很简单哦！”梁云霄露出嬉笑的表情，直视着叶喻，“就通过我这双眼睛。”

通过肉眼？你不是在扯淡吧？

叶喻心中默默吐槽，不过表面上还是打了个哈哈。

“哦？那梁大师看出这幢房子中是哪种灵占上风吗？”叶喻笑着同时指了指自己，“还有我的灵魂能量您也看得到吗？”

“呵呵，这幢房子的灵魂充斥着浓重的负能量，可以说是恶灵满满呢，迟早要出大事。”梁云霄将视线聚焦在前方的某一点上，脸上有些凝重的表情看得叶喻心里略微发毛，而顺着梁云霄的视线，叶喻只看到一片空旷的空间，连个鬼影也没有。

“至于你嘛……”梁云霄收回目光，转头盯着叶喻的神情，轻轻勾起嘴角。“放心吧，你的灵魂可比别人猛得多，涌出的能量可以把任何外部影响都驱逐出去。”

叶喻的笑容猛地一僵，细微的表情变化被梁云霄尽收眼底。

“哎呀，别慌啦，我是夸你的灵魂强大，很难被影响呢。”梁云霄哈哈一笑，顺手拍了拍叶喻肩膀，“你继续忙吧，我不打扰你了。”说完便大摇大摆地走开了。

他怎么会……是巧合吗？

叶喻看着梁云霄的背影，突然觉得这个人恐怕不简单。

想到楼玥千叮咛万嘱咐自己务必隐藏“驱逐者”的身份，叶喻决定还是多加小心比较好。

叶喻继续四处逛了几圈，发现整幢别墅的布局呈规则的对称型，房间也非常多。

别墅一楼是个硕大的客厅，正对着别墅大门；大厅左侧是厨房及会客室，右侧则是一个大餐厅及梳洗室。大厅正后方，左右两条木制楼梯盘旋而上，直通二楼。

二楼有十间客房，对称分布在楼梯两侧走廊，其中右侧第一间被当成施工队办公室，其余几间目前被作为队员们的临时住房。此外，两侧走廊尽头还各设了一组楼梯，直通上下楼层。

再往上就是三楼，楼梯左侧是主卧室及一个大书房，右侧是闲置的五间副卧及储物室，楼顶上还有个小型露天阳台。

这房子还真是大啊……叶喻不由感叹道。

听说这里之前的主人郑家是一个商人大家族，男主人郑邱也曾是个小有名气的珠宝收藏家，夫妻恩爱，子女孝顺，那个时期也是这幢别墅里最热闹的时候。只是后来郑邱接连经历生意失败与丧妻的打击，性情变得非常古怪，此后他的子女们也纷纷出国发展，别墅里渐渐冷清了起来。

再后来，郑邱续弦了一个年轻娇妻，可惜没过多久妻子便与情夫私奔，于是别墅里只剩下郑邱和几个仆人，一住就是近十年。

那么大的房子才住几个人，应该会很寂寞吧。

叶喻叹了口气，沿着楼梯打算走上阳台看看，还没上去便忽然听到阳台内传来隐约的争吵声。

“有记者在这，你别乱说话！”

是周浩？

叶喻蹑手蹑脚地走近阳台，通过虚掩的铁门往里面瞄了两眼，果然看见周浩正对着什么人，一脸怒气。

“呵呵，你急什么？事情会变成这样不都是你造成的？”

一个男人阴阳怪气地开口说道，听声音像是那个副队长陈涛。

“那是个意外！”

周浩刚吼了几个字，随即又像是怕被其他人听到似的，立即减低音量，说道：“我也不想的。再说了，这事你们不是也默认的吗！”

“哼，但那个东西，可不是我们放的。”陈涛的话语里透出的丝丝寒意让周浩身体一抖，不禁心虚地将视线移向一边。

“你到底想怎么样！”一阵沉默之后，周浩咬牙吐出几个字。

“我想怎么样？”陈涛冷笑了一声，“周队，别以为只有你知道那个秘密，我就直说了吧，这事我也要有份！不然……呵呵。”

“你！竟敢威胁我！”

“不敢不敢，有好事一起干，这才是兄弟不是吗？”

正当两人争执不下时，突然听见楼下传来一声男人凄厉的惨叫！

“啊啊啊……！”

阳台上的两人似乎也听到了叫声，随即准备下楼查看。叶喻见状赶紧走下楼梯躲入角落阴影中，看着陈涛与周浩先后走下阳台，消失在了楼梯口。

刚才的叫声是谁……难道又出事了？

叶喻下意识地摸了下右手食指的戒指，迅速转身向惨叫来源狂奔而去。

» 第四章　序之曲

惨叫声似乎来自一楼大厅，当叶喻奔至楼下时，现场已经聚集了好几个人，除了刚才下楼的周浩和陈涛外，钱允能和游勇也在。

人群中只见游勇一屁股坐在地板上，浑身颤抖地指着大厅一个角落。

顺着游勇所指的方向，叶喻隐约看见一团黑乎乎的东西正趴在角落一动不动，稍稍靠近，一股血腥味扑面而来。

这个是……？

看清那东西的真面目后，叶喻身体猛然一颤，一股作呕的感觉涌了上来，下意识地捂住嘴后退了几步。

那是一个黑色塑料袋，里面露出来的，是一具猫的尸体。不，确切来说，是残骸。

这只猫已经被开膛破肚，内脏、残肢从塑料袋里散落出来，浑身的血几乎被抽干，凄惨的样子让人无法直视。

“猫！”周浩脸色微微一变，同时陈涛和钱允能似乎也想到了什么，表情十分复杂。

“这……谁干的？好残忍！”叶喻震惊道。

“我……我也不知道啊！”游勇的声音因为惊恐而变得略微走调，“我刚才就看到这里突然冒出了个塑料袋，一时好奇翻开看看，就……”

“不过一只死猫罢了，竟然吓成这样，没用的东西！”周浩强装镇定地训斥了一句，“还不快收拾掉！”

“不不不，饶了我吧周队！我最怕猫了！”游勇满嘴哭腔。

“发生什么事了？”许严伟从二楼走了下来，往人群中不住张望着，貌似也是被刚才的惨叫声吸引过来的。

“你你你……千万别看啊！”游勇一见许严伟靠了过来，着急地摆手示意，只是似乎已经晚了。

“呜啊啊啊啊！”

不出所料，胆小的许严伟发出了更加凄厉的惨叫，声音在空旷的房子里不断回响，听得人心惊胆战。

“闭嘴，叫什么叫！”许严伟的反应让原本已经十分烦躁的周浩更加火冒三丈，眼看就要抡起拳头往许严伟脸上招呼过去，却被钱允能一把拦住。

“周队，别激动！”钱允能说着偏了偏脑袋，向周浩使了个眼色。

周浩瞥了眼一旁的叶喻，似乎意识到了不妥，于是强忍着怒火放下拳头，对许严伟恶狠狠地说道：

“给我把猫尸体收拾掉！现在！”

“我……我……周队……这……”

“让你去就去！想挨揍是吗？！”周浩眼睛一瞪，顺手摸出了一把钥匙，抛给了许严伟，“扫帚垃圾袋在办公室，去拿过来！”

许严伟还想说些什么，但一看到周浩那张凶相毕露的脸，就瞬间咽了回去，只好拿着钥匙，战战兢兢地跑去二楼办公室了。

“啧啧啧，到底是谁放的啊，刚才我和叶记者在一楼的时候好像没发现嘛。”梁云霄不知何时冒了出来，看着猫的尸体连连摇头。

经梁云霄这么一提，叶喻才回想起当初在一楼四处观摩的时候的确没见到过这个袋子，而那个时间距现在也才不过半个多小时的样子，也就是说，这具猫尸体只可能是在那段时间内被放在这里的……

究竟是谁放的呢？那人的目的又是什么？

正当叶喻打算整理思路时，突然被一声惊恐的大吼打断。

“周队！周队！！不好了！幽灵……幽灵显灵了啊！！”

叶喻一愣，抬头便看见许严伟连滚带爬地从楼上逃了下来，一副被吓得屁滚尿流的样子。

“你小子到底有完没完！”周浩脑袋上青筋暴起，显然已经忍无可忍。

“办公室，您快去看看吧！出事了！”许严伟吓得都快要哭出来了。

周浩强压下怒火，转身迈上楼梯，走向办公室打算一探究竟。

幽灵显灵？难道真的闹鬼了？

被激起好奇心的叶喻连忙跟着众人一起赶往办公室，远远便瞧见周浩等人愣在办公室门口，视线集中在房内，满脸震惊。

叶喻走上前往房内一看，顿时也被房内的景象惊得说不出话。

“去死吧！”

“去死吧！！”

“去死吧！！！”

墙上、天花板上、窗上、门上……不知被什么东西密密麻麻地写满了诅咒之词，血红色的字迹触目惊心，整个房间充斥着浓厚的血腥臭味，令人作呕。

“这……这到底是？”叶喻将目光投向周浩，却发现对方的表情正经历着极其复杂的变化，由震惊变为惊恐，最后被狂躁愤怒所淹没。

“是你小子干的！”周浩转向一旁的许严伟，似乎有点失去理智。

“不是我！不是我！！”许严伟连连摆手，惊惧万分，“我刚开门就发现这个，马上来叫您了！”

“不可能！”周浩怒目圆睁，“锁门的时候大家都看到里面干干净净，办公室只有一把钥匙，而且一直在我身上，只可能是你刚才开门后干的！不然这没法解释！”

“我倒觉得他没法在那么短时间内做这些事。”梁云霄说着便大摇大摆地走进了办公室，伸出手指稍稍抹了把墙上的字，轻轻嗅了下，“这是血，而且是不大新鲜的血，从干涸程度上来看，这些字写在墙上有段时间了。”

“是人血吗？”游勇颤抖着问道。

“不清楚，不过从外面那只猫的尸体情况来看，恐怕就是那只猫的血。”梁云霄拿出纸巾擦了擦手指，同时在房内转悠着，四处查看。

“当时我们走出办公室大概是下午五点左右，现在是晚上六点半，也就是说在这一个半小时的时间内，有人杀了一只猫，并用死猫的血在这里写了这些恐吓信息，再把猫尸体扔到了一楼大厅吗？”叶喻分析着，转向周浩，“周队，您确定在五点锁门后，您没有回过办公室，也没有把钥匙给过别人吗？”

“绝对没有！”周浩一口咬定。

“有人能证明吗？”梁云霄插了一句。

“你是在怀疑我？”周浩气急败坏地喊道，“陈涛可以做证，当时从办公室出来后，因为……有些事找他，所以一直在一起，没有走开过！”说着看了眼身后的陈涛，后者皮笑肉不笑地轻哼一声，算是默认了。

“那就奇怪了，难道是有人从窗户进入的？”叶喻走进办公室，却发现窗户是从里面锁上的。

密室？不会吧。

叶喻微微皱眉，对许严伟询问道：“你开门后有进过这间房间吗？”

“真的没有，我开门后就吓得跑下来了，哪里敢进去啊！”许严伟缩在门外弱弱地说道。

叶喻隔着窗往外面张望了一下，发现窗下是一片泥地，而且虽然办公室在二楼，但由于层距较高的关系，从这个窗口到下面少说也有十米，就算这扇窗不锁，想要从窗户出入也不是容易的事。

“你说你没进过房间，那也只是你的一面之词而已。”梁云霄笑了笑，目光直视许严伟，“并不是说要怀疑你，只是如果你用绳索从窗户出入这里，再利用独自开门的机会趁着我们赶上来之前，将窗户从里面锁上，就能完成所谓‘密室’的布局，而且能做到这些的，只能是刚才开门的你。”

“果然是你这小子！”周浩捏紧拳头，看上去像是要揍人的样子。

“我真的没有啊！当时我根本不知道周队会让我去开办公室啊！”许严伟急得冷汗直冒，衣服都汗湿了，连连辩解道，“还爬绳索？我的体力那么差，怎么可能做得到啊！”

“有没有人通过绳索出入这个窗口，只要去外面一看便知。”叶喻看着窗外的泥地开口道，“要是从窗户爬下去逃到外面的花园，下面的泥地上一定会有痕迹。”

“有道理，那我们就去外面看看吧。”梁云霄同意了叶喻的提议，周浩也点头默认，于是一行人直接下了楼，直奔别墅外正对办公室窗口区域。

外面的天色已经暗了下来，狂风四起，看来暴风雨即将来袭。

以周浩为首，一行人打着手电，仔细地在办公室窗口正下方泥地查看着。

非常干净，半个脚印都没有。

“会不会没有落地，而是爬到隔壁或楼下房间？”梁云霄提出一条新的可能。

叶喻用手电扫视着别墅外墙，从外面看，办公室窗口处于别墅左侧右数第一间，办公室右侧是墙，左侧及上方各有一个窗口，应该是其他房间；而下方则又是白墙，没有任何通道。

“办公室正下方是哪里？为什么没有窗？”叶喻问道。

“应该是盥洗室吧。”周浩看了看叶喻所指的位置回答道。

洗漱室竟然没有通风口？好奇怪的布局。不过这样一来，如果要从那扇窗口爬出来，能去的地方也只有隔壁房间以及正上方的三楼了。

叶喻思忖着，又向周浩询问其他两间房间的情况。

“办公室隔壁那间是锁上的，钥匙一直在我身上，没有人住。”周浩回答道，“因为那是第一个出事的队员江心原来住的房间，他就是死在那里的。”

“第一个出事的房间吗……”叶喻瞄了眼黑洞洞的窗口，阴森的感觉让他不由咽了口唾沫。

“至于三楼正上方那间房是个储物室，窗口本来就是封死的，根本不可能有人出入。”

“这样看来，除了落地逃到花园之外，就没有其他出路了吗？但泥地上又没有痕迹……”叶喻仔细观察着外墙，发现整个别墅墙壁没有阳台及其他可以攀爬的东西，如果真有人从窗口爬出去，想要隔一间房间爬到其他窗户中几乎不可能做到。

“看样子，不是从窗口出入的呢。”梁云霄耸耸肩，好像也看出了目前的情况。

“如果不是从窗口出入，门又是锁着的，那办公室里的那些字又是怎么回事？”游勇的声音有些颤抖。

一时没有人说话，每个人都瞬间联想到了那封幽灵来信。

“于暴风雨之夜，再次践行吾之预言。”

“他来了，”许严伟不由开始发抖，“是郑邱的亡灵！”

» 第五章　诡异人头

“什么亡灵不亡灵的，别乱说话！”周浩焦躁地冲着许严伟大吼，“这件事肯定是有人在捣鬼！一定是这样！”

“轰隆隆——！”

随着震耳欲聋的雷鸣声，天空开始落下豆大的雨点，不一会儿暴雨便倾盆而下，叶喻一行人连忙赶回别墅，躲入了室内。

“既然你那么肯定是人为造成的，那么能做到的，无非就是在别墅里的人。”梁云霄直视着周浩，“楼下那只猫，应该也是同一个人的杰作。”

“你是说，做出这些事的人，就在我们几个中间？”周浩扬起眉毛。

“理论上来说是这样，如果没有其他人潜入的话。”梁云霄笑了笑，“要不我们每个人都说说自己下午5点至6点半之间的动向怎么样？”

“哼，可以。”周浩一脸无所谓的样子，“从离开办公室到6点半期间，我一直和陈涛在顶楼阳台谈话，听到游勇的叫声才下的楼，我们可以互相做证。”

“是这样的。”陈涛点了点头。

“我那时回房睡了个觉，就一个人，后来被惨叫吵醒就下来了。”钱允能简单地说了句。

“我……我5点左右回了房间，在房里一个人整理账务材料……没有人能证明。”许严伟胆怯地说道。

“我那时也回房洗了个澡，然后一直在房里打手机游戏。6点半不到的时候觉得有点饿，想去一楼厨房找点吃的，发现大厅角落里有个没见过的黑色袋子，一时好奇就翻了下，接下来你们都知道了。”游勇不好意思地低下头。

“有人证明你在房里吗？”梁云霄问道。

“这倒没有……”游勇挠了挠头发，“不过你们要不要看我的游戏记录？我本来33级的，一下子升到了40级！就是那段时间打的。”游勇说着掏出手机，要给大家展示自己的战绩。

“算了吧，这并不能证明是你本人打的。”梁云霄耸耸肩，“接下来说说我好了。5点至6点左右我在别墅独自四处转悠看风水，其中6点不到的时候还在一楼大厅碰到了叶记者，在接下来的半小时我在三楼主卧休息，听到叫声才下来查看。”

“那你除了6点左右遇到叶记者之外，其他时间也是没人能证明你的动向咯？”游勇问。

“没错。我只有6点左右的一部分时间是和叶记者重合的。”梁云霄说着看了眼叶喻。

“嗯，我6点左右正好在大厅遇到梁大师，稍微聊了会儿，那时大厅里并没有猫的尸体，这点我们两个都可以证明。”叶喻点头，“其余时间我是独自在别墅里探察拍照，没有遇到其他人。”

为了避免麻烦，叶喻稍稍撒了个谎，隐瞒了在阳台无意中听到周浩谈话的事。

“看来除了周队陈副队外，我们几个都没法提供不在场证明啊。”许严伟叹了口气。

“也许是有其他人潜入别墅干的呢，毕竟房子那么大，不如我们报警让警方查吧？”游勇提议道。

“不行，现在外界本来就已经在传我们这儿闹鬼了，再引来警察一闹，工期又要被耽搁了！”周浩直接否定了游勇的建议。

“那这件事……”

“我们自己收拾一下算了，就当没发生过，反正也没实际损失。”周浩捏着眉心，似乎有些疲倦，“先把那只猫尸体处理掉，办公室冲洗一下，这味道实在让人恶心。”

屋外电闪雷鸣，雨越下越大，等到众人将办公室清理完毕，已经快要晚上8点了，而雨完全没有要停下的迹象。

这天还回得去吗？好像市里已经发布黑色台风预警了……叶喻看着外面的狂风暴雨，不由担心起来。

“叶记者您采访完打算怎么回去？”询问的是副队长陈涛。

“我是打车过来的，但现在这种天估计也打不到车回去，我就去坐公交吧。”

“我……我刚看到新闻，附近的公交因为台风的关系，已经提前停止运营了。”许严伟将手机网页展示给众人。

“哎呀呀，看来老天的意思是让我们留在这啊。”梁云霄嬉笑地调侃道，“也好，这幢房子的风水有些怪异，我还正打算深入探查探查呢，打扰一晚您不介意吧？周队？”

“这……好吧……既然是梁大师的工作，我们一定支持。”周浩看上去有些不情愿，但可能顾虑到梁云霄是上头派来的，也只能点头同意。

“叶记者，这天气你也走不了，不如一起留下来好了。”梁云霄转向叶喻，眼中隐隐有些说不清的意味，“这里的能量相当复杂，我想，你应该会有兴趣的。”

周围其他人都对梁云霄的话一脸不解，而叶喻却听懂了里面的潜台词：这房里恐怕有不少故事呢。

虽然叶喻一开始的确抱着“早点完工早点闪人”的心态过来采访的，但如今发生了这一系列匪夷所思的事件，作为职业记者，他可是万万不打算放过这些线索。

“这天气既然回不去，那我也只能留宿一晚了，还请周队您帮忙行个方便？”叶喻虽然是在询问周浩，但言语中却没有任何要走的意思，而后者也没有什么理由拒绝，只好无奈地默认了下来。

“二楼还有两间空的房间，不过没有打扫过，两位就将就一下吧。”周浩说着转向钱允能，“允能，带他们去你对面那两间客房。”

钱允能应了一声，便领着叶喻和梁云霄上了二楼。

二楼中央楼梯左右两侧各有五间客房，左侧头两间分别住着游勇和许严伟，接下来的一间是钱允能的，而梁云霄和叶喻所住的两间就在三人房间对面。

“周队和陈涛住哪儿？”叶喻顺口问了一句。

“他们住二楼右侧，也就是你们两房间对称的位置。”钱允能回答道，“除了办公室外，右侧客房本来还住着江心和李雨辰，他们两人出事之后屋子就一直空着，所以现在那边就只有周队和陈副队了。”

“那三楼都是空的咯？”

“对，三楼暂时还没有动，都是空置的房间，我们目前是从底楼开始装修的。”

说话间三人已经来到了今晚要住的房门前。

“里面稍微要打扫一下，我等会儿再拿两床被子过来，今天就将就一晚吧。如果有什么需要，可以找我。”钱允能说道，“现在已经不早了，两位准备好后就下来餐厅吃晚饭吧。”

“好的，麻烦你了。”

叶喻进了房间，打开灯。一张床，一扇窗，整个房间显得空空荡荡，很多东西都已经被搬走，而且从地上薄薄的灰尘来看，应该已经闲置了一段时间了。

叶喻揭开罩在床上的防尘布，庆幸地发现床还算干净，于是一屁股坐了上去，翻出了包里的相机，整理着刚才拍摄的照片素材。

刚才逛的时候叶喻就察觉这幢房子虽然看上去布局规律，但可能由于实在太大，房间也多的关系，绕起来着实让人头晕，再加上光线不好，客观来讲，真的有那种传说中鬼屋的感觉，独自逛着的确有些瘆人，难怪之前闹鬼传闻那么快就传开了。

话说回来，房里最诡异的还是大厅里的那块大黑布，既然特意遮着郑邱的画像，看来这帮人多少还是对那封“死亡预告书”感到心里发怵的。

嗯？这是什么？

叶喻翻阅照片的手突然停住了，眼前的照片应该是在三楼主卧附近拍摄的，虽然只是个粗略的外景，但叶喻敏锐地发现通过虚掩的主卧房门，相机拍到房内地板上似乎有一团什么东西。

叶喻立即放大照片，将屏幕聚焦在那团东西上。只见这东西呈圆球形，足球大小，外面似乎套着一层透明塑料，里面黑乎乎一团看不清楚，但似乎隐约有毛发的样子。

“那是……人头？”

叶喻不由倒吸一口冷气，心脏猛烈狂跳，赶忙查看照片拍摄时间。

下午五点三十五分。

怎么回事！？我记得当时拍完这些照片后就去主卧室内拍摄了，那时根本没有看到那东西啊！

叶喻连忙再翻看后续几张主卧室内的照片，但是那些照片上却完全没有那颗“人头”的影子。

“呜呜——”

窗外的狂风暴雨在空旷的市郊肆虐着，仿佛鬼哭阵阵。

叶喻扫视着空荡的房间，突然觉得有点汗毛直竖。这房子果然有问题，难道真的闹鬼？不可能，这不可能！

“咚咚咚——”

突然响起的敲门声让已经疑神疑鬼的叶喻吓得差点把相机摔地上。

“谁……谁啊？”叶喻站起身，战战兢兢地走向门口。

“我说叶记者，您不下去吃饭吗？”听声音好像是梁云霄。

叶喻松了口气，打开房门，只见梁云霄一脸无奈地看着自己。

“当记者的果然是铁胃啊，那么晚都不想吃饭，我都快饿得不行了。”

“啊，抱歉，我这就下去。”

叶喻连忙将相机放回包中，努力稳下心神，跟着梁云霄下楼前往餐厅。

“对了，之前梁大师您有提到，六点遇到我之后就去三楼主卧休息了？”叶喻突然想到了什么，看向梁云霄。

“嗯，没错，怎么了？”

“您在主卧有没有看到什么……嗯，奇怪的东西？”叶喻小心翼翼地试探道。

“奇怪的东西？”梁云霄满脸莫名，“没有啊，那边就一张床一只沙发，我就在沙发上躺了会。”

“您……真的确定？”

“呵呵，当然确定啦。”梁云霄笑了起来，敏锐的目光扫向叶喻；“叶记者你是不是发现了什么？”

“不，没有，我就随便问问。”叶喻心虚地敷衍道。在事情没搞清楚之前，叶喻不打算贸然提起人头的事，免得引起不必要的恐慌。

梁云霄的视线在叶喻脸上停留了片刻，随即移开目光，开玩笑似的说道：“这样吗？我本来还以为叶记者您发现了恶灵呢。”

“恶灵？”

还没等叶喻继续追问，突然屋外一声炸雷猛地响起。

只一瞬间，屋内所有的灯光霎时熄灭，硕大的屋子顿时变得漆黑一片。

» 第六章　无差别杀戮

“怎么回事？断电了吗？”叶喻站在楼梯上，一时不敢轻举妄动。

“看样子是的。”旁边传来了梁云霄的声音。

“不好意思，好像是电箱跳闸了。”伴随着周浩的声音，一束手电光照了过来，“允能已经去修了，应该马上就好了。”

叶喻两人在手电的帮助下小心地下到一楼，发现除了钱允能外，其余人都已经聚集在一起。

“这里的设备比较老，一打雷就会跳闸，之前也已经好几次了。”陈涛解释道，“不过你放心，每次允能都可以很快搞定，稍等一会儿吧。”

果然如陈涛所说，不一会儿所有的灯就亮了起来，而仅仅过了2秒不到，随着一声响雷，室内的灯又再次熄灭。

“什么情况？怎么又断电了？”游勇一脸迷茫。

“大概还在处理当中，再等等吧。”周浩似乎也不清楚是怎么回事。

窗外电闪雷鸣，众人只能在手电光中默默等待。然而二十分钟过去了，电路依然没有修复好的迹象，一行人也在等待中渐渐焦躁起来。

“要不我和陈涛去看一下吧。”周浩显然有些等不及了。

“我觉得事情有点不对劲。”梁云霄脸上少有地露出严肃的神色，“我陪你们一块去。”

“我也去吧。”不知怎么的，叶喻突然联想起之前梁云霄所提到的“恶灵”一说，决定一同前去。

“你……你们别……别留下我们两个啊……我……我怕……”许严伟赶忙说道。

“就是就是，这里可是传闻闹鬼的啊！我们也要跟大部队一起！”游勇连连附和。

“那就跟来，别再瞎掰了。”周浩不耐烦地吐了一句话，转身便朝一楼大厅左侧厨房方向走去。

电箱安装在厨房底部的隔间内，众人刚打开厨房大门，扑面而来的是一股奇怪的焦煳味。

“唔，这是什么味道……”陈涛不禁捂住了鼻子。

周浩皱起眉，手电光扫向厨房底部，只见隔间门关着，焦煳味的源头似乎就是那里。

“允能？你在吗？”周浩试着喊了一句。

没有回应。

“钱允能？”周浩喊着，隐隐约约看到隔间门底部透出微弱的闪光，正准备走上前查看，却被梁云霄一把拦住。

“别过去！”梁云霄眉头紧锁，“那边有问题，恐怕出事了。”

说着，梁云霄四处张望了下，拾起地上一块长木条，在隔间外小心地用木条将隔间大门往里推了推。

大门纹丝不动，似乎有什么沉重的东西抵在门后。

“门没有上锁，但里面有东西压在了门上，你们快帮我一起推开门，但千万不要靠近那里！”梁云霄喊道。

“难道说……糟了！”叶喻瞬间意识到了什么，连忙也拾起一条建材木条，和梁云霄一起试着推门。

“你们也快点来帮忙啊！”梁云霄转头看向周浩等人，后者这才反应了过来，赶忙上来协助。

手忙脚乱中，隔间门总算被推了开来，而随着房门的开启，一个散发着焦臭味的人形物体从隔间内仰面倒了出来，“砰”的一声摔在众人面前。

“允……允能！”周浩瞪大双眼，看着地上浑身焦黑的人体失声大喊。那五官，那身衣服，无疑就是钱允能本人！

“允能你怎么了？”周浩上前一步打算查看，被梁云霄一把拉住。

“你不要命了！谁都不准靠近他！！”

话音未落，一阵响雷在楼顶炸开，顿时以隔间内地面某点为圆心，一个半径约一米的弧状白光在众人眼前瞬间闪现，又随后消失不见，而正处在弧光范围内的钱允能的身体仿佛被电流穿过似的，猛烈抽搐了片刻，随即又变得一动不动。

“他他他……他触电了！快去救他啊！”极度的恐慌让游勇的声音顿时抬高了八度，音调都走了。

“是高压电弧触电！不要过去！”叶喻吼着，赶紧拉着将众人远离隔间门口。

“可……可是允能他……”

“用干燥木条把他剥离那块区域，快！”叶喻说着操起手边的木条，勾着钱允能的胳膊，用力将其往外拨，其余人也纷纷行动起来协助营救。

等众人费力将钱允能拖到身边，却发现已经没有营救的必要了。

钱允能双眼微睁，瞳孔扩散到边际，焦黑的肢体散发出阵阵焦煳味，样子惨不忍睹，显然已经无力回天。

“允能！允能！怎么会这样……”周浩跪在钱允能的尸体旁，双拳紧握。

“为什么会发生高压电弧触电呢？太奇怪了，这里又没有高压变电箱。”叶喻看着隔间方向，喃喃自语道。

“高压电弧触电，那是什么？”游勇望着钱允能的尸体，战战兢兢地问道。

“高压电弧触电是指人靠近高压线，造成弧光放电而触电。电压越高，对人身的危险性越大。”叶喻解释道，“通俗来说，就是因为高压的存在，电离周围空气，使原本可认为绝缘的空气变成导体，如果人靠近就有可能触电身亡；因为高压击穿空气时形成一道类似电弧的光弧，所以又叫高压电弧触电。”

“你没搞错吧？这里可是民用住宅，哪来的高压线啊。”陈涛质疑道。

“普通民用住宅当然没有，但这幢房子被做过手脚了，使得屋内存在一根天然的高压线。”梁云霄用手电聚焦在隔间中的某一块区域，“‘于暴风雨之夜’……呵呵，原来如此，看来雷雨是必要条件啊。”

顺着手电聚焦的光线，叶喻仔细观察起梁云霄所指的那块区域。

只见电闸附近已是焦黑一片，而就在电闸不远处，一根小指粗细的铜线在手电的照射下反射着淡金色的光泽。铜线一头突兀地从隔间角落顶部贯穿而下，另一端则绑着一个铜片掉在地上，而那个位置就是刚才弧状白光所围绕的中心点。由于整条线安排得非常隐蔽，如果不仔细看根本发现不了。

“这……这是？”还没等叶喻开口，突然又一声落雷响起，铜线瞬间缠绕上丝丝电光，以地上铜线接触点为中心，弧形白光再次亮起，然后如同刚才一样，瞬间又消失不见。

“这是连接避雷针的铜线！不是应该埋在地下吗？怎么会在这里？”叶喻目瞪口呆。

“哼，看来这不是一起意外，而是有人特意策划的谋杀呢。”梁云霄转身看着其他几人，“而且策划的人无疑对这座房子构造比较熟悉，也有条件对其进行改造，恐怕……这人就在你们施工队当中。”

“你说什么？”周浩站起身，两眼发红，“你是说我们队里有人特意设局杀了允能？”

“没错，虽然我不能确认这人是在你们几人之中，还是其他不在场的施工队员，但从现场看，这是谋杀无疑。”

“你这么说有什么根据？允能他到底是怎么死的？”陈涛追问道。

“你们知道避雷针的原理吗？”叶喻接口说道，“避雷针主要引导雷电向避雷针放电，再通过接地引下线和接地装置将雷电流引入大地，从而使被保护物体免遭雷击。但如果接地没做好的话，它反而会成为‘引雷针’，将雷电引进室内！”

周浩等人顿时一愣。

“隔间里的那根铜线……如果我没猜错的话，就是避雷针的接地引下线，但原本应该被埋在地下连接接地装置的铜线，却被人为割了出来接在了这里，这样一来，只要雷电被引下来，这跟铜线就瞬间变成了高压线，只要人在这附近，就会引发高压电弧触电。”

“这样看来，能有机会把避雷针的接地线找出来并偷偷接在这里的……果然只可能是我们队里的人啊。”陈涛轻声说道。

“可是，如果真的照你这么说，岂不是随便什么人只要在那边，都会被电倒？”游勇着急地问道。

“没错。”梁云霄意味深长地看着周浩，“灼汝筋肉……呵呵，郑邱的那个预言果然实现了呢。”

周浩脸色顿时一变，目光霎时投向陈涛，而后者似乎也是一副难以捉摸的表情。

“也就是说，对方并不是针对钱允能，而是无差别杀人！”游勇惊恐地说道，“可是要通过你刚才所说的杀人手段实施谋杀，也有一定概率问题啊，雷电也不是每天都有。”

“对方当然进行过几次尝试，你们不是说过，每次雷雨天电闸都会跳电，而钱允能就会来这里查看吗？下洋市在这种季节雷雨非常密集，你们中招的概率其实很高。”梁云霄做出了解释。

众人顿时陷入了沉默。毫无疑问，每个人都意识到了那份“死亡预告书”并非恶作剧，江心、李雨辰……再是钱允能，全都应验了上面的说法，而接下来预告的几项灾难恐怕也会很快降临到他们身上。

“不管怎么说，现在既然出了人命，还是报警吧。”周浩叹了口气，掏出手机准备拨号，却发现手机完全没有信号。

“咦？怎么搞的，你们手机有没有信号？”周浩抬头询问其他几人。

然而诡异的是，所有人掏出手机后无一例外地发现手机上均显示着“无信号”。

“是不是受台风影响？”陈涛问道。

“恐怕还有另一种可能，有人特意不让我们联系外界。”叶喻突然有股不祥的预感。

“那个……我打断一下，大家刚刚有没有看到许严伟？”游勇扫视着四周，声音有些颤抖。

“他不见了！”

» 第七章　隐秘之人

“之前他不是还在这儿吗？怎么一晃人就不见了！”周浩用手电在厨房来回探寻，却完全没有发现许严伟的踪影。

“会不会……会不会他也被郑邱的亡灵给……”

“别胡说！”周浩粗暴地打断了游勇的话，“搞不好这小子看到钱允能的尸体吓得自己跑了也说不定。”

“不管怎么样，我们出去再说吧，我觉得厨房这里都不太安全。”陈涛提议。

“那……电闸那边，就没有办法恢复了吗？”游勇怯怯地问道。

“烧成这样一时半会儿修不好了吧？”梁云霄看着隔间内焦黑的电闸耸了耸肩，“而且还有那根铜线在，雷雨停下之前不能靠近那里，除非你也想变得和钱允能一样的下场。”

“唔……好吧。”游勇看了眼钱允能的尸体，不由胆战心惊地咽了口唾沫。

“我们先把允能抬出去，总不见得让他在这里躺着。”说着周浩便招呼众人，协助一起将钱允能的尸首抬到了一楼大厅中央画像下的空地上。

“尸体这样暴露着也不好，拿东西盖一下吧。”叶喻四处张望了下，发现也只有面前画像上的黑布比较合适，于是走上前将布揭了下来。

随着黑布的揭开，一幅一人高的大型油画随即呈现在众人面前。

那是一位老者的半身肖像，根据之前周浩的说法，画的应该就是前主人郑邱——也就是“死亡预告书”中署名的那位。

画中的郑邱身着西服，正襟危坐，眼神中隐约流露出些许哀伤之色。虽然只是油画，但他的眼睛却仿佛有灵魂似的，在黑暗与手电灯光的映射下，像是正直勾勾地盯着众人，透出一种说不出的诡异。

“唔……我们还是赶紧开始找许严伟吧。游勇，去他房间看看。”周浩一边下了指令，一边赶紧背过头，似乎不敢直视画像。

“是的。从现在的情况来看，恐怕凶手会再次行动，许严伟一个人会有危险，我们得赶紧找人。”叶喻附议道。

“我去看过许严伟的房间了，他不在里面。”游勇跑下楼向众人报告了情况。

“这小子到底跑哪去了？”周浩烦躁地看了眼手机，即便离开厨房范围，手机依旧没有信号、没有网络，也无法联系上失踪的许严伟。

“这样吧，我和叶记者一组，周队和陈副队、游勇一组，大家分头在别墅里搜查。”梁云霄说着走到叶喻身边，“各位切记不要落单，现在整个屋子只有这几支手电照明，凶手很可能会伺机偷袭。”

“要是有人敢偷袭，我一定把他脖子拧断！”周浩狠狠地吐了一句话，转身看向身后的陈涛和游勇，“刚才一楼我们已经找过了，现在你们两个跟我去三楼和阳台找；至于二楼就麻烦梁大师和叶记者了。”

“没有问题，那我们快点行动，搜查完毕后还是回大厅集合。”叶喻点头。

交代完毕后，周浩便与其余二人走上楼梯，直奔三楼而去。

叶喻默默地看着周浩三人消失在楼梯口，转身对身旁的梁云霄使了个眼色，轻声说道：“我们得小心他们几人。”

“呵，看来你并不相信他们啊。”梁云霄的语气意味深长。

“从电闸那边的情况来看，能做如此布局的无疑就是施工队的人，而且很可能就在他们三人当中，在没有查明真相前，他们的话一个都不能信。”叶喻看了眼梁云霄，“而且你刚才这样分组，其实也是考虑到这点吧？假设他们中某人就是凶手，那要是他与另一人单独相处的话，另一人很可能要遭殃，所以你特意安排了三人同行，就是为了牵制凶手的行动。”

“没错哦，不过其实我考虑得更多的是我们自己的安全。”梁云霄无所谓地笑了笑，“现在又不能保证凶手只有一个，所以最安全的做法还是我们俩在一起，毕竟你我是完全没有嫌疑的局外人。”

说话间，两人将二楼右侧的房间逐一搜查了一遍，除了上锁的江心、李雨辰的房间外，其余三间房间内均没有发现许严伟的踪迹。

而二楼左侧中，除了许严伟的房间外，其余几间也完成了搜查，依旧一无所获。

“看来应该不在二楼这边。”叶喻摇了摇头。

“许严伟的房间还没去看过呢。”梁云霄说道，“虽然刚才游勇说里面没人，但保险起见还是再搜查一下较好。”

“有道理。”叶喻接受了梁云霄的建议。

两人走到许严伟房前，试着推了一把，发现房门并没有锁。叶喻走进房间，打着手电筒在房内来回探照。

空置的床、摆满账本的书桌、一把木椅、一个衣柜……果然房内没有许严伟的踪影。

“看样子应该没回来过。”叶喻环视着不大的房间，发现房内并没有被人闯入的痕迹。

梁云霄也在房内走了圈，顺便打开衣柜往里面瞧了一眼。

“你该不会怀疑许严伟躲在衣柜里吧？他再胆小也不会怕到这种程度啊。”叶喻打趣地说道。

“为什么不可能？”梁云霄说着伸手往衣柜里拨弄了几下，不知道在找什么，“只要可以藏人的地方找一遍没错的，谁知道那小子会不会被人绑在里面呢。嗯？”梁云霄突然顿了下。

“怎么了？”

“唔，没事，貌似里面真的没人。”梁云霄笑了笑，抽出手关上了衣柜。

叶喻摇摇头，随手拿起桌上的一本笔记翻了翻，突然一张纸片从笔记中掉了出来，叶喻连忙拾起纸片扫了一眼。

咦？这是？

“哐——！”

还没等叶喻细看，一声突兀的巨响在寂静的别墅中刺耳地爆开，好像是什么重物倒地的声音，而这声音源头似乎来自二楼楼梯右侧。

“好像是办公室隔壁传来的，我们快过去看看！”梁云霄说着便冲出了房间。

叶喻也赶紧放下纸片，跟着冲了出去。

“发生什么事了？刚才那是什么声音？”周浩等人也听到了动静，急忙从三楼赶了下来。

“咚咚咚，咚咚咚——”

急切的打击声连连传来，似乎有人正拼命敲击着什么东西。

“在江心房间里！”梁云霄推着房门，发现门被死死锁着。

“这房间一直上锁，应该没人的啊，怎么会……”

“没空解释了，钥匙！快！”梁云霄对周浩大声吼道。

周浩见状连忙取下腰间的钥匙，冲上前打开锁，正要推开房门，却发现门像被什么东西拉住一样，显得无比沉重。

“咦？奇怪，怎么推不动？”周浩说着开始用力顶房门，将门硬是开出了几分。

而与此同时，“咚咚”的敲击声突然变得愈发急躁，房内隐隐约约还传来有人挣扎的声音。

“里面有人！快帮我一起把门推开！”周浩朝着众人大喊。

“等等！都别动！”

只听梁云霄大喝一声，将手电的灯光聚焦在门右上方，透过已顶开的那条门缝，众人赫然发现在门内右上角竟然绑了根绳索，只见这根绳索绕过一个小型滑轮延伸到房内，不知连着什么东西。

“不好！快把那绳子割断！”梁云霄瞬间意识到了什么，转头对周浩命令道。

“哦，好，好！”周浩虽然不明所以，但还是听从了梁云霄的话，摸出随身携带的小刀，踮起脚将手臂通过门缝，手忙脚乱地开始割绳子。

房内的敲击声越来越急促，所幸周浩人高马大，不一会儿便将绳索割断。

房门的阻力瞬间消失，惯性之下，周浩猛地跌进房内。而与此同时，一个人影从房间半空应声落下，窗外闪电划过，映出人影那张苍白惊恐的脸。

“是许严伟！”游勇失声喊道。

只见许严伟趴在地上狂咳不止，双手拼命扯着脖子上的东西，而他脖子上赫然缠绕着一根绳索，而绳索另一头分别穿过他头顶上方与门旁墙上的两道滑轮，无力地掉落在房门前，而这根绳索显然就是刚才周浩割断的那根！

回过神来的众人赶紧一拥而上，慌忙上前扶住许严伟，后者甩开脖子上的绳索，大口喘着粗气，整张脸被勒得发紫，虽然小命保住了，但看上去身体情况很不好。

“原来刚才门内的那股拉力就是许严伟的体重！”叶喻看着房内的两处滑轮惊讶道，“这房间被设了机关，将门角与许严伟脖子上的绳索通过滑轮连在一起，如果我们刚才硬推开门，无疑就会亲手将房中的他勒死！”

“太狠毒了！到底是谁干的！”周浩咆哮着，将脚边的杂物一脚踢飞。

“刚……刚才在厨房……我看你们要找东西推开隔间的门，于是就打算去外面找根木条帮你们……可就在我走出厨房没几步，突然被人捂住口鼻……然后就昏过去了。”许严伟看上去惊魂未定。

“你是说，有人偷袭你？”叶喻问道。

“应该是的。”许严伟点点头，“就在你们忙着推隔间门的那段时间。”

“那段时间我、周队、陈副队，还有梁大师和叶记者都在厨房，你在厨房外被人暗算，那……难道说……？！”游勇似乎想到了什么，惊恐地睁大了眼。

“这幢房子里……还有另外一个人！”

» 第八章　诈尸者

“另一个人？到底是谁？”听到游勇的推断，叶喻脊背有些发凉。

“目前还不清楚，不过……”梁云霄看向许严伟，“先说说你醒来后的情况吧。”

“我醒过来就发现自己正躺一个书架顶上，脖子套着根绳子。”许严伟脸色苍白，心有余悸。

“因为书架被人摆了个角度，我刚醒重心不稳，架子就翻了……我一下子摔下来被勒住脖子，拼命踮起脚才勉强够到地……我听到了外面的声音，就踢着旁边的书架让你们来救我……不过没想到门一开我反而被吊起了……咳咳……”

“我们先前听到的那个巨响看来就是架子倒地的声音。”叶喻看着一旁倒地的书架说道，“凶手或许是特意这样布置的，为的就是吸引我们过来开门，好让我们亲自将许严伟勒死。

“在厨房外被人偷袭的时候，你有没有看到对方的样貌特征？”梁云霄问道。

“没有，我是从背后被人袭击的，连声音都没来得及发出就昏过去了。”许严伟低下头。

“现在许严伟的身体很虚弱，我们还是先把他送回房里再说吧。”周浩说道。

游勇和陈涛搀扶起许严伟，和周浩一起离开了房间。

“梁大师，你不走吗？”叶喻注意到梁云霄正查看着绳索，似乎若有所思。

“嗯？没什么，这就走。”梁云霄笑了笑，顺手收起绳索，“这东西也算证据，我们先留着。”说完便与叶喻一起前往许严伟房间。

房内，许严伟虚弱地躺在床上，看上去无力动弹。

“从刚才许严伟的说法看，这个偷袭并试图杀害他的凶手，很可能就是写预告信并害死钱允能的人。”叶喻分析着目前的形势。

“但江心的房间一直是上锁的，这个凶手到底是怎么把许严伟运到房里的呢？”梁云霄低语道。

“如果周队的钥匙的确一直在身边的话，那只能认为那个凶手有备份钥匙，毕竟江心的房门并没有被撬开的痕迹。”

“可队里的钥匙都只有一份，江心那房间的钥匙一直在我身上，我没给过别人啊！”周浩看上去有些心慌。

“或许这个人本身就拥有这幢房子的钥匙。”梁云霄将视线投向周浩。“在你们入住这里之前。”

“这是……什么意思？”

“别忘了那份死亡预告书上的署名，那可是这幢房子的前主人哦。”

“难道你认为真的是郑邱死而复生干的这些！？”

“呵呵，我可没这么说过。”梁云霄摊手笑道，“不过，既然打着前主人的名号，我想这位凶手说不定是与郑邱熟识的人呢，如果这样的话，拥有房里的钥匙也不是不可能。”

“说到那封预告信，许严伟遇到的事应该就是对应的‘断汝咽喉’吧，那接下来……难道会……”周浩视线扫过身旁的陈涛，脸上掠过一丝复杂的神色。

“从目前来看，恐怕那人不会善罢甘休，应该会按照预言进行计划。这样一来，我们可能每个人都有危险。”叶喻正色道。

众人沉默着，空气中充满着压抑紧张的气氛。

“那我们现在该怎么办？”陈涛问道。

“剩下的人尽可能不要单独行动，免得给凶手可乘之机。”叶喻说着看了看四周，“等等，游勇人呢？”

“他去一楼给许严伟倒水了。”

“啧，让他落单可不好。”叶喻眉头紧锁，“我也下去看看吧。”

话音未落，一阵急促的脚步声奔袭而来，只见游勇一头冲进房间，满脸惊恐。

“不……不好了！钱……钱允能的尸体，不见了！”

“你说什么？”周浩表情一抽，对游勇失声吼道。

“我……我刚下去倒水，正好路过我们放尸体的那个地方，我手电就这样随便扫了一下……突然、突然发现允能的尸体不见了！”游勇满脸恐慌，“更、更奇怪的是，那块黑布又重新盖回了画像上！”

“怎么可能！这……这太诡异了！”叶喻突然有种不寒而栗的感觉。

“我们先下去看看。”梁云霄说着，同时转向许严伟，“我们下去后你把门反锁，除非我们回来，不要给任何人开门。”

许严伟勉强撑起身体，应允了一声。

一行人匆匆离开许严伟的房间，直奔一楼大厅。刚到楼下，众人一眼便看见原先摆放钱允能尸体的地方如今空空荡荡，赶过去一看，赫然发现原先盖在钱允能身上的那块大黑布，又再次默默回到了墙上，将郑邱的画像盖了起来，仿佛从来没有移开过似的。

“难道钱允能没死？怎么会，他都被电成那种样子了！”陈涛有些混乱。

“诈尸了！钱允能诈尸了！”游勇快要哭出来了，“我不管了，这工作我不要了！我这就走！我要离开这！！”

“哎，等等！”

还没等周浩阻止，游勇便转身推开别墅大门，逃也似的狂奔进雷霆暴雨之中。

“啧，他肯定是开他那辆破车去了，快拦住那小子！”周浩喊道，“现在这里的车只有他那一辆，要是他开跑了，我们都得困在这！”

说着周浩也急匆匆地冲了出去，看样子是要追赶游勇。

“哼，贪生怕死的小人。”陈涛看着周浩的背影轻哼了一声，脸上早就没有了虚伪的笑容，而是换上了满脸轻蔑。“要是他有车，估计早就扔下我们，跑得比游勇还快呢。”

叶喻惊讶地看着陈涛，一时没有说话。

自从之前在阳台上听到两人的争执，叶喻就觉得周浩和陈涛之间的关系暗潮汹涌，不过至少他们在人前还是维持着客套，可如今陈涛竟然在自己面前如此直白地鄙视周浩，连伪装都懒得做，看来这两人是彻底撕破脸了啊。

“额，不管怎么样，我们还是跟出去看看吧。”叶喻最后还是打了圆场，转身准备去找周浩他们。

“不用去了。”梁云霄双手插着口袋，抬头往门外努了努嘴。“喏，他们不是回来了吗？”

顺着梁云霄指示的方向，叶喻发现雨幕中有两个人影越走越近，仔细一看正是之前冲出去的游勇和周浩两人。

“哟，周队长，你们怎么回来了啊。”陈涛话里话外全是嘲讽之意。

周浩走进别墅大门，恶狠狠地盯着陈涛，脸色发青。

“车的发动机被人破坏了！”游勇双手抱着脑袋，一脸抓狂。“逃不掉了，我们逃不掉了，我们注定要死在这！！”

“闭嘴！！”暴怒的周浩就往游勇脸上挥了一拳，此时的他已经完全顾不上还有记者在场这件事了。

游勇被打倒在地，顿时有些发懵，叶喻赶紧上前一把扶住他。

“周队长，你冷静点！”

“要死你们自己去死！别拉上我！”周浩凶相毕露。在这种危急情况下，原始的求生欲望往往让人们将最恶劣的一面暴露无遗。

“呵呵，我们这些人中最该死的不应该是你吗？”陈涛冷笑着吐出一句话。“会发生这些事都是因为你！”

“陈副队的话是什么意思？周队你是不是知道些什么？”叶喻转头看向周浩。

“你……你胡说什么！”周浩指着陈涛，一时说不出话。

“我胡说？呵呵，你敢说你没有心虚？”陈涛瞪着周浩。“你可别忘了，当初是谁出的那个主意！”

“住口！你给我住口！！”周浩咆哮着打算冲向陈涛，被梁云霄单手牢牢抓住手臂，无法动弹。

“周队长，看来你们还瞒了很多事啊。”梁云霄冷冷地看着周浩。”现在都出了人命了，我们被困在这，所有人的性命都受到了威胁，事到如今你还打算什么都不说吗？”

“我没什么好说的！”周浩还在拼命狡辩。

“哦？看来周队您挺健忘啊，那些猫的事，您真不打算说吗？”陈涛仍在火上浇油。

“猫？什么猫？”叶喻问道。

“那是上头的意思，我有什么办法！再说了，这事你和钱允能他们也有份！别想赖给我一个！”周浩似乎有些丧失理智。

“可是当时对我们下命令执行的可是你啊！而且，你还做了那件事。”陈涛阴冷的话语不断刺激着周浩的神经。“如果我是那个凶手，肯定最饶不了的就是你了。”

周浩脸色一变，直勾勾地盯着陈涛，像受了什么刺激似的，眼神瞬间有些涣散。

“啖汝脑髓、碎汝身骨……这个凶手目的性很强，如果你再不把事情原委说清楚，恐怕这些预言接下来就要在我们之中实现！”叶喻扶着游勇，站起身。

“这个凶手显然记恨着你们，你们到底做了些什么？应该不仅仅是因为被派来装修那么简单吧！”叶喻的语气咄咄逼人。

周浩低头沉默不语。

“哼，既然你不说，那我替你说了吧。”陈涛叹了口气，还没等周浩开口，就说出了一件令在场其他人都震惊的话。

“郑邱可是被我们周队给害死的。”

» 第九章　罪念

“什么？”不止叶喻震惊万分，连游勇也是一脸惊呆的表情，只有梁云霄依旧淡定，看不出什么情绪。

“这……这……我不知道……周队……你！”游勇已经语无伦次了。

“呵，你新来的当然不知道。”陈涛瞥了眼游勇。“这可是好几个月前的事了，那时候这房子还属于郑邱的呢。”

“到底是怎么回事！？难道……你杀了人！”叶喻警惕地看着周浩，下意识地拉着游勇，与周浩拉开了距离。

“这只是个意外！”周浩连忙辩解道。“当初我们也只是想吓吓他而已，没想到……出了这种事！”

陈涛皮笑肉不笑地哼了一声，抱起手臂看着周浩，似乎是要听他自己怎么解释。

周浩犹豫了片刻，最后终于承受不住众人充满压力的目光，开始娓娓道来。

“当时，上头看中了这块地，打算连周边一起开发成高级度假村，先后派人和郑邱谈了好几次，甚至开出了上亿级别的高价，但郑邱非常顽固，硬是不答应，而且没有任何商量余地。”

“上头甚至还和郑邱在国外的子女沟通过，对方其实也有将郑邱接到国外的打算，但没办法的是郑邱本人不同意。当时这块地除了郑邱的房子之外，周边房屋都已完成拆迁，如果郑邱这里不搬走，整个项目都没法进行，公司损失就大了，所以……所以……”周浩开始支吾起来。

“所以你们就想办法赶人走？”叶喻接口说道。

“唉，上头给我们下了死命令，让我们无论如何都要在一个月内让郑邱搬走，不管通过什么方法，要不就让所有人掉饭碗……”周浩叹了口气，一副很无奈的样子。“你知道我们也要养家糊口，实在没办法，所以……就想了个计划。”

“计划？什么计划？”

“我们打听到郑邱非常怕猫，于是就去捉了十几只猫，找了天晚上悄悄放进了郑邱的房子里。后来听说郑邱那段时间受到了很大惊吓，一直神经衰弱……”

“郑邱当时都是一把年纪的老人了，你们怎么做得出这种事！”叶喻愤怒道。

“我们当时也是一时昏头才这样的，实在被上头逼急了……”周浩低下头。

“可据我所知，郑邱应该不是受惊吓而死的吧？”梁云霄插了一句。

“对啊，我记得你之前说郑邱的死因是突发过敏引起的衰竭？”叶喻看向周浩。

“我们后来才知道，郑邱之所以那么怕猫，是因为他对猫毛过敏……”周浩把头转向一边，眼神有些闪烁。“我们放的猫恐怕正好成为郑邱的过敏源，再加上郑邱年事已高，所以就……”

“你这是……你这是谋杀！”叶喻瞪大了眼。

“我都说了，这是意外！我不知道他对猫过敏！”周浩抬起头吼道。“再说了，这件事又不是我一个人的主意，江心、李雨辰、钱允能，包括陈涛也都参与了！你怎么不去怪他们！”

“呵呵，还怪我？你真的确认你已经把所有事都说出来了吗？”陈涛冷冷地看着周浩，明显话中有话。“要不要我补充一下？”

“陈涛！！”周浩显然有些急了，匆忙打断了他的话，背着叶喻和梁云霄不住地向陈涛使着眼色。“好好，这一切都怪我，但我已经把该说的都说了，你应该明白的，剩下的没什么好补充的了！”

看着周浩被逼迫得走投无路的样子，陈涛似乎达到了目的，得意地勾起嘴角：“行，周队你只要记得重要的事就好。”

叶喻看着面前的周浩和陈涛，明显感觉出两人话里有话，只是看样子再追究他们也不会吐露半个字，于是打算暂时不再追问。

“从先前那只猫的尸体情况来看，这个凶手显然知道你们放猫恐吓郑邱的行径，这次的事件应该就是针对你们施工队的复仇。”叶喻分析道。

“虽然不知道凶手的具体身份，但如今敌在暗我在明，最安全的做法是我们所有人聚集在一起，等到天亮离开这里报警。”

“不行！”周浩一口拒绝。“我不认为我们聚集在一起是最好的办法，谁知道那个凶手会不会设陷阱把我们一起干掉！”

“这次，我倒也同意我们周队的说法。”陈涛阴阳怪气地附和道。“要不我们各自回房，反锁房门，天亮前都不要出门，那个凶手就算有备份钥匙也进不来的，这才是最安全的办法。”

“可……可是……”

“就按他们说的做吧。”出人意料的是，梁云霄竟然也赞同两人的观点。

“我反正也累了，还想回房睡个大觉呢，这既然是针对施工队的报复，那和我应该没关系吧。”

“我……我不要一个人待在房间！我怕！”游勇着急地嚷嚷了起来。“不如这样吧，我去许严伟房里陪着他，他现在身体状况不好也需要人照顾。”

“好吧。”见众人如此坚持，叶喻也只能妥协。“那就大家各自回房休息，切记反锁门窗，如果遇上紧急事情务必大声呼救。”

关照完毕后，众人便各自回房。

叶喻、梁云霄与游勇一起来到二楼左侧。叶喻目送游勇进入许严伟房间后，便转身准备回到对面自己的房间。

“叶记者。”梁云霄叫住了叶喻。

“怎么了？”叶喻停下脚步。

“晚上你最好不要出去，不管听到什么声音。”

“为什么？”

“你听我的就是了。”梁云霄笑了笑。“这座房子的‘恶灵’恐怕已经出动了。”

还没等叶喻继续追问，梁云霄便转身，径直回了房间。

这是什么意思？恶灵？算了，还是不想了……

叶喻有些头痛，于是甩了甩脑袋，也回了房。

———

周浩走进自己的寝室，仔细锁好门，拉上窗帘，打着手电直奔床下。

还好，东西还在。

周浩俯下身，小心翼翼地从床底杂物堆中扒出一个小布包，捧在胸前。

自从听到叶喻分析说那个凶手可能拥有这幢房子的钥匙，周浩就一直提心吊胆，生怕有人闯进自己房间，发现这床底的秘密。

周浩歪过头，用肩膀夹着手电，双手轻轻掀开布包，露出里面一只小巧的金属盒子。

那是个精致的银质化妆盒，盒上刻印着古老的纹饰，从做工上来看应该是已经有一定年份的古董。

周浩轻抚着盒子，细心地用衣角擦了擦，随后打开了盒子。

一只古色古香的红宝石手镯静静躺在盒子里面。

不论是做工也好样式也罢，外面的化妆盒与这只镯子比起来立即相形失色。

银质的手环部分镌刻着奇异的铭文，似乎是某个古老国度的文字，然而更令人瞩目的却是上面镶刻的那枚血红色宝石。

鲜红的宝石表面流溢着奇异的五彩色泽，使得整只镯子显得熠熠生辉。周浩虽然不清楚这宝石的具体名堂，但他总觉得这东西肯定价值不菲。

必然很值钱吧……不然郑邱怎么会费尽心机藏起来呢？周浩默默想着。

如果不是因为那个传言，如果不是无意中听到郑邱的那段话，恐怕自己也不会走到这种地步。

没错，这镯子是周浩偷来的，从郑邱那里。

事实上，在很久以前坊间就传闻作为古董收藏家的郑邱私藏了不少奇珍异宝，很多连他子女都不知道。而在那一天周浩无意中窥见的秘密，最终促成他后续一系列的行动，包括那件事。

郑邱啊郑邱，要怪就怪你自己那天不当心。还有他那几个子女，连老爹藏了那么好的宝贝都不知道，当真一群蠢货。

周浩冷笑一声，小心地收起盒子，用布包裹好，重新放回床底。

这幢房子里应该还秘密藏着不少这种宝贝，等明天打发了那个记者和什么风水师，我就可以安安心心地好好搜刮一番。嘶，等一下……

周浩突然想到了什么，心脏顿时狂跳。

今天可是出了人命啊，明天警察一定会来这里彻底搜查，要是被他们发现那个地方怎么办？

想到自己财路可能会被断掉，周浩突然有些焦虑起来。

怎么办……怎么办……

“趁警察来之前，把宝贝全都找过来藏好。”

一个声音在周浩脑海里一闪而过，恍如恶魔的低语。

对！没错！只要在天亮前把那里的东西拿掉，就算警察查到那地方也无妨！

周浩一下子兴奋起来，立即转身打算翻出工具箱。

“不过，还有人在觊觎我的宝物……”

周浩的动作猛然一顿，脑中忽然浮现出陈涛那阴险的笑容。

不，不！你想得美！宝贝是我发现的！全都是我的！谁都不准和我抢！！

“抢我东西的人，都该死！”

周浩仅存的理智也随着心中恶魔的蛊惑逐渐崩塌，一股病态的狂热将他整个人吞噬殆尽。与此同时，一个邪恶的念头从脑海中涌现了出来。

既然如此，呵呵呵……陈涛，这可是你自找的！

» 第十章　咒

叶喻躺在床上，听着窗外雷声阵阵，翻来覆去睡不着。

咕噜噜……

肚子的抗议声与外面的雷雨交相呼应，叶喻坐起身，看了眼手表指针。

凌晨两点十分。

好饿啊！叶喻无奈地叹了口气。

原本中午就没怎么好好吃饭，晚上又因为接连遇上钱允能和许严伟出事，晚饭也来不及吃。现在这种情况又只能关在房里，连半点干粮都没有，叶喻饿得都有些胃疼了。

叶喻下了床，在空荡的房间踱着步，试图转移注意力，然而没有半点用处。

忍一忍吧，反正就一个晚上。

“啪嗒——”窗外传来了一声奇怪的声响，似乎是什么东西掉落了下来。

叶喻轻轻将窗帘拉开一条缝，突然眼角瞥到楼下有个人影在雨中一瘸一拐地走过。

外面有人！

叶喻赶紧侧过身子躲在窗帘后，通过窗帘缝隙悄悄盯着楼下的人影。

那是一个身着雨衣的人，身材瘦削，此时正左右张望着，似乎怕被人发现。闪电霎时划过，一张熟悉的脸映入叶喻的眼帘。

那是……陈副队！

叶喻瞬间认出了那张脸，正是本应待在房中的副队长陈涛！

只见陈涛鬼鬼祟祟地观察着四周，确认没人后便朝一处花园角落走去，消失在叶喻的视野中。

怎么回事？他怎么出来了？

叶喻注视着陈涛消失的方向，越想越觉得不太对劲。

当时陈涛强烈建议各自回房，如今看来……是想独自做些不想让人知道的事啊。到底是什么事？他去花园干什么？会不会和之前的案件有关？

一连串的问号涌了上来，叶喻拉上窗帘，开始考虑起自己一个人留在房中是否真的安全。

这里实在太诡异了，不止房子，连这里的人都是一个个心怀鬼胎，他们之前的提议真的靠谱吗？

“这幢房子的灵魂充斥着浓重的负能量，可以说是恶灵满满呢。”

不知怎么的，叶喻突然想起了梁云霄当时的话语。

恶灵吗？如果说被负能量吞噬心智即是恶灵附身的话，以周浩这帮人之前焦躁的行为来看，恐怕即便没被附身，也已中了恶灵的诅咒呢。

话说回来，之前梁云霄让我不要离开房间，说是恶灵已经出动，就是指这个吗？

叶喻正想着，忽然听到隔壁梁云霄的房间似乎有响声，像是门打开了的声音。

叶喻走近房门，把耳朵贴在门板上，细细辨别着外面的声音。

关门声，随后响起木质地板的“吱嘎”声，逐渐往楼梯方向延伸而去。

梁云霄出去了？他不是说要睡觉吗？怎么也一个人离开了房间？

叶喻突然觉得这里所有人都是说一套做一套，没一个可信，同时心中强烈涌上一股尾随梁云霄的冲动，直觉告诉叶喻，自己不能再待在房里了。

叶喻赶紧披上衣服，悄悄开了条门缝，隐约看见一个身影消失在楼梯口，看方向去的应该是三楼。

叶喻小心地探出身子张望了片刻，随即转身关好房门，朝人影消失的方向摸去。

黑暗中，叶喻不敢开手电，怕被对方察觉，于是只能借着窗户外透进来的闪电光摸黑上楼。

“咔嚓——”

刚踏出一步，一块老旧的木质楼板在体重的压力下发出清脆的响声，叶喻顿时一惊，所幸窗外适时传来雷雨的轰鸣声，将木板的响声掩盖了过去。

叶喻仔细听着楼上的动静，不敢踏出第二步。

屋内一片寂静，叶喻甚至听得见自己的呼吸和猛烈的心跳声，而楼上并没有任何声响，梁云霄似乎没有发现自己。

叶喻稍稍松了口气，再次蹑手蹑脚地走上楼梯，这次总算没搞出什么声音。

好险好险……

叶喻踏上三楼，左顾右盼，却没有发现梁云霄的身影。

他去哪里了？

叶喻思忖着，突然瞥见不远处的主卧室大门竟然悄无声息地开了条缝隙。

奇怪，我记得之前这里的门都是关上的啊。难道……梁云霄在里面？

叶喻深吸一口气，小心地靠近主卧室门口，往里面瞄了一眼。

房里黑漆漆的，窗外微弱的光线照射进空荡的房间，似乎连个鬼影都没有。

应该不在里面吧？如果他进了这间房，至少会打个手电才对，不然在这种乌漆麻黑的环境下能干啥？

但话说回来，既然人不在里面，那为什么房门会开着？会不会他刚才来过这里做了些什么事？

犹豫片刻后，叶喻终于下决心轻轻推开门，闪身进入主卧。

说实话，自从先前在相机里发现那只“鬼人头”之后，叶喻对这间主卧多少有些心理阴影。如今在这种半夜三更又是黑漆漆的环境下，叶喻更是有些起鸡皮疙瘩。

算了，回去吧，反正也看不出什么。

心跳声如雷点般震动着耳膜，叶喻不禁伸手按着胸口，打起了退堂鼓。

而正当他转过身准备闪人时，突然一阵闪电从窗外划过，伴随着一声惊雷，叶喻赫然发现自己面前的地板上除了自己的影子外，竟然还有道人影，正定定地站在自己后方！

我靠！

叶喻吓得心脏都快跳出来了，条件反射地回头做出防御姿势，然而还没等他有所动作便猛然发觉有人从自己身后贴了上来，一只手勒住自己的脖子，另一只手死死地掐住自己的右手，同时身体用力一扭。

只听“砰”的一声，叶喻结结实实地摔在地上，被那人狠狠压在身下。

叶喻拼命地想挣脱右手，好让手上的电击戒指发挥作用，无奈对方似乎身手了得，再加上自己饿了半天，怎么也使不上劲，叶喻拼尽全力也无法动弹分毫。

“混蛋！放开我！”叶喻觉得自己的手臂都快要被扭断了，痛得大吼道。

“叶记者？”

随着句熟悉的声音，叶喻感到自己手臂上的力量忽然一松。“啪”的一声，一束刺眼的光直直照向叶喻面门，令后者不由别过头眯起眼睛。

“真的是你，你鬼鬼祟祟跟着我做什么？”梁云霄端着手电，松开拧着叶喻的手，站了起来。

“我还想问你鬼鬼祟祟在这里干什么！”叶喻揉着酸痛的手臂，龇牙咧嘴地说道。

“我应该告诉过你，不论听到什么声音都不要出来的，你怎么不听？”梁云霄看上去有些不满，“这次正好碰上我，要是遇到凶手你可能就死了！”

“别岔开话，回答我的问题。”叶喻起身直视着梁云霄。“你半夜跑这里来干吗？别和我说你在看风水啊。”

“我就是在看风水呀。”梁云霄无奈地叹了口气。

“看风水要半夜三更摸黑来看？唬谁呢！”

“我和你说，有些东西只有过了午夜才看得清。唉，和你解释你也不懂，快回房去吧，别碍事。”梁云霄挥了挥手，像是要赶叶喻回房。

“敢小瞧我？呵，哥可不是普通人。”叶喻并非要逞强，只是想到这帮人个个瞒着什么事似的，而自己像傻瓜一样什么都不知道，还被人意气指使，就气不打一处来。

“哦？不是普通人？那你有什么特殊能力吗？”梁云霄微微眯起双眼，饶有兴趣地看着叶喻。

“额，你之前不是说我的灵魂很强大吗？这不就是特殊能力？”叶喻意识到自己似乎说漏嘴了，连忙随口扯了一句。自己是“驱逐者”的事是万万不能透露的。

“哦，这样啊。”梁云霄似乎看出了叶喻的尴尬，但也不打算当面揭穿，于是笑着拍了拍叶喻，“那好，你就跟来好了，不过要是碰上什么危险恐怕我也没空管你，好自为之吧。”说着便转身拉开卧室大门走了出去。

叶喻见状连忙急急地跟了出去，事已至此他就算厚着脸皮也要追随到底，况且饥肠辘辘的他就算回了房间也肯定睡不着，干脆过来看看梁云霄到底在玩什么花样。

一路尾随着梁云霄，叶喻先后进了书房与右侧的几间副卧。梁云霄倒也不赶叶喻走，每次进房后总是淡定地东摸摸西敲敲，不知在搞什么鬼。

“我觉得你这样压根儿不像什么风水师。”叶喻靠着副卧室门框，冷眼看着梁云霄正翻开一只柜子，伸手胡乱摸索着，不由开口吐槽了一句。

“哦？那你觉得像什么？”梁云霄头都没抬。

“像小偷。”

“呵，所以我才说你什么都不懂。”梁云霄关上柜子，摊了摊手，“既然是通过观察事物的能量来判定风水，自然是每个角落都不能放过的。”

“但你之前都已经判定这幢房子里充斥着负能量，还说这里恶灵满满，那还特意跑到这些房间里确认一遍干吗？”

“因为我的任务是改善这里的风水啊，当然要探清恶灵负能量的源头咯，不然怎么想对策？”梁云霄叹了口气，转身走出房门，似乎对方的追问让他很是无奈。

“我觉得……你要真想探明恶灵源头的话，还不如从陈涛他们入手，他们好像还有些事没有说。”叶喻想到先前看到陈涛在花园出现的情景，突然觉得应该和梁云霄提一下。

“他们嘛，就算问也不会说的。”梁云霄边摇头边轻轻走下楼梯，“与其在他们身上浪费时间还不如我亲自出马。”

“唔……其实，我之前发现了一件事……”

叶喻正打算将看见陈涛的事告知对方，忽然听见从楼下传来一声刺耳的爆响。

“哐啷——！”似乎是玻璃破碎的声音。

“怎么回事？难道楼下有人？”叶喻身形不由一顿。

与此同时，伴随着雷电的轰鸣声，一股血腥之气从楼下逐渐弥漫开来。

“不好！”梁云霄脸色一变，“出事了！”

» 第十一章　诡笑

两人瞬间反应了过来，急急地冲下一楼。越往下走，血腥味愈发浓郁。

“等等！”梁云霄突然停了下来，伸手拦住身后的叶喻，向别墅正门方向扬了扬头。

叶喻向前望去，顿时四肢僵硬，呆立在楼梯上。

一个人影正吊在门旁的玻璃窗外，在暴雨中摇曳着。狂风夹杂着血水，正通过被敲破的玻璃窗往屋内灌着血腥气，窗外的闪电划过，映出人影那张血肉模糊的脸。

“陈……陈涛！！”

叶喻瞠目结舌地望着眼前已不成人形的陈涛，突然有种要吐的感觉。

只见陈涛穿着塑料雨衣，耷拉着脑袋，双目圆睁，表情扭曲。一条电缆线紧紧勒着他的脖颈，将其吊在外面，让他整个人看上去仿佛一只巨大的晴天娃娃。

然而更为触目惊心的是，他的后脑上直挺挺地插着一把斧头，镶嵌之深使得头颅像只西瓜一样从顶上裂开一条两指粗的缝，鲜血混着脑浆沿着脑袋缝隙流露而出，顺着雨衣黏黏糊糊地滑落下来，样子实在惨不忍睹。

叶喻捂着嘴努力平复着胃里的翻江倒海，一时不敢上前——虽然他的胃里也没什么东西可以吐。

一旁的梁云霄倒完全没有叶喻那么夸张的反应，只是警惕地用手电反复扫视了几遍大厅，确定没有人藏在暗处后，便小心地靠近悬在窗外的陈涛，隔着已没有玻璃的窗户，开始细细观察起来。

从陈涛那惨烈的身体情况来看，断然没有生还的可能，而且外表上，除了后脑那道裂缝，也没有其他明显的外伤，看来应该是被人从身后一斧毙命。

梁云霄探出头，顺着陈涛脖子的电缆线向上看去，只见电线笔直地向上延伸而去，另一端似乎系在正上方的阳台边缘。

缩回脑袋，梁云霄的视线从窗内地板上散落的碎玻璃，一直扫到旁边的大门口。破碎的窗下，地板已经湿漉漉一片，刚才的响声应该便是陈涛的尸体落下后，从外面撞破这扇窗所导致；而不远处的正门口附近地板倒还是很干燥，看来灌入的风雨并未影响到这一块。

“看来不但完成了‘啖汝脑髓’，连之前没完成的‘断汝咽喉’都补上了啊。”梁云霄叹了口气，看着依旧呆立在楼梯口的叶喻，“他应该是被人砍死后从楼顶扔下来的，我们得去上面看看。”

叶喻从震惊中回过神来，下意识地抬头看了看上方。

“从陈涛被扔下来到现在已经过去了一段时间，凶手还会在阳台吗？”

“不清楚，我们得小心点。”

说着梁云霄捡起堆在墙角的一根装修建材，试着挥了挥，然后顺手丢给了叶喻。

“拿根棍子防防身，要是真的有人袭击你也好挡一挡。”

“那你呢？”叶喻接过棍子，问道。

“我不需要。”

梁云霄轻描淡写地回了一句，转身正准备走上楼梯，忽然听见二楼传来一句粗犷的声音。

“怎么了？发生什么事了？”周浩穿着背心裤衩，睡眼惺忪地从二楼楼梯口望着两人，一副刚被吵醒的模样。

“陈涛死了。”梁云霄淡淡说道。

“什……什么？”周浩张大了嘴，慌忙穿过梁云霄身边冲下楼，看到陈涛的惨状后也不由倒吸一口冷气。

“这……这肯定又是那个凶手干的！实在是太残忍了！”周浩看着悬在窗外陈涛，满脸痛心疾首，“我们得去阳台把他放下来，不能让他继续这样吊着，太可怜了。”

梁云霄抬眼，不露声色地将视线扫过周浩的脸庞，随后又像没事人似的笑了笑：“呵呵，我们正准备去上面查看呢。”

“我也和你们一起去吧！”周浩急急喊道，“阳台是露天的，雨很大，我可以找两件雨衣给你们。”

“让他一起吧。”叶喻开了口，“现在又死了一个，不知道凶手潜伏在哪，让周浩一个人落单太危险了。”

梁云霄不置可否地耸耸肩，转身走上楼，叶喻和周浩也连忙跟了上去。

阳台厚实的铁门将顶楼的风雨隔离在外，三人蹑手蹑脚地靠近铁门，梁云霄将手按在门把上，转头对身后两人示意了一下，叶喻神经紧绷地点点头，握紧了手中的木棍。

三……二……一！

默数三声后，梁云霄猛地推开铁门，霎时狂风暴雨从户外阳台向三人侵袭而来。叶喻被扑面而来的豆大雨点打得措手不及，不由转头眯眼，等到再转过头却发现梁云霄已经一马当先地走上了阳台，正拿着手电扫视着四周。

“情况怎么样？”叶喻和周浩跟着走上前问道。

“如你们所见，半个人影都没有。”梁云霄笑了笑，“不过果然有根电线拴在这里。”

说着梁云霄将手电光照向阳台护栏一角，只见叶喻左前方的一段护栏上，赫然绑着一根黑色电缆线。

三人靠近护栏，小心地向下望去。在电线的底端，陈涛的尸体正在下方随风摇曳着。

“周队，这根电缆线是队里的东西吗？”叶喻向周浩询问道。

“这线是施工要用的东西，平时就堆在三楼杂物间里，那地方没有锁，理论上说谁都可以拿到。”周浩回答。

“看来陈涛应该就是在这里被劈死然后扔下去的。”叶喻分析道，“可凶手为什么偏要选择这里动手并特意扔下尸体呢？难道仅仅为了补上‘断汝咽喉’的预言吗？”

“应该是为了不留下痕迹吧。”梁云霄轻哼了一声，“虽然不确定凶手是不是在阳台杀的人，但这里是露天，风雨那么大，而且已经过了一段时间，就算有什么痕迹也被暴风雨冲刷掉了，这正是那个凶手理想的作案环境呢。你说是吗？周队长。”

说着，梁云霄笑着转身看着身后的周浩，而后者好像才刚刚从愣神中回过神来，似乎有些心不在焉。

“啊？哦，对啊，这凶手太狡猾了！”周浩随口敷衍了两句。

“不过，虽然如此，也并不是没有线索。”梁云霄话锋一转。

“什……什么线索？”周浩看上去有些紧张。

“喏，你们看那扇窗台上的是啥？”梁云霄靠近阳台边缘，将手电光往二楼的某个房间照去。

周浩和叶喻连忙靠了过来，伸出头往左下方张望。

只见半截由床单撕成的布条绳子从二楼的一间房间的窗台顺延直下，在风中飘荡着。那间房的窗户没有关，布条绳子的一端系在窗台内部，只是延伸出去的部分在中下端被撕断了，断掉的小半截似乎正掉落在窗台下。

“这是……陈涛的房间！”周浩一眼就认了出来，“是有人从外面潜入了他房间吗？”

“应该不是。”叶喻缩回头，冷静地说道，“布条的一头是系在窗台里的，只可能是里面的人出去。”

“也就是说有人从陈涛房间的窗台爬了出来。难道是他本人？”梁云霄低头喃喃自语。

叶喻突然想到了什么，正准备开口，却被周浩忙不迭地打断了。

“话说……这里好冷啊，风又大话都听不清，不如我们先把陈涛放下来，回里面再说吧。”周浩提议道。

“也好，雨的确太大了。”叶喻裹了裹雨衣，然而似乎并没什么用，雨水顺着领口直钻而入，把里面的衣服都打湿了。

三人冒着风雨手忙脚乱地解开了护栏上的电缆线，楼下随即传来“砰”的一声，陈涛的尸体应该是落了地。

离开阳台，叶喻等人直奔一楼大门外，将陈涛的尸体拖了进来。

“啧啧，本应该好好待在房里的人，为什么会死在外面呢？”梁云霄看着陈涛凄惨的尸首，轻轻摇了摇头。

“其实……我刚才就想说了。”叶喻转身看着两人，“大概四十五分钟前，我在房间里的时候，无意中透过窗户看到陈涛出现在楼下花园里。现在既然发现陈涛窗台上的那根布条，那就证明我没有看错，他应该是自己偷偷溜到外面来了。”

“什么？”周浩顿时显得惊讶万分，“你……你还看到了什么！”

“我只看到他一个人跑去花园一个角落，没看到其他人。”

周浩悄悄松了口气，然而这一切都被身旁梁云霄暗暗看在眼里。

“不过这样一来，还有个矛盾的地方。”梁云霄将视线从周浩脸上移开，同时提出了新的疑问。

“既然陈涛之前已经爬到室外，那为什么又会莫名出现在别墅内部，还被人从阳台给扔了下来呢？我看过正门附近的地板，完全没有潮湿，应该不可能是从正门出入的。”

“会不会是又从窗台那根布条爬回去的？”周浩问道。

“你别忘了，窗台上的那根布条在中下半截是断掉的，应该是在爬出来时扯断的，他不可能再沿着布条爬回去。”

“那就奇怪了，他到底怎么回来的？总不见得是瞬间移动吧？”叶喻迷惑不解。

一时间，三人陷入了沉默。

屋外的暴雨丝毫没有停歇的意思，狂风透过破碎的玻璃窗在大厅内肆虐着，竟将那块盖在郑邱肖像上的黑布给吹了下来。

闪电将昏暗的大厅照亮了一瞬，而就在这一瞬间，叶喻突然发现那副郑邱画像似乎有些不对劲。

“那幅画像……好像和之前的不太一样！”叶喻盯着眼前肖像中郑邱的脸，不由震惊地后退了一步。

其余两人连忙将手电对准了那幅肖像画，立刻发现了诡异之处。

“他在笑……”叶喻的额头沁出了冷汗，“画中的郑邱在笑！”

» 第十二章　心中鬼

“什……什么！不会吧！”周浩狠狠地揉了揉眼睛，再次向画像望去。

只见画中的郑邱依旧身着西服，眼神淡然地端坐在画框中，动作与先前一模一样。然而诡异的是，此时的郑邱嘴角却微微向上扬起，像是在笑。

“这画……之前也是在笑吗？”周浩看着画中的郑邱，身体不由开始发抖。

“肯定没有，我之前观察过这幅画像，所以记得很清楚。”叶喻确信道。

“这……这太诡异了！难道真闹鬼？不，这不可能！”周浩有些抓狂。

叶喻抬头盯着画中人的脸，越看越觉得郑邱嘴角咧开的幅度似乎正在扩大，眼睛阴森森地注视着自己，冷笑着……整张脸在昏暗的环境中透着幽幽鬼气，感觉下一刻就要张开血盆大口把人吞了似的。

叶喻不由汗毛直竖，慌忙移开视线深吸两口气，等到再看向画像时却发现画中的郑邱也没有真的咧开嘴，只是嘴角的弧度依旧，和上一次见到的画像还是有明显区别。

和周浩叶喻的反应不同，梁云霄倒是一如既往地镇定自若，他静静地观察着画像，像是在考虑着什么。

“静止的画像怎么会有表情变化呢。梁大师，你怎么看？”叶喻转头看向梁云霄。

“这个嘛，如果你的确没看错的话，那确实挺奇怪的。”梁云霄含糊地回了一句，并没有给出什么答案，“不过比起这幅画，我倒是更在意陈涛半夜三更偷偷溜出去的原因，我记得当时各自留在房里的建议还是他先提出来的。”

“我想，他之所以建议每个人各自回房，恐怕是为了方便他自己行动吧？”叶喻摇了摇头，内心早已给陈涛的行为下了定义。

“我知道了，他一定是想自己逃跑！”周浩一拍大腿，斩钉截铁地说道，“这幢房子那么危险，他早就不想待了！”

“可是这里的唯一一辆车已经被破坏了，外面也没有其他交通工具可以离开，在这种台风天里，而且还是半夜三更的郊区，他不可能一个人逃走。”梁云霄否定了周浩的说法，“另外他既然没有走大门，而是选择冒险从窗台爬出的方式，我想一定有什么不想让我们知道的理由。”

“不想让我们知道的理由吗？我们要不要去花园那边查查看？”叶喻想起了当初陈涛在花园里鬼鬼祟祟的举动，觉得有必要前去一看。

“现在危险了！外面那么黑，而且风大雨大，说不准还有什么人埋伏在花园里面，还是等天亮再查吧！”周浩一听叶喻要去花园，急忙阻止道。

“轰隆隆——”叶喻看了眼电闪雷鸣的屋外，思忖着周浩的话也有点道理，便暂时打消了去花园探寻的念头。

“话说回来，你们觉不觉得上面两人太安静了？”梁云霄抬头望着二楼，“我们这边那么大动静，游勇和许严伟怎么半点反应都没有。”

“听你这么一说，的确有点奇怪，他们睡得那么熟吗？”叶喻听闻此言也不由皱起眉头。

先前陈涛掉下来撞破玻璃发出那么响的声音，再加上他们三人的来回走动说话，动静不可谓不大，但二楼上的两人却丝毫没有反应，这有些说不过去。

“走，上去找他们。”梁云霄迈开长腿走上楼梯，“陈涛的事也该让他们知晓一下。”

三人于是急急忙忙地奔向二楼左侧，敲响了许严伟的房门。

“咚咚咚——”

“游勇，许严伟！你们在吗？”周浩扯着大嗓门，边敲门边喊着，“出事了！快开门！”

没有反应。

“我们有三个人，我——叶喻，还有周队和梁大师也在，你们可以放心开门。”叶喻特意补充了一句，只是门内似乎依然没有动静。

“怎么回事？该不会……他们也出事了吧！？”叶喻不由紧张了起来。

“实在不行就把门撞开。”梁云霄果断做出了判断。

而正当三人准备撞门时，忽然听到房里响起了窸窸窣窣的声音，好像是有人起身走了过来。随着房门的开启，只见游勇揉着睡眼惺忪的双眼呆呆地站在门口，似乎被叶喻三人的阵势吓到了。

“出什么事了？”

“你们一直在房里？之前没听到楼下的动静吗？”梁云霄问。

“动静？没有啊，我一直睡得很熟。”游勇不明所以，又转头对房内的许严伟说道，“你之前听到楼下的声响了吗？”

“我也没有。”房里传来了许严伟的声音。

几人走进房间，发现许严伟正从床上坐起，床旁边是一张简易地铺，看来是先前游勇睡的地方。

“你们先前真的完全没有听到任何声响吗？”叶喻还是有些不敢相信。

“我好像中途醒过来一次。”游勇扶着脑袋，似乎还是有点迷糊，“不过貌似很快又睡过去，什么都不记得了，刚才你们敲门我才醒，头还晕着呢。”

“我因为之前的袭击很虚弱，所以一直睡得很死。你们突然过来是发生什么事了吗？”许严伟白着一张脸，貌似身体状况还是不太好。

“陈涛被人杀死了，从阳台上扔了下来。”

叶喻将事件的前因后果向许严伟和游勇一一道来，两人震惊得说不出话。

“他……他为什么要出去呢！如果不出去的话，也不会遇上凶手了。”许严伟结结巴巴地嘀咕道，在他看来只要反锁房门闭门不出，凶手就应该没有办法出手。

“在房里也不一定安全！”游勇的反应则更为夸张，整个人都快陷入癫狂了，“先是江心、李雨辰莫名出事，再是钱允能……他尸体还凭空消失了！现在又是陈涛……果然是这样……这个凶手是鬼！是郑邱的亡灵！他哪里都进得去！”

游勇抱着头大喊道：“预言，对了预言还剩下一个！‘碎汝身骨’……这回将应验到我们谁身上？或者说我们谁都难逃一死？！太可怕了，我不要！！”

“游勇你冷静点！现在最好的方法，还是如我之前所说的，所有人聚集在一起等天亮报警！千万不要再有人落单了!”叶喻看着周围仅存的四人，极力建议道。

周浩张了张嘴，好像想说些什么，然而却也找不出什么反驳的理由，只好悻悻地闭了嘴。其余人似乎也没有什么意见，如此默认了下来。

“不过这里房间太小了，五个人挤不下，最好换个地方。”叶喻扫视了一下四周。

“去一楼大厅，万一遇到什么危险，也好第一时间逃离这里。”梁云霄提议。

“啊？可是，那里还放着陈涛的尸体吧！”许严伟不由打了个寒颤。

“我也不想和尸体处一晚上。”游勇把头摇地像拨浪鼓。

“那你们就留在这里好了，要是被人杀了那可不关我们的事。”梁云霄摊手坏笑，一副无所谓的样子。

一听到事关自己的小命，两人立即不说话了，毕竟和尸体相处一晚总比自己变成尸体好。

周浩则脸上心事重重，也没心思再提什么建议，众人则如此达成了一致，一行人往楼下走去。

大厅中，狂风依旧透过破碎的玻璃窗在房内肆虐着，周浩等人找了几块建材木板将破开的窗口粗略地封了上，别墅里立即安静了不少。而陈涛的尸首则被搬到远处的一个角落，并再次用画像上的黑布将尸体盖了起来。

游勇和许严伟紧挨着众人，尽量不去看放置陈涛尸体的角落。虽然害怕，但既然没有其他办法，那也只能眼不见为净了。

众人从底楼餐厅搬来椅子，背靠背围成一圈坐了下来。叶喻掏出手机看了一眼，依旧没有任何信号。

“现在是凌晨三点半，只要再熬两三个小时，等到天亮我们就离开这里。”

经过如此风波的众人此刻也没什么心思打瞌睡，一双双布满血丝的眼睛警惕地在四周扫视着，生怕从黑暗中突然又冒出了什么东西袭击他们。

时间一点一滴地流逝着，一宿没睡的叶喻此刻眼皮也不自觉地有些沉重起来。

“啪啪！”叶喻使劲拍了拍自己的脸颊，好让自己清醒一点，在这种时候可是万万不能睡着的，而与此同时叶喻的肚子又开始不争气地抗议了起来。

“咕噜噜——”声音之响引得周围几人不由侧目。

“叶记者你是饿了吗？”许严伟关切地问道。

“嗯……是有点……不好意思。”叶喻一下子红了脸。

“餐厅桌上还有些吃的，要不我陪你一起去拿吧？”许严伟说着便要起身。

“我陪他去吧，正好我也想吃点东西。”没等许严伟站起来，梁云霄便主动请缨，上前一把拖住叶喻的手臂就往餐厅走去。

“你是有话要对我说吗？”进入餐厅，见梁云霄警惕地往外面望了望，随后轻轻把门一关，叶喻便意识到了他跟自己来的目的。

“没错，我是想说外面那三个人当中，或许有一个已经不是‘本人’了。”梁云霄转身看向叶喻。

“这是什么意思？”叶喻不解。

“意思就是，那三人中混了一个‘鬼’，我们危险了。”

» 第十三章 转变之人

“鬼？”叶喻震惊道，“我不明白……”

“就是已经被‘恶灵’吞噬心智的魔鬼。”梁云霄抬眼直视叶喻，脸部表情在昏暗的手电光线中显得晦涩难明，“杀害陈涛的凶手，应该就是外面那三人中的一个。”

“什么！”叶喻睁大了双眼，“到底是谁？”

“就是那个周浩。”梁云霄没有卖关子，直接报出了答案。

“为什么这样说？你有证据吗？”叶喻眉头一皱，同时脑海里立即开始回忆周浩先前的一举一动。

“血腥味。”梁云霄伸手拖了把椅子坐了下来，“他身上沾着血腥味，虽然不明显，但我还是察觉到了，就在他从二楼出现并经过我身边的那个时候。”

“会不会是你搞错了？那个时候一楼都是血腥味，不一定是他身上的啊。”叶喻质疑道。

“哈哈，如果连我都会闻错的话，那你找来猎狗也一样白搭。”梁云霄像是听到了什么笑话似的，仰头笑道，“放心吧，我对我的鼻子很有信心。再说血腥味这种东西可不是那么容易消除的，如果不是彻彻底底地全身清洗，只是换件衣服的话，还是会留有气味。周浩那个时候应该还没来得及洗澡，所以就留了点味道，如果你靠近他仔细辨别，应该也能发现。”

“不过仅凭这点的话，还不足以确定他就是杀害周涛的凶手。”叶喻托着下巴思忖着，依然保持着理性，“你有没有更直接点的证据？”

“的确，光凭这点还不够，但周浩之前的一句话却是自己把自己给暴露了，还记得当初周浩看到陈涛尸体时说了什么吗？”梁云霄手指交叉，轻轻靠向椅背。

“他说这一定是那个凶手干的，还说陈涛这样吊着很可怜，要去阳台把他放下来……等等，阳台？”

叶喻像是想到了什么，猛地抬起头：“那个时候的他怎么会知道吊着陈涛的那根电缆是系在阳台上的呢！我们并没有告诉过他，而且从他的那个角度也看不到电缆的那一头啊！”

“没错，既然周浩在查看尸体之前就已经知道电缆是吊在阳台上的话，那只有一个解释了……”梁云霄看着叶喻，没有说下去。

“尸体就是周浩他自己扔下来的，他就是杀害陈涛的凶手！”叶喻道出了答案。

“你可总算反应过来了。”梁云霄点了点头。

“难怪我总感觉周浩的行为怪怪的，在阳台上也一直催促我们下来，原来就是怕我们发现什么不利于他的证据啊。”叶喻恍然大悟，不过随后又想到了一个新的疑问。

“可是……如果周浩就是那个幕后凶手的话，那在厨房外袭击许严伟的又是谁？那个时候我们和周浩在一起，他不可能有分身术同时跑去外面做那件事啊！”

“这就有三种可能了。”梁云霄抬起深邃的双眸，开始分析起来。

“第一种，周浩有帮手隐藏在这幢别墅中，帮他完成袭击许严伟的计划，同时为他提供不在场证明。但这样一来就表明周浩就是整个谋杀计划的参与者，是他伙同帮手寄出预告信并一一杀死他的同僚。”梁云霄伸出一根手指，阐述着第一种可能性。

“不过这种假设却有非常多的矛盾。首先，他应该并不知道电闸隔间里有机关，不然那时看到钱允能尸体倒了出来，他也不会毫不顾忌地急冲上前，当时要不是我拦住他恐怕他早就中招了，这点非常奇怪；其次就是动机，队里的人接连出事，他作为队长势必难辞其咎，而且正是江心、李雨辰的接连出事才搞得队里人心惶惶，外界也传得沸沸扬扬，连记者都引来了，这对他的工程影响不可谓不大，甚至可能砸了他的饭碗，他没理由去特意策划系列谋杀。综上所述，我认为这种可能性不大。”

“听你那么一分析，倒的确有些道理。”叶喻点点头，“那第二种可能呢？”

“第二种，就是虽然周浩杀了陈涛，但其他几件谋杀他并不知晓，也没有参与。”梁云霄亮出了第二根手指，对叶喻解释道，“也就是说周浩与那个幕后凶手是各自为政，独立实行自己个人计划。”

“你的意思是，周浩杀陈涛的行为是出自他个人的目的，他和之前一系列谋杀计划没关系？”

“我认为是的。其实你之前也看出来了，周浩和陈涛关系并不好，要说下手的动机也是有的，他完全可以利用这次恐吓信事件借机杀害陈涛，并谎称是那个不知名的‘幕后凶手’所为，给自己撇清关系，掩盖杀人的事实。”

“可是你之前自己也说了，队里接连出事对于他这个队长来说，并不是好事，既然如此他为何又要特意杀害陈涛呢？再说了，周浩与陈涛即使再不合，也没必要非走到杀人这种地步不可啊。”叶喻依然心存疑虑。

“如果不是有什么非杀不可的理由的话，那就只剩一种解释了……”梁云霄看向叶喻，伸出了第三根手指，“这便是第三种可能——外面那个浑身血腥味的‘周浩’，也许根本不是他本人。”

“你是说……他被人调包了？”叶喻摇摇头，有些不敢相信，“可我怎么看他都不像是别人假扮的。”

“呵呵，对某些高手来说，脸和声音都是可以伪装的。由于我们现在无法知道那个幕后凶手的底细，所以不能排除这种可能性。”梁云霄说得振振有词。

叶喻刚想说这种可能性太小，但转念一想自己也曾经被易容后的吴学冰给坑过，顿时也就不发声了。

“如果是那个幕后凶手袭击了周浩，将其弄晕或杀害并藏起来，同时通过易容术代替他混入我们当中，从理论上也说得过去。”梁云霄继续解释道，“况且之前除了许严伟和游勇以外，所有人均是一个人独处，凶手想要对某人下手也有足够的时间和条件。”

梁云霄的推测合情合理，但叶喻心里还是隐隐觉得整件事有些不对劲的地方，但究竟是哪里不对劲一时也说不上来，只是觉得现在的线索无比紊乱，实在理不出什么头绪。

叶喻沉默了片刻，突然想到了一件事。

“不管哪种可能，目前在外面坐着的周浩就是杀害陈涛的凶手这点，应该是没错的。但如此一来，现在许严伟和游勇的处境岂不是很险？”想到外面还有两个无辜者在凶手身边一无所知，叶喻不由紧张起来。

“与其担心他们，还不如多考虑下你自己吧。”梁云霄冷漠地开了口，似乎对外面两人的安危并不怎么关心，“从现在形势看很明显谋杀是针对施工队的人进行的，虽然你我只是临时被卷入这场风波，并不属于施工队，但谁知道我们会不会也因为他们而遭受池鱼之殃，所以外面那三个人我们最好一个都不要靠近。”

“但也不能因为这样就坐视不管吧？无论如何我都不希望再出人命！”叶喻虽然不喜欢管闲事，也理解梁云霄的想法，但要真遇上人命相关的事，却做不到像梁云霄那样的冷漠，“我们还是快点回去吧，说不定我们在，凶手就不会贸然出手。”

说完叶喻便急急转身，准备离开餐厅回到大堂。

“你就那么想死吗？”

冰冷的声音在背后响起，只一瞬间，一股奇异的压迫感伴随着话语向叶喻倾泻而来，叶喻不由愣了一下，停下脚步，转过头有些惊讶地看着身后那位坐在椅子上的男人。

梁云霄的脸上已经没有了一贯的那种随意与无所谓，取而代之的，是一种冷峻凌厉的气场，阴沉的表情在昏黄的手电光下显得有些阴森，与先前淡然的样子简直判若两人。

“什……什么……”叶喻被这股压迫感逼得有些难受，连话都有些说不清了。

“我问你，你就那么想死吗？”梁云霄说着站了起来，慢慢踱向叶喻。

“不……我……”看着梁云霄越走越近，叶喻下意识地想往后退，却发现自己的脚像被灌了铅似的，无法挪动分毫。

“你难道真的不明白我把你单独带出来的原因吗？”梁云霄站在叶喻面前，探出头把脸贴了过去，漆黑的眼珠在微微凹陷的眼窝中没有转动，也没有任何反光，就这么直直地盯着叶喻，两只眼睛如无底深渊一般，在昏暗的环境中恍如鬼魅，看得叶喻脊背发凉，汗毛直竖。

“梁大师，你……怎么了？”叶喻努力控制着自己情绪，想要理清目前的状况，然而持续的疲惫与饥饿已经让叶喻的大脑开始不太好使，现在的他感觉有些发懵。

“我花了那么多心思想要救你，而你却自己想去寻死。呵呵，很好……”梁云霄冷笑着直起身子，言语中没有任何温度。

“既然你那么想死，就让我亲手送你一程吧。”

» 第十四章　失踪的宝物

许严伟低头瞥了眼手表，随后皱起眉看向餐厅的方向，好像有些焦急。

“叶记者他们去餐厅已经有一段时间了，怎么还不回来呢？”许严伟担心地说道，“会不会……会不会出什么事了？”

“两个大男人，能出什么事？”周浩一脸不耐烦地将许严伟的话堵了回去，顺手从口袋中掏出一支烟叼在嘴中，拨动着打火机想要点上，只是打火机似乎受了潮，任凭周浩怎么试都冒不出火星。

“烦躁，真点儿背！”周浩骂了一句，取下嘴里的烟，烦躁地把打火机往地上一摔，“我去上面拿个打火机，马上下来。”说着便起身要往楼上走去。

“别！别啊周队，你一个人很危险的，不如让我们一起陪你去吧！”许严伟连忙起身，一把抓住了周浩的手臂。

周浩似乎没有料到许严伟竟然有胆阻拦自己，一时没有反应过来，定定地愣了片刻，但随即回过神狠狠地瞪了许严伟一眼，挥手甩开手臂。

“你小子竟然还管起我来了！我回房拿东西顺便撒泡尿，你也要跟过来吗！”

“不，我不是这个意思。”许严伟看上去有些窘迫，低下头双手扯着衣角，不敢和周浩对视，“我是担心……”

“周队那么厉害的人，才不用我们担心呢。”还没等许严伟说完，游勇便急急地插了嘴，同时给许严伟拼命使着眼色，“周队您快去快回，我们就在这儿等着您吧。”

“哼，算你识相，都给我待在这儿，别跟过来！”周浩压下怒气，便不再理会两人，匆匆上了楼。

“周队一个人没问题吗？之前叶记者也说不要落单的。”许严伟还是有些担忧。

“哎呀我们周队的脾气你还不知道吗？就算你跟过去也会被骂回来的。”游勇耸了耸肩，转身坐回椅子，“你就别管他了，我们就在这儿等着吧。”

许严伟看着周浩消失的方向，又转头看了眼餐厅，叹了口气。

周浩躲在二楼楼梯口，悄悄探出头往楼下瞄了一眼。

还好，没跟过来。

周浩暗暗松了口气，轻轻转身，朝二楼右侧走去。

自从干掉了陈涛，周浩便打算实施他的下一步计划，但叶喻提出的人员聚集方案无疑会给他的行动带来不便，所以，他必须找个借口单独离开，而叶喻和梁云霄的离席也适时给他创造了条件，因为他明白，光凭游勇和许严伟这两小子是拦不住他的。

计划看来很顺利。周浩得意地勾起嘴角，一想到即将达成的目的，他心中便压抑不住地兴奋，不过随即一种莫名的担忧却暗自涌上了心头。

那个东西……怎么会在那里？是我记错了吗？我明明……唉，以防万一，去确认一下吧。

周浩越想越觉得心中惴惴不安，于是快步走到自己的房门前，左右警惕地看了两眼，再次确认没有人跟着他后，便迅速打开门锁钻了进去。

锁门，锁窗，拉窗帘。

快速完成这一系列准备后，周浩便直奔床底，再一次在床底那堆杂物中小心地拨出那只装着金属盒的小布包，轻轻抱在怀里。

和之前走的时候一样，应该没问题吧？

周浩原本并不想打开布包，但不知怎么的，他脑海中隐隐有个声音在急切地催促着自己，一股莫名的焦虑在心中蔓延开来。

“快打开，快确认里面的东西！”

周浩有些恍神，等他回过神来后却发现自己已经将布包打开，手指正扣着金属盒的开口处。

那就再确认一下吧。

周浩有些麻木地打开了盒子，原本他以为会再次看到那只流溢着五彩色泽的红宝石手镯，然而却没有。

盒子里空空荡荡，手镯不翼而飞。

周浩愣住了，有些不敢相信地揉了揉眼睛，下一瞬间便暴跳而起！

“手镯呢？我的手镯呢？”

周浩把盒子扔在一边，俯下身子发疯似的在床底翻找着。

没有，这里也没有！到底放哪了！！

周浩直起身，又开始在房间四处翻箱倒柜，然而依然一无所获。

不可能！这不可能！！我明明放回盒子里的！！

周浩崩溃的抱着脑袋，神经质地左右摇头，一时间双眼布满血丝。

“一定是有人进我的房间把东西偷走了！谁偷的？到底是谁偷的？

“还能是谁偷的？一定就是那个觊觎我宝物的人。”

周浩脑海中的声音再次出现，而伴随着这声音闪现的，是陈涛那张皮笑肉不笑的脸。

没错！肯定是他，只有他知道那件事！周浩恨得咬牙切齿。他到底把东西藏哪了？

“原本在他身上，但现在又不在了……”

随着鬼魅声音的蛊惑，一段影像由模糊到清晰，渐渐充斥着周浩脑海。

果然是在那里……我就记得好像看到了！

周浩顿时想到了些什么，急急地打开房门，径直冲了出去。

对，是在那里，就在那里！我得赶快找回来，现在就去！

周浩匆忙的身影消失在楼梯口，而在不远处的黑暗中，一个人影冷冷地注视着周浩的背影，随后悄无声息地尾随而去。

———

叶喻俯下身，拧开水龙头，往脸上掬了一把水。

冰凉的触感使得叶喻的神志瞬间清醒了不少，困意与血糖降低所带来的头晕也随之消减了许多。

叶喻使劲搓了搓脸，抬头看了眼面前的镜子。

镜中的男人面容有些疲倦，熬夜所带来的红血丝爬上了双眼，让人看起来分外憔悴。而在男人身后，隐隐有片空旷的空间，在手电光下昏暗难明。

此刻的叶喻正一个人身处餐厅隔壁的盥洗室，而梁云霄则在盥洗室门外的餐厅大堂，躺着沙发搁着脚，惬意地休息着。

之前梁云霄所谓的“亲手送一程”终究也只是危言耸听而已，不过最后叶喻还是遵从了他的建议，至少洗把脸清醒一下。正如梁云霄所说，以叶喻目前的状态，就算有谁遇到危险，也是救不了任何人的。

不过一想到梁云霄看到自己被吓住的窘样后，一脸恶作剧成功的样子，叶喻心中多少还是有些不爽，但这种不爽也只能叶喻自己心里念叨两句罢了。

不知为何，虽然梁云霄号称之前只是开玩笑，但当时他的那种气场，那种从心底发凉的体验却让叶喻怎么也无法释怀，现在的叶喻心中对梁云霄竟然隐隐有些“害怕”的感觉，这种感觉并非自己的心理作用，而近似一种生理本能，他的身体正告诉自己，这个人，很危险。

这个人应该不止“风水师”那么简单，他的思维，他的身手，他的感官，绝不是普通神棍能做到的，应该是经过了特殊训练。

叶喻暗暗推测着，原本因疲倦而有些僵化的思维在冷水的刺激下开始飞速地运转。

但不管他的底细究竟如何，至少这个人应该不会对自己不利，毕竟如果对方要对自己出手，机会实在太多了，而且从他之前的行为来看，他的确是在保护自己无疑，目前和他在一起应该没什么危险。

话说回来，自己重回记者行业的第一个任务就遇上连环凶杀那么大的案件，这到底是幸运还是不幸呢？看来楼玥之前说得没错，自己就是“惹祸体质”啊。

叶喻正心里默默自嘲着，突然一种奇怪的感觉涌了上来，仿佛背后有两道目光正盯着自己。

叶喻顿时脊背发凉，连忙抄起旁边的手电猛地一回头。

被偷窥的感觉消失了，后面什么都没有。

嗯……错觉吗？

叶喻拿手电，对着这间盥洗室左右照了两下。

这间盥洗室面积倒也不小，三面环墙，唯一的一扇门直通餐厅，房间左侧是一个梳洗台和一面大镜子——这也是叶喻现在所在的位置；右侧是个小型淋浴房和卫生设置；而正对着大门的墙壁上，是一幅用瓷砖拼接而成的西洋壁画。整间房间虽然略显空旷，倒也干净整洁，只是除了连通餐厅的大门外，竟然没有任何其他出入口，连通风口都没有，这种奇怪的布局一时间竟然让叶喻有种身处牢房的错觉。

看来我真是太累了。

叶喻内心嘀咕了句，也没细想，转身面向梳洗台，将手电架在一旁，继续拧开水龙头往脸上抹了把冷水。

“我说叶记者，你洗好了没有啊。”屋外传来了梁云霄的催促声。

“马上就好。”叶喻甩甩脸，抬头看向镜子。

长长的睫毛上还挂着水珠，使得叶喻眼中的自己显得有些朦胧，而通过镜子的反射，叶喻隐隐约约看到自己身后好像站了个人。

是梁云霄吗？都进屋来催了啊……

“你也困得撑不住了吗，梁大师？”叶喻随口吐槽了一句，没有多加理会，拿起纸巾擦了擦脸。

“别拿我和你相提并论，本大师精神好得很。”梁云霄略带嘲讽的声音再次从屋外响起。

“呵呵，话可别说得那么满，要是到时候……”

话没说完，叶喻的动作突然僵在了半空，整个人仿佛穿过电流似的，霎时从脖颈凉到指尖。

梁云霄的声音是从外面传过来的，那么……站在我背后的是谁!

» 第十五章 血债血偿

仅仅愣了两秒不到，叶喻便立即反应过来，再次猛地抄起身旁的手电筒往身后一照。

空空如也，除了自己什么人都没有。

不可能！我刚才明明看到有人在我后面！

叶喻顿时警觉了起来，同时飞快调动大脑，强烈的危机意识瞬间涌上心头。

“梁大师，你前面进来过吗？”叶喻边向外面的梁云霄喊着话，边警惕地用手电向四周不断探照。

“没有啊，我刚才一直在外面。”声音由远及近，梁云霄出现在了盥洗室门口。

“那你有没有看见谁出入过这道门？”叶喻向后小心地退到梳洗室门口，站在梁云霄身边。

“没有。除了你之外没有人进去过，更没有人出来。”梁云霄的语气十分肯定，同时也察觉到叶喻的不对劲，“怎么了？你是不是发现了什么？”

“刚才，好像有人站在我后面……”叶喻有些犹豫了起来。

刚才从发现有人到回头，前后也不过一两秒，而且这间房间只有一个出入口，那么短的时间内，要躲过外面梁云霄的耳目神不知鬼不觉地逃走几乎是不可能的事，难道是自己看错了？

“你有没有看到对方的样貌？”梁云霄认真地询问着叶喻，同时视线在房内来回扫视着。

“这倒没有……我洗脸的时候无意中瞥到了一瞬，再看人就不见了。”叶喻挠着头发，一脸困惑，“这门是唯一出口，如果你没看到什么人出去的话，那就可能真的是我看错了吧。”

“还有一种可能。”梁云霄的视线在空荡的盥洗室扫了一圈，最后定格在房间右方角落，一间封闭式淋浴房静静摆在角落。

“说不定，那人根本没有出去。”

叶喻心头一紧，随即跟着梁云霄的视线看向角落中的淋浴房。

淋浴房的毛玻璃在手电筒微弱的光芒下反射着淡淡的光晕，侧拉式的门开了条缝隙，里面模模糊糊看不清楚。

“啪嗒——”

一声细微的声响从淋浴房内传了出来，在寂静的盥洗室内听得真真切切。

真的有人！

梁云霄对叶喻使了个眼色，叶喻会意地点点头，两人注视着淋浴房门口，一步一步小心地靠了过去。

走到距淋浴房一米左右的距离，梁云霄伸手拦住了叶喻，两人停下脚步。

声音没有再次响起，房间里出奇地安静，叶喻甚至能听到自己有些紊乱的呼吸声。

梁云霄站在原地，轻轻闭上眼，似乎在侧耳辨别着什么。片刻之后，梁云霄睁开眼，还没等叶喻反应过来，便果断上前，一把拉开了淋浴房门！

一道拳头大的黑影瞬间贴着地面猛地蹿了出来，直扑叶喻的脚面！叶喻惊讶之余条件反射地朝黑影踢了一脚，却只听“吱——”的一声，叶喻感觉自己好像踢到一个软绵绵的东西，一团黑乎乎的东西应声飞向墙角，“啪”的一声撞在了墙上。

惊魂未定的叶喻赶紧将手电光照了过去，却发现一只大老鼠匍匐在墙下，似乎被撞得有些发懵，看来刚才叶喻踢中的就是这货。

“哈哈哈哈，你刚才看到的该不会是老鼠精吧？”梁云霄“欣赏”着叶喻紧张的表情，不由哈哈大笑。

“我……额……大概真的是看错了。”叶喻虽然对梁云霄的嘲讽有些不爽，但也懒得和他一般见识，于是赶紧转移了话题，“我们走开也有段时间了，赶紧回去吧，我还是有些担心许严伟和游勇。”说着便转身走出了盥洗室。

梁云霄笑了笑，往前迈了一步，但又突然停了下来。

他转过身，扫了眼身后空荡的房间，似乎若有所思。

“梁大师，你还不走吗？”这次换成叶喻在催促了。

“来了。”梁云霄转过头，不再驻足，径直离开了盥洗室。

急促的呼吸，猛烈的心跳，凌乱的手电光。

周浩瞪着一双布满血丝的眼睛，往楼顶阳台狂奔而去。而为了避开其他人耳目，他还特意绕开了中央楼梯，从走廊底部的侧楼梯上楼。

在那里！绝对掉在了那里！

为什么手镯会在那里？他没有时间也不打算去细想这个问题，失去手镯的惶恐已经占据了他的整个大脑，现在的他心里只有一个声音：“找回来，不论如何要马上找回来！那是我的！我的宝物！！”

费了那么多心机，做了那么多事，甚至满手鲜血……要是最后什么都没得到，这种失落足够让周浩陷入疯狂。

不，事实上周浩的疯狂早就已经开始了，就在数月之前，无意中从郑邱口中听见那句话的那一天起。

自从被公司上层下了死命令，他便使出浑身解数逼迫郑邱就范，无奈对方软硬不吃，即便自己针对郑邱的弱点使出放猫这种卑劣手段，也依旧没有收到任何效果。郑邱非但继续拒绝开发商的要求，甚至开始闭门不出，连接触到他的机会都没有。

但上头是不讲情理的，他非常清楚上层那帮人的嘴脸，即便自己已经在公司待了那么多年，要是这次任务完不成，照样会让自己卷铺盖走人。而自己在外面债台高筑，如果掉了饭碗无疑会把自己往死路上逼，所以他又怎么会甘心栽在这里？

眼看着离公司规定的日期越来越近，走投无路的周浩只能期望再见一次郑邱，无论如何都要让他点头同意——不管用什么手段。

然而那天发生的事却大大出乎他的意料，打乱了他的全盘预设。

周浩已经记不清当时是如何溜进郑家府邸的，也想不起自己当时到底怎么会鬼迷心窍地尾随着郑邱，从而发现“那个地方”的。他只知道在他逃离别墅后，满脑子都是郑邱的那句自言自语：

“……没人知道这里藏着这种无价之宝，但它却也是恶魔的诱饵……”

无价之宝！！

郑邱果然和传闻一样拥有秘密宝库，还没有其他人知道这东西——除了郑邱和无意中尾随着他的自己！

周浩当时便被“无价之宝”四个字所震惊，惊讶到手足无措，还差点被郑邱发现自己的行踪，然而随之而来的狂喜和贪婪迅速吞噬了周浩的理智，甚至他没有心思去细想郑邱后面的那句话的意思。

无价之宝，无价之宝！！哈哈哈哈，只要得到它，我外面的债简直不值一提，不，我甚至还有资本再去赌一把，把输的那些钱再赢回来！

周浩心中满是美梦，而与此同时，一个邪恶的念头在他脑袋中渐渐成形。

只要郑邱不死，宝物永远不会是他的，必须在郑邱把秘密告诉别人前了结他！这样，宝物的存在就只有自己知道了！到时候施工队进驻别墅后，有的是时间去搜刮，“那里”的所有东西都将属于他！

周浩是这么想的，也这么做了。

虽然他不知道自己是哪里出了纰漏导致让陈涛抓住了把柄，但如今陈涛也已一命呜呼，这个秘密再也不会有第三个人知道了，宝物将完完全全属于自己。

“哐啷——”

阳台铁门被周浩一把推了开来，狂风暴雨立即灌进屋内，而心急火燎的周浩此时也顾不上寒冷，连雨衣都没穿就径直冲入了露天阳台。

豆大的雨点劈头盖脸地向周浩打来，周浩眯着眼睛，直奔阳台的一个角落。

我记得……好像在那里……没错，就是那里！

脑海中的画面越来越清晰，在周浩的记忆里，手镯似乎掉在了阳台下方的一块突起的石阶上。

为什么手镯在那里？

隐隐的疑问再次涌上心头，不过周浩仍然没有多想，说不定是陈涛进自己房间偷了手镯后藏在身上，没想到被杀了，然后自己在抛尸时不慎将陈涛身上的镯子甩了出去，所以才会在那里。

周浩胡乱给自己解释了一个答案，便好像放下了心结，不再犹豫，倚靠着阳台角落围栏，把身子往外探去。

石阶在阳台下方一处隐蔽的地方，如果身体不探出去根本看不到，周浩自己也不知道为什么就记得那么清楚，也许是抛尸时动作大才看到的？

狂风暴雨依旧没有停歇的样子，没有穿雨衣的周浩此时浑身上下都已湿透，生锈的围栏在周浩的体重压迫下吱嘎作响，然而周浩却全然不在意，此时的他伸长了脖子，探出手臂，用手电的微光在下方杂乱无章地照着，却依然什么都看不清。

再出来点，再一点就看到了！

对于宝物的执念与贪婪充斥着周浩的脑袋，他渐渐倾斜身子，几乎将整个人的重量压在了围栏上，此时的他终于看清了下方石阶上的情况。

空空荡荡，哪里有手镯的影子？

然而还没等周浩反应过来，只听身下“哗啦”一声，周浩倚靠着的围栏突然应声断裂，失去重心的周浩猝不及防地一下子往外摔了出去！

然而就在千钧一发之际，周浩猛地抓住了旁边的另一道围栏，强烈的求生本能让周浩瞬间爆发了惊人的力量，硬是单手拉着围栏，将自己的身体挂在了阳台外面。

“哐啷——”

断裂的围栏掉落在楼下，瞬间四分五裂。郑家的别墅虽然加上阳台只有四层，但由于楼距较高，要是从阳台摔下去，必定没有活命的可能。

周浩看着楼下的碎围栏，咽了口唾沫，打算手臂使力撑着翻上去，却又担心这条围栏也承受不住自己的力量而重蹈覆辙。

没办法，只能喊人了。

正当周浩准备扯开嗓子喊救命，却见自己上方出现了一个人影。

周浩抬头看见来人，刚露出兴奋的表情，然而随即便凝固在了脸上。

正对着自己的面门的，是一把明晃晃的匕首。而与此同时，一句冰冷的话语传入周浩的耳朵，带来了彻底的绝望。

“你该偿命了，再见。”

» 第十六章　坠楼者

叶喻跟着梁云霄快步走出了餐厅。距他们离开众人已经有了好一段时间，不过自始至终也没人过来关心他们为什么那么久，究竟是不是出了事。

说实话，叶喻心里其实并不感到意外，在这种人人自危的特殊时刻，能有闲心关照别人的，恐怕也只有作为老好人的自己了……不，再加上个梁云霄吧，虽然那个人确切来说，似乎只关心叶喻一个人。

梁云霄为什么会那么帮自己？叶喻有些不解，毕竟他与对方也是第一次见面，萍水相逢的程度罢了，而且梁云霄对其他人好像也并不怎么上心，却唯独对自己特别关注，难道他以前就认识自己？

叶喻抬起头，若有所思地盯着走在前面的梁云霄背影，同时暗地里搜肠刮肚搜索着记忆，希望能找出一个匹配项。手电光束照出了梁云霄那宽厚挺拔的脊背，紧身的衣着勾勒出他紧致而又匀称的肌肉，腰上、耳朵上装点着的古怪金属挂件在手电的照耀下反射着点点淡黄色的光晕，虽然看上去另类，但搭配在梁云霄身上倒也不违和。

身板是不错，不过怎么看也不像是风水师啊……叶喻上下扫视着面前的男人，暗暗叹了口气。叶喻往昔的记忆中完全没有他的身影，他确定自己以前真的没见过梁云霄，对方到底是什么来头？

仿佛是感受到了背后叶喻的目光，梁云霄突然停下了脚步，转过头来。叶喻正浮想联翩，突然看到梁云霄盯着自己看，连忙心虚地移开视线。

“怎……怎么停下来了？”

“大厅那边有点不对劲。”梁云霄并没有理会叶喻心虚的表情，“可能出事了，我们小心一点。”

叶喻一惊，连忙探出头，视线越过身前的梁云霄往大厅方向扫去，却只看到一团混沌不清的黑暗。

“奇怪，之前他们还打着手电的，难道那么快就没电了？”叶喻也是心生困惑。

“跟紧我。”梁云霄也不多废话，对叶喻打了个手势，两人浑身戒备，轻手轻脚地向前走去。

屋外的暴雨下了一夜，依然没有停歇的意思。而伴随着滚滚雷声以及忽闪不定的电光，叶喻赫然发现大厅中央孤零零地围着一圈椅子——这正是他们先前所坐的地方，然而本应该在这里的三个人却没了踪影，仿佛在黑暗中蒸发一般，消失得无影无踪。

“他……他们人呢！”叶喻急忙向前踏了几步，端着手电筒在大厅四周来回扫视。

陈涛的尸体依然在黑布的掩盖下静静地摆在角落中，倒没有像钱允能的尸体那样消失不见，但这次失踪的却是三个大活人。

“怎么回事？难道……周浩对那两人下手了？”叶喻望着空荡的房间，不由冒出了冷汗。

“这里没有搏斗的痕迹，周浩应该并没有下手，至少没在这里下手。”梁云霄扫了眼整整齐齐的椅子分析道，“而且许严伟和游勇怎么说都是两个成年人。就算有搏斗也不会完全没有动静，我想他们应该是自行离开的。”

“自行离开？会去哪里？”叶喻皱起双眉。

“这我就不清楚了，或许他们嫌这里不舒服，又各自回房了吧。”梁云霄摊了摊手。

“不会吧？按道理来讲，即便要回房他们也应该不会一声不吭地就走啊，至少会过来告诉我们一声。”叶喻低下头思忖着，越想越觉得心里不安，于是向梁云霄建议先上楼去他们的寝室看看。

梁云霄不置可否地笑了笑，跟着叶喻踏上了楼梯，然而没走几步却又停了下来。

他转过头定定地看着幽暗的一楼大厅，静默了几秒钟，随即又在叶喻的催促声中回过神，若无其事地继续往楼上走去。

叶喻急匆匆地上了二楼，直奔楼梯左侧许严伟的房间。

房门并没有上锁，叶喻在门口轻声呼唤无果后，便小心地推开门，与梁云霄一起进入了房内，却发现房内空无一人，一如先前撤离这里时的样子。

“他们不在这里，应该也没回来过。”叶喻用手电筒照了一圈空荡的屋子，不祥的感觉愈发强烈，“他们没道理突然消失，情况恐怕不妙！”

“我们去周浩的房间看看，不过在这之前……”梁云霄快速扫视了周围，很快在一只敞开的工具箱中发现了一把钢质大扳手，于是眼明手快地上前抄起扳手，顺手递给了叶喻。

“拿着防身，这东西应该比刚才的木棍好使。”

叶喻接过扳手，深以为然地点了点头，要知道周浩可是将陈涛脑袋劈成两瓣的凶恶之徒，而现在他们将正面接触对方，要是手里没有寸铁的话，心里还真没有底。

“你也拿一件防身吧，赤手空拳总不好。”叶喻说着也凑了过来，自作主张地在工具箱里掏了起来，打算给梁云霄也找一件“武器”。

“我就不用了，拿着嫌烦。”梁云霄连忙摆摆手，然而还没等他拒绝，手上便被塞了一把大老虎钳。

“这东西也是钢做的，要是真有些什么情况说不定还可以挡一挡。”叶喻一脸认真，“你试试看称不称手？”

梁云霄有些哭笑不得，没等他再次推辞，叶喻又开了口：“我知道你有点本事，但还是拿着保险一点，万一对方手上也抄了家伙呢？”

梁云霄看着叶喻严肃的样子，无奈地叹了口气，不过还是领了叶喻的好意，将老虎钳往屁股后面的口袋一插，便与叶喻一起离开了房间，两人前往楼梯右侧周浩寝室。

叶喻紧绷着神经，边蹑手蹑脚地挪向周浩房门，边思忖着如果周浩在里面，到时候要如何应付他。

说实话叶喻在打架这方面还真不在行，虽然身材看着高大，但却性情温和，缺乏那种伤害别人的“狠心”，况且家庭文化的熏陶使他一直都奉行着“以和为贵”的准则，从小到大他的人缘也一直不错，这让他的“实战经验”更是少得可怜。

之前兰翊对自己的训练也只是强化他的体能基础——换句话说也就是教他逃命的资本，要是真的真刀真枪干起仗来，没有学过任何搏击术的他估计只有挨打的份。

叶喻下意识地把握着扳手的手藏在了身后，心里七上八下。到时候是要先装作什么都不知道的样子，再伺机制服周浩，还是对方刚开门时就趁其不备出手？想着想着，叶喻手心不由渗出了一层汗，反观一旁的梁云霄倒是镇定自若，满脸无所谓的表情。

不过很快叶喻便发现自己完全没必要想那么多，因为周浩寝室的大门正大大咧咧地敞开着，手电光下，室内一览无余。

整间屋子像被打劫过了一般凌乱不堪，衣柜、书桌抽屉被人一个个翻了出来，杂物扔得满地都是，破开的窗户夹杂着风雨吹得窗帘呼呼作响，然而房内却是连半个人影都没有。

“这是……什么情况？”叶喻瞪大了眼睛，“难道他们在房里搏斗过？”

“应该不是，房里没有搏斗的痕迹，而且看样子更像是有人在里面翻找着什么。”梁云霄环视着房间，最后视线落在了掉在床上的某样物品上面。

梁云霄走上前，单手拿起了那件物品。

那是一只精致的银色金属化妆盒，盒盖打开着，周身刻印着古老的纹饰，似乎有一定年份。而在盒内则铺垫着一块黑丝软垫，软垫中央凹下一圈不深不浅的圆形卡槽，看大小应该本来镶嵌着一枚手环状物品，然而此刻的卡槽则是空空荡荡，原本盒中的物品已经不见了踪影。

“这是周浩留下的？”叶喻也凑了过来，接过盒子仔细瞧了瞧，“里面的东西没了，是被人拿走了吗？”

梁云霄看着空盒子，沉默着。原先无所谓的表情已经不翼而飞，他轻轻皱起眉，一言不发地转身便要离开。

“你去哪？”叶喻连忙问道。

“找人。”梁云霄言简意赅，头也不回。

“这里那么大，你打算去哪里找？”叶喻放下化妆盒走上前。

“每间房去找。”梁云霄侧转过头，视线有些冰冷，“快来不及了，我已陪你浪费了太多时间。”

叶喻愣住了，他不明白梁云霄话语中的意思，也不明白他的态度为何变化如此之快，更令人惊讶的是他发现梁云霄周身的气场又开始变得凌厉起来。

轮廓分明的脸庞在下方手电光的投射下映出诡异的阴影，让他整个人看上去隐隐有些鬼气，这让叶喻再次感到了不适，一如先前在餐厅时那般的情景。

“好吧，我陪你一块找，不管怎么样他们人应该就在房子里。”叶喻回过神，强迫自己冷静下来，努力不去多想梁云霄的变化。

梁云霄也没有心思再理会叶喻，正准备再次迈开脚步，突然窗外传来一声清脆的微响。

“哐啷——”

好像是什么金属掉在地上的声音，在雷雨声的干扰下，声音有些微弱，但还是引起了房内两人的注意。

叶喻条件反射地回过头看向窗户，而就在此时，伴随着天空划过的银白闪电，他看到了一张熟悉的、倒置在窗外的扭曲脸庞。

是周浩。

时间陡然凝固，两人四目相对，叶喻瞠目结舌地看着窗外半空中的周浩，甚至能看到对方瞳孔中的惊惧之色，但这仅仅是一瞬间的事。

就在下一秒，周浩便直直坠落。

“嘭——”

一记闷响从窗外传来，恍如判决的落槌之音。

» 第十七章　转折

叶喻呆立在原地，由于刚才的情形发生得过于突然，导致他还没来得及从惊愕中回过神，但身旁的梁云霄却是反应迅速，只见其箭步冲向窗台，探出半个身子往楼上看去。

阳台上隐约有个身影，如鬼魅般一晃而过。

梁云霄缩回脑袋，转头冲出房门，直奔三楼而去，而此时的叶喻才终于反应了过来，也急急地跟上梁云霄冲了出去。

“你去哪儿？”叶喻喊道。

梁云霄没有理会叶喻，同时脚下加快了速度，才一眨眼的工夫便消失在了楼梯口。叶喻刚准备追上去，却又突然像是想到了什么似的，猛地停下脚步，犹豫了两秒后，竟然转身冲下一楼。

因为叶喻此刻想的是救人。

他并不清楚周浩是从哪里摔下来的，也暂时没有考虑他是否是先前谋杀案的凶手，人命关天，在目睹了周浩坠楼生死未卜的情况下，他无法做到无动于衷。

叶喻怀揣着大扳手，匆匆下到底楼大厅，在确认周围安全之后便猛地推开别墅大门冲入雨幕之中。

周浩趴在不远处，身体不断抽搐着，鲜血从他的身下缓缓渗出，混合着雨水泥浆，逐渐弥漫成一片鲜红的血泊。

叶喻急忙跑上前，还没站稳，眼前的景象便令他倒抽一口冷气。

周浩的脑袋已经变形，一滩白糊状的流质从脑壳中流出，黏黏糊糊地混入血泊之中，似乎是脑浆……他的身体更是折成了一个诡异的姿势，软趴趴地匍匐着，周身的骨头应该已经尽数断裂，惨烈的样子看得人心惊肉跳。

叶喻走到周浩周边，小心地蹲下身子，却突然看见对方眼眶中摇摇欲坠的血红眼珠猛然动了动，直直地转向了自己，似乎还有一口气在，如此恐怖的情景着实让叶喻寒毛直竖。

“周队……你……”叶喻的声音也不由自主地开始颤抖。

“咕……”一声含混不清的声响从周浩喉咙中传来，他努力张了张嘴，似乎想告诉叶喻什么。

“你想说什么？”见此情景，叶喻也顾不上惊恐，俯下身侧头贴近了周浩。

然而这次周浩只是木然地张着嘴，什么声音都没发出来，等到叶喻转过头，却发现周浩已经眼睛一翻，断了气。

叶喻起身站在周浩尸体旁边，一股无能为力的悲哀涌了上来。

又死了一个……“碎汝身骨”果然实现了。

虽然周浩背负着杀人的嫌疑，但眼睁睁地看着一条人命在眼前消失，足以让叶喻心里堵得难受，更何况这是预告过的谋杀，如果好好防范，说不定是可以避免的，然而命运的剧本仍未改变，即便做了那么多，杀人预言还是成真了。

叶喻突然有些后悔，如果当时自己没有去餐厅，如果所有人聚集在一起的话，是不是周浩就不会落到这种结局？他不知道，也不想再去探究，因为事到如今再懊悔也无济于事。

在收敛了情绪后，叶喻脑中便迅速开始分析起目前情况，以及接下来的对策。

周浩是怎么死的？是自行不慎坠楼，还是被杀？

叶喻的视线扫过周浩的尸体，突然停留在周浩右手手背上，三个血淋淋的洞眼触目惊心。

“这是……？”叶喻连忙俯下身，低头仔细查看了起来。

洞眼呈扁平状，贯穿了周浩的右手手掌，从宽度及创口情况来看，似乎是匕首一类的刀具所致；而三道创口分布并不规律，整个手背鲜血淋漓，看样子插得比较匆忙且凶狠。另外，周浩右手手掌内有明显的擦伤痕迹，皮肤向外翻起，伤势还不小，然而左手掌内却没有伤痕。

叶喻抬头朝周浩坠楼上方望去，隐约看见楼顶阳台的围栏似乎缺了一个口子，随即他想到了周浩坠楼前所听到的那声清脆微响，赶紧左右扫视着四周，果然发现离尸体不远处散落了几根四分五裂的围栏。

见此情景，叶喻心中已经明白了七八分。

周浩应该是从阳台坠落的，而且曾经用右手一度抓住过什么东西，导致了手掌内的擦伤，然而却因为遭受了右手背的重创而吃痛松手，最终摔了下来。

周浩自然没理由往自己手背上戳刀，这么做的只能是另一个人，而这人便是导致周浩坠楼的罪魁祸首！

叶喻回想起当时梁云霄的举动，突然意识他应该当时也看到了阳台上有人，所以才匆忙冲上去追捕凶手，不过这样一来，梁云霄现在很可能已经与凶手对上了！

想到这里，叶喻顿感不妙，顾不上处理周浩的尸首，急忙转身打算回别墅支援梁云霄，然而还没等他走进别墅，便看见梁云霄端着手电，出现在大门口。

“你没事吧！”叶喻走上前焦急地问道，“上面什么情况？”

梁云霄轻轻摇了摇头，视线转向地上周浩的尸体。

“晚了一步，阳台上的人已经跑了。”

说着梁云霄冒雨走向周浩的尸体，蹲下身观察了片刻，微微叹了口气。

“他的坠楼不是意外，有人特意杀害他的。”叶喻也走了过来，向梁云霄讲述了自己先前的发现。

“你的推测应该八九不离十。”梁云霄赞同了叶喻的看法，“虽然我们之前有了几种假设，但这下周浩一死，很多事情也没法证实，情况变得更复杂了。”

两人沉默了一会，最终还是决定先把尸体搬去屋檐下再说，一直待在露天淋着雨也不是办法。

待到清理完毕后，两人从盥洗室又翻出了干毛巾，擦着湿透的身体。经过暴雨洗礼的他们简直是两只落汤鸡，样子要多狼狈有多狼狈。

“你说既然之前死亡预告上的预言已经全部实现，那是不是意味着那个凶手的复仇已经全部结束了？”叶喻擦拭着滴水的头发，忽然想起了当初预告信中的内容。

“这可不一定，人一旦杀红眼可不会那么容易收手的。”梁云霄耸耸肩。

叶喻心中一凛，突然想起这幢房子里除了他们俩，还有另外两个大活人尚不知所终。

“都差点忘了，游勇和许严伟！我们得快点找到他们，万一他们也碰上了那个杀害周浩的凶手……”

“你就那么相信他们是无辜的吗？”梁云霄轻哼一声，转身看向叶喻，眼中隐隐透出冷漠。

“你是怀疑他们和周浩的死有关？”

“并不是没有这种可能，毕竟我们无法知道在我们离开的这段时间内他们究竟发生了什么。而且所谓的潜伏在暗处的‘第三方’凶手我们也并未亲眼见到过。”梁云霄说着把用过的毛巾随手扔向一旁，抬脚准备向楼上走去，“但不管怎么说，还是先找人吧，我们自己也小心点。”

叶喻有些混乱，但此时此刻他也赞同梁云霄的建议，两人一边高度警惕，一边寻找着游勇和许严伟的踪影。然而令人惊讶的是即便他们上上下下把别墅的各个角落都搜查了一遍、却仍没有发现任何线索，游勇和许严伟仿佛人间蒸发一般，消失得无影无踪。

半个小时后，两人再次回到了一楼大厅，一无所获。

“这怎么可能……两个大活人不可能凭空不见啊，难道他们已经离开了这里？”叶喻有些抓狂，他实在无法理解目前所发生的一切，这幢房子诡异的事情实在太多了，他突然有些后悔自己留在这里过夜的决定。

梁云霄倒依然保持冷静，他靠在大厅中央的座椅上，冷着一张脸，一言不发地盯着大厅中央那幅郑邱的肖像。画中的郑邱依然俯视着大厅中仅存的两人，嘴角依旧保持着一抹诡异的微笑。

叶喻顺着梁云霄的视线也看向了画像，没看出什么名堂，倒是看得心中阵阵发冷，不知怎么的，他突然想起了先前在主卧中拍到的那张“鬼人头”照片。

“我觉得……这幢房子真的挺邪的，之前外面那些传言，恐怕不是空穴来风。”虽然叶喻一向不相信什么精鬼神怪，但在这几个小时内接连发生的一系列事件多少让他产生了动摇。

密室血字，尸体失踪，画像会笑，活人蒸发……还有自己无意间拍到的那只人头，这真的可以用科学来解释吗?

“怎么，你该不会也认为这里有亡灵吧？”看着叶喻那纠结的表情，梁云霄扬起眉毛，有些好笑地吐槽了一句。

“可是，无法解释的事情太多了……”

“之所以无法解释是因为我们还少了一块重要‘拼图’，一条串联起现有事件的线索。”梁云霄一边伸手在座椅扶手上轻轻点着，一边整理着思路。

“虽然我之前有说过这里恶灵满满，但你要记住，灵是一种能量，所谓恶灵附身不过是人被负能量蛊惑后影响了心智，从而做出一系列行为，恶灵本身是无法直接对事物施加物理影响的，所有这些难以解释的现象背后，一定是人在作祟。”

梁云霄的身份虽然是风水师，但此时倒是比叶喻清醒得多，抛出的理论一点都不神棍。叶喻理智上也认同梁云霄的观点，但脑海中那张“鬼人头”的照片依旧挥散不去，考虑再三后，他决定把那张照片的事告诉梁云霄。

“其实下午在别墅中闲逛的时候，我在主卧中拍到了一样东西，之前没有说是怕引起恐慌，但现在也没有必要瞒着了。”

叶喻从随身携带的包中掏出相机，翻出拍到主卧中“人头”的那张照片，递给了梁云霄，“你看门内地板上，那个用透明塑料包裹的球状物体……”

梁云霄接过相机瞥了一眼，随即眉头一皱，连忙直起身子，放大照片仔细查看了起来。

片刻之后，他移开了视线，抬头看向叶喻，仿佛心中刚刚解开了一个死结。

“找到了，那张‘拼图’！”梁云霄站起身，漆黑的瞳孔中闪过一丝兴奋的光芒。

“如果我没猜错的话……我们之前遗漏的重要线索，就藏在主卧室！”

» 第十八章　里

没等叶喻追问，梁云霄便捧着相机直奔主卧而去。而叶喻虽然不明就里，但看到梁云霄瞬间甩掉了先前那张臭脸，一副跃跃欲试的样子，也只好跟着上了楼。

两人一路狂奔进三楼主卧，梁云霄比对着照片上“人头”的方位，俯身蹲在房间中央的某块区域，伸手在附近几片木质地板上来回轻轻敲打着。

“你在找什么？”叶喻一脸莫名。

梁云霄没有回答，只让叶喻把手电端好照着地板，同时放下手中的相机，跪在地板上双手并用，开始在地上摸索起来。

不消片刻，梁云霄站起身长长舒了口气，脸上的欣喜溢于言表。

“果然如此，这样一来所有的事都能解释了。”

“到底什么情况？你倒是明说啊。”看着梁云霄的举动，叶喻的好奇心不由被激了起来，忙不迭地问道。

“你过来这里，手贴近这条接缝试试。”梁云霄招呼着叶喻，手指着地板上的一块区域。

叶喻蹲下身子，伸出手掌缓缓贴近梁云霄所指的地方，一阵似有若无的微风划过指间，而微风的来源，正是手掌下的地板接缝。

“地板下有风！”叶喻睁大了眼睛，同时双手立即顺着指间捕捉到的微风扩大了摸索范围，不一会儿他便发现那些透风的缝隙围绕着自己所在的区域形成了一个一平方米左右的方形闭环，自己有如正蹲在一个大正方形的窨井盖上。

“这块地方好像是个出入口，难道这下面藏有空间？”叶喻站起身，对眼前的新发现惊讶不已。

“没错，而且不知你有没有发现，这幢房子的构造有个非常奇怪的特点。”梁云霄意味深长地看向叶喻。

“奇怪的特点？”叶喻脑海里瞬间浮现出别墅的大致样式。郑家别墅是典型的巴洛克风格，整体呈对称式，外形富丽，到处装饰着精美的雕刻，要说和其他同类型的三层别墅不同的话，也就是这幢似乎建得更高一些。

“这幢别墅只有三层，从外面看，每层楼距都非常高，但奇怪的是内部的房间及走廊的楼距却在正常的范围，你觉得为什么会出现这种情况呢？”

还没等叶喻想明白，梁云霄又继续开了口：“另外，整幢别墅占地面积不小，但房内的房间却并不算多，那些多余空间又去哪里了呢？”

“这幢房子里……有密室！”叶喻脱口而出。

“而且不止一间。”梁云霄补充了一句，视线移向叶喻所站的地板，“我怀疑这幢房子是一栋‘阴阳建筑’。”

“阴阳建筑？”

“对，即明面上有一套正常的建筑格局，也就是‘表建筑’；但只要触发特定机关，就能进入到内部另一套‘里建筑’，而这套里建筑巧妙地隐藏在了整幢房子结构内，旁人如果不知晓其中奥秘，根本难以发现。”梁云霄开始滔滔不绝起来。

“我听说在很久以前，曾有富豪邀请过一些特别的工程师专门打造这类建筑，建筑内‘表’、‘里’两套空间互相串联，表建筑供正常居住及对外迎客，而里建筑则用于藏匿一些走私货品。但由于此种建筑不但对工程结构要求非常苛刻，占地面积也大，所以最终建成的并不多，到了如今寸土寸金的时代这种建筑更是少见。郑家以前一直都在搞古董收藏，外界也有传言郑邸拥有秘密宝库，这样看来，这个别墅也是一幢‘阴阳建筑’的可能性很大。”

叶喻仔细想了想，觉得梁云霄说得也挺有道理，然而又忽然意识到了什么，转头看向对方：“你是不是早就看出这里格局不大对了？之前你半夜起来到处敲敲摸摸，就是为了查找入口？”

“说对了一半。我当时虽然察觉出这幢房子有些怪异，但还没有往阴阳建筑那边想，直到看到了你拍的那张照片。”

“那颗人头？”

“那的确是人头，但却不是你所想的那样。确切来说，你抓拍到了一个人从这里的地板入口进入密室的瞬间。”梁云霄说着再次捧起了相机，向叶喻展示出那张照片。

“从照片上来看，地板上的那个人头外面好像包裹着一层塑料，你仔细看看这层塑料，是不是觉得有点眼熟？”

叶喻把脑袋凑了过来，瞪大双眼盯着照片中那只球形物体。

半透明的塑料仿佛一张薄膜笼罩着地面上的球体，里面隐隐约约看得见些许短短的、黑色的毛发状物体，怎么看都像一个人的后脑勺，而外面的那层塑料……难道是？

一个画面闪过叶喻的脑海，与眼前的照片瞬间关联了起来，事实上就在不久前叶喻还亲自接触过这种塑料。

“是雨衣！”叶喻立即反应了过来，人头外面的这层半透明塑料与之前见过的施工队雨衣极其相似！

“你总算看出来了。”梁云霄笑了笑，“如果我没猜错的话，那个时候照片中的人身体刚走入了下面的秘道，头还没来得及进去，就不慎被你的相机捕捉到了，由于拍摄角度的缘故，相片中就出现了‘人头掉在地板上’的诡异景象，你后续进主卧时应该没发现地板上留有什么痕迹吧？”

“的确没有。后续的几张主卧照片也表面地板上干干净净，什么东西都没有。”

“那就对了，因为后来那个人已经通过地板上的入口下到了里建筑内，从这间房间中消失了。”

“也就是说那个里建筑的入口就在我脚下？”叶喻看着下方地板的方形轮廓，小心地往一旁挪了挪。

“是的，按照这套建筑阴阳互通的结构，恐怕这样的出入口并不少，这样一来先前的很多奇怪现象就都能得到解释，写满血字的办公室也不再是密室，而消失的游勇和许严伟，说不定身处在里建筑内。”

叶喻深以为然地点点头，突然想起当初在盥洗室镜中看到的人影，该不会那边也有暗门吧？如果真的有，那当时出现在自己身后的人影会是谁？

“对了，那大厅中那幅郑邱画像和钱允能尸体消失又怎么解释呢？”叶喻问道。

“那个嘛，恐怕是因为里建筑的机关。”梁云霄放下相机，边随口解释着，边又开始马不停蹄地在房间四处观察起来。

“你好好回想一下当时的情景，我们先是将钱允能放在大厅那幅肖像下，还用黑布盖在了上面；许严伟遇袭后，我们发现画像下的钱允能尸体不见了，黑布又盖回了画像；再后来黑布被吹了下来，我们便发现画像上的郑邱表情发生了变化。画像中的人自然不可能自己笑，既然我们看到的两幅画中的人物前后不一致，那么原因只有一个——那根本就是两幅画。”

“两幅画？”

“是的。另外钱允能已经死透了，也不可能诈尸自己离开，显而易见是被转移了。”梁云霄说得振振有词。

“也就是说，有人既偷偷更换了大厅中的那幅肖像，又将钱允能的尸体藏起来了？他为什么要大费周章做这种事……就为了吓唬我们？”叶喻仔细想了想，总觉得逻辑上不太通，“要完成这些事，动静可不小，那个人没有必要冒着被发现的风险特意去做这些啊。”

“并非有人特意去做，而是在里建筑机关的触动下造成了这样的局面。原本我也想不通这件事，但现在既然有了阴阳建筑的假设，一切都迎刃而解了。”

看着叶喻一头雾水的表情，梁云霄伸出一只手掌说道：“我们假设大厅中央挂着画像的那面墙，连同下方的小片区域整体是个可以向内转动的暗门，就像一块连着底座的牌子。”梁云霄缓缓转动着右手手掌，向叶喻演示着。

“当触动机关后，整面墙连着下方底座一起做了180度平转，相当于翻了一个面，而当时钱允能的尸体正好被放置在了墙角的底座处，随着暗门的转动被送到了里建筑内，导致外人看来尸体突然消失；另外，我猜测暗门的另一面恐怕也是与正面相同的布局，即同样挂了一幅郑邱的肖像，但这幅肖像与正面的肖像有略微差异，可因为同样被人盖了一块黑布，所以我们那时才没有察觉到异样，直到黑布再次被揭了下来。”

“也就是说，我们之前看到的那幅微笑着的郑邱肖像，其实是原本里建筑那一面上挂的？而钱允能的尸体……就在那面墙的后面？”

“是的。”

叶喻有些不敢相信，但在冷静思考了片刻后，他也不得不承认，这样的解释是最合理的，然而现实问题是，即便这幢房子内有多个暗门，但要怎样才能找到开门的机关？

想到这里，叶喻不由愁眉苦脸地叹了口气，转头看向梁云霄，却发现对方的神色有些不太对劲。

只见梁云霄已经停下了四处探索的举动，定定地站在一面墙前，一动不动。

» 第十九章　探秘

“你……是发现了什么吗？”叶喻走近梁云霄，同时小心地观察着眼前的墙壁。

主卧的墙壁上依旧画着一幅壁画，但与楼下其他壁画不同的是，这幅壁画不再是《创世纪》局部，画面中不对称的人脸与明艳的色彩构成了一个怪异的女人的形象，让人不由联想到毕加索，然而如此超现实主义的风格与整幢别墅古典的氛围却有些格格不入，这点在先前叶喻探访主卧时就已经注意到了，难道这上面另有乾坤？

“嘘，别出声。”梁云霄开口示意叶喻保持安静，同时深吸了一口气，轻轻闭上了眼睛。

外面的雷雨已渐渐平息，此时的房内一片是寂静，然而在梁云霄的耳内，却是有一串细微的电流声破墙而来，听得真真切切。

梁云霄闭着眼睛，循着声音伸出手，在墙上摸索片刻后，随即停在一块角落上。睁开眼，梁云霄左手托着手电，右手用手指一寸一寸地轻抚着面前墙壁的一小块区域，似乎在仔细辨别着什么。

叶喻正准备跟着上前细看，突然听见墙上传来轻微的“咔嚓”一声，只见梁云霄的食指和中指竟然直接插进了墙壁，足足没入了两个指节。而随着梁云霄的动作，原本平淡无奇的墙壁也立即发生了变化。

壁画上的女人半张脸开始渐渐拉长，叶喻发现原来女人面部是一块能活动的石板，而原本紧闭的嘴部随着石板的运动慢慢张开，露出了口中的物体——九个按钮，九个数字，一块显示屏，那赫然是一个密码锁！

“那是……机关！”叶喻兴奋地看向梁云霄，“你是怎么发现墙上藏着这东西的？”

“听出来的。”梁云霄漫不经心地回答了一句，收回手指走到密码锁前仔细端详了起来。

之前就号称自己嗅觉灵敏，现在又靠听觉发现暗藏的机关……你是猎狗吗？叶喻强忍着没有发话，但内心忍不住吐槽了两句，他感觉自己的认知又被刷新了，现在的神棍难道都那么厉害？？

而梁云霄显然不知道叶喻此刻正进行着如此丰富的内心活动，现在的他正探着脑袋，一门心思地研究着密码锁，末了直起身，摇了摇头："如果有辅助工具的话倒好办，但现在这里要什么没什么，实在没法解……"

"开了这个密码锁就能进入里建筑吗？"叶喻问道。

"我认为是的，现在只能猜几个数字试试看了，希望这锁没有输错限制。"梁云霄看样子也是一筹莫展。

手电光下，两人再次把脑袋凑上了墙壁。密码锁的显示屏中有六个空格，看来密码是六位数。

"一般人习惯用自己的出生年月日来当密码，而设置这机关的人应该郑邱，既然如此，可以用郑邱的生辰试试看。"叶喻思索片刻，抛出了一条建议。

"好主意，那就交给你了。"梁云霄伸手拍了拍叶喻的肩膀，想都没想就直接同意了。

"……"

"快试试呀，你怎么不说话了？"看到叶喻没有动，梁云霄又开口催促了句。

"你知道郑邱的生日是几号吗？"

"不知道，所以要靠你啊。"梁云霄的回答干脆直接。

叶喻眼角抽了抽，满脸尴尬："其实……我也不知道。"

"靠，那废什么话啊。"梁云霄毫不客气地飞了叶喻一个白眼，看得后者又羞又恼。

"那你来猜一个好了！"叶喻不服气地回敬了一个白眼，把难题又推给了梁云霄。

"嗯……郑邱也是个老头了，记忆力应该不会太好，太复杂的密码也记不住，说不定设了一个最简单的密码呢？"梁云霄说着下巴，自言自语道，"比如说……123456？"

"现在谁还会设那么白痴的密码啊！连银行都屏蔽了这种简单密码好吗？"叶喻终于没忍住开口吐槽了起来。

"哎，不试试怎么知道不行？"梁云霄没有理会叶喻的嘲讽，自说自话地开始输入起来。

"你再考虑一下吧！万一真有输错限制不就浪费了……"然而还没等叶喻来得及阻止，却见梁云霄已飞快地按下了确认键。

"嘀——"

叶喻瞠目结舌地看着屏幕上绿色的“Open”字样，同时随着密码的解锁，两人身后的地板也发出了动静。

一块地板缓缓移开，露出了一道一米见方的入口，看位置显然就是先前叶喻所站的方形区域。

“我去！还真的开了？这不科学！”叶喻彻底凌乱了。

“啧啧，本大师运气就是好啊！”梁云霄哈哈一笑，将手电照向地板下的洞口。只见里面黑漆漆的，一排整齐的石梯延伸而下，不知道通向哪里。

“既然下面有风透上来，那就说明有空气流通，我们下去看看。”梁云霄转头看向叶喻，却发现后者依然张着嘴瞪着入口，似乎还没从刚才的震惊中缓过来。

“唉~你就别纠结什么密码了，如果不是我们瞎猫碰上死耗子的话，那就只有一个解释——这锁早就被破坏了。”梁云霄正色道，“说不定你什么数字都不输直接按确认键也能开，但现在不是追究这些的时候，那个真凶可能就藏在下面的里建筑内，我们得打起精神加倍小心。”

叶喻终于回过神来，想想梁云霄的话也有道理，于是便强压下心中的惊诧，走上前向地板下的洞口探照了一番。石梯并不长，大概两三米的样子，到了底部向右一拐，看来应该另有通道。

“我先下去打头阵，你殿后。”梁云霄说着便弯下腰，一马当先地钻入了洞口。

叶喻正准备跟着下去，忽然觉得自己好像少了些装备，左顾右盼了一番，终于发现了先前放在地板上的钢质大扳手，于是转身捡起揣在了怀里，这才多少有了点底气，随后叶喻便不再磨蹭，赶紧追随而下。

主卧室里顿时恢复了宁静，然而没过多久，墙上的密码锁屏幕却悄悄起了变化。

只见屏幕中的画面诡异地扭曲、闪烁起来，绿色的“Open”字样逐渐隐退，取而代之的是一片血红之色；与此同时，壁画上女人的嘴也开始合拢，将密码锁再次掩藏在墙后，而原本开启的地板也随之缓缓关闭。

不一会儿，只听“砰”的一声，地板上的洞口消失了，整间房间犹如一个巨型怪物，将两个活人悄无声息地吞入了肚内。

当然，对于此刻已走入通道深处的叶喻和梁云霄来说，他们并不知道来时的入口已然封闭，事实上他们也没有闲心去管身后发生的情况，因为现在两人的全部注意力，都被面前满眼的照片所吸引。

是的，满眼的老照片，大大小小，挂满了一屋子。

照片很陈旧，很多都是合影，上面的人有年少有年老，而从人物的眉眼上看，却可以发现照片的主人公几乎都是同样的两个人——一男一女，男人温文尔雅，女人端庄秀丽，每幅合影中两人的脸上都洋溢着灿烂的笑脸，整个屋子仿佛是一本回忆录，记录着两人从少年相伴到老的点点滴滴。

“在现在这种数字时代，竟然还有人特意印纸质照片啊！”叶喻环视着周围，不由感叹道。

屋里亮着两盏昏黄的壁灯，将整个房间照得真真切切，看来这里的电路并未受到外面跳闸的影响。

叶喻关了手电，缓步走到屋子正中最醒目的一幅合影前抬头望去，只见画面中的男女双手交握，对着镜头微微笑着，而照片的背景明显就是郑家别墅。

“上面的男人是……郑邱？”

叶喻先前见过郑邱的肖像油画，所以他一眼就认了出来，而这张照片中的郑邱似乎更年轻一些，头发尚未花白，四十多岁的样子；他身边站着的女性与其年纪相仿，虽然看上去有些瘦弱，但白净秀气的脸庞上挂着温柔的笑容，那笑容仿佛有魔力一般，只看一眼便让人心中涌起一股暖意。

“郑邱旁边的那位，想必就是他的发妻了。”叶喻看着照片，做出了初步判断。

据说郑邱在丧偶七年后，以近耳顺之年的高龄续弦了一位比他小了近三个生肖轮的年轻美娇妻，从年纪上来看，应该不可能是照片上那位中年女性。当时郑邱再娶时可是经历了不少压力，虽然最终还是得以成婚，但可惜好景不长，仅仅一年后他的小妻子便与情夫私奔出逃，不知所终，而郑邱的性格也从此变得愈加古怪，不喜近人。

“这里应该是郑邱珍藏回忆的地方，不过似乎只有他和发妻的照片。”叶喻看着照片墙，喃喃说道，“看来他还是更留恋和第一任妻子的感情啊！嗯？这是……”

脚下似乎踩到了什么东西，叶喻低头一看，顿时刹住了脚步。

» 第二十章　记忆墓

那是一张陈旧的老照片，看样子已经有了一定年份。叶喻弯腰将照片捡了起来，吹拂了下灰尘，随即发现了这张与房内其他照片的不同。

这依然是一张合影，画面背景似乎是郑家别墅花园，只是站在郑邱身边的，并不是他的妻子，而是一位瘦小的男孩，牵着郑邱的手傻傻地笑着，看上去不过十岁左右的样子。

这是……郑邱的儿子吗？叶喻刚冒出了这个念头，随即又被自己给否定了。

不，不对……照片上的郑邱头发已花白，应该是五六十岁的时候拍的，那个时候郑邱的子女都已成人，而孙辈还没那么大，这到底是……等等，我怎么觉得这张照片有点眼熟？

叶喻将照片举到眼前又仔细端详了一番，然而仍然找不出头绪，只是依稀觉得自己貌似见过这张照片，但却记不起是在哪里见到的了。

“你看啥看得那么入神？”看到叶喻盯着手上的纸片发愣，梁云霄也凑了过来。

“唔……没什么，一张照片而已。”叶喻想了老半天还是没有答案，于是随手将照片递给了梁云霄，“这里几乎都是郑邱与妻子的照片，唯有这张是与一个男孩的合影。虽然不知道男孩的身份，但既然郑邱把照片收藏在这里，那也应该是与他关系密切的人吧？”

梁云霄接过照片瞟了眼，眉间微微一皱，然而却又转瞬即逝，迅速恢复如常。

“话说回来，郑邱竟然保留了那么多照片，看来他对发妻的感情真的很深。”叶喻环视着不大的房间中满满当当的照片，轻声感叹道。

“呵呵，靠着相片又能记录多少回忆呢，况且再深的感情、再美的记忆也是会随着时光逐渐变质、淡化的，你看郑邱后来不也续弦了么？”梁云霄放下手中的照片，视线扫过照片墙，目光平静如湖水，让人看不出悲喜，“人一旦归于黄土，记忆的载体便一并消失，这些东西也就没有任何意义，与其说这里是记忆的储藏室，倒不如说是记忆的坟墓更确切一些。”

听到梁云霄突然正儿八经地“文艺”了起来，这让叶喻多少感到有些不太适应，然而在稍微回味了一下对方的话后，他却又觉得这个观点过于悲观了。

“唔，我倒认为，即便如今旁人看来这些东西没有价值，但对于郑邱来说，那却是承载着他美好回忆的珍宝，虽然这些记忆已随着郑邱的离世而消散，但至少他在世时也从这些照片中得到过慰藉不是吗？”

梁云霄转过头淡淡地瞧着叶喻，良久之后，他笑了：“能活得如此单纯，我还真有点羡慕你呢。”随即他移开了视线，伴随着轻轻的叹息，“要是真能得到慰藉就好了，对于那些已经无法重温的美好回忆，说不定还是忘了的好。”

叶喻还打算再说些什么，可看见梁云霄转身走向房间后方，明显没有就这个话题继续讨论的意思，于是也就作罢。而顺着梁云霄行进的方向望去，叶喻发现房间靠里的墙壁上，赫然有一道虚掩着的木门，看样子应该通向另一片空间。

“我们走吧，这里没什么线索，去里面看看。”梁云霄指着木门向叶喻示意了下，便径直推开木门，走了进去。

叶喻走到门前，最后回头扫了眼房间。故去的笑颜静静地尘封在陈旧的相片之中，显得萧瑟而又苍凉。

记忆的……坟墓吗？

叶喻摇摇头，叹了口气，跟着离开了房间。

木门后是一段阴暗的螺旋形水泥通道，蜿蜒地向下而去，通道两侧每隔一段距离便有一盏简易的壁灯，虽然光线微弱，但也至少聊胜于无。

这条通道没有岔路，偶尔也会有几间小隔间出现在两侧，似乎是摆放着藏品的地方，但如今藏品却早已被收走，隔间里只剩下空空荡荡的铁架。叶喻和梁云霄沿途探寻了一番，可惜毫无线索；行进期间也没有看到游勇和许严伟的身影出现。

螺旋通道越来越宽，两人不知不觉中便走到了尽头，而出现在通道底部的，竟然是一扇高约两米的暗红色铁门。

“看来没有其他路了。”叶喻环顾四周，发现这条通道只有一个出口，而这个出口便是面前的这扇大铁门。

梁云霄走上前观察了片刻，随后伸出手在铁门表面轻拂了一把。细碎的铁锈随之簌簌而下，看来上面所呈现的暗红色均是因为铁门表面被锈蚀所致。随后他又轻轻叩了几下门，小心地把耳朵贴近大门倾听着，铁门在敲击下发出空洞的回响，门后似乎另有空间。

“这门锈得那么厉害，能打开吗？”叶喻也上前试着推了推，铁门纹丝不动，似乎有一定厚度。

梁云霄正起身子，拍了拍手上的铁锈，再次抬头看向铁门。虽然锈迹斑斑，但铁门上依稀还能看到一些欧式花纹，门正中似乎刻有一句英文，可惜由于被腐蚀得太厉害而难以辨认。

“这门从外面看上去没有门锁，但按照之前的情况猜测，很可能附近也藏了一道开门机关，我们得找找，只有打开了这道门，才能进到其他的房间。”梁云霄推测道。

叶喻点点头，随后突然想到了什么：“你之前不是靠听力就找出了密码锁机关吗？这次要不再试试？”

“嗨哟，你还真当我是猎狗？”梁云霄撇撇嘴，白了叶喻一眼，“不是所有机关都能靠听能听出来的，至少在这里我没有听到电流或是机械关卡转动的声音。”

无奈之下，两人再次凑在铁门前细细观察了起来，希望能找到暗藏的玄机。可惜不管怎么看，这扇大门似乎都是铁板一块，不但没有任何孔洞，甚至与水泥墙壁贴得无比紧密，连门缝都没有。

两人甚至想到要砸门，但又怕打草惊蛇，于是只好作罢，忙了一圈后，依然一无所获。

“这里的机关看来不简单！”叶喻失望地看着堵在眼前的铁门，百思不得其解，“你说，如果游勇和许严伟也同样进入了这幢里建筑中的话，他们又是如何得知机关的方位的呢？毕竟他们也没有像你那么厉害的听觉。”

“很简单，他们中应该有人本来就已知晓里建筑机关的位置。”梁云霄一边回答，一边通道两侧摸索着什么。

“你的意思是……他们中至少有一个是知道这幢房子的秘密的？”叶喻眉间一皱，将视线移向梁云霄。

“呵呵，事到如今你还没想明白吗？其实这一系列事件的真凶，恐怕就在那两人之中，又或者……那两人都是。”梁云霄轻轻哼了声，冷冷地说道。

“什么！难道不是藏在暗处的第三方吗？”听到梁云霄的判断，叶喻不由惊讶地睁大了眼。

“你想想，从头到尾我们都没有见过所谓的第三方，而许严伟和游勇毕竟是两个成年人，他们不可能没有任何反抗就被凶手带进里建筑；退一步说，即便他们在我们去餐厅期间无意中发现了里建筑的机关，他们更不会不通知我们，毫无警觉地自己潜入进去，尤其在先前已经死了人的情况下。”

“我们之前在餐厅中一直没有听到外面有动静，所以……要不就是他们两人中有一方偷袭了另一方，随后将其带进了里建筑秘道；要不就是两个人都是自主进入里建筑的。等等……那个时候周浩不还在吗？会不会是他威胁了另外两人？”叶喻突然想到一个情况。

“还是那句话，三人起冲突不可能没有动静，况且我们当时离他们并不远。”梁云霄冷静地分析着，“据我猜测，可能周浩当时是自行离队，虽然不知道他为何会出现在阳台，还被人袭击遇害，但也正可以从这点判断出谋害周浩的必定是他的熟人，甚至是他根本想不到的人，不然凭周浩的身手不可能没有反抗，而他的尸体除了手上的刀口外也并没有搏斗的痕迹。”

“在施工队里的，还是这幢房子中周浩熟悉的人……那也只剩下游勇和许严伟了！”叶喻恍然，不过随后他又突然意识到一个矛盾点。

“等一下，这样一来还是不对啊，那当初在厨房外袭击许严伟的是谁？那个时候其他人都和我们在一起，我们也是根据这点才判断房中存在第三方的……”

“如果说许严伟说谎呢？”没等叶喻说完，梁云霄便抛出了惊人的假设，“如果他遇袭的那一切全都是他的自导自演呢？你有没有发现，整个死亡预告信中，唯一没有实际成功的，便是‘断汝咽喉’，即便后来陈涛的死状看上去是补足了这点，但实际上却顺序不对，陈涛是先被劈死后被吊下来，‘啖汝脑髓’反倒比‘断汝咽喉’在前，凶手之前一直是严格按照预告信中的顺序来杀人，出现这种情况反而显得欲盖弥彰。”

“你说许严伟上吊是自导自演，有什么证据吗？”叶喻问道。

“证据就是这条当时吊着他的绳子。”梁云霄变戏法似的从口袋中掏出了一条绳索，“我在上面发现了有刀割过的痕迹，这条绳子根本承受不了一个成人的重量，所以当时才特意把东西保留了下来。”

叶喻接过绳索一看，果然发现有几段上面被人割开了三分之二。

“你既然当初就发现问题，那怎么不早点告诉我？”

叶喻握着绳索，有些不满地往旁边的墙上一靠，斜眼瞪着梁云霄。然而就在叶喻靠上墙壁的一瞬间，他突然觉得背后有块水泥砖缓缓陷了下去，而与此同时，地面也开始微微震动了起来。

两人对视了一眼，随即意识到了什么。

“不好！！”

没等他们反应过来，脚下突然一松，只见水泥地板猛然豁开一道大口子，躲闪不及的两人瞬间掉入了漆黑的暗道中。

» 第二十一章　骷髅石室

“呼——！”

随着一记闷响，叶喻脸朝下重重地摔在了一堆东西上，一时间扬起灰尘滚滚，呛得他咳嗽不止。所幸的是，虽然摔下的高度不算低，但至少身下有东西垫着，也倒不至于伤筋动骨，只是这东西硬邦邦的，硌得叶喻浑身生疼。

叶喻龇牙咧嘴地撑起身子，甩了甩有些发懵的脑袋，睁开眼后却发现视线所及之处一片漆黑，这个地方没有照明设施，一时坠入黑暗中的叶喻眼睛显然还没适应。

“梁大师……梁大师？你还好吗？”

叶喻记得当时梁云霄是与自己一起中了招，于是便下意识地寻找着对方，只是任凭自己怎么喊，四周都没有任何动静。

糟了，他不会是摔晕过去了吧？

叶喻有些焦急，一边喊着梁云霄，一边抓瞎般在身边东摸西摸，希望能找到手电之类的照明物，只是手电没摸到，倒摸到几根长条形硬物。

手上传来粗糙黏腻的感觉，完全不似金属手电筒那般冰凉，叶喻顺着长条形硬物往上摸去，却又摸到了一块圆形石头状物体。

这是什么东西？

叶喻托起那块“石头”，突然想到楼玥给的那枚戒指也有照明功能，于是对着那物体，单手扭了一下食指上的指环。

一道白光从指环中激射而出，顿时照亮了叶喻手中的东西。

只见两只黑洞洞的眼眶正幽幽地对着叶喻，与此同时，一只蚰蜒受到了光的吸引，从眼眶中探了探脑袋，随后懒洋洋地向外爬了出来。

“啊——！”

在看清眼前物体的一瞬间，叶喻便像触电般地一跃而起，惨叫着把东西扔了出去，吓得差点魂飞魄散！

只听“咔嚓”一声，似乎是那东西撞在了墙壁上，发出了碎裂的响声。

叶喻心脏都快跳到嗓子眼了，同时他也终于看清了自己之前趴在一堆什么东西上面——那是两具白森森的骷髅。

一想到自己刚才不但与两具尸体贴身进行了一次“亲密接触”，还在人家骨头上摸了那么久，叶喻就不由寒毛直竖。

“我擦！不是吧……梁大师！梁云霄你在这里吗！？”叶喻有些崩溃，把摸过骷髅脑袋的手死命往衣服上擦了又擦，同时举起戒指对着房间一阵乱照。

没有回应，也没有任何其他活人的气息，整间房间除了自己与地上两具骷髅外，再无别物。

奇怪，之前掉下去的瞬间我明明看到梁云霄也下来了，难道他掉入的房间和我不是一间？

在最初的惊慌过后，他便强迫自己冷静下来，开始观察起周围环境。

这是一间封闭石室，面积很小，石室中弥漫着些许腐臭与潮湿的气息，而房中没有任何陈设，整间屋子仿佛是一座狭窄的石井，将人牢牢地囚禁在内。

叶喻思忖着，同时四处寻找着出口，然而他很快发现这里四面环墙，封得死死的，不要说门窗，连通风口都没有。叶喻抬起头看了看上方，头顶隐约传来微弱的光线，看来自己之前掉下来的地方便是这里唯一的出入口。

这里到底是什么地方？

叶喻再次将视线移回地上的骷髅，只见两具骷髅交叠在一起倒在地上，其中一具的头颅刚才已经被叶喻扔到了墙角，只剩下孤零零的身骨；两具骷髅胸部以下碎了一片，显得有些七零八落，看来是先前叶喻摔在上面的结果。

叶喻走上前，轻轻蹲下身，用手上的照明戒指仔细探照了一番。两具骷髅分别身着厚款连衣裙与男式棉大衣，其中一具身边散落着一些长长的毛发，看上去似乎是一男一女。骷髅的衣服虽然已经被腐蚀得破破烂烂，但多少还看得出款式，应该有一定年份了，而从两具枯骨交叠的状态来看，推测当初应该是直接被人从入口处抛下来的。

叶喻掩住鼻息，又转到面前仅剩的那只头颅前蹲了下来。只见那只头骨上赫然有个触目惊心的大洞，应该是钝器所致，虽然另一具尸体的头骨已被叶喻摔碎无法辨认，不过从目前的发现来看，这两人明显是被谋害的。

他们是谁？又是被谁杀害的？

叶喻正想着，突然瞄到其中一具骷髅的大衣口袋里似乎有什么黑色物体露了出来。

这是……皮包？

叶喻凑了过去，伸手小心翼翼地将那样物体从尸体衣袋中抽出，放在自己面前。

那是一个质地不错小型皮质手包，里面鼓鼓囊囊的，不知放了什么东西，虽然在如此潮湿的环境下那么多年，但看起来腐朽得很有限。

叶喻吹拂了一下表面的灰尘，随后打开了皮包，将里面的东西一件件翻了出来。

两本护照，两张机票，一把钥匙，以及一只老款手机。

由于皮包的保护，里面的东西保存得相对完整，叶喻翻开其中一本护照，顿时一张年轻美丽的脸庞映入眼帘。

"肖莹莹……嗯？"叶喻轻声念着护照上的名字，脑海中突然匹配上了一段资料，那是在来这里前所读过的关于郑家别墅的背景信息。

"肖莹莹！她不就是郑邱后来续弦的那位年轻妻子吗！"叶喻看向面前的骷髅，惊愕不已，"难道……这尸体是……？"

叶喻忙不迭地打开了另一本护照，这本护照属于一个叫孙晓的陌生年轻男子，很显然面前的男女骷髅便是这两本护照的主人。

传闻肖莹莹多年前和一名情夫私奔后便杳无音信，但现在来看他们并没有出走，而是被人杀害在了这里！

叶喻想着，随后又拿起那两张机票看了眼，上面的信息进一步证实了自己的猜测。机票的名字的确是这两人的，而时间是八年前，航班的目的地则是国外的一座城市。看来这两人原本的确是打算出逃，可惜不知出了什么变故而丧命于此，难道说是因为被郑邱发现了他们的行径而惨遭毒手？

叶喻放下机票，视线又移向了一旁的钥匙。

那是一把构造十分复杂的机械钥匙，除了扁平的把手外，钥匙主体呈圆柱形，柱形表面不规则分布着大大小小的方孔。轻轻转动上部把手，可以看到从方孔中伸出粗细不一的锯齿状金属条，如此奇特的造型明显不是针对普通的门锁。此外钥匙把上还挂了一块白色号码牌，上面只有简单的三个数字：801。

801……房间号？保险柜号？

叶喻不明所以，疑惑地翻过号码牌，只见背面印有一个简单的英文缩写——L.T，似乎是个什么标志，只是自己并不清楚。

叶喻反复观察了良久，没有发现其他线索，于是顺手把钥匙放进衣兜，最后拿起了那台老式手机。

手机早已没电，型号也已绝迹，而外观上依然保存完好，不知充上电后是否还可以用……

叶喻看着眼前的物品，心中对当时的情况大致有了猜测。他又试着在两具骷髅的外衣继续翻找了片刻，希望找到些其他线索，可惜除了这只皮包里的东西外，其他的已经腐朽得不成样，完全看不出所以然。

叶喻叹了口气，将护照等物品一一贴身收好，随后站起身，看了看头顶上的出口。

如今摆在面前的最大问题，便是如何离开这里，而且是越快越好，不然万一上面的入口一封闭，自己迟早会变成第三具枯骨。

“哐啷——”

脚下貌似踢到了什么金属物品，叶喻低头一看，欣喜地发现之前揣的金属大扳手竟然还在，扳手旁还有掉着一坨绳索，应该是先前还没来得及还给梁云霄的证物。

叶喻连忙捡起扳手和绳索，同时将戒指中光的亮度调至最高，仰着脖子往上面来回探照了许久。上面的出口距离自己少说也有七八米，而且周围石壁十分光滑，想要攀爬几乎不可能，不过叶喻却发现临近出口处的石壁上，似乎有一块突起的石条，如果能把绳索绑上去，说不定就能顺着爬离这里！

叶喻思索了片刻，随即有了主意。他立马将绳索缠绕上扳手，同时细心地将绳索中被刀割过的部分重新打结。

做完这一切后，叶喻摘下戒指含在嘴里，抬起头照着上方的石条，同时左手捏着绳子的一端，右手甩着缠绕着绳索的扳手，对准石条将其往上奋力一扔。

扳手在空中划过一道弧线，叶喻左手上的绳索也由松到紧，再由紧到松。伴随着“哐啷”一声，掉下的扳手不但没够到石条，还差点砸叶喻一脸。与此同时，叶喻的心也随之凉了半截——因为他终于发现，绳索的长度完全不够。

完蛋了，这次真要交代在这里了吗?

望着遥不可及的唯一出口，叶喻心中一阵绝望，然而就在此时他脑海中突然闪过了一个自己并不情愿采用却也是脱离此地的唯一办法。

叶喻低下头，又一次将视线移向房中的两具枯骨。地上的骷髅头瞪着两只空洞的眼眶，幽怨地看着叶喻，似乎也在感叹申冤无门。

唉，你们要是真希望我为你们申冤，就帮我一把吧。

叶喻叹了口气，做了一个无可奈何的决定。

» 第二十二章　暗藏的秘密

男子坐在靠椅上，盯着手上的戒指，眼睛一眨不眨。

血红的宝石上流溢着奇异的五彩色泽，仿佛有种神奇的魔力，快要将他的灵魂摄入其中。

手指无意识地轻抚过戒指上的红宝石，男子恍惚地回过神来，随即又像突然想起了什么似的，又从衣袋中掏出了一枚手镯。

那是一枚古色古香又充满异域风情的镯子，银质手环上刻满了不知名的铭文，然而在手镯表面的正中央，同样镶嵌着一颗指甲盖大小、血红色的宝石，晶莹的宝石表面闪烁着五彩色泽，乍一看与戒指上的红宝石非常相似，只是光泽似乎没有戒指上的那么亮。

当初得知周浩竟然从郑家偷了这东西时，男子着实紧张了一番，不过庆幸的是貌似周浩本人并不清楚镯子的来历，更不清楚上面红宝石的奥秘，不然自己的计划恐怕终将功亏一篑。

男子将手镯轻轻放回了口袋。对于郑邱的遗物，他并没有私自使用的打算，但也决不允许其他不相关的人将其占有，尤其是像周浩那种败类。

"郑叔……我已经帮您报了仇，您可以安息了……"男子看向房间正中郑邱的肖像，回忆如幻灯片一般在脑中闪过。如果不是当年郑邱施予援手，他恐怕早就已经不在这个世界了，而如今的这些是他唯一可以为郑邱做的，一如八年前的那个晚上。

正当男子想得有些出神，耳边忽而响起了一个男人的声音："你的郑叔要是看到你变成这副样子，估计也很难瞑目吧。"

"谁？"男子一跃而起，紧张地看向身后。

一个修长的身影正倚靠在椅背后。黑色的紧身T恤勾勒出匀称紧致的肌肉，一排耳钉在昏暗的壁灯下折射出点点微光，眼前出现的人，正是梁云霄。

"是你！你什么时候在这里的？"男子惊愕地睁大了眼。

"有一段时间了，看你正在想心事就没好意思打扰你。"梁云霄呵呵一笑，转身绕过椅子走上前，正对着男子。

"呵，看来你也不是普通人呢！你真正的身份应该不是什么风水师吧？"男子盯着梁云霄，悄悄将右手背向身后，手指轻抚着戒指上的红宝石。

“我的确是风水师啊，至少这次的职业是。”

梁云霄无所谓地耸耸肩，如此可疑的说法令男子眉间微微一皱，不过梁云霄自己却不甚在意，他转头看了看四周，说道：“哎，我说，还有一个呢？你把他干掉了？”

“之前和你在一起的叶记者呢？你把他抛弃了？”男子并没有回答，而是若无其事地走到梁云霄面前，幽幽地反问了一句，“还是说……你也把他干掉了？”

“哎，别提了。”梁云霄把手一挥，满脸无奈的样子，“那小子自己手贱触动机关掉坑里了，差点害得我也中招，不过也幸亏这样我才有机会单独来见你啊！”

“所以……你就丢下他不管了？”男子越靠越近，眼神渐渐阴冷。

“呵呵，当然会管，在我办完正事之后。顺带一说……”梁云霄瞟了眼男子藏在背后的右手，随后将视线移向男子的双眼，轻轻冷笑了一声。

“那位姐姐给你的血钥石戒指，对我可是没用的哦。”

“什么！”男子骤然一惊，猛地往后退了几步，惶恐地看着梁云霄，“你……你怎么知道……你到底是什么人？”

“我的身份刚才不是已经告诉过你了吗？你也太健忘了。”看着男子惊慌失措的样子，梁云霄哈哈大笑起来，“老实说我对你的复仇计划半点兴趣都没有，我来这里只是办点事，现在事情办完了，我也该走了。”

说着，梁云霄将手中的某样东西亮了亮：“东西我收下了，多谢！”

男子猛然一愣，条件反射地捏了捏摆放手镯的衣袋，却发现里面空空如也。

“站住，把东西还给我！”男子瞬间反应了过来，顿时凶相毕露，只见他从腰间迅速抽出了一把微型手枪，朝着梁云霄的面门就是一发。

“砰——”

在子弹擦着梁云霄的肩膀打在了墙壁上，梁云霄俯身一滚躲入了房中的立柜后。男子不依不饶，追上就是两枪。

“砰砰——！”

在子弹的冲击下，立柜的门板顿时木片横飞，而梁云霄身形却如猴子般灵敏，等到男子上前一看，梁云霄已不知窜去了哪里。

啧，还带枪啊，他们怎么不告诉我，真麻烦。

梁云霄蹲在一个沙发后，看着不远处的男子，心中暗暗腹诽。同时他一边捏着手镯，一边熟练地从指上一枚骷髅戒指中抽出细细的钢丝，然而还没抽几下，他的动作却突然停了下来，视线直直移向手镯上的那枚血红宝石。

而与此同时，房间中的男子也在小心翼翼地观察着四周。这间屋子里家具不少，把人揪出来并不容易，他很清楚梁云霄不会坐以待毙，但枪里子弹的数量却不允许自己挥霍。

说实话，他原本不打算用枪，并非顾忌会误伤无辜，而是不想给警方留下线索，毕竟枪这东西可不像那种石头，可以不留下任何作案痕迹。

男子下意识地摸着戒指上的血红色宝石，当初从那个女人口中得知这种石头不但能对他人记忆进行“读取”，更能进行“修改”甚至“擦除”时，他原本并不相信，然而后续的一切却完全颠覆了他的认知，也多亏了这个东西他才终于了解到郑邱死亡的真相，并成功进行这一系列复仇行动。

至于那枚手镯则是一个意外的发现，男子自己也没想到在窥探周浩的记忆时，竟然让他无意中找到了疑似和那枚戒指同样的东西，原本打算这里的事收尾后好好研究，岂料竟然半路杀出个梁云霄，打乱了他的预定计划。

正当男子神经紧绷地防范着梁云霄可能的偷袭，眼角突然瞥见一个银白色的物体一闪而过，直冲自己的面门！

男子条件反射地往旁边一躲，却听墙角传来“哐啷”一声脆响，男子定睛一看，只见那只银白色物体赫然便是刚才被梁云霄摸走的那支红宝石手镯！

“嘭——！”

身后传来一记摔门声，显然是梁云霄乘其不备落荒而逃，然而此时的男子并没有心思去理会对方，他急忙跑到墙角捡起那枚手镯，小心地擦了擦，见到上面的宝石并未碎裂，这才松了一口气，转头看向房门。

“哼，调虎离山吗？别以为你跑得掉！”男子冷笑一声，揣着手枪夺门而出。

叶喻双手紧紧抓着绳索，动都不敢动。

适才外面的那几声爆响发生时，着实把正在专心致志爬绳的叶喻吓了一大跳，差点从绳索上摔下来。

刚才那是枪声？难道凶手又行动了？

叶喻抬头望着已不远的出口，心中一阵焦急，连忙重新启动了手上的动作。然而越焦急越是出错，突然一个手没抓牢，叶喻便直直往下滑了几米，直到手上再次传来了那种粗糙黏腻的触感。

鼻息中满是腐烂的臭气，一条爬虫从手背上匍匐而过，叶喻此刻想死的心都有了，因为此刻的他正抱着一具骷髅——确切来说是骷髅的脊椎，吊在半空。

如果不是走投无路，叶喻是万万不会出此下策，但遗憾的是这也是唯一解救自己的办法，在绳索长度不够的情况下，他只能想办法将其接长，而现场能利用的材料也只有房中仅剩的东西——那两具骷髅。

骷髅的衣物早已破败不堪，而自己单薄的衣衫显然也无法作为承重的材料，如此一来，能担此重任的，也只有那些骨头。

叶喻将绳索中原先已割裂的部分一一扯开，分成了好几段，同时从两具骷髅中拆下几根较长而又看起来结实的骨头，接在了绳索中。经过如此改造后，绳索终于钩上了那块突起的石条，而叶喻也只能再次无奈地与骷髅进行了一次贴身“亲密接触”。

怀中的脊椎骨在叶喻的体重下不断发出“吱嘎”的响声，似乎有随时散架之虞。叶喻不敢磨蹭，双腿蹬上石壁，再次攀着绳索往上爬去。

“咔嚓——”一声，骷髅的脊椎终于禁不住叶喻体重的摧残，选择了自我毁灭，顺便带走了下端的绳索，给叶喻断了后路；而叶喻也总算在脊椎散落的前一刻握上了上方绳索。

叶喻心有余悸地望了望下方，咽了口唾沫。手心传来阵阵刺痛，似乎是先前滑落时被绳索磨破了手，然而即便再痛他也只能忍着，要是这次再掉下去可就真的没出路了。

加油啊！叶喻破釜沉舟般地下了决心，抬头看向出口，开始拼命往上爬。

出口越来越近，叶喻手中的绳索也越收越短，终于在距离出口约一米时，叶喻到达了石条处。

突起的石条大约有半米长，但宽度却只有二十厘米左右，理论上说只要能站上石条，自己便能够到出口，可要是重心不稳摔下来，那就完蛋了。

没办法，拼了！

叶喻一咬牙，双手使劲抱住了石条，同时两腿交缠了上去，身体用力一翻，整个人便趴上了狭窄的石条。

然而就在此时，情况却又陡然生变。

整间石室突然开始震动了起来，细小的碎石从石壁缝隙中簇簇而下，而叶喻身下的石条也随着震动开始出现丝丝裂纹。

不好！！

还没等叶喻做出反应，头顶上又传来了阵阵轰鸣声，叶喻抬头一看，顿时又发现了一件令人更加绝望的事——头顶上那唯一的入口竟然开始渐渐合拢，恐怕不消片刻，自己便将永无天日。

» 第二十三章　逃出生天

我去！开什么玩笑！！

叶喻急了，顾不得手上的斑斑血痕与刺痛，开始手忙脚乱地抓着石条，想要撑起身体。

震动愈演愈烈，而上方的入口也越来越狭窄。叶喻双脚总算踏上石条，一手扶着石壁，颤颤巍巍地站起身，眼看就要抓上入口边缘，然而就在此时石室的震动突然加剧，叶喻一下子重心不稳，直直便要向下扑去！

千钧一发之际，叶喻的潜能也终于被逼了出来。只见他牙关一咬，腿部猛然用力向上一跃，右手一把抓住了入口边缘！而与此同时，原先脚下的石条骤然碎裂，叶喻顿时单臂悬挂在了半空。

入口的石板依然缓缓合拢着，过不了多久叶喻将会面临松手后摔死，或者手臂被夹断后摔死这两种命运。

再加把劲啊！我可不想死在这儿！！

鲜血顺着叶喻受伤的手掌渐渐蔓延至手臂，一股焦虑混杂着炙热的能量开始在叶喻身体里游走。走投无路的叶喻把心一横，右手抓着石板，左手奋力向上一扑，同时调动起全身的肌肉，玩命似的往外面爬！

手臂青筋根根暴起，在这种最危急的关头叶喻所有潜藏的力量都被激发了出来，此时的他满脑子只有一个念头——活着逃出去！

“砰——！”

随着一记闷响，入口被石板盖得严丝合缝，而就在入口封闭的前一秒，叶喻身体的最后一部分终于抽离了石板，总算得以全身而出。

“呼——”叶喻喘着粗气，瘫倒在地。

双手传来阵阵剧痛，叶喻举起双手放在眼前，发现自己掌心的皮已经被磨得翻开，十个指甲鲜血淋漓，状况不可谓不凄惨。

然而他并不知道，此时自己的双眼也一如双手般血红无比，虽然眼中的血红之色此刻正随着叶喻心中的平静而渐渐消减。

差一点啊……

冷静下来的叶喻回想起先前的惊险一幕，心中后怕不已，他突然无比感激当初兰翊对他的特别训练，如果不是那时锻炼了体能基础，自己绝不可能在此逃出生天。

叶喻躺在地上缓了一会，猛然想起当初和他一起中招的梁云霄依然不知所终。如果他掉到了另一间石室中，在入口已然关闭的情况下自己根本没法救他；如果没掉下来，那他又去哪了呢？

叶喻挣扎地撑起身子，转头又看了一圈周围的墙壁，他已经不记得当初自己是碰到哪块地方导致地面入口开启的，更何况自己对这里一无所知，如果不小心触碰了其他机关，说不定更危险。

思忖片刻后，叶喻决定暂时不轻举妄动，以梁云霄的身手，想必不至于像自己那样狼狈，即便他真的被困在另一间石室里面，等天亮报警后应该也能很快解救他。而现在最让叶喻不安的，是之前听到的那几声枪声。

毫无疑问，在自己困在石室期间外面发生了什么事，如果凶手真的有枪，那麻烦就大了！

想到这里，叶喻在衣服上扯下几根布条，把自己的双手粗略包扎了一下，随后站起身，打算再找几样防身物品，毕竟那把钢质大扳手已经落在了石室中。

正当叶喻转身打算往回走时，眼角突然瞥到了什么，顿时停下了脚步。

他转过头，看向通道底部那扇暗红色铁门，只见先前关得严严实实的铁门竟然悄无声息地开了一道缝。

这门怎么开了？

叶喻小心地走到铁门前，伸手轻轻推了一把。只听“吱嘎”一声，铁门应声缓缓开启，门内隐隐约约有光线透出，看样子似乎是另有秘道。

难道……是梁云霄他……？

叶喻犹豫了片刻，随即终于拿定了主意。他深吸一口气，摸了摸手指上的那枚电击戒指——这也是他目前唯一的防身用品，随后他蹑手蹑脚地推开铁门，闪身走了进去。

面前的水泥路盘旋而下，幽幽通向深处。暗红铁门后的这条秘道十分狭窄，仅允许一人通过，但是所幸路面还算平坦，且两旁每隔一段路都会有一盏壁灯，倒也不至于举步维艰。

叶喻一边轻手轻脚地走着，一边神经紧绷地前顾后看，时刻提防着可能的偷袭。说实话，目前的状况已经完全在他的预想之外，在自己独自一人，连梁云霄也失踪的情况下，他不得不选择更加小心谨慎。

这次的秘道蜿蜒曲折，时上时下，秘道两旁的石壁上重复着单调惨白的壁灯，叶喻走了足足十几分钟依然没有走到尽头，他甚至怀疑自己是不是在绕圈子，而就在这时，突然看见前方通道拐角处似乎有个身影一闪而过。

叶喻立即紧张了起来，连忙侧身贴上石壁，同时小心翼翼地再次朝前望去。

幽暗的灯光下，他隐约看到前方的道路在向右一拐，具体情况看得并不真切。

是我眼花了吗？

叶喻微微俯下身，如螃蟹一般沿着石壁悄悄往拐角横着挪去，快要临近时他停下了脚步。此时他已看清拐角并无人影，但拐角右侧区域却是个盲区，他并不清楚是否有人埋伏在后面。

叶喻靠在拐角的石壁上，静静地听着周围的动静，然而除了自己的呼吸和心跳声之外，再无声响。

在考虑了片刻后，叶喻果断做了决定。他深吸一口气，随即将戒指上的照明灯亮度调至最大，猛地一转身朝拐角右侧照去！

右侧通道瞬间被照亮，半个人影都没有；而出现在通道底部的，竟然是一堵灰色的水泥墙。

不会吧？是死胡同？

叶喻快步走上前，举起照明戒指观察着这面水泥墙，同时伸手在墙面上摸索并拍打着，希望能找到什么机关，然而墙面完完整整，连个缝隙都没有。

走那么长的路结果是条死路？不可能，一定是哪里疏漏了！

叶喻盘起手臂，在水泥墙前来回踱步，心中回想着先前走过的路段是否有被自己忽略的岔路，此时他突然发现正对自己的通道石壁上，似乎有一片区域太不平整。

叶喻心中一激灵，连忙上前仔细查看，他发现深灰色的墙壁上果然有一竖排石砖微微呈斜面突起，与整个石壁并不在同一平面上。

这是……？

叶喻脸上露出欣喜的表情，双手立即按上斜面，往里用力一推。

石壁悄然而动，一个一人高的狭窄出入口缓缓出现在叶喻面前。

果然藏着一个旋转暗门！

叶喻心跳不由加速，看样子之前是有人匆忙出入这里所以才没把暗门关严实，换句话说自己先前看到的人影或许并非眼花，而是真的有人！

叶喻按捺住紧张的情绪，悄悄往门内一望，发现门后是一个宽阔的大堂，淡黄色的荧荧幽光从里面透出，目及之处是一片散乱的杂物。

要进去吗？如果刚才看到的正是那个持枪凶手，那现在进去估计会直接吃枪子儿。不过话说回来，如果对方真的要动手的话，应该在先前拐角看到自己时就已经开枪了吧？

叶喻思前想后，最后还是决定去暗门内一探究竟。他侧过身，轻手轻脚地穿过了暗门，踏入了大堂。

这个地方应该废弃已久，满地杂物，上面还堆积着一层厚厚的灰尘，残破的壁灯有气无力地散发着微弱的光芒，一股发霉潮湿的气息扑面而来，乍一眼看上去这里好像并没有什么人，谁知刚朝里面走了几步，叶喻突然敏锐地感觉到身后好像有人正在窥伺着自己。

“谁？”叶喻猛地一转身，看到后方的角落中，有个人影渐渐从阴影中走了出来。

“叶……叶记者？”

警惕的声音中带着些许试探，眼前的人影终于完全显露出了真容，只见一张消瘦惨白的面孔正惶恐地看着叶喻，而这张面孔的主人，正是先前失踪的许严伟。

“是你？”叶喻终于看清了眼前的人，只见许严伟瘦削的身躯阵阵发抖，看上去受到了不小的惊吓，“你为什么会在这里？游勇呢？”

一听到“游勇”两个字，许严伟明显哆嗦了一下，他低下头，有些吞吞吐吐：“我……不知道他在哪儿，其实……我们还是不要碰见他比较好。”

“为什么？”叶喻皱起眉头，突然想起之前许严伟的种种疑点，不由警觉地往后退了一步，“还有，之前你号称在厨房外被人弄晕，然后被设计差点吊死，这些全部都是做戏吧？”

“你……你在说些什么啊！我……我没有……”许严伟急急地辩解道，但却下意识地逃避着叶喻的目光。

“还说没有？梁云霄已经察觉当时勒住你的那条绳索上有被刀割过的痕迹。”叶喻观察着许严伟的表情，越发觉得可疑，“而且你又怎么解释你现在会出现在秘道中？”

“我是被逼的！”许严伟终于控制不住了，带着哭腔对叶喻吼道，“厨房外被袭击那件事的确是我说谎，上吊那事也是，但这些都是游勇逼我干的！我真的没杀过人！！”

“我怎么知道你这次是不是也在说谎？”叶喻依然不肯放松警惕。

“是真的！！”许严伟看上去有些崩溃，踉跚地向叶喻追了两步，脸上写满无助，“我把我知道的都告诉你！求求你救救我吧！游勇他……要杀我灭口！”

» 第二十四章　伪装者

“说，到底是怎么回事？”看着许严伟一脸惶恐的可怜相，叶喻打算先听听他的说法。

“我……因为之前做账的时候贪了队里的一些钱，被游勇知道了，他就威胁我帮他，不然就要告发我。”许严伟抹了把鼻涕眼泪，低着头唯唯诺诺地解释道，“其实我一开始并不知道他的杀人计划，还以为他是对队里不满，就利用闹鬼传言恶作剧吓唬人……所以当时他让我配合假装上吊时我就答应了，并且还按照他的口径，说是在厨房外被其他人袭击的。谁知道……谁知道后来真的出人命了！”

“钱允能和陈涛的死你也参与了？”叶喻问道。

“没有！真的没有！”许严伟紧张得大喊，“当初钱允能出事后我才知道游勇这次是来真的，但我不敢告诉你们。他威胁我说既然我之前配合他演戏那就算帮凶，要是我敢吐露半个字，两个人都没好果子吃。”

许严伟又开始啜泣了起来，看上去满脸委屈：“至于陈副队出事那时，他其实出过房间，我没敢跟出去。后来看到陈副队竟然死得那么惨，我真的好怕！想不到游勇竟然是个那么心狠手辣的人。”

听到许严伟这一番话，叶喻却是更加疑惑了。先前他与梁云霄判断是周浩杀了陈涛，但如果许严伟的话属实，那么其实游勇也参与了对陈涛的谋杀？

“游勇有没有找过其他帮手？”叶喻问道。

“这我就真不知道了，他的计划细节我不清楚。”许严伟拼命摇头。

叶喻看着面前的许严伟，总觉得他的说辞有哪里不太对劲，但一时也没有头绪，于是打算先继续问下去。

“我和梁云霄去餐厅后，大厅里到底发生了什么事？为什么你会在这里？”

“当时你们去餐厅之后，周队也回房去拿东西，就我和他两人在，没想到……他竟然乘机要杀我灭口！”许严伟貌似仍然惊魂未定，“慌乱中我踩到了什么机关，掉到了秘道里，他也追了进来，然后我就拼命逃，好在总算甩开了他，一直躲在这间暗室里。”

“游勇他……带枪了吗？”叶喻十分关心这个问题。

“我也不清楚，但之前的确好像听到了枪声，把我吓得半死，不知道是不是游勇又杀人了。”许严伟害怕地把身体缩了缩。

“那先前我在外面通道看到的人影是你吗？”叶喻突然想起之前在通道拐角处见到的那一晃而过的身影。

“人影？”许严伟抬起眼皮扫了眼叶喻，随后眉头微皱，轻轻移开视线，“不是我，我一直都躲在这里。”

不是他？难道是梁云霄？又或者是……游勇？

“话说……叶记者你受伤了？”在叶喻暗自思考时，许严伟终于注意到了叶喻渗着鲜血的双手，连忙上前两步，关切地询问着，“你的眼睛也好红，到底出了什么事？”

“眼睛？”叶喻条件反射地抬手想要抚眼睛，却不慎扯到了手上的伤口，一时间疼得龇牙咧嘴。

“我之前不小心触碰机关，掉到一个地下石室里去了，好不容易才逃出来。”叶喻忍痛回答道。

“地下……石室？哪里的石室？”许严伟瞪大了双眼，急急忙忙地追问道。

“具体我也不清楚，只知道我是在一个暗红色铁门前掉下去的。怎么了？”看着许严伟紧张的样子，叶喻不由生疑。

“不……没，没什么。”许严伟似乎意识到了自己的失态，再次低下了头，“你在里面……发现了什么吗？”

“的确发现了一些令人惊讶的东西。”叶喻看着许严伟，缓缓说道，“里面有两具尸体，或者说，是两具骷髅。”

“什么！”许严伟身体有些不受控制地发抖，惊愕之色溢于言表，“除了尸体，你还发现了什么东西吗？”

“嗯？你是不是知道些什么？”叶喻敏锐地觉察到对方有些不对劲，他上前一步，盯着许严伟的眼睛反问道。

“不，我只是有些吃惊。没想到这里竟然还藏着尸体。”许严伟别过头，脸色阴晴不定。

“可你的反应不像是吃惊那么简单吧？”叶喻仍旧没有打消疑虑。

许严伟沉默了片刻，不知道在想些什么。末了他终于抬起头，幽幽地开了口。

“你……到底在里面发现了什么东西？”

看着许严伟的神色，叶喻略一思忖，决定暂时有所保留，略过那只皮包的事。

“里面除了那两具骷髅，什么都没有。”叶喻撒了个谎。

“哦，是吗……”许严伟轻声嘟囔着，房内昏暗的灯光下，他脸上的表情在阴影中显得晦涩难明，“不知道他们究竟是什么人，为什么会死在这间别墅里。”

“从骷髅的服饰上看，应该是一男一女，死得有一定年份了，而且看上去应该是死于非命。”叶喻一边观察着许严伟的神色，一边小心地试探道，“我听说八年前郑邱的前妻肖莹莹和她的情夫私奔后一直不知所终，你说是不是有可能这两具尸体……就是那两人的？”

“……”许严伟咬着嘴唇，没有说话。

见到许严伟这副样子，叶喻心中的疑虑越发浓重，直觉告诉他，此人一定还瞒着什么事。

叶喻停了一会，见许严伟依然没有开口的意思，于是便寻思着想要再逼他一下。只听他轻吐了一口气，慢慢说道：“既然两人死在郑家别墅的密室里，那我想……恐怕和郑邱脱不了干系。但不管怎么样，等天一亮我就会报警，虽然过去那么多年，但以如今的科技手段，相信还是可以找到关键线索，真相应该就能很快水落石出。”

许严伟缓缓抬起头，眼中似有一瞬锐利的光芒闪过，然而却又稍纵即逝，随即恢复了委屈又无助的神色。

“叶记者，你就别再试探我了，我真的什么都不知道。我只是队里的新人，这间别墅之前也没来过，而且就算那两具尸体真如你所说的，是郑邱前妻和她的情夫，这和我又有什么关系呢？那时候我还只是个小孩啊。”许严伟叹了口气，满脸无奈，“事到如今也只能等天亮找警察来调查了，现在我们要做的就是尽快找个安全的地方躲起来，免得被游勇找到。”

叶喻碰了个软钉子，心中也无可奈何。看着眼前的许严伟，他倒真没想到这个外表瘦弱怯懦的男子竟然意外地倔，看样子的确是问不出什么了……不过话说回来，许严伟今年应该也就二十岁上下，正如他所说的，八年前他还真的是个小男孩，不知道这些事也说得过去……

嗯？等等，小男孩？

一个画面猛地从叶喻脑海中划过，许多零碎的线索在他脑中如拼图般迅速联系整合，最终完整地串在了一起；而与此同时，一个惊人的想法在叶喻心中渐渐成型。

该不会……！

正当叶喻陷入思考有些恍神之际，许严伟眼中突然精光一闪，一反先前柔弱无能的样子，猛地上前擒住了叶喻受伤的手掌。

叶喻一惊，立即想要退后，可惜由于手上吃痛，反应还是慢了一拍，而许严伟趁此机会冷笑着抽出另一只手，一把抓上了叶喻裸露在外的颈部。只见他手指上莫名多了一枚戒指，戒指上的红宝石正闪烁着邪门的五彩色泽。

那是……血钥石!

在看到戒指的那一刻，叶喻脑海便“轰隆”一声，几个月前的惊险历程随即一幕幕涌现了上来，他完全没有想到竟然能在吴学冰事件后再一次见到这枚血钥之戒，惊讶得无以复加。

然而此刻的许严伟却没打算给叶喻缓和情绪的机会，只见他脸上懦弱的表情不翼而飞，取而代之的是冷漠与狰狞，与之前的样子简直判若两人。

“哼，既然知道了不该知道的东西，那还是忘了比较好。”许严伟惨白的脸上浮现出阴森森的笑容，让他看上去有如恶鬼一般。

话音刚落，一股奇异的入侵感即刻沿着叶喻的脖颈奔流直上，冲着大脑席卷而去！与此同时，叶喻也终于明白了对方的打算。

他想对我洗脑!

然而，就在这种入侵感进入身体的那一瞬间，叶喻便感到自己身体里有一股炙热的能量风暴顷刻聚集，如秋风扫落叶一般，迅速缠上那股入侵感，并开始以迅雷不及掩耳之势将其逐一绞杀。

在叶喻体内那股强大的能量风暴面前，那股入侵的势力简直不值一提，就在下一刻，进入叶喻身体的那股入侵感便被驱逐得干干净净，而这一切实际上不过是一眨眼间发生的事。

“什么！你！”许严伟如触电般抽回双手，猛地后退了一步，他完全没有想到自己无往不利的法宝竟然对面前这个男人半点用都没有。而此刻回过神的叶喻却立即开始了反击。

“真是抱歉，血钥石对我这种体质无效。”叶喻的双眼再次开始泛起了一抹血色，滴血的手指上，那枚特制戒指泛着幽幽蓝光——那是电击系统开启的标志。

“咔嚓——”

就在叶喻打算上前给对方来上一击时，他的身体却突然一僵，只见眼前一支上了膛的枪口已对上了自己的面门，而握着枪的，正是许严伟。

» 第二十五章　真相

“呵呵，本来想留你一命的，看来没办法了呢。”许严伟握着手枪，冷冷地说着，“但我真没想到，不管是你也好，还是刚才那个姓梁的神棍也罢，个个都不是普通人啊！”

“你是说梁云霄？难道你之前在这里遇见过他？”叶喻立即捕捉到了许严伟话中的信息。

“没错，可惜还是被那个混混给逃了。”许严伟眼中掠过一丝凶狠，随即冷笑了起来，“不过，在解决你之后很快就会轮到他，你们注定都要死在这儿，谁都逃不了！”

原来他之前对上过梁云霄，也就是说梁云霄至少并未像自己那样被困在石室。这么说来，先前的枪声难道就是……

叶喻想着，同时大脑飞速地运转，面对着枪口，他反而镇定了下来，一边寻思着要如何脱身，一边开始和许严伟周旋。

“我也没想到，施工队中看起来最人畜无害的你，却是幕后的那个黑手，你伪装得真是太好了，可惜啊，最后还是没沉住气。”叶喻平静地吐了口气，看上去倒像是在为对方遗憾，“我只是不明白，你为什么不一直装下去，我刚才就差点信你了。”

“你信或不信对我来说都无所谓，因为最后你都无法将这里发生的一切说出去。”许严伟嘴角一勾，接着又补充了句，“既然你无法被洗脑，那就只好让你成为一具不会说话的尸体。”

“好吧，既然我横竖难逃一死，那不如把事情一件件说开了。”叶喻抱起手臂，看似随意地往身后的杂物堆上一靠，斜着脑袋冷眼瞧着许严伟，“之前你说游勇威胁你的那些事，还说得头头是道，但其实都是假的吧？你到底把游勇给怎么了？”

“呵，自身都难保还有心思关心别人？你是在拖延时间吗？”许严伟似乎看穿了叶喻的意图，“没用的，现在没人可以帮你，别想要什么花……”

“那张合影上的男孩是你吧？”

叶喻的话一出口，许严伟的身体便微微一颤，只见他眼神不易察觉地闪烁了下，表情也变得有些不自然。叶喻敏锐地捕捉到了这一变化，随即开始乘胜追击。

“我应该早点想起来的，照片密室里的那张郑邱与小男孩合影，我其实先前见过。”叶喻小心地观察着许严伟的神色，继续说道，“当时你从厨房失踪后，我有去过你的房间，在一本笔记里我无意中发现一张纸片，而那张纸片正是那张合影！”

许严伟脸色阴沉地盯着叶喻，没有说话。

“照片上的男孩应该才十岁左右，与现在的你相比变化不小，所以我一开始也没有认出来，但如今仔细一看，眉眼间还是非常相似的。我想你应该并不是第一次来到这幢别墅，也并非和郑邱毫无瓜葛，事实上，你在年少时就认识他了，我说得没错吧？”

“哼，有意思，你继续说。”许严伟笑了笑，不置可否。

叶喻略微思考了片刻，随后开始娓娓道来。

“另外，在那间照片收藏室里，郑邱收藏的照片中除了他与他的发妻外，唯一出现的第三人就是你，那我想你和郑邱的关系应该很不一般，也许……你们有血缘关系？”

“还有，如果你和郑邱关系确实不一般，但你却又伪装成和郑家毫无瓜葛的新人混入施工队，那么我猜想你的目的应该是查明郑邱死亡的真相，并为其报仇。当然，从现在的情形来看，周浩、钱允能、陈涛等一众涉事人员均被你杀害，你的计划算是达成了，通过借助那个东西！”

叶喻停了下，将视线缓缓移向许严伟手上那枚血钥之戒，“虽然我不清楚你具体是如何使用这枚戒指的，但我可以告诉你的是，这东西不是普通人可以驾驭的，它有极大的副作用。”

说着，叶喻移回目光，直直看向许严伟的双眼，脸上露出认真而严肃的表情：“我曾经见过两个使用这种戒指的人，一个死了，一个发了疯。给你戒指的那个人不过是在利用你做实验罢了！”

“这些我都知道。”许严伟打断了叶喻的话，平静的语调下却掩藏不住暗流汹涌的情绪，“副作用的事那个人早就告诉过我了，但那又如何呢？只要能了解到郑叔去世的真相，只要能将那帮畜生送去地狱，被利用又怎么样？这点副作用又算得了什么。”

叶喻看着眼前浑身颤抖着的许严伟，轻声叹了口气，开始静静地等待着他接下来的叙述。

“有一点你说错了，其实我与郑叔并无血缘关系，他也没有收藏我的照片，那间密室中的那张合影是我无意间掉落在那边的。事实上我以前只是个流浪的孤儿，如果不是当年郑叔救了在路边快要病死的我，现在我也不可能站在你面前。”许严伟眼眶有些泛红，一字一句地叙说着。

“郑叔是个好人，不但为我治好了病，还托人照顾我，并送我去寄宿学校念书，因为他才有了现在的我，我一直想工作后好好报答他，可是他却突然……”许严伟咬着嘴唇，看上去在拼命稳定情绪，“我很早就怀疑郑叔离世的真正原因了，他的身体一直很硬朗，平时也常备抗过敏药物，而且这座别墅花园内还安装着驱逐野猫的声波装置，怎么可能突然因为猫毛过敏就……”

“所以，你就怀疑是开发商搞的鬼，并伪造身份混入了施工队调查？”叶喻扬了扬眉毛。

“呵呵，凭我这么一个没有任何背景的毛头小子，怎么可能那么容易混进千鸿集团施工队？”许严伟轻声苦笑道，“一开始我的确想方设法想要进入千鸿集团，同时也在外围打探着消息，可惜毫无建树，还差点被他们察觉，直到遇上了那个人……”

“那个人？”

“我并不知道那人的来历，我只知道她帮我安排进了千鸿集团施工队，并给了我这枚红宝石戒指。”许严伟的目光掠过手上的血钥之戒，眼中满是沉醉，“你知道吗？这东西实在太神奇了，竟然可以读取甚至干涉他人的记忆！简直像是上苍特意为我的复仇提供的宝物！”

能给予这枚血钥石戒指的，只有噬他们……！也就是说这一切果然都是噬一手安排的！不过他们竟然能随意安插人进千鸿集团，难道这次噬的人和千鸿集团内部高层有瓜葛？

叶喻思索着噬与千鸿集团间可能的联系，同时嘴上也毫不客气地反驳道：“神奇是神奇，只可惜这东西却也是恶魔的馈赠，它能把你的心智甚至性命都吞噬殆尽！”

“哼，你懂什么！”许严伟依依不舍地将目光从血钥之戒上移开，神色中隐隐有些暴躁与狂热，“多亏了这东西，我才了解到郑叔原来是被人杀害的！”

“你是说周浩他们放猫的事？虽然这的确是诱因，但根本上这件事其实算是意外，因为他们也不知道郑邱对猫过敏……”

“他们知道！！”许严伟咆哮了起来，“江心、周浩、陈涛、钱允能这几个人明明都知道郑叔对猫过敏的事，却还是下了手！尤其是周浩，更是直接杀死了郑叔！”

“什么！这怎么说？”叶喻惊愕不已。

“我读取了周浩的记忆，知道了这个混蛋觊觎郑叔的宝库，因此对他起了杀心。”提起周浩，许严伟隐隐皱起眉，满脸厌恶之色，“普通的接触性过敏即便真不慎碰上了，只要及时吃药便不至于致命；但如果过敏源直接摄入体内，却可短时间内迅速引发衰竭，尤其是像郑叔那样年事已高的老人。而周浩，却正是利用了这点实施了他的杀人计划。”

红血丝如蛛网般渐渐爬上许严伟的双目，憎恨之情溢于言表，只听他咬着牙，恨恨地吐出了一句话：“周浩潜入了郑宅，将研磨好的猫毛粉末拌进了郑叔的餐饮中，还偷走了郑叔的抗过敏药。这根本就是彻彻底底的谋杀！”

“那你……为什么不报警？”

“报警有用吗？”许严伟俾睨地反问叶喻，“过敏这种事本来就很难界定原因，更何况当时已经过了那么久，证据都被他们抹掉了，我要怎么和警方解释我知道周浩对郑叔餐饮做手脚的事？难道老实告知他们是因为我读取了周浩的记忆？”

叶喻一时语塞，他也明白血钥石读取的记忆是无法在大庭广众下作为呈堂证供的。

“所以，既然法律无法惩罚他们，那就由我来行刑，我要让这些渣滓受到应有的惩罚！”许严伟怒目圆睁，激动之下青筋在额头上根根暴出，使得他看上去分外狰狞。

“复仇计划的开端，就从江心死的那天开始！”

» 第二十六章　刑

“你是说那个心脏病发作而死的江心？他也是你杀的？”叶喻惊讶地睁大了眼睛。

“是，却又不是。”许严伟冷冷一笑，“我没有直接杀他，但他的死却是我促成的。”

看着叶喻疑惑不解的样子，许严伟得意地开了口：“江心平日里都有定时服药的习惯，但如果说，他突然发现之前服的药物中掺过毒，你说他会不会吓得心脏病突发呢？”

“你对他的药动过手脚？”

“动过手脚的不是他的药，而是他的记忆。”许严伟伸手指了指脑袋，“我通过血钥石让他认为自己服的药中有毒，就在他死的那天晚上。”

叶喻猛然想起当时周浩等人对江心死亡的描述，据他们说江心死时就趴在满地的药片上，却没有服用，原来他是认为这药有毒！而且修改记忆这种事根本留不下任何证据，外界看来江心的死只可能是一个意外，许严伟这盘棋还算得真准。不过叶喻随即又想到另一个问题。

“更改记忆这种事没有延时性，也就是说你当时人就在出事现场？难道你进出房间时不怕被人看到吗？”

“的确被人看到了，但却是我故意让那个人看到的，毕竟……在做下一步计划前总要搞些铺垫。”许严伟嘴角扬起一抹意味深长的笑容。

“是李雨辰？”叶喻恍然大悟，“他出事前看到从江心房中出来的黑影，就是你？”

“你说对了。对于李雨辰，我还是手下留了情的，此人虽然知晓他们的计划，却没有直接参与，但死罪难免，活罪难逃！他必须为他的袖手旁观付出代价！”许严伟脸上满是轻蔑，“直接给他洗脑实在过于突兀，我必须让他先变得疑神疑鬼，这样他后续的记忆奔溃就可以显得顺理成章。当然，对于像他那样原本就非常迷信的人来说，这非常容易，只要利用江心的死刺激一下即可。”

“李雨辰现在变得痴痴傻傻，你这样做简直让他生不如死！”叶喻愤怒道，

"姑且不论他并没有实际参与那次行动，就算他参与了，你都没有资格私自做所谓的'惩罚'！"

"那法律就能对他们惩罚了吗？法律就能还郑叔公道了吗？"许严伟愤怒地吼了起来，"我已经通过血钥石得知了真相，可就因为没有所谓的证据，这些人才继续逍遥法外！"

叶喻张嘴想辩驳些什么，却是一句话都说不出来。

法律审判之所以需要证据，是要通过其来证明人是否有罪；而血钥石却可以通过读取对方的记忆而判定对方有罪无罪，即便后者更直接且可信度更高，但它在法律上却无法成为证明人有罪的证物，这本身便是个悖论。

叶喻虽然不认同动用私刑，但在知晓了真相的情况下，却因为没有证据而让犯罪者逍遥法外这点，他同样无法容忍，这种矛盾感让他心中像是被压着一块巨石般难受。

许严伟看着叶喻哑口无言的样子，却是更加得意，仿佛在心理上为自己的行为找到了正义性一般。

"人们常说因果报应，呵呵，既然如此那我就作为他们的报应好了！这一切就是我给他们的刑罚，我要让他们亲自尝尝自己种下的恶果！"许严伟说着，冷漠地白了叶喻一眼，"至于李雨辰，我没有要他的命已经是我大发慈悲了，难道要像钱允能、周浩、陈涛他们的死法吗？"

叶喻脑海中闪过另外三人的死状，隐隐有些作呕，而许严伟却没有理会叶喻难看的脸色，开始自顾自滔滔不绝起来。

"话说，这三人的死你可是直接见证者呢，我的布局怎么样？有意思吗？哈哈哈哈！"许严伟面目扭曲，对着叶喻阴森森地笑着，"首先我不得不感谢你的到来，那么完美的计划要是没有观众，那要多无趣啊。而且要不是你，他们那帮粗人也不会那么认真地解读我的死亡预告信，别墅里的恐慌气氛也不会那么快营造起来。"

"呵，你还关注营造气氛？"叶喻忍不住讽刺道。

"那当然！这次复仇也是一场盛大的演出，有了观众，自然也要有气氛才行！"许严伟的脸上满是病态的狂热。

"那只开膛破肚的死猫和办公室里满墙的血字，也是你营造气氛的手段？"

"哈哈哈，是的，你没看到周浩那帮人当时惊恐的脸色？真是太有意思了！"许严伟诡异地笑了笑，但随即笑容渐渐收敛，露出了深深的憎恶之色，"直接下手也太便宜他们了，我要让他们死前不断陷入恐慌，也尝尝郑叔当时所受的惊吓！”

叶喻没有说话，因为他知道接下来眼前这个男人会将一切托盘而出。正如许严伟自己所说，独自完成了这么大的复仇行动，孤独的他需要观众，需要有一个人来听他的倾诉、他的心得，就犹如炫耀一件满意的作品一般，而对他来说，这件作品就是他的杀人计划。

果不其然，许严伟很快便开始对他的谋杀大计侃侃而谈。

“钱允能的死你们猜得很正确，那的确是我在电闸附近设下的陷阱，而且也已经试验了好几次，因为我知道每次雷雨周浩总会指派钱允能去修。然后这次，终于成功了！”许严伟一脸兴奋。

“那么陈涛呢？你是怎么杀死他的？”

“哈哈哈哈，借刀杀人，你听说过吗？杀掉陈涛根本不需要我亲自动手！”许严伟大笑，似乎为自己的小聪明洋洋自得，“我早就知道周浩有把柄落在陈涛手里，而周浩也早已对陈涛起了杀心，我只不过在周浩的记忆里加了点料，把这股杀心无限放大罢了！”

“可即便周浩对陈涛有杀心，也不一定会真的下手啊？”叶喻质疑道。

“要是在平时，周浩可能真会有所顾虑，但在这种恐慌的氛围下，再加上暗地里那个‘凶手’的存在，他行动的可能便会大大提升。只要按照预告信中的死法解决掉陈涛，就可以轻而易举地将嫌疑推给那个不存在的凶手，我很清楚周浩这种人，他绝对不会放过这么好的机会的。而且，事实上他不也的确这么做了吗？”

“你亲眼看到周浩杀人了？”

“没错，我看到了，就在这幢别墅的暗道里。”许严伟冷哼一声，“为了确认计划是否执行顺利，我跟踪了周浩，并亲眼看到他将陈涛骗入暗道杀害。那个周浩果然没有辜负我的希望啊，呵呵呵……”

叶喻想了想，忽然记起当时陈涛半夜在花园的奇怪举动。如果说陈涛后来的确进入了暗道，那么难道花园里面也有一个里建筑的出入口？

不过比起这个，叶喻更关心的是另一个问题：“照你这么说，其实周浩也清楚这幢房子里有密室？”

“哼，他不但清楚，还从里面偷走了属于郑叔的东西！”许严伟说着，顺手从衣袋中取出了一只红宝石手镯，在叶喻面前一晃而过。

“这是！”叶喻瞳孔骤然收缩，即便是惊鸿一瞥，宝石上的五彩光泽还是让他的心脏猛烈狂跳，这东西……怎么那么像血钥石？

“既然你知道血钥石的秘密，那么想必你应该清楚这只手镯的价值。”还没等叶喻细看，许严伟便生怕别被人夺走宝贝似的，小心地把手镯收好，“周浩这蠢货竟然想擅自据为己有，实在是贪婪之极！不过他也正因为这份贪欲，把自己生生推向了死路！”

“所以你就把周浩从阳台上推了下来？”叶喻冷冷地说道。

“把他推下来？哈哈哈，哪有那么简单，你也太小看我的计划了。”许严伟像是听到了什么可笑的事情一般，眼神中不无嘲讽，“我说过，周浩是亲手葬送了自己，可以说他是自己寻死。”

“你的意思是……他是自己跑上阳台自己摔下去的？这不合逻辑啊！他为什么要这么做？”叶喻对这种解释完全无法理解。

“你还不明白吗？从头到尾周浩都是这出复仇大剧的提线木偶，而我，就是那个提线的人！周浩恐怕连自己都不知道，他的一举一动其实都在那个被他最为轻视的新人，也就是我的掌控之中！”许严伟神情激动，面目愈发扭曲。

“我从周浩房中拿走了他偷藏的手镯，同时找了个机会修改了他的记忆，让他以为东西掉在了阳台护栏下的石阶上。当然，那个位置的护栏我早就做过手脚，只要稍微一靠便会散架，而他也的确中了我设的陷阱，只是没想到的是他临死前还垂死挣扎了一番，搞得我也只能稍稍出手送了他一程。”

叶喻想起周浩手背上的刀伤，看来这便是许严伟的“杰作”。

“话说回来，周浩还真是一枚称手的棋子呢，多亏了他的凶残和贪婪，才使得这场复仇大戏演得那么顺利，哈哈哈哈……”许严伟仰头狂笑，随后又似乎想起了什么似的，突然神经质般地看向叶喻，“对了，你先前不是在问我把游勇怎么了吗？放心，我不会杀他的，我需要一个替罪羊，一个可以把这一切都担下来的‘幕后凶手’，这个人选就是游勇！而我作为谋杀计划的幸存者，便可以全身而退！”

“游勇会承认他没做过的事？”

“现在不会，但很快就会了，通过这个！”许严伟冷笑着扬了扬手中的血钥之戒，“至于你，我本来是打算放过的，可惜啊，谁让你看到了不该看到的事。”

“‘不该看到的事’……难道是那两具骷髅？！”叶喻死死盯着许严伟，终于问出了他心中困惑已久的问题：

“八年前，这里到底发生了什么？”

» 第二十七章　往事

“事情搞定了，只要到那边后把钥匙给对方，钱就会汇到我们账上。”

一个低沉的、年轻男子的声音。

“太好了亲爱的，这些钱够我们花几辈子了！至于那个臭老头……呵呵，他恐怕到死都不会发现真相，哈哈哈哈……”

一个娇媚的、年轻女子的声音，带着轻蔑与些许兴奋。

“所有一切我都准备好了，趁着那个老头不在，我们今晚就走，到了国外谁也找不到我们……嗯？谁在那里！”

……

“不……别过来……”许严伟眼中闪过一丝迷乱，突然轻声自言自语起来。

“啊——！！”

女人的尖叫声交叠着惊恐的面庞，从心底深处倾泻而出，零碎的记忆碎片由模糊到清晰，最终拼凑成了一幅血色画面。

“他……他死了！你杀了他，来人啊！！”

“不，别喊，住口！”许严伟的身体也不由自主颤抖着，脸上浮现出痛苦之色，像是回忆起了一些极其不愿想起的片段一般。

叶喻看着许严伟的神色，没有说话，他没料到自己的问题竟然会引起对方这种反应，但这对自己也是个机会。

趁着对方走神的时候，他小心地往侧边挪了一步，不动声色地往身后瞥了一眼，积满灰尘的防尘布下似乎堆积着几件大型杂物，足有一人高，不知具体是什么东西。而在杂物堆后不远处有一扇木门，叶喻先前从暗门进来时就已发现，只是此时他突然察觉原本紧闭的木门竟然幽幽地开了道缝。

咦？这门什么时候开的？

正当叶喻暗自思考着逃脱路线时，许严伟却猛地从回忆中缓过神来，目光直直扫向叶喻，眼神重新恢复了先前的阴冷。

“哼，既然知道‘八年前’这个时间点，想必你已经确信这两具骷髅的身份了。”许严伟正了正手里的枪，冷笑道，“你猜得很对，石室里的这两人，确实便是八年前失踪的那个贱女人和她的情夫。”

面对着眼前黑洞洞的枪口，叶喻暂时停下了小动作，他淡定地回视着许严伟：“他们的死和你有关？不过如果我没猜错的话，八年前你还只是个十二岁左右的小孩。”

许严伟与叶喻沉默地对视着，不知道在想什么。片刻之后他终于缓缓开了口，翻开了那些陈年往事。

“十年前，也是在一个暴雨天，郑叔在路边救起了快要死掉的我。那时我看上去才十岁左右，却没有十岁以前的记忆，我不知道自己从哪里来，要去哪里，也不记得自己的家人在哪儿，唯一知道的，就是我从一个地方逃了出来……”许严伟木然地阐述着。

“至于是哪里我也已经不记得了，我只知道那地方非常可怕，很多和我一样的孩子都被杀了，当时满脑子只有一个念头——逃！不然就是死。”

叶喻震惊地看着许严伟，不知该不该选择相信他的话，但还是继续听了下去。

“在随后的两年时间里，我一直陪着郑叔住在这幢房子里。”说起郑邱，许严伟的眼神明显变得柔和了许多，“郑叔是个很善良、也很孤独的人，虽然人们都说在大夫人去世后他的性情变得很古怪，他的子女和仆人都有些怕他，但他对我却是非常好，如同亲生儿子一般，不但教我识字念书，还教我画画——屋子里的那些壁画都是他和大夫人的作品。那段时光可以说是我这辈子最幸福的日子，直到——”

许严伟顿了一下，目光突然变了，先前眼中仅存的一丝温柔瞬间被浓厚的憎恨所取代。

“直到那个女人突然出现，不知用了什么手段迷惑了郑叔，硬要将她娶进门，甚至不惜和子女闹翻。原本郑叔的家事我一个外人并不想干涉，毕竟能够留下来我已经非常感激了，可那女人对郑叔一点都不好，还总是打骂我。更可恶的是，她和她的情夫竟然背着郑叔打他财产的主意！”

“你是怎么发现的？”叶喻问道。

“八年前的那天晚上，郑叔正好出门办事，我就一个人留在暗道的一间房内画画，突然听到外面有个陌生男人在说话，我一时好奇，就悄悄跑出去看了下，正好撞见那女人和一个没见过的男的在密谋着什么。”许严伟努力平复着情绪，“我当时不知所措，想去告诉郑叔，却不小心弄出了声响，被他们逮了个正着，他们以为我听到了他们的谈话，就要把我灭口，我只好拼命地逃。”

“那后来？”

“后来……就出事了。”许严伟眼神有些放空，似乎回到了当年的那个夜晚，“我被那个男人追上且扑倒在地，那人掐着我的脖子，想要把我勒死……而就在我快要不行了的时候，那个男人的手却突然松了开来，血像瀑布一样从他的脑袋上喷出，直直倒了下来，我这个时候才发现郑叔不知什么时候出现在了那个男人的身后，手里还拿着一个滴血的金属灯座。”

“郑邱回来了？杀了那个男人？”叶喻震惊不已。

“郑叔是为了救我！”许严伟吼道，“但那个贱女人却吓傻了，竟然想要叫人报警，郑叔救了我两次，我又怎么可以让他去坐牢？所以……我就把她推下去了。”

“推下去？推去哪儿？”叶喻刚冒出疑问，突然又想到了些什么。“难道……是那里？”

“没错，那个地下石室。”许严伟惨然一笑。“在之前逃命的时候我无意间触发了机关，而那个女人的脚边正好就是那个石室的洞口，所以我想都没想就冲过去了……她摔下去后就没了声音。”

“那之后你们把那个男人的尸体也扔进去了？”

“这是最好的处置方式，很少人知道这幢房子的构造，更不可能知道暗室里的秘密，而且像他们这种人渣，在这种阴冷的地方慢慢腐烂才适合他们。”许严伟的脸上写满不屑，但随即却隐隐有些哀伤，“不过……在那件事后，郑叔因为怕我受到牵连，最终还是把我托付给了朋友照顾，自己独自一个在这幢房子里守着这个秘密，直到……被你发现。”

原来如此，难怪之前自己提到石室时许严伟那么紧张。叶喻暗想。

“还是那句话，我原本真的打算给你留条活路的，但谁让你发现了那两具尸体。”许严伟漠然地瞧着叶喻，“郑叔虽然已经去了，但我不允许在他死后还被扣上杀人犯的帽子，毕竟他当初也是为了救我。”

“呵，他当时肯定没有想到自己救了一个恶魔。”叶喻冷冷地注视着对方。“要是郑邱知道你杀了那么多人，恐怕他也不会安息。”

“那些人都是死有余辜！！”许严伟情绪激动地大声辩驳，“我只是替天行道！用我的方式制裁那些法律无法问责的渣滓！我是正义的！”

“‘正义’，呵呵，请不要侮辱这个词。”叶喻正色道，“就算周浩等人当初对郑邱做了不可原谅的事，那么我呢？游勇呢？梁云霄呢？我们可是完全无辜的人，既然你自诩正义，那为何现在却要杀我灭口？你只是一个杀了人又想要逃脱法律制裁的懦夫而已。”

“闭嘴！！”许严伟双眼爬满血丝，脸色狰狞，手上的枪微微颤抖着，“你要是乖乖被洗脑我也不会杀你了！这只能怪你运气不好！我没有错，没错！！”

看着眼前渐渐陷入癫狂的男子，不知为何，叶喻脑海中突然划过先前梁云霄说的那句话——“所谓恶灵附身，只不过是人被负能量吞噬心智的结果罢了。”

周浩被贪欲所侵蚀，沦为杀人工具，最终走向了覆灭；而面前这个许严伟却被深深的仇恨蒙蔽了双眼，理智尽失，甚至滥用血钥石。许严伟最后的结局已经显而易见，他的崩溃也只是时间问题。而叶喻现在需要想办法的，是如何在这之前保全自己，从枪口下逃出生天。

“好，好，你没错，是我运气不好。”叶喻缓和了话语，轻声安抚着对方，同时垂下一只手，装作不经意地摸了一下倚靠在身后的杂物堆。防尘布下，冰冷而又坚硬的金属感划过指尖，里面似乎是个冰柜，叶喻随即心中有了主意。

“其实……我先前对你说了谎。”叶喻小心地观察者许严伟的脸色，慢慢说道，“知道我为什么先前那么确信石室里的两具骷髅是肖莹莹他们吗？因为我在他们身上发现了一些东西，说不定和你的郑叔有些关联。”

“是什么？拿出来！”许严伟一听，脸上露出了急切的神色，“快点，别给我耍花样！”

“不会不会，我这就拿给你。”叶喻盯着许严伟，顺势伸手摸向腰间，而就在下一刻，叶喻猛地抓起身后的防尘布劈头盖脸地往许严伟面门扔去！

许严伟反应不及，顿时被漫天灰尘迷了眼，只能条件反射地往前方胡乱开枪。

“砰砰——！”

子弹撞在了某个金属物体上，四处弹射，而此时的叶喻却是身形一动，俯身绕到杂物堆后，往后方的房门狂奔而去！

许严伟一把抓下了蒙在脸上的防尘布，不停咳嗽着，却发现房中已空无一人，只有眼前的木门正来回摇摆着。而在地板上，却有点点殷红血迹，穿过木门，一路延伸到房外。

“哼，你这是在作死。”许严伟看着地上滴落的鲜血，冷笑着追击而去。

» 第二十八章　地狱门

叶喻拖着淌血的大腿，一瘸一拐地在曲折的暗道中左逃右窜。

唉，阴沟里翻船啊！叶喻心中懊恼着。

他料到了能做掩护的冰柜，却没料到四处弹射的子弹，虽然没伤到筋骨，但还是给他的行动带来了不便。

然而此刻的叶喻也顾不上那么多了，事实上他已在这幢复杂无比的“里建筑”里迷了路，他不知道自己正逃向哪里，也不知道哪里才是离开这幢别墅的出口，他只知道身后有一只杀红了眼的恶魔正在步步紧逼，哪怕仅仅稍一停留，自己便会万劫不复。

腿上的剧痛折磨着叶喻的神经，伤口在奔跑中反复撕扯，每走一步便是钻心的疼。可即便如此拼命地逃跑，身后的脚步还是声由远及近，渐渐清晰。叶喻心中愈发着急，原本淡去的血红之色再次在他的眼中弥漫开来，一股焦虑掺杂着隐隐怒火在他心中缓缓升腾，他恨把他无辜拖进这场复仇漩涡的许严伟，但更恨每次都只能逃命无能为力的自己，而就在此时，突然一颗子弹在自己的不远处爆开。

他追上来了！！

叶喻慌了，抬头看到通道前方似乎有扇门，便拼命冲上前一推！幸运的是门并没有锁，叶喻顺利地躲了进去，但不幸的是由于重心不稳，叶喻一个踉跄，直接摔了个狗啃屎，面朝下重重压在了一个黑布笼罩的物体上。

一股刺鼻的焦煳臭味直冲鼻息，简直令人作呕，叶喻忙不迭爬起身，却看见被扯开的黑布下，一张焦黑的死人脸正直直对着他，没有焦点的瞳孔浑浊不堪，叶喻刚才趴上的，正是先前神秘消失的钱允能的尸首！

“哇——”叶喻终于忍不住扶墙干呕起来，然而他还没吐完，却冷不丁地瞥见了墙上挂着的东西——只见幽暗的灯光下，油画中的郑邱正幽幽地看着自己，眼中有怜悯，更有凄凉。

此时的叶喻已经不知该做什么反应了，身体上的痛苦以及精神上的一连串折磨已经让他有点麻木，他心里清楚，这是崩溃的前兆。

只是残酷的现实从来不会因为叶喻的精神状态，而给予其任何喘息的机会。

“嘭——！”

房门被人一脚踹开，一个杀气腾腾的身影冲了进来，来人正是许严伟。

“哼，你以为你还逃得掉吗！”许严伟环视着凌乱的房间，并没有看见叶喻的影子，显然对方是藏了起来。

“说起来，你区区一个小记者，不但知道血钥石的秘密，竟然还能免疫它的干预。你究竟是什么人？”许严伟刻意扯着话题，心中却在默数枪中剩余的子弹数量，同时视线也警惕地在房中来回扫视。

周围一片寂静，宽敞的房间到处是杂物，倒也是个利于躲藏的地方；钱允能的尸体静静躺在墙脚下，墙面上的郑邱依旧在默默注视着这一切。许严伟的目光掠过郑邱画像，但却又立即不自然地低头移开了视线，而就在这时他突然发现地面上隐约有几滴血迹，从自己所在的位置一直延伸到前方一只储物柜后面。

许严伟死死盯着储物柜，轻手轻脚地靠了过去，手里紧紧握着那支上了膛的手枪——如今的子弹只剩下两发，这也是他最后的筹码。

沉默了两秒后，许严伟突然深吸了口气，眼神一凌，猛地上前踢倒了储物柜！然而还没等他看清情况，眼前却突然一黑，一张黑布毫无征兆地从侧边蒙上了他的脑袋。

“见鬼，又来这招！”许严伟抬手就往旁边开了一枪，耳边响起了子弹击中墙壁的声音，与此同时他只觉腰间一紧，身体顺势被人扑倒在地，握着枪支的那只手竟然被死死掐住，对方的意图显而易见。

“放开我！！”扯开了黑布的许严伟瞪着眼前的叶喻，厉声嘶吼着。

此刻的叶喻双目赤红，腿上的伤口在缠斗中鲜血淋漓，他已经疼得话都说不出了，眼前的视线也渐渐模糊，如果不是有胸中那股莫名的灼热能量支撑，他恐怕早就昏过去了，现在的他满脑子只有夺枪一个念头，这也是他为了活下去的唯一选择。

许严伟完全没有料到受伤的叶喻竟然能爆发出如此强大的力量，他一边拼命抓着手枪，一边挥拳朝叶喻的脸打去：“混蛋！放手！！放手！！！”

两人在地上翻滚扭打着，叶喻面色惨白，嘴角流血，即便冷汗已经布满了额头但依然紧抓着许严伟的手腕不肯松，他的半边裤子已经被鲜血所浸润，而此时的许严伟也终于发现了叶喻腿上的伤口，于是立即火上浇油一般往其伤口上狠狠一扭。

“啊啊——！！”

剧痛下的叶喻神志一阵恍惚，手里也没了力道，许严伟趁此机会抬起枪托就往叶喻脑袋上狠敲一记，叶喻应声瘫倒在地，顿时血流满面。

许严伟爬起身，样子十分狼狈，然而眼神中却是难以掩饰的凶狠。

“还想夺枪？我让你夺！让你夺！！”仿佛不解恨似的，发狂的许严伟对着蜷缩在地的叶喻就是一阵拳打脚踢。

叶喻按着血流不止的右腿，已经站不起来了，恍惚间他似乎瞥到了什么东西在房门口一晃而过，而许严伟好像浑然不觉。叶喻眯起眼，心中有了计较。

“呼……呼……让你活了那么久真是够了。”发泄完毕的许严伟喘着气站起身，冷笑着举起手枪，指着叶喻的脑袋，“现在，你可以去死了。”

“在你的郑叔面前杀人真的好吗？”血泊中的男人缓缓抬起头，青紫的面庞十分凄惨，但眼神却是透着坚定与淡然，“看看吧，你的郑叔正盯着你呢。”

许严伟一愣，抬头看向面前的墙壁，却见画像上的郑邱正哀伤地注视着自己。

“郑邱虽然死了，但他的灵魂还在……就在那些画中。”叶喻挣扎地撑起身体，“你的一举一动，他都在周围看着呢，看着你把他的这幢别墅弄得血雨腥风！你说郑邱是个善良的人，而现在……你又将在他面前杀死一个无辜的人，你说，他该对你有多失望！”

叶喻的话语仿佛如魔咒一般，将许严伟心中的记忆暗盒瞬间打开，蜂拥而出的往日记忆片段强烈冲击着许严伟本已摇摇欲坠的神经。他定定地看着面前的画像，突然发现画中郑邱的脸竟然有了变化，神色中的哀伤愈发浓重，紧接着，两行泪水沿着郑邱的眼眶潸然而下，而这泪水的颜色却有如鲜血般殷红。

“这……这画竟然……”许严伟瞪大了双眼，就在他走神之际，一把老虎钳从空中呼啸飞来，一把将其手中的手枪打落在地！而在下一秒叶喻便使出最后的力气，抄起手边的一块砖头就往许严伟脑袋扔去。

“啪——!”

砖块在许严伟头上迸裂，后者躲闪不及，应声倒地，顿时昏了过去。

叶喻挣扎地扑上前将地上的手枪拾起，随后无力地坐在了地上，转头看了眼郑邱的肖像。

画中的郑邱一如既往，毫无变化。

“郑邱啊郑邱……多亏了你啊！”叶喻轻声呢喃道。

“与其感谢一幅画还不如谢我，刚才要不是我出手你制得了他吗？”

熟悉的男声响起，只见一个修长的身影倚靠在门框，正是先前失踪已久的梁云霄。

“哼，你还有脸说！”叶喻转头往一旁啐了口血，面色写满怨念，“你其实早就在了不是吗？现在才出手，看着我被打你很开心吗？”

“哎呀，竟然被你发现了。”梁云霄嬉皮笑脸地观察着鼻青脸肿的叶喻，完全没有内疚感，“我只是想看看叶大记者是不是能在危急关头爆发出什么本事，难得灵魂力那么强大。”

说话间，梁云霄的目光移向了叶喻满是鲜血的右腿，随即收起了笑容，皱着眉头往衣服上撕了块布条，开始给叶喻包扎止血。

“啧啧，亏你人高马大，竟然被一个豆芽菜样的许严伟伤到这种地步，中看不中用啊。”梁云霄口无遮拦地嘲讽着，“话说回来，你眼睛充血得好厉害哦，那小子下手那么重？”

“眼睛？”叶喻掏出手机，用摄像头一照，吓得差点把手机摔了。屏幕中的自己双目血红宛如修罗，配上青紫浮肿的脸蛋，样子要多狰狞有多狰狞。

叶喻倒吸一口凉气，连忙收起手机。脸上青紫姑且不论，他的直觉告诉自己，眼睛变成这样恐怕和自己胸中的那股灼热的能量有关，难道是因为自己的体质？

“你怎么了？吓傻啦？”

止血完毕的梁云霄伸手在叶喻面前挥了挥，叶喻回过神来，也不敢细想，只好随便敷衍了几句。

“我们赶紧离开这里，然后报警吧。”说着，叶喻搀着梁云霄艰难地站起，正好瞥见不远处的钱允能尸体。

“钱允能的尸体果然在这里，还有那幅肖像……看来你先前的推断没错，这面墙是道暗门，墙对面应该就是一楼大厅。只是我们得先找出开门的机关。”

“你觉得你们有时间找到机关吗？”冰冷的话语毫无征兆地从两人身后响起，只见许严伟不知什么时候已经苏醒，手上捏着一个微型控制装备。与此同时，一股刺鼻的气味瞬间从四面八方弥漫开来。

“呵呵呵呵，‘无人救赎’……你们逃不掉了。”许严伟神情涣散，诡异地笑着。

“陪我一起下地狱吧！”

» 第二十九章　业火之中

“是瓦斯！！”叶喻瞬间意识到了什么，连忙掩住鼻息。而梁云霄也是反应神速，只见他眼中厉光一闪，上前一把揪住了瘫坐在地上的许严伟，大声呵斥道：“快给我关掉！”

“呵呵呵呵，逃不掉的，你们逃不掉的……”许严伟神色呆滞地重复着同样的话语，对梁云霄的警告充耳不闻，此人的神志俨然已经崩溃，即便再问也是徒劳。

叶喻赶紧上前夺过许严伟手中的控制器，却发现上面只有一个按钮，不知道要如何关闭，叶喻不敢擅动，只能干着急。

周围空气中的瓦斯气味越来越浓烈，情况已不容许两人再有拖沓。梁云霄撇嘴“啧”了一声，随即果断决定扔下喃喃自语的许严伟，转身拎起叶喻就往外冲。

“我们就不管他了吗？他会死的。”叶喻看着地上的许严伟，似乎有些犹豫。

“这种时候还是管好你自己吧！我没力气再拖一个累赘。”梁云霄说完便不再废话，直接架着受伤的叶喻奔出了房门。

叶喻没有坚持，在自己性命都难保的关头，他也不想做什么圣人，况且这一切都是那个人的咎由自取。

暗道中充斥着刺鼻的气息，不知许严伟事先在这里做了什么手脚，只感觉源源不断的瓦斯气体正从四面八方萦绕而来，照这样下去，恐怕不消片刻整幢房子将被炸为平地，两人性命已危在旦夕。

“我们现在怎么走？”叶喻看着前方迷宫般的暗道焦急万分。

“跟着我就是了。”梁云霄边走边左顾右盼，脚下丝毫没有停歇。

“不回我们当初进来的入口吗？”叶喻问道。

“我先前看过，那个入口已经被封死了，而且现在上去也来不及。”梁云霄说着突然停了下来，在走过多个曲道后，出现在两人面前的，赫然是一个岔道。

“走哪边？”

“不知道。”梁云霄看着岔路摇了摇头，“我刚才只来得及探到这里，不过按照房屋的构造，我确定这两条道中的一个必定通往外部出口。”

叶喻瞪大了眼睛看着面前那两条方向完全相反的岔路，现在的处境已经不允许他们再随意做尝试，也就是说要是选错，就是死路一条。

“没时间了，要不我们赌一把如何？”梁云霄掏出一枚硬币，“正面走左边，背面走右边，看老天的意思了。”

“等等等等！让我想想……”在这种危急关头，叶喻头脑反而意外地冷静了下来，此时的他脑海中瞬间掠过了几个小时前陈涛在花园中的举动。

“本已身处花园的陈涛突然出现在了别墅内，门窗也没有闯入的痕迹，因此他只可能是通过花园中的暗道进入里建筑的，也就是说花园内有个出入口……”叶喻眉头紧锁，轻声自语着。

“一楼大厅中挂着画像的那堵墙面对正门，而正门外便是花园，如果那堵墙的确是个旋转暗门，那也就是说我们刚才和许严伟所在的那间房间中，挂有郑邱肖像的那面墙的方向便是花园的方向。”

梁云霄静静地倾听着叶喻的分析，没有打断他的话。

“刚才逃跑时我们没有上下楼，所以我们目前与花园那个出入口是在同一平面上，只要我们确认现在所在的位置，同时以挂有郑邱肖像的那面墙为标志位，结合当时陈涛在花园中前往的方向，说不定就能确认要走哪边的岔路，从而找到那个出口！”叶喻兴奋地看着梁云霄，但随后又突然想到了什么，顿时沮丧了起来。

“只是……刚才实在拐了太多弯，我已经搞不清我们现在的位置了。你记得来时的路吗？”

“你只要告诉我，当时陈涛在花园里前往的方向就可以了。”梁云霄淡然一笑，神色没有丝毫惊慌。

“我记得他当时……”叶喻闭上双眼，努力回想起雨夜中那个鬼鬼祟祟钻入花丛的身影。

“西北角……对，是西北角！”叶喻猛然睁开眼睛，“从正门方向看，他去的是花园西北的一团花丛那里！”

“西北方向吗？”梁云霄低头略一思索，随后便果断架起叶喻冲入了右侧岔道。

“那么快就确定了！你真的没搞错吗？”周围的瓦斯气味愈发浓烈，叶喻捂着鼻子，心中甚是焦急。

“我的方向感可比你好多了，只要你记的那个方向正确，那就绝对没错。”梁云霄嬉笑着说道，“当然，要是你记错了，大不了我们一块死呗。”

“你能不能说点好话！”话没说完，叶喻突然听见一声剧烈的爆响从顶上传来，暗道剧烈震动了起来，而与此同时，他明显感到身边的空气温度陡然提升。

两人对视了一眼，顿时大感不妙。

“我靠，开炸了！你这乌鸦嘴！！”叶喻此刻也顾不上腿上的剧痛，与梁云霄一起拼命狂奔了起来。

许严伟依然神情呆滞地瘫坐在地上，周围熊熊燃起的烈火将他原本苍白的脸庞映得通红。他靠在墙上，无神的双眼直直地盯着面前那幅郑邱肖像，口中念念有词：“郑叔，我替你报仇了！你开不开心？你说话啊，说话啊！”

暗门静静地开启，一个人影走到了许严伟面前，截断了他的视线。

“啧啧，真是可怜啊，怎么搞成了这个样子。”人影蹲了下来，伸出一只手在许严伟的脑袋上轻抚着。

许严伟抬起头，呆呆地看着眼前这位名叫游勇的男子，似乎无法理解为何这名男子发出的却是女人的声音。

“这场复仇大戏很精彩，辛苦了。”“游勇”冷笑着开了口，声音却如女性般娇媚无比，这让他整个人显得十分诡异，“谢谢你给了我们那么好的数据，不过既然演出已经结束，我想你也应该退场了。”

“游勇”的手顺着许严伟的头部延伸而下，在颈部稍作停留之后抽回了手。

许严伟张了张嘴，似乎刚想要说些什么，随后突然间，便一动不动了。

残留的神采在许严伟眼中渐渐褪去，微睁的双眸已经没有任何焦点，他的灵魂仿佛也随着这燃烧的业火，最终消失殆尽。

“游勇”抓起许严伟的手，将其食指上的血钥之戒摘了下来，随后又伸手取出许严伟衣袋中的红宝石手镯。

“唉，最后还是要我来出手，不过所幸这次的行动还算顺利。”“游勇”起身俯视着已无气息的许严伟，扬了扬手中的红宝石手镯，“谢谢你，东西我就带走咯。”

说完“游勇”便身形一动，消失得无影无踪。

爆炸接连响起，蔓延的烈火将许严伟的尸体重重包围，在爆裂声中，他半睁的眼睛无神地对着前方郑邱画像，而油画中郑邱那哀伤的双眸，也在灼灼烈火中渐渐融化、滴落……仿佛两道悲悯的眼泪，祭奠着这场血色之夜。

“呼……呼……”

叶喻气喘吁吁地搭着梁云霄，在漆黑的暗道里一路狂奔，右侧大腿已经疼得快没有感觉了，剧烈震动的暗道随时有塌方的危险，而此时的两人除了逃跑已别无选择。

“怎么还没到，你真的没选错吗？”叶喻听着后方此起彼伏的爆炸声，不由冷汗涟涟。

“有力气抱怨还不如快点跑，啰唆什么！”梁云霄毫不客气地把叶喻的话堵了回去，同时敏捷地避开了不断落下的碎石。

身边的温度越来越高，而周围的刺鼻气味却丝毫未减，爆炸恐怕已是分秒间的事。正当两人命悬一线之际，前方突然出现了一缕微弱的光亮。

“是……是出口！！”叶喻指着不远处一扇开启的铁门兴奋地大吼着，晨曦的微光伴随着阵阵凉风从门后传来，这不是出口又是什么？！

两人顿时振奋了起来，立即快马加鞭地狂奔而去，但就在这时，伴随着身后一声巨响，一股灼热的气浪瞬间把两人掀起，重重地拍在了地上。

“靠，这次的任务也太背了……”梁云霄满脸不爽地爬起身，随手抹了把额头的血迹，连忙看向一旁的叶喻，却发现对方被摔得有些发懵，站都站不起来了。

“你……别管我了，咳咳……快走……”叶喻满脸是血，趴在地上不断咳嗽着，他实在是没有力气走了，刚才那一下似乎伤到了内脏。

在近在咫尺的逃生出口前倒下是最痛苦的，但即便如此叶喻也不希望因为自己的拖累而让梁云霄陪着送死，即便不甘心……非常不甘心，他也决不允许自己那么自私。

然而还没等叶喻再次开口，他便忽然觉得自己身体一轻，耳边响起了梁云霄那充满调侃又无奈的声音：“我本来也不想管你，谁让你不能死呢？”

“你刚才说什么？”叶喻的视线渐渐模糊，爆炸后的耳鸣让他头痛欲裂，他感觉梁云霄的声音开始变得遥远而缥缈。

“我说，你欠我一条命。”

没等叶喻有所反应，爆炸声再一次响起，叶喻眼睛一黑，彻底失去了意识。

» 第三十章　未解的疑团

“叶记者，叶记者？”

嗯？是谁？

叶喻努力睁开眼睛，模糊的视线渐渐聚焦，眼前出现了一个苍白瘦小的男子。

“叶记者你怎么睡着了，太累了吗？”男子看着叶喻，关切地问道。

“你……你是……”叶喻坐起身，发现自己正躺在一个皮沙发上，周围似乎有好几个人在忙碌着，金色的夕阳透过干净的窗户洒进房间，为眼前的一切笼罩上了层朦胧的淡黄。

“许严伟你这小子磨磨蹭蹭干啥呢？还不快滚过来帮忙！”周浩在不远处大吼，男子身体一抖，连忙哆哆嗦嗦地跑了过去，接过了周浩扔给他的杂物。

“你们这是？”叶喻一头雾水，完全不知该做何反应。

“这地方不干净，所以周队还是决定让我们赶紧搬出去，刚才您采访的时候不是告诉过您了吗？”身后传来了一个男人的声音，叶喻转头一看，发现陈涛不知何时站在了自己身后。

搬家？采访？

正当叶喻有些发愣时，只听另一个浑厚粗犷的声音从身边响起：“陈副队，我们也赶紧去帮忙吧，不然那么多东西天黑前搬不完。”钱允能抱着一个箱子从叶喻身边走过，转过头对陈涛示意了下。

“好，我就去。叶记者，您如果有空的话也帮下忙吧。”陈涛对叶喻关照了句，便绕过沙发和钱允能一起搬东西去了。

“哦，好的，我也来帮忙。”叶喻站起身，心里隐隐觉得有些不对劲，但却又说不出哪里怪异，他看着房间里来回走动的四人，恍惚中觉得他们虽然在自己眼前，却又好像离自己很远……

“砰——！”房门被猛地撞了开来，一个冒冒失失的人影闯进了房间。

“周队，不好啦！！”只见游勇惊慌失措地冲了进来，对着周浩大喊大叫。

“你小子吼什么吼！急着投胎啊！”周浩两眼一瞪，恼怒地斥责道。

“周队，真的不好了！我们的车……我们的车被人做了手脚，开不了了！”

游勇双手抱着脑袋，满脸惊恐，“我们逃不掉了，逃不掉了！！我们都得死在这儿！！”

“这到底是怎么回事？”叶喻刚走上前询问，却忽然察觉到一股焦煳的臭气从身后飘来，他转过头，顿时汗毛直竖！只见一具焦黑高大的尸体正直挺挺地立在自己身后，而这尸体，正是刚才和自己照过面的钱允能！

“没错，我们逃不掉了……”钱允能瞪着浑浊的眼睛，声音嘶哑难辨。叶喻霎时惊恐万状，连连后退，却突然感觉自己撞到了什么人身上。

“啪嗒”一声，一滴黏稠的液体滴落在自己手臂上，叶喻低头一看，鲜红的血液混杂着白色糊状物体，叶喻脑中顿时“嗡”地炸开了，他心中似乎意识到了自己身后是个什么东西。

叶喻颤抖着转过身，看到了一只几乎裂开大半的脑袋。面前的陈涛咧开嘴无声地笑着，白色的脑浆混着汩汩鲜血从他头顶上的豁口流淌而下，使得他看上去无比狰狞。

“啊啊啊——！”

叶喻大喊着推开了陈涛，想逃离这间房间，却发现任凭自己如何挣扎，都挪不开半步。就在这时，两只黏糊糊的手猛地搭上了他的肩膀，耳边响起了混沌不清的咕哝声，像被什么东西堵住了喉咙似的：“咕……逃……咕……”

叶喻大脑已经一片空白，他不再喊叫，只是木然地转过头，看着眼前那具不成人形的身躯诡异地抽搐着，摇摇欲坠的眼珠直直转向自己，像是在诉说些什么……眼前的这个血人他认得，正是队长周浩。

“哈哈哈哈，你们一个都逃不掉，所有人，所有人都要陪我下地狱！！”伴随着疯狂的吼声，房间四周突然窜起熊熊烈火，升腾的热浪让不远处的许严伟面庞不断扭曲，只见他仰天狂笑着，鲜红的火光将四周染上了一片血色。

“放开我！！让我出去！！”叶喻奋力推开围绕着自己的尸体，然而脚上却像被灌了铅似的，依然无法挪动半寸，就在他焦急万分之时，突然一只戴着骷髅戒指的手猛地抓住了叶喻的手臂，将其一把拖出了包围圈，带着他夺路而逃。

“是你，梁云霄！你还活着！”叶喻看着眼前拉着自己一路狂奔的黑衣男人，不由欣喜万分。

“有力气废话还不如快点跑！”梁云霄显然没心思回应叶喻的兴奋，头都不回地拖着叶喻在团团烈火中左右逃窜，终于两人奔逃至别墅一楼大厅，眼看就能逃出生天！

梁云霄抬脚踹开了别墅大门，将叶喻推了出去。叶喻一个踉跄跌倒在地，等到爬起身，却发现梁云霄矗立在大门内，默默地看着自己。

“你快出来！！这里要爆炸了，很危险啊！！”叶喻焦急地冲着梁云霄大喊，扑面而来的热浪让叶喻有些睁不开眼睛。在接连而起的爆炸声中，只听梁云霄轻声说了句话：“记住，你欠我一条命。”

说完，梁云霄决然转身，走回了别墅，烈火吞噬了他的背影，留下了在绝望中嘶吼的叶喻。

“梁云霄！！你快回来啊！！梁云霄——”

“梁云霄——！！”

叶喻猛然睁开眼睛，大喊着坐起身。

白色的被单，白色的墙面，手上的点滴，以及那股熟悉的消毒水味。叶喻喘着粗气，呆呆地看着眼前这片白色世界，一时没有回过神来。

“哟，你醒啦。”轻柔的女声在叶喻身边响起，一个小护士端着医药盘，走到了叶喻身边，“你流了不少血，不过幸运的是没有生命危险。”

叶喻沉默了会儿，突然深吸了口气，仿佛灵魂终于回归了体内。他想起来了，想起了之前经历的一切，同时也意识到了自己现在的处境——毫无疑问，他又入院了。

“护士小姐，你有没有看见梁……就是一个打扮挺时髦、穿着紧身T恤的年轻男人，他有没有和我一起被送进来？”叶喻焦急地扑上前抓住了小护士的衣襟，后者被他的举动吓了一大跳，连忙放下医药盘，连连摇头：

“没有，急救车送过来的人只有你一个。”

“什么？不可能……这……我……”叶喻顿时怅然若失，甚至有些语无伦次。

“你先别激动，小心伤口裂开。”小护士放下手中的医药盘，半推半哄地移开叶喻紧抓着自己衣襟的双手，让他靠回病床。“不过，我听说当时好像是有个男人报警帮你叫了救护车，但警方赶到时却只发现你一个人昏倒在地，于是就把你送来了这里。”

“那个男人……警方找到他了吗？”叶喻着急地追问道。

“没有，他好像是用你的手机报了警，然后就消失了，具体我也不清楚。”小护士边说边麻利地为叶喻换了药，完了起身再次端起了医药盘，“对了，稍后应该会有警官来问你话，毕竟……出了那么大的事。”

说完小护士意味深长地看了叶喻一眼，似乎是想问什么，但终究还是忍住了，在例行关照了一些注意事项后，她便匆匆离开了病房。

叶喻再次躺了下来，心中有种说不出的迷茫。他记得自己在昏迷前应该是和梁云霄在一起，既然自己得救了，那梁云霄理应没事，但现在对方却又不知所终，这到底是……

叶喻又想起了刚才那个梦，心中越发焦躁，而正当他坐立不安时，突然听到房门被人打开的声音，叶喻抬头一看，却只见一个熟悉的身影向自己飞扑而来。

“叶喻！你终于醒了！！”

标志性的娃娃脸，略显凌乱的头发，清澈黑亮的大眼睛里满是担忧，面前这个男人，正是自己的同事兼好兄弟——张小花。

“你没事吧？怎么脸肿得像猪头一样！被谁揍了？”小花神色复杂地看着鼻青脸肿的叶喻，刚伸手想要安抚对方，却又犹犹豫豫地缩了回去，叶喻甚至怀疑自己被嫌弃了。

“你脸色怎么那么难看？被揍傻了？”小花笑着嘲讽道，叶喻撇嘴白了他一眼，不满地嘟囔了句：“刚醒过来就被人说像猪，谁的脸色会好看？”

“哈哈哈，会生气说明真的没事。”小花终于长舒了一口气，拍了拍叶喻的肩膀，“今天早上听说你出事的时候真是吓死我了！我和王主任赶到这里时你还没醒，我们只能抓住外面的医生东问西问，幸亏得知你没有大碍，不然我们……”

“王主任也来了？”

“来过，不过后来知道你没事就先赶回公司了。”小花细心地帮叶喻垫上枕头，扶他坐起，“说起来，先前我在外面帮你办手续时，好像还见到一个人穿着黑色制服的男人来看过你，不过很快又走了，我没看清他的正脸。”

黑色制服？难道是……！叶喻不由一愣。

“唉，话说你作为记者回来后的第一个采访任务就遇到那么大的案子，该说你幸运还是不幸呢？”小花同情地看着叶喻，连连叹气，“一场大火里发现了五具焦尸，据说还在一个秘密地下石室里发现一堆碎骨，简直骇人听闻，而你又是目前唯一出现在现场的活人，我估计警方的一顿盘问是少不了的……”

“等等，五具焦尸？”叶喻心脏猛然狂跳，他突然捕捉到了一项关键信息。

周浩、钱允能、陈涛是确认死亡的，许严伟应该也已葬身火海，那么剩下的那具尸体，究竟是游勇，还是……梁云霄！

没等叶喻来得及追问，病房大门再次被人推了开来，这次走进来的却是几个身着警服的陌生人。

“你就是叶喻吗？”为首的一位中年警官不由分说地冲着叶喻开了口，“关于郑宅大火案，我们需要你的配合。”

» 第三十一章　危机暗涌

男子跷着二郎腿，惬意地靠在游乐园长椅上。

经过了一晚上暴雨的洗礼，如今这座城市的空气倒是难得的清新，下午的暖阳毫无障碍地透过蔚蓝的天空，洒向园内熙熙攘攘的人群。

来往的游客如走马灯一般，在男子脸上的蛤蟆镜表面映出一道道人影。男子轻抚着下巴，手指上的金属骷髅戒指在阳光下反射着点点光晕，只见他似笑非笑地歪头注视着热闹的四周，深邃的目光隐藏在墨镜之后，嘴角微微翘着，不知是看到了什么有趣的事物。

“又在进行所谓的‘人类观察’吗？”苍老的声音在耳边突兀地响起，一位拄着拐杖的老妪不知什么时候出现在了长椅上，端坐在男子身边。这位老妇人衣着干净整洁，戴着一顶精致的太阳帽，如雪的白发梳得一丝不苟，而她的面容却是极为普通，与身边这位男子比简直朴素得毫无特色。

“是啊，你不觉得非常有意思吗？”男子笑着回了一句，目光却没有从人群中移开。

老妪顺着男子凝视的方向瞥了一眼，只见两三个小孩牵着气球正互相追闹着，几对情侣卿卿我我地走过，一切都是再平常不过，实在不知道男子为何看得如此兴致勃勃。

“哼，无聊的恶趣味。”老妪轻轻哼了一声，似乎对此人的行为很是不屑。

“要说恶趣味的话我可比不上你呀。”男子终于收回了视线，微微偏过头打量了下身边的老妇人，“一会儿扮小伙，一会儿装老太，我看你是演戏演上瘾了。”

“呵呵，只要为了任务，扮成谁都无所谓。”老妪冷冷一笑，“况且即便我再恶趣味，之前不也把你骗过去了吗？”

“哈哈哈，我承认你演得不错，但要骗到我还差那么一点点。”男子嬉笑着伸出两根手指比画了下，引得老妇人飞来一个白眼。

“这么说来，你当时就已经发现我的存在了？”

“没错，知道为什么吗？”男子抽回了手，若无其事地将视线投向远方，

“整件事情进行得实在太顺利了，就好像有一只无形的手在左右事态发展一般，单凭许严伟一个人根本无法把控那么复杂的局面，况且……”

男子顿了顿，轻轻摇头：“以你亲力亲为的行事作风，是不会放任实验对象随心所欲，不加管控的。”

“单单就凭这点？”老妪嗤笑了一声。

“当然不止。”男子微微一笑，“即便再善于伪装，人的很多习惯和癖好却还是会在无意中展露出来，让我察觉你混入那群人之中的，便是你的洁癖。”

老妪面无表情地瞥了眼身旁的男子，没有说话。

“当时我来到许严伟的房中搜查，在衣柜的角落里发现了点东西，你猜猜是什么？”男子将视线移向身边的老妪，然而等了两秒后却发现对方并没有接话的意思，只好深感无趣地叹了口气。

“是雨衣，一件透明塑料雨衣。”男子开门见山地说道，“我想这件雨衣便是许严伟一开始在办公室写血字，并且处理猫尸体时所穿，为的是防止身上沾到血迹，只是他也没想到当时他穿着雨衣通过主卧出入里建筑时竟然被叶喻那小子拍到了，还搞出了鬼人头的乌龙……当然这是题外话，并不是我所说的重点，重点是，藏在许严伟衣橱中的那件沾着腐臭猫血的雨衣，被人‘处理’过了，而且是用我所熟悉的方式。”

男子的语气意味深长，老妇人闻言立即面色铁青，似乎已经意识到他话语中的含义。

“作为每次杀人后都要在身上喷好几遍除臭剂以消除血腥味的洁癖狂，应该不会允许身边存在着这么个臭不可闻的东西吧？而我以前怎么说也和你搭档过，对这种除臭剂的味道实在是再熟悉不过了，那件雨衣上的，正是这种味道。”男子淡定地道出了缘由。

“另外，既然你特意在许严伟房中做如此处理，那么很容易推断出你会在他房间中待上一段时间，而后来住在那间房中的，便是许严伟和游勇两人。许严伟是你的实验对象，那么剩下的那个游勇，便很可能是你假扮的。”

老妪冷哼一声，不置可否。

“还有，不论是刚开始发现的第二封预告信也好，钱允能尸体的失踪也罢，几乎事件的每个重要节点都有游勇的掺和，如果没有他的推波助澜事件也没法发展得那么迅速，这个人实在很可疑。当然，恐怕许严伟至死都没意识到自己身边的那个游勇是假的，还想着如何拿他当替罪羊呢。”

男子叹了口气，一副无可奈何的样子：“至于真正的游勇，想必早就被你干掉并藏尸在别墅里，早上新闻说别墅废墟里有五具尸骸，除了许严伟等人外，剩下的那具便是游勇吧？安排了一切却又神不知鬼不觉地脱了身，把所有人耍得团团转，真不愧是专业演员，演技一流啊。”

“要说演技的话你也不差。”老妪瞧着男子，反唇相讥，“当时看你那副深陷其中毫无头绪的样子，我还真以为骗过你了呢。”

“我见你演得那么卖力，也只好装作全然不知情，配合配合你咯。”男子摊手笑道。

“呵呵，虽然没瞒过你，但无论如何，至少任务算是完成了，我还是得谢谢你的配合。”老妇人嘴角一勾，例行公事般地说着。

“省省吧，你没把我搭进去就谢天谢地了。”男子收起了嬉笑的表情，语气中似有一丝不悦，“你的任务如何我管不着，这次我接到的指令原本只是收回那只镯子，为了还你人情才顺便帮你试探并且保护姓叶的那小子，但你竟然对我隐瞒了那么多，姑且不论表里建筑结构的情况没有告诉我，那瓦斯和手枪的事你要如何解释？”

“别生气嘛，以你的能力，枪和瓦斯又算得了什么威胁呢。”听着如此撒娇的口吻出自一个老妇人之口，虽然明知对方的真实身份，男子还是不由激起了一片鸡皮疙瘩。

“我是无所谓，但姓叶的那小子可是遭了大殃，要不是我他早就死了好几次了，你这样做到底是要他死还是活。”男子看上去依旧十分不满。

“哈哈哈，如果不把他置于危机之中，又如何能探到他的底呢？”老妇人笑了笑，随即正色道，“你了解清楚了没有，他的体质……究竟是不是驱逐者？”

“八九不离十。”男子换了个舒服的坐姿，再次靠向椅背，“许严伟无法对他洗脑，在那时他已经亲口承认了他的体质有异，而且我之前言语试探他时，他也表现得异常紧张，应该错不了。”

男子说着，从口袋中掏出一只拇指大小的玻璃瓶，放在了长椅上，里面似乎装了小半瓶暗红液体，“这是血样，给岩博士一化验便知。”

“我相信你的结论，看来我们这次可是逮到一条大鱼呢，上面一定会非常高兴，这算是这次任务最大的收获了。”老妪不动声色地收起了玻璃瓶。

“哎，你的任务是完成得不错，可我的呢？”男子扬起脑袋叹了口气，“忙了老半天什么都没拿到，这次真是亏大了，下次这种麻烦事可千万别再找我了。”

“呵呵呵，我怎么可能让你白忙活呢？”老妪得意地从手袋中拿出一个小布包，递给了男子，“镯子我已经从许严伟身上找到了，你可以给上面交差了。”

男子接过布包看了看，随即轻笑一声，顺手将东西扔回给老妪：“这东西你就留着吧，我可不想把假货交上去。”

“什么？”老妪面色一凛，“这……这怎么可能！”

“你以为我当时真的没有能力从许严伟身上拿到这东西吗？既然用过真货，那么这东西的真假我一摸便知，你要不信，可以找岩博士辨别。”

“如果这手镯上的血钥匙是假的，那么真的会在哪里……？”老妇人眉头紧皱，低声自语道。

“恐怕和郑邱有关，可惜他已经死了，要追查起来估计有些困难，我会去和上头解释。”男子说着起身站了起来，“话说回来，你们后续打算如何处置姓叶的那小子？”

“这你就不必操心了，那小子的好日子已经到头了，我们的岩博士可是会好好‘招待’他的。”老妪冷笑道，“怎么，你担心他？”

“呵呵，我只是觉得那小子挺有意思，弄死可惜，当然你真要拿他怎么样我也不会管。”男子耸了耸肩，满脸无所谓。

“是吗？我还以为我们噬组织的王牌——‘昴’大人竟然也对那小子起了恻隐之心呢。”老妇人阴阳怪气地讽刺道。

“放心吧，别人的猎物我可没兴趣插手。”男子向前走了两步，突然又像想到了什么似的，停下脚步，转头看向那位长椅上端坐的老妇人，“对了，你以后还是叫我梁云霄好了，我喜欢那个名字。”

说完男子迈开长腿，眨眼间便没入人群之中，消失不见。

老妪注视着男子离去的方向，沉默了一会儿，随后颤颤巍巍地站起身子。

不远处的一位工作人员注意到了这位身处偏僻角落的老妇人，正准备上前帮忙搀扶，然而等到他穿过层层人群来到角落时，却发现长椅上已空无一人。

» 第三十二章　阴谋论

叶喻放下手机，疲惫地躺倒在病床上。

距离郑宅的那场血色之夜已经过去了整整三天。五条人命，再加上来历不明的两具骸骨，如此大案着实惊动了整个下洋市，一时间成为全民茶余饭后的热议话题。

而作为警方目前唯一掌握的现场幸存者，叶喻在这期间也是经历了层层审问，甚至一度被列为嫌疑人。不过警方还是根据叶喻的证言对许严伟个人展开了调查，并在其一个隐秘住所内发现了些子弹枪支，经勘查，与现场遗留的痕迹相符，这在一定程度上证实了叶喻的说法，也使得其暂时摆脱了嫌疑。

至于现场发现的第五具焦尸，经过DNA鉴定后已被确认为游勇本人，而叶喻口中的另一名幸存者——梁云霄，仿佛人间蒸发一般就此消失。警方曾试图通过千鸿集团入手寻找此人，却是一无所获，随着许严伟住所中证据的发现，警方也渐渐转移了视线，寻找梁云霄的工作便不了了之。

除了应付警方的盘问，最令叶喻头痛的便是蜂拥而来的各路记者。不过所幸的是这次H集团倒是反应迅速，高层方面派出了不少人对叶喻实施了封闭式保护，这也使得叶喻在住院期间免受包夹骚扰。

其实，高层之所以这么做叶喻也是心知肚明。作为一个大型媒体集团，这次的重要证人又是本集团的记者，那自然是肥水不流外人田，有料也得自家爆。而叶喻也没有辜负上面的期望，在警方审问结束后带病坚持写完了报道，迅速交了上去。

当然，报道中是不会提到血钥石的，事实上，叶喻在被警方审问时也刻意略过了血钥石的部分。叶喻心里清楚，整件事的幕后必定是“噬”在搞鬼，他目前能做的，也只是将事情的经过秘密报告给特别事务调查局，刚才那通电话便是打给了小颜，相信她会及时转告楼玥进行调查。

血钥石戒指，那只疑似镶有血钥石的手镯，还有梁云霄……

叶喻靠在床上，别墅中的经历在脑海中一幕幕回放。他不明白梁云霄为何要不告而别，杳无音信，他甚至隐隐觉得梁云霄和此事幕后并非毫无牵连，而目前调查这些疑问的唯一线索，恐怕就只剩下千鸿集团了。

“千鸿集团吗……”叶喻小声嘀咕着，思绪却没有停歇。

梁云霄是千鸿集团请过来的风水师，但之前警方却没能从那边打听到有关梁云霄的任何消息，估计调查阻碍不小。说起来，当初许严伟也说自己被噬的人轻易安插到千鸿集团施工队中，如此看来恐怕那边的管理层的确有些问题，值得探查一番、

正当叶喻胡思乱想时，突然听到房门被打开的声音。

“叶喻，你的报道登出来了！你看你看，点击量蹭蹭地往上蹿呢！”一连串兴奋的话语由远及近飘入耳中，叶喻头都不用抬就知道是谁来了。

“点击率当然会高啦，也不看看是谁写的。”叶喻撑起身子坐了起来，看着急急走来的小花笑着打趣道。

“《独家揭秘！记者亲历‘郑宅大火案’始末》……”小花随手打开便携设备，将一个虚拟屏幕投射在叶喻面前，“看看，头版头条！高层对你的报道很重视呢，而且才发了没几分钟，下面的评论转发就已经过万啦！”

“看来我今年的奖金是少不了了，这次的死里逃生也算没白经历。”叶喻苦笑了一声，伸手滑动屏幕，浏览着自己的报道，不一会儿，叶喻的表情就渐渐变得凝重了起来。

“咦……等等，怎么报道被删减过了？”叶喻微微皱起眉头。

“啊？真的吗？哪里哪里？”小花急忙凑了过来，跟着叶喻上下扫视着屏幕。

“所有和千鸿集团有关的内容全被删掉了……”叶喻看着屏幕上的文章低声说道，“不论是郑邸的事也好，周浩、许严伟的行动也罢，从现在的报道上来看千鸿集团的责任被推脱得干干净净，这根本就不是我的原文！”

“如果真是这样的话，那就只有一个解释……”小花和叶喻交换了一下眼神，“恐怕千鸿集团和公司上面打过招呼，做过公关了。”

“而且其他相关报道也只把重点放在许严伟和周浩个人身上，对千鸿集团监管不力的责任却只字不提，大众的视线也都被引了开来……”叶喻浏览着网页，双拳渐渐紧握，“看来千鸿集团的势力不小啊，没有一家媒体向他们问责，完全脱身而出……可恶！”

“话说这次千鸿集团的公关反应也是出人意料地快，在出事当天他们就召开新闻发布会宣布对遇难人员捐款救助，还装模作样地搞了个全公司默哀日，设立了个什么员工心理健康基金。”小花看着网页上的新闻，脸上满是鄙视。

“我还听说啊，他们雇了不少网络水军帮他们说话，炒作公司形象呢。明

明他们旗下的项目出了那么大的事，到头来却借着这次事件狠狠刷了一次正面形象，连股价都借着热点被带了上去，我看这次事件最得益的，就数千鸿集团了。”

“这倒也未必，郑宅的项目他们也花了不少的钱，但如今人人都知道那边出过多条人命，即便那块地重新建了新的别墅，我想人们也会有所忌讳，对千鸿集团来说，损失大着呢。”叶喻摇摇头，显然另有观点，“但不管怎么样，这次事件他们难辞其咎，而且我还怀疑他们背后另有隐秘，这件事恐怕没那么简单。”

“那你打算怎么办，要去私下调查吗？我可要提醒你哦，他们的势力很大，连警方都没从他们那查到些什么，更何况是你一个无权无势的小记者。”小花正色道，“退一步说，即便你真调查到了什么，以他们的公关能力，恐怕你的报道也发不出去。”

小花的话句句在理，叶喻低下头轻轻叹了口气，道理他明白，即便不甘心，但以目前自己的能力来看，也根本无能为力。

“唉，想那么多干啥，现在警方还在调查，说不定后续还会追查到千鸿集团那边，你就别操这个心了，现在的任务是好好休息，听到没有？”小花说着硬是把叶喻按回了病床，顺手关掉了虚拟屏，“至于公司那边你不用担心，这段时间你的工作我会替你担的。”

“真是麻烦你了，等我出院请你吃饭。”叶喻有些过意不去。

“哈哈，那一言为定！我会好好‘敲诈’你一顿的！”小花笑着站起身，“先不打扰你养伤了，改天我再来看你。”关照完之后，小花便离开了病房。

养伤吗？其实已经差不多痊愈了……

叶喻想着，下意识地摸了摸绑着纱布的右大腿，这次伤口愈合的速度依然快得惊人，仅仅三天的休养便无大碍，引得医生啧啧称奇。不过即便身体上痊愈，警方愿不愿意放自己离开那就是另外一回事了，毕竟自己是目前此事唯一的现场证人，在其他人死无对证的情况下，警方盯上自己也是情有可原的，但要是梁云霄也能出来做证的话，自己的处境也不至于如此被动。

“唉，梁云霄啊梁云霄，你到底去哪了……”叶喻盯着天花板发着呆，而就在此时，身边的手机忽然响起了一声邮件提示音。

叶喻百无聊赖地拿起手机，却发现邮件是一个陌生地址发过来的，邮件内似乎只有一张照片。

叶喻点开照片，心脏顿时狂跳！他猛地坐起身，睁大眼睛仔细查看了起来。

“这……这是……？！”

一张照片依旧静静躺在邮件里，照片的主体并非人或景物，而是一张卡片，确切来说，是一张邀请函。

只见卡片中央印着“答谢酒会”四个醒目的烫金大字，与其并排的，是千鸿集团的公司标志。卡片正下方则印着一个地址，一排日期。

然而最令叶喻介意的不是这张卡片的内容，而是画面中捏着卡片的那只手。

指节分明的拇指上，一枚特别的银色骷髅戒指引人注目。虽在只是出现在画面角落，但叶喻一眼便认了出来——

那是梁云霄所佩戴的戒指！

» 第三十三章　引线

叶喻仔细端详着照片中的那只手，虽然无法确定是不是梁云霄的，但如果真是梁云霄拿着这张邀请函拍照给自己，那么是否表示他希望自己照着上面的时间地点前往，而且不希望旁人知晓？不然他也不会发匿名邮件过来。

“明天晚上九点，鸿鹄山庄。”

叶喻阅读着卡片上的信息，脑海中盘算着自己接下来的行动。这个鸿鹄山庄是千鸿集团前不久新建成的另一处度假酒店，似乎尚未对外营业，如此看来这个所谓的“答谢酒会”应该是他们内部的活动，而梁云霄特意把这个东西发过来，到底是用意何在？

“算了不想了，随他去吧，反正我也没法出院。”叶喻无可奈何地叹了口气，把手机往桌上一扔，突然注意到桌旁的一袋子杂物。

“嗯？这是什么？”叶喻起身走近一看，发现那堆杂物里面除了自己之前的随身品，还躺着一只陌生的老式手机，一把钥匙。

“这，好像是那时候的……”叶喻想起来了，这不就是当时从别墅那间骷髅石室中带出来的东西吗？之前因为各种焦头烂额，叶喻也把这事给忘了，想不到东西竟然还在。不过当时一起带出来的那两张机票和肖莹莹两人的护照却不见了踪影，恐怕是当时顾着逃命不慎掉在了别墅里，被付之一炬了。

没电的老式手机自然是看不出什么所以然来，而且年代如此久远的型号找不找得到适配器充电也是个问题，叶喻决定暂时不去管，至于那把钥匙……

叶喻再次拿起那把造型奇特的钥匙，翻看起上面的吊牌。

“801……L.T……L.T？是什么的缩写呢？”叶喻轻声念着吊牌上的英文字母，突然起了查它一查的念头。如此怪异的钥匙显然针对的不是普通的房间，而且肖莹莹和情夫出逃时都带着也显示出其重要性，说不定还能查出一些当年的隐情。

当然，这也有可能是两人国外秘密爱巢的房门钥匙，上面的吊牌只是装饰，并没有实际意义，不过叶喻现在闲着也是闲着，他倒不介意临时当个狗仔队，挖一挖当年的八卦。

叶喻是个行动派，做了决定后他便迅速拿起手机连上网络，开始排查所有和

“L.T”这个缩写有关的机构。

结果很快就出来了，但却毫无意义。叶喻看着眼前的成千上万条匹配记录，顿时有一种大海捞针之感。

这种简单的字母缩写实在太常见了，如果没有特定范围实在没法查啊。如果这标志能特别一点就好了……特别的东西！

叶喻脑海中灵光一闪，立即抓起那把钥匙并轻轻转动上部把手。粗细不一的锯齿状金属条从圆柱形的钥匙主体中冒了出来，乍一看上去竟然有点像植物的根须。

要说特别的话，这钥匙本身不就是最特别的东西吗？

叶喻兴奋了起来，随即马不停蹄地将钥匙拍了照，再次在网络上搜索了起来，而这一次，没有令叶喻失望。

“‘龙须匙’……原来这种钥匙还有个特定称呼啊。”叶喻看着搜索结果中那把如植物根须般的钥匙图样，确信自己是找到了正确答案，“独家专利所属……莱瑟托尼公司……LaiseTony……L.T！”

叶喻心中一动，立即点开了莱瑟托尼公司的资料查看了起来。

“莱瑟托尼公司曾是世界知名的密保企业，拥有世界一流的保险柜系统，承接个人及机构的机密要物的寄存，在世界各地均有业务……”

是个保险寄存的公司？也就是说这个钥匙其实是保险柜钥匙？

叶喻怀着心中的疑惑，继续看了下去。

“寄存人领取寄存品时，除了验证个人生物信息外，还必须携带唯一匹配的‘龙须匙’才能打开保险柜，这种钥匙采用专利机械设计，无法破解，安全性非常高……”

看来没差了，这东西应该就是肖莹莹和他情夫在莱瑟托尼公司秘密寄存物品的保险钥匙！而吊牌上的那个“801”应该是保险柜号码，只是不知道是哪个分公司的保险柜。但既然特意找了保险柜公司介入，那么想必他们藏的东西一定价值不菲。嗯？等一下，这是！

叶喻正想着，突然瞥到一个眼熟的字眼。他睁大了眼睛，看着网页中的一段文字：“三年前莱瑟托尼公司因经营不善濒临破产，后被本土知名企业千鸿集团全资收购……又是千鸿集团！”

叶喻顿时目瞪口呆，郑宅大火案、石室的骷髅、血钥石……他突然觉得似乎有根无形的牵引线将所有一切断断续续串联了起来，而这根牵引线中的重要节点，便是千鸿集团！

看来郑家别墅的那件事根本还没完呢，千鸿集团……果然有必要再去查一下。

叶喻关掉网页，心中萌生了一个想法。

“23号床叶喻，起来吃晚饭了！”小护士敲了敲门，也不等房内应允便推着餐车进入了病房。

“哎呀，睡觉时怎么把窗开得那么大，小心着凉啊。”小护士看着在床上蒙头大睡的叶喻，一边絮絮叨叨地责怪着，一边上前关上了窗户，“你的身体还没完全康复，得多注意点才是，听到了没？”

被窝里的男人没有反应。

“不理我？我知道你醒着，别再装睡啦。”小护士瞟了眼床上隆起的被子，没好气地把饭盒往桌上一放，“起来吃饭了，再装模作样我就收走了哦。”

床上依然没有动静。

小护士一愣，突然心中有股不好的预感，她急忙走上前，轻轻掀开被子一角。

里面除了枕头和衣物，什么都没有。

“什么？人呢！”小护士一把将被子全部掀开，却发现原本应该在床上的那个男人已经消失地无影无踪。

“不好了！23号床病人逃走了！”小护士大惊失色地喊着，对着闻讯赶来的主治大夫不停地比画，“我刚才来的时候看到窗户开着，这里又是一楼，他一定是跳窗跑了！”

“啧，要是真跑了就难办了。”年轻的主治大夫也是一脸着急，“不过他应该还没跑远，赶快去联系保安！”说着便和小护士一起急急忙忙地冲出了病房。

周围再次恢复了沉寂，片刻之后，房间角落的那只衣柜悄无声息地开了条缝。

换了身衣装的叶喻探出头朝房中瞄了一眼，然后蹑手蹑脚地爬出衣柜。他听着窗外乱作一团的喧闹声，窃喜地笑了笑，随即将半张脸埋进竖起的衣领中，马不停蹄地离开了房间。

夜色中，一辆黑色汽车悄然停在了一座庄园的精致铁门前。

铁门口站着一名身材高大的保安，见状快步走到车门边，对着摇下的车窗礼貌而又坚定地说道：“晚上好，欢迎光临鸿鹄山庄，请验证您的邀请函。”

车窗内伸出只粗壮有力的手，将一张卡片递给了保安。

“嘀嗒——”随着一声清脆的提示音，保安手上的验证机器上显示出了绿色的“通行”字样。

“验证成功，祝您有个愉快的夜晚。”保安脸上露出了笑容，随即对铁门内做了个手势，不一会儿，挡在那辆黑色汽车前的大铁门便渐渐开启，汽车再次发动，驶入了大门内。

“几点了？”汽车内，一声娇媚而略显冷漠的女声从后座传来。

“快九点了，应该来得及。”驾驶座上那名长相粗犷的健壮男子扫了眼电子钟回答道，“不过，你确定那个人会来吗？”

“他来最好，不来也无所谓，反正我已经做了周全的计划，他总归逃不掉的。”女子轻描淡写地说道，“别忘了，这次我们可是有另一件正事要办。”

“我还是觉得你这次的行动有些冒险，万一那些人顺藤摸瓜查到了你……”

“不冒险怎能钓到大鱼呢？”女子打断了男子的话，“你放心，我心里有数。”

“好吧，你小心点。”

“呵呵，我还用得着你担心吗！”女子笑了笑，随即不再理会，开始自顾自地摆弄起新涂的指甲。

男子轻轻叹了口气，没有多言。黑色的汽车在硕大的庄园内行驶着，渐渐驶近中央那幢灯火通明的欧式酒店大楼。

而在大铁门外不远处的隐蔽角落中，一双警惕的眼睛正注视着出入大门的车辆，并小心地在周围来回扫视。

千鸿集团这个“答谢酒会”办得还真低调啊！叶喻看着毫无装饰的鸿鹄山庄正门，不由心中感叹道。

其实不仅仅毫无装饰，山庄门口连酒会的标示牌都没有，周边还围着隔离条，一副不对外开放的样子。再加上山庄本身的地理位置较偏，周围人烟寥寥，如果不是事先知道消息，旁人恐怕很难察觉这里正进行着一场招待活动。

不过这些都不是叶喻所关注的焦点，他在等待一个人的出现，那个特意发送邀请函照片给他的男人。可惜直到规定的时间过去大半个小时，叶喻依旧没有看到他期待的那个人。

难道我理解错了？梁云霄他不会前来这里？又或者说，他已经进去了？

叶喻心中疑窦丛生，然而看着大铁门前森严的警备，又不由对自己的一时冲动有些后悔，但也不甘心就此打道回府。

叶喻低头看了眼手表，时针指向晚上十点，距离那张邀请函上的时间已经过去了一个小时。

从大门进去应该是不可能了，只能翻墙了吗……

叶喻踌躇了一会，终于下了决心。在左右张望了片刻确定附近没有人后，叶喻便悄悄直起身，一步一步小心地靠近一处隐蔽的围墙。

其实近看才发现，这堵围墙并不低，目测少说也有三四米高，而且墙面十分平整，并没有可以落脚攀爬的东西，周围好像也没有什么梯子之类的工具，翻墙的难度颇高。

叶喻稍稍退后了几步，两眼紧紧盯着墙顶，准备借用助跑的动力蹬上墙壁。此时的他全部注意力都集中在面前的围墙上，丝毫没有留意到有一个人影正悄然出现在他身后。

就当叶喻深吸一口气，准备蓄势而发之时，一双手猛然从身后捂上了他的嘴！

毫无防备的叶喻顿时失去了平衡，还没来得及发出声音便被向后拖入了绿化丛中。

» 第三十四章　遇

叶喻大惊，正要挣扎，耳边却突然传来了一句熟悉的声音。

“嘘，别出声！”

叶喻一愣，立即安静了下来，而就在这时一束手电光忽地从面前扫过，只见一名高大的保安正晃晃悠悠从左前方走来。叶喻赶紧埋下脑袋，透过树丛的缝隙看着外面的保安，大气不敢出。

保安似乎并未发现周围的动静，巡视了一圈后便踱步离开了。

叶喻悄悄松了一口气，忽然意识到身后的那只手还捂着自己的嘴，于是连忙使劲将其拨了开来。

“我靠，你想闷死我啊！”叶喻转头看向身旁那张标志性的娃娃脸，压低了嗓音吐槽道。

“要不是我，你早就被人发现给抓了好不好？”清澈黑亮的眼睛忽闪了一下，眼神中满是责怪，“你小子不好好待在医院养伤，鬼鬼祟祟跑来这里做啥？”

“这句话该我问你才对，你怎么会在这？”叶喻看着眼前熟悉的男子，又讶异又好气，“之前还劝我不要独自去查千鸿集团，这下倒好，你却一个人查起来了？这也算好兄弟干的事？”

“我是为了工作，工作！”小花一边连声强调，一边警惕地四处观察，生怕保安再次突然到访，“我也不知道竟然会扯上千鸿集团好吗？”

叶喻这才发现小花脖子上还挂着一个“大炮筒”单反相机，穿衣打扮也相当低调，看来似乎真的在出勤中。

“怎么，你转去当社会记者了？”叶喻眉毛一扬，故意嘲讽道，“我跟你说，做社会新闻很危险的，凭你这种小身板还是算了吧，我觉得还是狗仔队挖挖花边新闻比较适合你。”

“去你的，敢小看我？”小花鄙视地飞了个白眼，不过很快脸上便浮现出少许尴尬之色，“不过，嗯……这次我的确是为了捕捉一个绯闻才跟过来的。”

“绯闻？”

“嗯，一则大绯闻，如果真能拍到，那可是妥妥上头条的节奏。”小花卖了个关子，没有直说。

叶喻正打算继续发问，却见小花的表情严肃了起来，只见他瞪着叶喻说道：“具体我以后和你解释，说真的，你不应该出现在这里，快点回医院待着去！”

“我费尽心思从那里逃出来，可不打算再回去被软禁了。”叶喻撇了撇嘴，“而且，我来这里是有原因的。”

叶喻将之前的匿名邮件及钥匙的事简要告知了小花，后者沉默了一会，开口说道：“这样看来的确很可疑，不过你是不是应该先告诉警方比较好？”

“警方现在对我的话持质疑态度，就算告诉他们也不一定有用。”叶喻正色道，“而且万一另有隐情的话，让警方出动只会打草惊蛇，所以我打算自己先探察一下。”

“……好吧，就算你打算潜入里面探察，但你没有邀请函怎么进去？我可要告诉你，这里的围墙上设置了电子警报装置，只要有人试图翻墙就会惊动保安，所以你想爬墙是不可能的。”

“呵呵，我是没办法了，但你可是有办法的。”叶喻意味深长地笑了笑，“既然是能上头条的大绯闻，想必你也不会轻易放弃的，而且你在这蹲了那么久都没走，应该是想到了什么办法，对吧？”

“我可没想到什么办法，就是在这蹲点而已。”小花心虚地移开了视线，“所以你还是快点滚回医院吧！别耽误我工作好不好？”

“唉，你一个人深更半夜地在那么偏僻的郊区执行任务，作为同事兼好友的我怎么忍心抛下你呢！”叶喻一脸“真诚”地说着，听得小花起了一身鸡皮疙瘩。

“你……”小花语塞，他突然发现自己原先那个温和正经的好友什么时候竟然变得如此“滑头”，真不知道他先前出去当官员时经历了什么。

犹豫了半天后，小花终于缴械投降。

“好吧，跟我来。”小花向叶喻示意了一下，观察周围无人后，便转身向一处偏僻围墙角落走去。叶喻露出了得逞般的笑容，连忙跟上前。

只见小花小心地在围墙角落蹲下，将墙角一堆建筑使劲拨开，一个半米见宽的圆形洞口赫然出现在两人面前。

“这是我之前发现的，一人可以勉强通过，而且不会触发警报。”小花看着叶喻说道，“你想好了，真的要进去？”

“废话什么！再不快点保安就来了。”叶喻说着便俯身一钻，爬入了洞中。

小花叹了口气，便也紧随其后，钻入了洞内。

不远处，一名躲在暗处的巡逻保安默默注视着消失在洞口的两人，随即拿起了电话。

“嗯，果然来了……嗯……好的……我明白了。”

保安挂了电话，望着阴暗的围墙洞口冷冷一笑，转身疾步而去。

“吱嘎——”

两个鬼鬼祟祟的身影蹑手蹑脚地蹿入了一间无人的员工休息室。三分钟后，换上服务生的叶喻和小花出现在了鸿鹄山庄中央酒店走廊。

“你的单反藏在那屋里没问题吗？”叶喻整了整身上的制服，对身旁的小花低声问道。

“那么大的东西太招摇了，先放那边吧，这次我可是另有准备。”小花说着指了指自己胸前的一枚暗扣，神情不无得意，“作为专业娱乐记者，不随身带着微型摄像机怎么行呢？”

“你牛！”叶喻笑着竖了个拇指，“那么请问张大记者，我们现在要去哪儿？”

“先去周围转转打探一下吧。”小花抬头扫视着四周，“话说回来，你不觉得这片太安静了吗？一个人都看不到，这里今晚真的办了酒会？”

“应该没错，我先前在门口时看到不少宾客来这里的。”叶喻说着，随即想到了一个问题。

“你之前说是为了跟一个大绯闻才过来的，难道这个绯闻对象就是这次酒会宾客中的某一人？”

“我不确定那个人是不是酒会的宾客，但我确定她来这里了。”小花一脸认真地说道。

看着小花的表情，叶喻的好奇心不由被了激起来：“那个人到底是谁？竟然值得你冒着那么大的风险潜入这里？”

“说出来你恐怕会吓一跳哦。”小花看着叶喻神秘一笑，轻声说了三个字，“是袁玲。”

“袁玲？你是说那个大明星袁玲！”叶喻不由睁大了眼睛，对于袁玲这个名字他可是如雷贯耳。确切来说，在全国，乃至全球演艺界，这个名字可是响当当的。作为幼年时代即已成名的童星，在演艺圈摸爬滚打了近二十年后，袁玲已成长为世界级超级明星。她不但容貌相当出众，演技也极其精湛，因此在国内外获奖无数，在全世界拥有庞大的粉丝群体。

能拥有如此大量的粉丝，除了她出色的自身条件以外，还有另外重要的一点，这也是她与其他女艺人的不同之处——出道以来零绯闻。这项记录至今未破，但这同时也是各家狗仔队费尽心机想破的记录，业界内甚至流传着一个玩笑，说是谁能挖到袁玲的绯闻，谁以后稳坐狗仔界“一哥”的宝座。

当然，狗仔“一哥”的宝座可不是那么容易做的，袁玲的行踪一直飘忽不定，且经常辗转各国拍戏，别说挖绯闻了，能拍到她本人已经不错了。

“你确定真的是袁玲？她回国了？”叶喻不敢相信。

“错不了，我接到线人线报，说她已回国，而且今晚会密会情人，结果我根据情报真的拍到了她！”小花漆黑的大眼睛中闪烁着兴奋的光芒，“然后我就一直跟到了这里，只是没想到的是，她去的酒店竟然还是千鸿集团旗下的，实在太巧了。”

“看来这次千鸿集团酒会的规格可不一般呢，竟然能请到世界级明星大驾光临，但对外却又如此低调，我真是对酒会的内容越来越好奇了。”叶喻嘴上说着，脚上也同时加快了步伐，“前面就是大堂了，说不定可以找到酒会大厅的入口，走吧。”

酒店大堂金碧辉煌，硕大的中庭配上五彩斑斓的穹顶着实让两人有些头晕，不过与先前不同的是，他们发现这里竟然一派忙碌景象，周围不断有侍从们来来往往，似乎没有人注意到这两位新出现的服务生。

“这里貌似都是酒店服务人员，一位宾客都没有，恐怕酒会会场并不在这儿。”叶喻看着周围小声嘀咕道，“不过我们跟着那些服务生，应该就能找到。”

话音未落，两人身后突然传来一句洪亮的吼声：“你们两个！给我站住！”

» 第三十五章　拍卖

叶喻和小花同时一愣，忐忐忑忑地转过身，却见一位胖胖的西装男子正捧着一打纸箱向两人走来，从服装上看似乎是这里的经理。

糟了，该不会露馅了吧？！

叶喻紧张地看着走来的西装男，心中七上八下，反观身边的小花倒是一脸淡定，只见他脸不红心不跳地对着西装男子行了个礼，开口说道："您好，有什么指示吗？"

"给我把这些箱子搬去会场那边的杂物间，现在就去！"男子命令道。

"哦，好，马上去！"叶喻终于反应了过来，连忙接过纸箱，正转身准备离去，却听见怒吼声再次响起：

"你往哪走？在那边！电梯下去地下三楼左拐！你们新来的吧？"男子不耐烦地指了指大堂一角，似乎有些生气。

"不好意思，我们马上去！"小花连忙拽着叶喻朝电梯方向奔走，总算暂时脱离了那名西装男子的斥责。

"呼……好险！"电梯里，小花捧着箱子长舒了一口气。

"不过也因祸得福，意外知道了会场所在，希望那边的活动还没结束。"叶喻说着看了眼手表，时针已经指向了晚上十点半。

"叮咚——"电梯门应声开启，然而还没等两人踏出电梯，就听见外面一片惊叹之声。

"两亿四千万，还有人出更高的价格吗？"一个高亢的男声在空中回响着。

"这……好像不是酒会吧？"叶喻和小花慌忙放下手中的箱子，快步走上前，却见一个巨型扇形阶梯会场赫然呈现在两人面前，足有篮球场大小，会场中央搭建了个舞台，一位男主持人正捧着话筒对着全场观众高喊着：

"两亿四千万，第一次……两亿四千万，第二次……"

舞台后方的大屏幕中，一幅精美绝伦的油画被端端正正地摆放在舞台正中的天鹅绒展架上，叶喻一看便发现这东西是某个名家失窃已久的著名画作。

叶喻站在扇形阶梯会场的顶端，俯视着下方嘉宾席上熙熙攘攘的人群，昏暗的灯光中，他发现这些嘉宾人人都佩戴着一副面具，此外还人手一块电子标牌，上面似乎是些数字。

“是拍卖会！”叶喻讶异道，“他们竟然用酒会的名义举办拍卖会！再加上之前行事又那么低调……我想这些拍品的来源恐怕都有些问题。”

“你是说……黑市？”小花也是惊讶不已。

“没错，看来我们是发现了不得了的事呢。”叶喻看着舞台中央，眉头紧锁。

“两亿四千万，第三次，成交！恭喜76号嘉宾！”伴随着一声响亮的落槌，会场内再次爆发出了一片惊叹之声。

“接下来的，就是今晚最后一个拍品了，也是这次拍卖会的压轴大戏，各位可千万不要错过哦。”舞台上那位英俊男主持再次开了口，这次的语气却带上了些许神秘色彩。

话音刚落，舞台中央缓缓升起了一座展台，后方的大屏幕随即聚焦在了展台中央一个精致的银质金属盒上，确切来说，是聚焦在盒子内的物体上。

叶喻睁大了双眼，目瞪口呆地看着大屏幕上的物体，心脏不受控制地狂跳起来。

银质的手环部分镌刻着奇异的铭文，散发着古朴悠远的气息；而最令人瞩目的，是上面镶刻着的那枚流溢着五彩光芒的血红色宝石。

那个镯子好像是!

叶喻瞠目结舌地瞪着大屏幕上这枚镶嵌着血红宝石的手镯，脑海中顿时回忆起当初许严伟展示给自己的那件物品。

那种样式，那颗宝石，那种色泽……不就是当初许严伟手中的那只“血钥之镯”吗!

等等……这真的是那枚“血钥之镯”吗？我记得那个时候明明已经……

叶喻又惊又疑，一时说不出话来。而这时，却听舞台上的男主持再次开了口。

“这枚手镯出土于一座距今一千七百多年的西域古墓，而这座古墓，便是十年多以前被意外发现并且轰动一时的‘楼兰古国贵族墓’！”

现场顿时一片哗然，会场内的嘉宾们纷纷交头接耳，议论声此起彼伏。

“想必各位之前也已知道，那座‘楼兰古国贵族墓’的规模及陪葬品精美程度，是迄今为止发现的西域古墓中最高的，其中不乏难以估价的绝品珍宝，但由于数量稀少，可以说是真正的有市无价！”男主持扫视着现场骚动的人群，继续微笑着介绍起来。

现场的人声更加鼎沸，在场的人们似乎都被如此难得一见的珍奇异宝所震撼，而其中最为震撼的无疑便是叶喻。

十年前……一千七百多年的古墓……盗墓贼……这些信息与曾经楼玥口中所述血钥石的出处完全吻合！再加上镯子上那颗红宝石的样式，也就是说，台上的那只手镯很可能就是特别事务调查局正拼命寻找的剩余三件血钥石之一！

正当叶喻心潮澎湃之时，只听一句响亮的质疑声突然从嘉宾席中传了出来。

"等一下，你们确认这东西是真的吗？"

现场顿时安静了，周边人们的视线"唰"地投向了舞台正对面的一个包厢。只见一位身着燕尾服的高大男士缓缓站起身，面容掩藏于面具之后，一如现场的其他嘉宾。

"呵呵，这您可放心，虽然根据规矩无法公开卖家的信息，但我们的拍品是经过专家审核的，以我们拍卖行的信誉保证，这东西绝对不是赝品。"男主持望着那名男子，斩钉截铁地说道。

燕尾服男子若有所思地坐了下来，没有再发言。

"如果各位没有其他疑问的话，我们的拍卖即将开始。"男主持收回视线，再次露出了笑容，"既然这次的拍品有市无价，那么我们将不设起拍价，由各位自由起价……"

"三亿！"

主持人话音未落，嘉宾席中便有人急急地喊出了一个报价，这个金额比上次成交的那件拍品的成交价足足高出了六千万，而且仅仅是起拍价，这让现场顿时再次爆发出了一阵惊叹之声。

"六亿！"

没等惊叹之声有所平息，又一个声音喊出了新的报价，跨度直接一倍，这下连主持人都有些喜出望外了。

"45号嘉宾报价六亿，还有人出更高的价格吗……"

"六亿五千万！

"七亿！"

……

出价声此起彼伏，现场的嘉宾们仿佛着了魔一般疯狂出价，竞拍价格随之水涨船高。

"我靠，他们是疯了吧？这价格早已超出了文物竞拍的范畴了！"小花听着这些天价，张口结舌。

"如果这东西真如那人所说，是出自那座古墓的话，那又何止这点价格。"

叶喻面色凝重，默默地看着现场兴奋的人群。

随着时间的流逝，竞拍价已经到了十几亿的级别，如此天价已经让大部分人望而却步，而目前的现场只剩下两位嘉宾正在龙争虎斗——其中一位是个戴着面具的娇俏女士，而另一位便是先前对手镯提出质疑的燕尾服男士。

“十五亿！10号嘉宾出价十五亿！还有人出价更高的吗？”主持人指着那名燕尾服男子兴奋地大喊着。

“二十亿。”娇俏女士不慌不忙地报出了新的价格，同时抬眼看了看不远处那位与之竞争的男人，在面具的掩饰下，没有人能看到她的表情。

“二十亿，59号嘉宾出价二十亿！一下子加价整整五个亿，59号嘉宾真是大手笔啊！”

叶喻看着不断竞价的两人，脑海中迅速地思考着自己接下来该怎么办。说实话这枚手镯不论被哪边拍到，他都能预见接下来的一片腥风血雨。况且这手镯还是特别事务调查局拼命寻找的东西，如果被这里的某个不明嘉宾拍走，再找出来恐怕就难了。

听到了新的报价后，燕尾服男子沉默了，他转过头，注视着那位娇俏女士，而对方也毫不客气地回视着，气氛顿时有些剑拔弩张。

片刻之后，燕尾服男子终于收回视线，随后缓缓举起了标牌。

“三十亿。”

如此重磅的竞拍价不禁令现场顿时噤声，连主持人也惊讶得快说不出话来。

“三十亿！！10号嘉宾竟然报出了三十亿！”主持人总算反应了过来，对着燕尾服男士大吼，“这个价格在当今拍卖史上恐怕也是无出其右！59号女士，您还打算加价吗？”

而这一次，那位娇俏女士却没有立即追价，她望着燕尾服男子冷冷一笑，随即果断放下报价牌，向舞台方向做了一个手势。

“59号嘉宾放弃竞拍了！”主持人敏锐地捕捉到了那位女士的举动，开始环顾起四周的其他嘉宾，“现场还有其他人能出超过三十亿的价格吗！”

“我估计这个10号是被那个59号坑了。”小花同情地俯视着那名燕尾服男子，不用猜就知道那个人的面具下是怎样一种抽搐表情，“那个女的之前明显是在抬价，虽然这东西是千年文物，但用三十亿换一只镯子这也太夸张了吧？”

这点疑问先前叶喻也已察觉了，自己因为知晓手镯隐藏的价值，所以对三十亿的报价并不惊讶，但眼前的两人如果在不知晓血钥石秘密的情况下仍出那么高的价格，那就有些匪夷所思了。不过叶喻现在并不打算在这方面多加猜测，他现在焦急考虑的，是如何阻止血钥之镯被人拍走。

“三十亿一次！”台上的主持人开始了倒计时，而此时的叶喻突然心中萌生了一个想法，于是立即转身朝着隔壁的杂物间奔去。

“你去哪儿？”还没等小花追上前，叶喻便又从杂物间冲了出来，脸上戴着面具的同时，手上还拿着一块牌子。

“三十亿二次！”现场似乎没有人再追价了。

“喂喂，我说叶大记者，你想干吗？”小花瞪大眼睛望着叶喻的举动，突然有种不好的预感。

“你躲旁边去，不要让其他人看到你。”说着叶喻将小花赶到了一旁的阴影中，手里也马不停蹄地在牌子上调出一个数字。

“看来这枚楼兰古镯的拍卖即将尘埃落定了。”主持人笑了笑，“最后一次确认，三十亿三……”

“五十亿！”

突然的喊声带着一个惊人的数字回荡在会场上空，这下不止是主持人，全场的目光顿时齐刷刷地集中在了会场顶层那位身着服务生制服的年轻男人身上。

“我出五十亿。”叶喻举着牌子，淡定地说道，“这枚镯子，我要定了！”

» 第三十六章　搅局者

听到五十亿的报价，而且出自一个莫名出现的人之口，现场顿时一片哗然。

“叶喻你瞎掺和些什么啊！你哪有那么多钱！”小花急了，一边提心吊胆地看着四周，一边压低嗓音拼命喊着。

“我心里有数。等会，你就当作不认识我，赶紧找机会逃。”叶喻头都不回地小声关照了一句。

“说什么胡话！我怎么可能抛下你……”

没等小花说完，话音便被响亮的麦克风声所掩盖，只听舞台上那位男主持发疯似的吼道：“五十亿！天啊，竟然有人报价五十亿！！不过这位先生……请问您是几号？”

“这个嘛……”叶喻沉吟了一会，他显然是没有号码的，不过他也没有打算退缩，依旧一脸淡定，“我刚来，所以还没有号牌，这有什么问题吗？”

“不……”主持人连连摆手，“当然没问题，只要来到这个会场的都是我们的嘉宾……”

“等一下！”一个女子的声音带着质疑突兀地从会场中传了出来，叶喻低头一看，发现说话的正是先前参与竞拍的59号女嘉宾。

“所有来宾均是通过审核才能获得编号参与竞拍的，这个人没有号码牌，说明他根本没有竞拍的资格！”那位娇俏女士气势汹汹地指向叶喻，后者甚至能感受到那张冰冷面具后射来的敌意目光，“而且，看他穿的根本就是服务生的制服，恐怕他是混进来的！”

话一出口，现场嘉宾这才恍然大悟，纷纷交头接耳议论了起来；与此同时叶喻敏锐地察觉到四周有不少黑衣人悄悄朝自己围过来，似乎是这里的安保人员。

“呵呵，仅凭服装来判断我的身份，你也真是肤浅。”叶喻丝毫不为所动，继续大言不惭地对着那位女士反唇相讥，“既然我能来到这里，那必然有我的能耐。况且，只要我出得起钱，你管我有没有资格？”

如此淡定又嚣张的态度倒是把那位59号女嘉宾震了一下，然而还没等她来得及反驳，叶喻又继续悠悠地开了口：

“话说回来，就算要质疑我，那也应该是那位10号嘉宾质疑才对吧？对于已经退出竞拍的您来说是不是管得太多了？”

“你……”那位女士似乎没有料到对方竟然对自己倒打一耙，被呛得说不出话；而被叶喻提及的那位10号燕尾服男子，则抬起脸冷冷地看了眼阶梯顶部的叶喻，随后转头又对着身边的一位同伴小声关照着什么。

“额……那个，59号嘉宾说得也有道理，按这里的规矩是需要号码牌才能参与竞拍，不过这位先生既然能来到会场，那么想必也是收到邀请函的……请各位少安毋躁，我们将请示一下主办方。”说着主持人便退向一旁，对着耳机小声嘀咕起来，而暗处的黑衣人们也暂缓了包围，在不远处警惕地盯着叶喻的一举一动。

突然变换的局势令在场所有人都惊疑不已，而受着全场目光洗礼的叶喻表面上脸不红心不跳，其实心中也是忐忑不安。

接下来该怎么办？怎样把血钥之镯带出去？怎样安全离开这里？一连串的疑问不断地在叶喻脑海中翻腾。

其实叶喻是有一张“底牌”的，这也是他唯一的保命途径，只是他不知道自己能不能撑到“底牌”揭开的那个时候。然而此刻的他已经无路可退，只能走一步算一步。

就在叶喻心神不宁之时，他突然感到自己的衣角被拉了一下，转头一看却发现小花不知什么时候已经从阴影处钻了出来，着急地抓着自己低声劝道：“我说叶喻，趁现在保安还没来，我们赶快溜吧！这里可是黑市，要是到时候拿不出钱，绝对会被碎尸万段的啊！”

“你出来干什么，我不是说了让你找机会跑路吗？怎么还不走！”叶喻也急了，他一边眼角瞥着四周的黑衣人，一边拼命把小花往旁边推，“快点躲到旁边去，别让他们看出你认识我！”

“姓叶的，你到底有没有把我当兄弟？”小花怒了，瞪着一双漆黑大眼一把揪住叶喻的手臂吼道，“要走一起走！再说了，我们两人一路来到会场，你以为会没有人发现我和你是一伙的吗！”

“你……唉！我有办法离开这里，但现在还不是时候，因为我不能让那只镯子落入任何人之手。”叶喻无奈道，“现在要做的是尽可能拖延时间，明白吗？”

“拖延时间……那之后呢？”小花反问。

“到时候会有人来救我们，但在这之前我们一定要保住性命。”叶喻正色道，“具体我没法在这给你解释，但你一定要相信我。”

“好，我信你。”小花坚定地点了点头，没有追问，“那我们现在要怎么办？”

“静观其变。我想五十亿这个数值多少让他们有些措手不及，所以那人才特意去请示主办方，只要能让我参与竞拍，那么就算成功了一半。”

“可要是真拍成功了，而你又付不出的话……”

“那就流拍了呗，不过这也正是我想看到的。”叶喻轻笑一声，“你放心吧，竞拍结束后相关手续复杂得很，我想到了那时援兵也该来了……”

就在叶喻与小花紧张地交流时，却听舞台再次响起了麦克风的声音，只见那位主持人已经回到了台上。

“呵呵，经过与主办方的紧急协商，我们对刚才的插曲已经有了结论。”主持人皮笑肉不笑的样子忽然让叶喻有种不太好的预感，而此时的他还忽然发觉四周的黑衣人似乎再次向自己聚拢了起来。

“不妙，恐怕计划有变……”

叶喻话音未落，就听见一句冰冷的话语从那位男主持人口中缓缓道出：“刚才这位先生不请自来，没有参与竞拍的资格！先前的出价无效！”

“糟了！”这出乎意料的答案让叶喻顿时冷汗直流，而此时小花的反应却是无比迅速，只见他一把抓起叶喻的手，带着他在周围黑衣人完成包围之前夺路而逃，直奔会场角落的应急出口。

“可恶！这下玩脱了！”

叶喻懊恼不已，相比之下小花却相当冷静：“后悔的话等到逃出去再说，现在想着怎么活命才是真的！”

然而那些黑衣人却并不打算放过他们，眼看越追越近，而就在此时现场却再次陡然生变！

“砰——”

猛然一记枪响让在场所有人的心脏随之一震，而响声并非来自叶喻两人身后的黑衣人，而是来自会场内部某处。

“呀——开枪啦！杀人啦！！”不知哪里冒出的女人尖叫声打破了会场中瞬间的沉寂，众嘉宾顿时回过神来，纷纷惊叫着逃离嘉宾席，一时间会场乱成一锅粥。

主持人显然也没料到会有这么一出，在慌忙宣布拍卖会中止之后，也连忙退到了后台，而台上那枚血钥之镯也随即随着展台沉入了舞台下方。

惊叫声、咒骂声、推搡声……

在生命可能受到威胁的情况下，那些原本看上去十分体面的嘉宾们也暴露出狼狈的一面，纷纷争先恐后地夺门而逃；而此时没有人注意到，现场正有两个男人悄悄逆着人流，往舞台方向一路奔去，其中一位便是先前参与竞拍的10号燕尾服男子。

不过这场骚乱却也意外给叶喻两人提供了一线生机，原本包抄而来的黑衣人们被四散逃逸的人流冲得七零八落，而叶喻和小花也趁此机会甩开黑衣人，一头冲进了应急出口。

“呼……呼……这里的应急通道应该都是贯通的，说不定能回到我们当初潜入时的那个出口！”叶喻边喘着粗气边对小花说道，“你来的时候有记路吗？”

“如果能查看摄像记录的话就好办了，可是现在没时间看。”小花指了指胸前的微型摄像头，“不过这里那么大，说不定有好多出口，只要别被抓到，随便哪个都行！”

应急通道四通八达，恍若迷宫，两人小心地躲避着周围传来的喧闹声，犹如无头苍蝇般在这条复杂通道内东奔西走，在跑了近二十分钟后，两人面前终于出现了一道门。

“这门好眼熟，该不会是……？”叶喻停下脚步，和身边的小花对视了一眼，后者点点头，眼神相当肯定。

“没错，这就是我们一开始进的那间员工休息室，我的单反还藏在那里，所以特意做过记号。”小花指着门上的一小块印记说道。

“太好了，只要穿过那间房间，就能很快逃出这幢房子！”叶喻兴奋地说着，同时紧张地向身后瞄了眼，发现黑衣人并没有追上来，于是稍稍放下心来。

“看来我们今天的运气还真不算差……”叶喻说着伸手推开了房门，然而才刚跨进去一步，他的话便戛然而止，整个人犹如石化一般僵在那里。

“呵呵，你们的好运气可是我给的，而现在，该收回来了。”

一个妩媚娇柔的声音从房内传来，在叶喻眼前的，是一位戴着面具的娇俏女子，以及十几支冰冷的枪口。

叶喻和小花两人面对着满屋子的黑衣人，寸步不敢动，只听那女子再次开了口，话语中带着阵阵寒意。

“好日子结束了，安心上路吧。”

这也是两人失去意识前听到的最后一句话。

» 第三十七章　魔窟实验

“嘀……嘀……”

这是……什么声音？

“准备得怎么样？”

缥缈的女声从意识的远方幽幽传来，给人一种不太真实的感觉。

谁在说话？唔……我的头……

后脑阵阵胀痛，持续的晕眩感让叶喻不由自主地皱起了眉。他下意识地想睁开眼，却连这点力气也没有，他感觉自己的意识在现实与恍惚之间反复摇摆，思绪如梦境般混沌不堪。

“……差不多了……开始吧……”一句沙哑苍老的男声模糊地响起。

开始？开始什么？我这到底是……

零碎的画面在叶喻脑海中渐渐拼凑。满屋的黑衣人，冰冷的枪口，戴着面具的女人，还有小花……汹涌而来的记忆瞬间把叶喻的意识拉回了现实，他突然意识到了些什么！

“啊——！”手臂传来的剧痛将叶喻最后残留的一点恍惚驱逐殆尽，他猛地睁开了眼，眼前却依旧一片黑暗，他甚至一时间无法确认自己是不是真的苏醒了过来。

然而右手上的冰凉触感如此真实，连带着的阵阵剧痛让他的头脑立刻清醒，他察觉到有个冰凉的物体直直扎入了自己的右手臂中，正在从自己身体里源源不断地抽取着什么。

“哎呀，你好像把他弄醒了。”这次的女声不再缥缈，而是近在咫尺。

“什么人？！”叶喻惊恐万状，拼命挣扎地想坐起来，却发现自己的四肢被绑得严严实实，丝毫难以动弹；周围的空气中充斥着奇怪的药水味与血腥气，而眼前的黑布则将他的视力完全剥夺，叶喻除了知道自己正被绑在一张床上外，对周围环境一无所知。

“这里就交给我吧，如此有洁癖的你，恐怕接下来的场面也不会想看到。”苍老沙哑的声音带着不怀好意的笑声在叶喻耳边响起，言语中的彻骨寒意让叶喻脊背发凉。

“你们想干什么！！放开我，放开我——！！”未知的恐惧将叶喻推向崩溃的边缘，一股强烈的不安笼罩着他，他不知道自己将面临什么，也不知道此刻围在身边的是什么人，他只知道自己已经对自身处境失去了控制，彻底沦为了任人宰割的状态。

“正好我也不想待在这里。”女人冷淡地抛出了一句话，带着一丝厌恶，“对了，实验归实验，可别把这里弄得太脏，先前肢解的那个，啧啧，收拾起来太麻烦了，这次注意点。”

“呵呵，我尽量，你可以走了。”苍老的男声中隐约透出不耐烦，而女人见状也不再多话。高跟鞋的“咚咚”声渐行渐远，最后消失不见。

“你们是谁？我在哪里？我的同伴呢？”叶喻焦急地大声吼道。

他已经记起了一切，他分明记得自己在鸿鹄山庄酒店的那间房里遭到了埋伏，小花和自己一起被袭击失去意识，而以目前自己的情况来看，小花的处境估计也好不到哪儿去，这让叶喻不由心急如焚。

“同伴？嗯，之前的确送来了个男人，我取了点脏器后就处理掉了，不知道是不是你说的那个同伴。”沙哑苍老的声音再次响起，似乎在回忆着什么，而在此时的叶喻耳中，却有如恶魔咒语般可怕，“不过那人挺不老实的，所以他最后的样子有点难看，我建议你可不要学他。”

“什……什么！！”叶喻心脏猛然一颤，顿时耳鸣大噪，脑海一片空白。“不，不可能！！小花他——！！”

他不敢想象那种血腥画面，更不愿接受那人所说的事实，自己的兄弟被自己拖累惨死，这恰恰是他最怕看到的事情，失去挚友的惶恐与悲愤让叶喻整个人的理智瞬间崩塌。

“你们都干了些什么！疯子！畜生！！我不会放过你，我死都不会放过你们！！”叶喻瞪着眼睛声嘶力竭地怒吼着，一股突如其来的力量从胸中猛然迸发，向四肢汹涌而去，挣扎之下连整个床板也随之震动。然而这一切都是徒劳，他依旧被绑得死死的，分毫未动。

“我劝你别再白费力气了，到了我的实验室就别想出去。”苍老的声音无情地做了宣判，“况且，一激动你的血会流得更快，我可不希望你那么快死。”

“你……啊……”经那人一提，叶喻才发觉一股晕眩感隐隐涌上大脑，伴随着机器运作声，自己身体的温度似乎正随着插在手上的金属物，从体内缓缓流失。

“你……在抽我的血？”叶喻脸色苍白，强忍着不适呵斥道。

“你说对了。”那人冷笑道，“我在做实验，而你，就是我的实验品——万中无一的‘驱逐者’。”

“你，你怎么会……？”听到那三个字，叶喻顿时有如晴天霹雳，一个名称立即在脑海中闪现了出来。做事手法如此残忍，还冲着“驱逐者”的身份而来……这种事显然只有一个组织干得出——那就是“噬”！

“从拿到血样开始，我可是每时每刻都在期待与你相会呢。”沙哑的声音中满是病态的欣喜，“为了这一天，我做了充分准备，一定会让你非常难忘的……”

“你这变态！老子才不是你的小白鼠！！”叶喻怒斥道，而与此同时，他感觉自己胸口的那股能量也在悄悄往受伤的右手臂上聚集，每聚集一分，体温流逝的速度便慢下一分。

“哼，能成为我岩博士的实验品，那是你的荣幸。”那人冷哼一声，似乎已经没有兴致再与叶喻做口舌之争，“好了，让我们开始吧。嗯？怎么回事？！”

机器运作声戛然而止，而此时的叶喻明显感觉到右手臂上抽血的金属物已经处于停滞状态，而体内的那股能量也已大半聚集在伤口附近。

“这是……？”随着金属物从手臂上的抽离，叶喻感到自己手臂上的伤口正被人拨弄着，不用看他也猜到那个叫岩博士的人恐怕正在观察着什么。

“不可思议，太不可思议了！”沙哑的嗓音微微颤抖，只听那岩博士兴奋地大喊着，“那么大的开口，竟然在短短几分钟内就能自动愈合？这简直太……太……”

岩博士仿佛发现了新大陆一般，高兴得语无伦次。

“真不愧是驱逐者，对外部入侵的影响居然能干预到这种程度，实在是出乎我的意料啊！哈哈哈哈！”神经质的狂笑声不断在耳边萦绕着，叶喻觉得用“疯子”来形容此人都不为过。“对了！计划……实验计划得变更！让我想想……”

凌乱的脚步声在房中响起，随即便是一阵翻箱倒柜的声音，而此时的叶喻却突然有了种不祥的预感。

“有了，找到了！”

一串冰冷金属器具相互碰撞的声音窜入叶喻的耳朵，他猛地意识到这个疯子打算对自己干什么。

“让我看看，从哪里入手呢？”岩博士的手指在叶喻裸露的胸膛上来回游走，橡胶手套的触感让叶喻顿时激起了一片鸡皮疙瘩。

“住……住手！！你要做什么？”叶喻惊惧到了极点，身体不受控制地剧烈颤抖了起来。

“就从这里开始吧。”阴冷的声音里没有半点同情，而就在下一刻叶喻便感到胸口一凉。

“啊啊——！！！”

凄厉的惨叫声在空旷的房间中回荡着，带着无助、愤恨，以及……绝望。

“人找到了吗？”

“还没有，信号中断了，恐怕……是被对方发现处理掉了。”两名身材高大的男人低着头，不敢直视面前那位身着黑色制服的年轻男子。

年轻男子沉默地注视着两人，漆黑的瞳孔中掠过一丝不满，然而白净清秀的面庞却依然波澜不惊，让人看不清情绪。

“实在对不起！我们也没想到他会出现在现场，还发出了求助信号。”似乎是再也难以忍受那股无形压力，其中一位身着燕尾服的男人再次解释了起来，语气中带着懊恼与不安，“当时情况很混乱，我们人手不够，只能优先去夺血钥之镯。本以为会很快夺到手，没想到在行动时遇到了些阻碍，耽搁了点时间，结果……结果……”

“结果不但人没保护到，还夺回了一个赝品。”年轻男子总算开了口，话语暗含中的愠怒着实让面前的两人心惊肉跳。

“对不起，楼局长。真的对不起！！”两人惶恐地连声道歉，脑袋埋得更低。

楼玥望着手足无措的两人，轻轻叹了口气，终于收起了周身那股压迫气势。

“也罢，这显然是噬他们事先计划好的，多说无用，现在要做的是赶紧救人。”

“我们已查清这次拍卖会就是千鸿集团副总裁林元昊秘密筹划的，既然人是在拍卖会现场失踪，那么想必和他脱不了关系。”燕尾服男子紧张地叙述着。

“我们已经联合警方封锁了鸿鹄山庄，但林元昊却失踪了，现在正在通缉。不过好在当时在场的所有宾客已逐一锁定完成，现在正紧张地开展搜查，相信很快就有线索了！”

“已经五个小时了，再拖下去恐怕不妙……”楼玥看了眼墙上的时钟，眉头紧锁，“加派人手，务必争分夺秒！”

» 第三十八章　人间的炼狱

红色，一片血红之色。

叶喻双眸半睁，意识陷入停滞状态。他不知道自己是不是真的睁着眼睛，甚至不知道自己是不是还活着，在他残留的意识画面中，只剩下如血般惨烈的殷红，犹如置身地狱。

在大脑的应急保护下，他下意识地淡化了周身传来的阵阵刺痛，但皮肤上的黏腻温润触感以及周围弥漫的浓厚血腥味显然告知了他一个事实——如今的他恐怕已遍体鳞伤，不成人形。

我死了吗？呵，是的话倒也不错。叶喻悄无声息地呼出一口气，表情不知是哭是笑。

然而上天却像是在有意提醒他似的，随即用一阵钻心的剧痛让他认识到自己还存在于世，存在于一个残酷无比的现实地狱。

“啊啊啊——！！”

叶喻瞪着血红的双眼发出了撕心裂肺般的惨叫，眼前的黑布遮盖下，他只能感觉到自己的左腿正被一个冰冷的金属物体缓缓划开、切割，鲜血瞬间喷涌而出，剧烈的痛楚让他浑身发抖，几近昏厥。

“呵呵呵呵……”阴冷的笑声再次响起，岩博士站在叶喻身边，手里捏着一片滴血的薄肉，“真是太神奇了，之前划了那么多刀，不论是切断肌肉还是折筋碎骨，你的身体都能以远超常人的速度迅速开始复原！所以我在想啊，如果把你的身体组织切除会是什么样子呢？会不会像壁虎一样重新生长呢？”

岩博士说着俯下身子，细细观察着叶喻血肉模糊的左腿，眼中满是变态的疯狂，“如果真是这样的话，那简直是医学史……不，简直是整个人类进化史的奇迹！我的研究必然大获成功，而你……也将成为我取之不尽、用之不绝的活体内脏仓库！哈哈哈哈！”

“……了我……”

模糊的只字片语从叶喻喉咙中隐约咕哝着，打断了岩博士自说自话的宏伟蓝图。

“嗯？你想说什么？”岩博士抬起头，凑了上来。

“杀了我……杀了我……”叶喻麻木地重复着三个字，似乎除了求死已经没有了其他意志。

“杀了你？呵呵，才割了一片而已，我怎么舍得你那么快死呢？”岩博士冷笑着将脑袋靠近叶喻，用那沙哑而又苍老的声音在叶喻的耳畔呢喃道。

“你知道吗？古时候有一种‘凌迟’的酷刑，据说刽子手总共会切三千六百刀，但只有最后一刀才会要人命，之前我一直不太相信会有人被割那么多刀都不死，正好这一次……就让我试验一下吧，哈哈哈哈……啊！”

岩博士突然大吼一声，猛地直起了身子！只见他那干枯的老脸上莫名多了条淌血的伤痕，而他面前的叶喻则是嘴角沾血，发疯似的伸着头对着前方一阵狂咬。金属床板“哐哐”震响，混杂着叶喻的怒吼，剧痛激发了他最原始的兽性，此刻的叶喻只想将面前这只恶魔撕成碎片！

“好险……被咬住就麻烦了……”岩博士似乎心有余悸，然而随即又像想到什么似的，立即抄起一团纱布，将叶喻的嘴巴牢牢堵住。

“你倒提醒我了，可不能让你咬到自己的舌头。”岩博士掏出手帕小心地擦着脸上的血迹，厌恶地看着眼前剧烈挣扎的叶喻，仿佛像看一只怪物一般，“哼，也不知道会不会带什么病毒。不行，我得去处理下，回来再收拾你。”

关门声响起，静谧的空间内只剩下叶喻粗重的喘息。

叶喻停止了挣扎，不仅因为绝望，更因为他已耗尽了全部气力。

时间空间归于虚无，在叶喻残留的意识世界里，如今的每一分每一秒都像是一个世纪般漫长，而胸中原先的那股灼热能量也在随着血液的流失逐渐离散，同时带走的还有身体的温度，叶喻知道自己快不行了。

从记事起到现在的记忆开始如走马灯般在脑中一幕幕闪现，叶喻曾听说人在最后的时刻会无意识地回顾自己的一生，而在他短短的二十三年时光中，记忆最深刻的除了家人、挚友之外，竟然还有一位身着黑色制服的白净青年。

楼玥……

自从他出现的那天起，自己的人生被整个颠覆，但叶喻却没法怪他，事实上从当初陈严出事的那天晚上起，自己的命运便已注定，而将自己拖入如此境地的人不是楼玥，自始至终都是那个罪恶的组织——噬。

这就是命吗？可是……我……

亲人挚友的脸庞在叶喻恍惚的意识中交错浮现，原本已一心求死的叶喻突然又萌生出了一股强烈的不舍与不甘。

可恶……凭什么……凭什么我的命要被别人决定！该死的不应该是我，而是噬！

不甘化为怨恨渐渐充斥于心，叶喻体内的那团炙热能量仿佛又获得了重生一般，在胸口再次冉冉升腾，而就在这时他听见了房门开启的声音。

叶喻的神经又一次高度紧绷起来，但这一次耳畔没有传来那种沙哑嗓音，来的人似乎格外安静。

叶喻屏息静听着，他隐约感到有人正缓缓靠近自己，在近处停了下来，定定地看着自己，他甚至能听见此人紊乱的气息，来者似乎在拼命克制着情绪。

“叶……叶喻？”

颤抖的声音中满是惊讶与不敢相信，而听见这声音的那一刻，叶喻猛地扬起了头。

声音如此熟悉，叶喻瞬间就认了出来，而与此同时，一种失而复得的狂喜几乎将他尽数吞没。

“小花？小花是你吗？”

眼前的黑布被揭了开来，出现在自己面前的，是一双泛红的大眼，以及一张满是泪痕的娃娃脸。

“叶喻……你怎么会……怎么会变成这样！到底是谁干的！”小花的情绪濒临失控。

“太好了，你还活着……真的是太好了！”叶喻没有回答，而是目不转睛地注视着眼前完好无损的挚友，几乎忘却了身体的痛苦。

小花犹豫地伸出手想要触碰对方，却发现根本无从下手，因为叶喻的身体表面已经体无完肤。

他抽回了手掌，渐渐握成拳头。

“我带你走，就现在！”从未有过的坚定决绝出现在小花漆黑的双眸中，他开始手忙脚乱地在床边的那台控制仪上寻找着开关。

“你还是快走，别管我了！要是被人发现，我们两个恐怕都……”叶喻刚开口劝阻小花，就被对方急急打断。

“给我闭嘴，废什么话！”小花毫不客气地斥责了一句，依然马不停蹄地在控制仪器旁忙碌着，“找到了，应该是这个按钮！”

随着“嘀嗒”一声，叶喻感到自己手腕和脚腕顿时一松，上面的钢铐应声缩进床板，显然小花成功解开了开关。

小花赶紧上前将叶喻扶起，并脱下了外套盖在了叶喻鲜血淋漓的身上：“有话稍后再说，事不宜迟，我们赶紧走！”

叶喻点头，强忍着浑身的痛楚，搭着小花的肩膀一瘸一拐地离开了这间地狱般的实验室。

实验室外是条白色长廊，在应急灯微弱的光线下显得有些昏暗阴森，透过走廊左右的落地玻璃，可以隐约看见走廊下鳞次栉比地列着一排排金属架子，架子上似乎放着什么东西；而在长廊的尽头有一扇玻璃门，小花正带着叶喻急匆匆地往那边奔去。

“我们现在去哪儿？”叶喻问道。

“穿过这道门后下到楼下大厅，在大厅右侧会看到一道白色的铁门，进到里面的房间后，说是可以在墙壁正中的挂画后找到机关并开启秘道，迅速离开这里。这里是个地下堡垒，戒备森严，想要神不知鬼不觉地离开，只有这个办法。”

“唉，你怎么会知道得那么清楚？”叶喻有些惊讶。

“是救我的人告诉我的。”小花回答道，“我醒来时发现被关在一间暗室里，再后来，有个人过来开了门，把我放出来了。”

“放了你？是谁？”

“我不知道，那人在门外，我没看到他长什么样，他告诉我你被困在这里，让我赶紧过去救你，同时还告诉了我脱离这里的办法。”小花扶着叶喻加快了脚步，“看到了，前面就是那个人说的白色铁门！”

按照小花的指示，叶喻果然看见右侧墙壁上有一扇乳白色的铁门，上面还贴着危险品标志和警告语，看样子是储藏什么东西的房间。

走到铁门前，小花试着伸手一推，厚重的铁门发出“吱嘎”的响声，缓缓开启一道缝隙，这里似乎也被解除了门锁。

“还有四分钟，应该来得及，我们赶紧进去！”小花用力推开铁门，把叶喻搀扶了进去，随后又想起什么似的转身把门推回原位，并架好保险栓。

“万一有人发现我们的话，这门能挡一挡也是好的，我们现在就去找那条秘道……”小花说着回头看向叶喻，却发现对方正呆呆地盯着房内，脸色有些不太对。

“你怎么了？”顺着叶喻的目光，小花猛地发现房间中央竟然占据着一张巨型玻璃柜，里面则整整齐齐放了许多晶晶亮亮的红色石头。

“这……这些是……？”两人朝着柜子走近了几步，赫然意识到那些红色石头其实是一枚枚戒指上的宝石，整个玻璃柜内放满了一模一样的红宝石戒指，数量足有上百枚之巨。

叶喻看着那些戒指上一枚枚流溢着五彩光芒的血红色宝石，惊讶得浑身颤抖。

那种样式，那种色泽……这些戒指与之前吴学冰以及许严伟手上的那枚血钥之戒简直没有区别！可是血钥石在世上一共才有七颗，哪里来的那么多？！

叶喻瞬间联想起楼玥曾提到过的赝品戒指的事，以目前情形来看，毫无疑问这些戒指就是噬用来收集“实验数据”的工具，也是先后造成吴学冰和许严伟一系列惨案的直接源头！

然而小花显然没有像叶喻那样在意，他随意瞥了两眼便从玻璃柜上移开了视线，转而聚焦到了右侧墙壁上，只见一张装裱得端端正正的挂画正孤零零地挂在墙壁中央。

“这应该就是那人所说的挂画了，我们一起把这东西推开吧，叶喻？”小花转过头，却发现叶喻正跌跌撞撞地走向中央的玻璃柜。

“你想要干什么？我们没时间了啊！”小花焦急地喊道。

“这些东西非常危险，要是流传出去，绝对会害死很多人！不行……我得把它们毁掉！”叶喻目不转睛地盯着那些散发着魔魅光泽的宝石，根本挪不开眼。

一股莫名的冲动悄悄窜上了他的意识，控制着他的步伐，叶喻越走越近，甚至忘却了身体上的疼痛。

“别过去！快回来！”小花停下手上的动作，急急向叶喻跑去。然而，终究还是晚了一步。

叶喻伸出手，搭上了玻璃罩。

“嘀——！指纹识别错误，一级警戒开启！”刺耳的警报声霎时响彻整个房间，没等叶喻有所反映，面前的玻璃柜便在半秒内迅速没入地底；而与此同时，房间地面开始震动起来，两人明显听到了一连串“咔嚓”的声响充斥在四周，整座房间似乎被什么东西从外部层层封锁。

“糟糕！”小花大惊失色，“我们被困住了！”

» 第三十九章　鲜血代价

叶喻木然地站在原地，看样子好像还没回过神；然而祸不单行，只听房间外突然变得嘈杂了起来，“砰砰”撞门声接连响起，门外似乎已经聚集了一大帮人。

“啧，看来警戒系统已经重启，只能赌一把了。”小花说着便架起叶喻直奔右侧墙中央，“我们快把墙上这幅图纸推开，秘道的开关就在后面，希望还没被封掉……”

在如此紧迫的情况下，叶喻此刻也只能强忍周身的疼痛，与小花一起将沉重的画框奋力推开。只听“哐啷——”一声，画框应声落地，露出了后面隐藏的一块金属面板。

“竟然是密码锁？”小花看着面板上泛着荧光的九个按钮，霎时有种绝望之感，“完了完了完了……警戒系统重启，这个锁也被激活了，这下我们真的出不去了……”

“还不一定，我们可以猜一下密码。”此时的叶喻倒是恢复了冷静，不知为何，他忽然联想起了那位在别墅里与梁云霄两人破解密码锁的情形。

“可我们没时间了，他们要闯进来了！”小花转头看着被撞得摇摇欲坠的大门，不由心急如焚。

“123456。”叶喻轻声吐出了一串数字。

“啥？”小花回过头，怀疑自己听错了。

“密码123456，不管了，试试看吧！”叶喻拿定了主意，抱着破罐破摔的心情迅速按下了相应按键。

“嘀——”随着一声清脆的提示音，两人面前的那面白墙随即开始了变化，只见部分墙体缓缓凹陷，一道一人见宽的暗门悄然出现在不远处的角落中。

“我靠，真的打开了秘道！运气也太好了吧！”小花目瞪口呆。

“别磨蹭了，快进去！”叶喻根本来不及庆幸，便与小花两人迅速钻入了秘道内。

“呼哧……呼哧……”叶喻两人互相搀扶着，在伸手不见五指的漆黑秘道中，一路摸墙狂奔。两人看不清道路，也不知道自己在跑向哪里，只能从喘息的回声以及墙面的触感判断出自己正身处在一条狭窄水泥道中。

身后隐约回荡起了琐碎的脚步声，显然门外的那帮人已经冲破了阻拦，正沿着秘道追击而来。然而由于叶喻受伤的缘故，两人的速度并不快，只能听着脚步声越来越近。

叶喻心中焦急万分，权衡再三后，他悄悄松开了搭着小花肩膀的手。

“我觉得，你还是……”

“我知道你要说什么，你也应该清楚我会怎样回答。”小花显然猜出了叶喻的想法，语气十分决绝，“我说过，就算死也会带你出去，你要是再啰里啰嗦，我就和你绝交！”

“……”听到小花如此坚定，叶喻也只能乖乖闭嘴。而在一拐弯之后，一道隐约的微光忽然出现在了两人正前方。

“快看，那是出口！我们有救了！”小花指着前方的光点，兴奋地喊道。

叶喻的精神也为之一振，但他随即就发现那个出口貌似有些不对劲，透进来的光线似乎正在逐渐变暗。

“不好！出口正在关闭！”在叶喻看清前方情况的同时，小花显然也觉察到了，不由加快了步伐。与此同时，通道内忽地响起了“砰砰”两记枪响，似乎后方追兵已到。

情急之下，小花突然低吼一声，瞬间爆发出前所未有的气力，将叶喻拦腰托起，拼命冲向前方正在合拢的唯一逃生出口。

十米……五米……三米……

眼看出口处的厚重铁门已经向下关闭近三分之二，小花牙关一咬，奋力向前一扑，借着冲力将叶喻往门下方所剩无几的空隙抛了过去！

叶喻仰面摔在地上，顿时疼得眼冒金星，然而在惯性之下，他却硬是顺着地面径直滑出了铁门！

叶喻连忙爬起，正打算回身将小花也拉出来，却发觉自己的手上满是温润黏腻的触感，他震惊地发现自己的双手和外衣上，不知何时竟然沾满了鲜血！但他自己身上的伤口早已不再流血，那么这些……难道是……！

叶喻脑海顿时“嗡”一声，慌忙趴下身子往门内一望，却看见不远处小花捂着腹部痛苦地倒在地上，鲜血从他的指尖汩汩流出，似乎是中弹了。

“你受伤了！快！快把我手给我！！”叶喻发疯似的撑着不断下落的铁门，伸出手臂冲着小花大喊。

小花挣扎着向前爬了两步，然而此时距离大门的短短一米却成了难以跨越的天堑，在先前的爆发过后，他似乎已经耗尽了全部体力，再也难以动弹。

“小花！小花！快出来啊！！”在叶喻几乎哀号的嘶吼中，铁门依然毫不留情地下落着，叶喻肉身的阻力完全是螳臂当车，所剩的空隙已经不足三十厘米。

“砰——”子弹打在铁门上，发出巨大的震响，叶喻甚至已经能听到通道内清晰的脚步声，追兵已然近在咫尺。

“我已经出不去了……你……你快走！”小花使出最后的力气冲着叶喻大吼，“去找警察……快走……快啊！！”

“不，不！我怎么可能抛下你！”叶喻双眼血红，额头青筋根根暴起，他死命地撑着铁门，全然失去了理智。而就在此时又一记流弹擦着叶喻的肩膀飞了出去，吃痛之下，叶喻双手一松，铁门应声落地，将小花彻底隔绝在了大门之后。

“小花……张小花……张嘉！！”叶喻疯狂地砸着铁门，然而完全无济于事，“对了，警察……警察！去找警察！！”

惊醒后叶喻踉跄着向外狂奔，他不知道自己在哪里，也不知道要奔向哪里；黄昏的残光洒向眼前的一片工业废墟，不见任何人影，也没有任何人可以求助。叶喻心中不断祈求着上苍救救小花，却丝毫没有注意到远处的屋顶上，一把冰冷的狙击枪正瞄准着他的脑袋。

“报告，17号位发现目标。”一个黑衣人端着枪，对着耳机报告着，“请问是否需要实施击……额！！”

话没说完，黑衣人突然脸色发青，捂着脖子栽倒在地，原本完好的脖颈上突然出现了几道触目惊心的血痕，黑衣人徒劳地挣扎了几下，断了气息。

“哎哟，还是逃出来了嘛，总算没让我白忙活，不错不错。”随着一句有些轻佻的男声，一位戴着墨镜身材修长的男子出现在了黑衣人尸体旁。染血的钢丝逐渐抽离了黑衣人的脖子，迅速缩回到那位男子手上的骷髅戒指中。

男子随意踢开尸体，俯视着在废墟中跌跌撞撞的叶喻，不动声色地勾了勾嘴角，忽然又像察觉了什么似的，转头朝一个方向看了眼，只听远处隐约传来警笛的轰鸣声，但这声音对于叶喻来说，却犹如天籁。

只见叶喻不顾一切地冲向警车来的方向，挥着双手声嘶力竭地大吼道：“来人！来人啊！！快救救小花！！我求你……求求你们！！”

墨镜男子回过头，将视线再次移向在绝望中嘶吼的叶喻，轻轻叹了口气。

“这次，你可欠我不止一条命了。”

说完，男子身形一动，在暮光中消失得无影无踪。

“叶喻叶喻！我的第一篇报道发表啦！虽然只是豆腐块……不过点击量还不错唉，你看……”

……

“我说你……别叫我小花好不好？老子是爷们，纯的！”

……

“我和你说啊，我可是正儿八经的新闻记者，别再叫‘狗仔队’那么难听……喂？是卓叔啊，方便方便，请说……什么？X男星竟然幽会小三？太棒了！地址在哪儿……”

“小花……”叶喻轻声呢喃着，睁开了眼。

“你醒了。”

耳边传来熟悉的声音，叶喻转过头，看着身边那位身着黑色制服的白净男青年，一时回不过神。

“我们在废弃工地那边救了你，那个地下堡垒也被我们突击查封了。”楼玥淡淡地看着浑身包扎着纱布的叶喻，情绪隐藏在漆黑的瞳孔后。

“小花，小花呢？”在最初的放空过后，记忆如洪水般显现了出来，叶喻猛地坐起，不顾身上开裂的伤口，一把抓住了楼玥的手臂，“小花被困在了那里，你们……你们一定最后救到他了是吗？是不是？”

楼玥盯着叶喻充满希冀的眼神，沉默不语。而叶喻的心也在这沉默当中跌入谷底。

“我们在那座地下堡垒里发现了几具残尸，这些尸体中并没有张嘉，但是……”楼玥终于开了口。

“但是什么？”叶喻揪着楼玥的衣襟，脸色煞白。

“但是，我们在那边一处现场，发现了大量血液，经鉴定，是张嘉的血。”楼玥平静的语气中，有了一丝犹豫，“依照现场的血量来看，恐怕他已经……”

“不可能！！这不可能！！”叶喻歇斯底里地打断了楼玥的话。

“小花他……他不会的……不会的！！”叶喻双手抓着头发，整个人几乎崩溃，一股强烈的悔恨铺天盖地地涌了上来，“都怪我……都怪我没用，拖累了他！啊啊啊——！！”

“我们原本以为通过千鸿集团的林元昊可以尽快找到你们，但没想到的是已经有人先我们一步将其杀害，并销毁了所有证据，所以还是晚了。叶喻，对不起。”楼玥看着叶喻的样子，轻声叹息着。

“这不怪你们……”叶喻突然安静了下来，缓缓抬起头，楼玥惊讶地发现，他的眼神变了。

光芒渐渐从叶喻的双眸中隐去，取而代之的是一种身不见底的黑暗与仇恨。

“二十三年来，我一直待人宽厚，却莫名被人追杀，还连累了最好的兄弟……我本来非常想不通，但现在，我终于知道了原因。”叶喻抬起眼帘，直视着楼玥的双眼。

“对于噬这种极端组织，一概忍让躲避只会让他们得寸进尺。”

楼玥静静地看着叶喻，意识到了他想说什么。

“让我加入特别事务调查局！”叶喻的眼中透出前所未有的坚决。

“我叶喻在此发誓，必定让噬血债血偿！”